《唐代文学研究年鉴》编委会

TANGDAI WENXUE YANJIU NIANJIAN

唐代文学研究年鉴

【2018】

中国唐代文学学会
广州大学人文学院 编

广西师范大学出版社

GUANGXI NORMAL UNIVERSITY PRESS
广西师范大学出版社
·桂林·

图书在版编目（CIP）数据

唐代文学研究年鉴．2018 / 中国唐代文学学会，广州大学人文学院，广西师范大学出版社编．—桂林：广西师范大学出版社，2018.7
ISBN 978-7-5598-1079-3

Ⅰ．①唐… Ⅱ．①中…②广…③广… Ⅲ．①中国文学—古典文学研究—唐代—年鉴 Ⅳ．①I206.2-54

中国版本图书馆 CIP 数据核字（2018）第 164561 号

广西师范大学出版社出版发行
（广西桂林市五里店路 9 号 邮政编码：541004
网址：http://www.bbtpress.com）
出版人：张艺兵
全国新华书店经销
衡阳顺地印务有限公司印刷
（湖南省衡阳市雁峰区园艺村 9 号 邮政编码：421008）
开本：890 mm ×1 240 mm 1/32
印张：12.375 字数：400 千字
2018 年 7 月第 1 版 2018 年 7 月第 1 次印刷
印数：0 001～1 200 册 定价：68.00 元

目　录

一年记事

会议综述

一年研究情况综述

新书选评

问题研究综述

港台及海外研究动态

盛德清风

索引目录

一年记事

文学艺术高端对话:纪念任中敏先生120周年诞辰学术论坛在扬州召开

2017年4月8日,由中国唐代文学学会与扬州大学文学院联合举办的“文学艺术高端对话:纪念任中敏先生120周年诞辰学术论坛”在扬州举行。来自中国社科院、复旦大学、浙江大学、四川大学、上海戏剧学院、香港岭南大学、澳门大学等三十多所高校院所的八十多位专家学者出席了大会,中国唐代文学学会陈尚君教授、中国古代戏曲学会会长叶长海教授分别致辞。与会学者探讨了一代宗师任中敏先生在唐代音乐文艺学、词曲学、敦煌学等领域的学术成就与治学方法。

中国王维研究会第八届年会暨王维国际学术研讨会在广州召开

2017年5月13日至14日,由广州大学和中国王维研究会共同举办的“中国王维研究会第八届年会暨国际学术研讨会”在广州召开,来自中国和韩国的50余名学者参加了研讨会。广州大学文学思想研究中心主任刘晓明教授主持开幕式,院长纪德君教授,中国王维研究会会长吴相洲教授,韩国釜庆大学人文学院院长金昌庆教授,中国王维研究会副会长王志清教授、张进教授分别致辞。本次会议收到论文30余篇,涉及王维的生平思想、作品考辨、诗歌艺术、历代接受、域外传播、绘画成就等多个层面，既有传统命题的拓展，又有新型命题的提出，使王维研究更加多元化和立体化。

中国柳宗元研究会第八届年会在西安召开

2017 年 9 月 23 日至 24 日，由中国柳宗元研究会主办，西北大学文学院承办，西北大学中国文化研究中心暨汉唐文学研究院协办的中国柳宗元研究会第八届年会暨柳宗元国际学术研讨会在古城西安召开。来自国内外高校和科研机构的 80 余位学者出席了会议，共提交论文 72 篇。本次学术研讨会就柳宗元文集的文献和文学研究、柳宗元相关的历史与文化研究、柳宗元思想研究、柳宗元的后世接受与评价研究等方面展开了讨论。

中国刘禹锡研究会 2017 年年会暨中唐诗歌国际学术研讨会在洛阳召开

2017 年 9 月 23 日至 24 日，由中国刘禹锡研究会主办，洛阳师范学院文学院、华南师范大学文学院承办的“中国刘禹锡研究会 2017 年年会暨中唐诗歌国际学术研讨会”在洛阳召开，来自浙江大学、复旦大学、华南师范大学、中国社会科学院文学研究所等高校和研究机构的专家学者 40 余人参加了会议。本次研讨会收到论文 40 余篇，涉及刘禹锡的创作、交游、物质生活、思想，还有中唐时期诗歌个案研究、政治立场研究、出土文献相关问题考论等内容。在广度和深度上推动了刘禹锡研究的发展，展现了中唐诗歌研究的学术前沿和热点趋向。

中国杜甫研究会第八届年会暨杜甫研究国际学术研讨会在合肥召开

2017 年 10 月 11 日至 14 日，由中国杜甫研究会、安徽大学文学院主办的中国杜甫研究会第八届年会暨杜甫研究国际学术研讨会在合肥召开。来自海内外科研院所的八十余名学者出席了会议。会议开幕式由中国杜甫研究会秘书长刘锋焘主持，安徽大学文学院院长吴怀东、安徽大学党委书记李仁群、中国杜甫研究会会长张忠纲先后致辞。本次会议围绕着杜诗本位研究的继续深化、杜诗文献的多元化考察、杜甫研究的多维度拓展、杜诗学研究的多层面展开等问题进行讨论，集中体现了近年来杜甫研究的新成果和新趋势。

海峡两岸唐代文学学术研讨会在新乡召开

2017 年 10 月 18 日至 20 日，由中国唐代文学学会主办，河南师范大学文学院、中原文献与文化研究中心承办的海峡两岸唐代文学学术研讨会在河南新乡召开。复旦大学、中国人民大学、浙江大学、台湾逢甲大学等高校与中国社会科学院等研究机构的四十余名专家学者参加了此次会议。会议由河南师范大学中国古代文学与古典文献学学科带头人周相录教授主持，唐代文学学会会长陈尚君教授、台湾逢甲大学廖美玉教授分别在开幕式上致辞，唐代文学学会副会长、海峡两岸唐代文学学会发起人之一吴相洲教授致闭幕词。会议共收到论文近四十篇，对唐代文学研究的诸多方面进行了广泛而深入的探讨。

2017中国·开封韩愈国际学术研讨会在开封召开

2017年10月21日至23日，由河南大学与中国唐代文学学会韩愈研究会主办，河南大学文学院、黄河文明传承与现代文明建设河南省协同创新中心承办的“2017中国·开封韩愈国际学术研讨会”在古都开封举行。研讨会开幕式由河南大学杨国安教授主持，河南大学副校长张宝明教授，河南大学文学院葛本成书记，复旦大学陈尚君教授，中国韩愈研究会会长张清华研究员分别致辞。来自海内外四十余所高校和科研机构的120余位学者与会，提交论文60余篇，会议举行了两场大会学术交流和四场分组讨论，对当前韩愈研究的前沿和热点问题进行了深入探讨。

中国李白研究会第十八届年会暨李白国际学术研讨会在马鞍山召开

2017年11月4日至6日，由中国李白研究会、马鞍山市文化和旅游委员会、安徽师范大学文学院、中国诗学研究中心联合主办的“中国李白研究会第十八届年会暨李白国际学术研讨会”

先后在安徽马鞍山、芜湖两地召开，来自海内外的100多名专家学者与会。会议围绕李白生平交游、思想观念、作品真伪、诗文成就、传播与接受等展开讨论，在对李白身世的认识、史事的考辨、文献的挖掘、作品的剖析和李集的整理与研究等方面都取得了引人注目的新成果。

会议综述

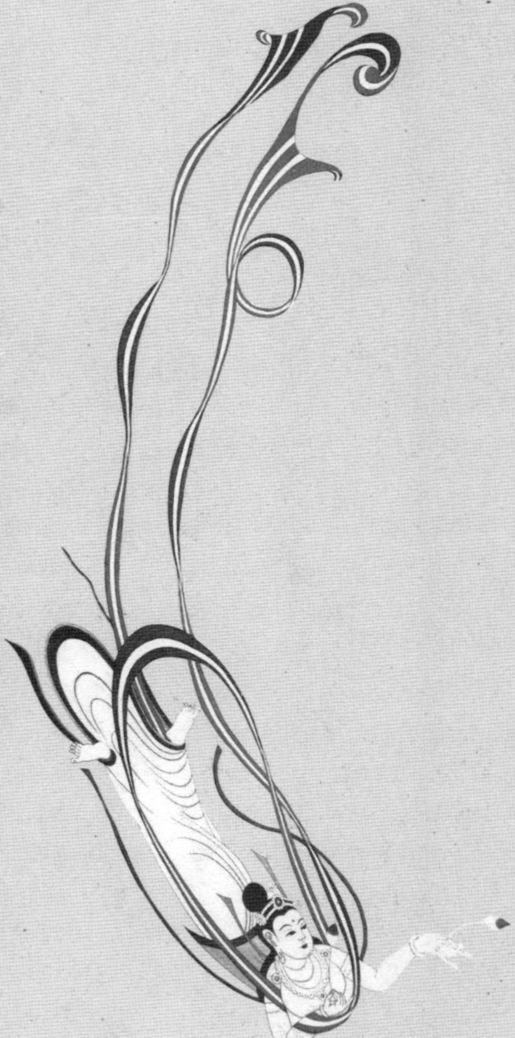

文学艺术高端对话:纪念任中敏先生120周年诞辰学术论坛综述

□ 曹明升 戴健

2017年4月8日,由中国唐代文学学会与扬州大学文学院联合举办的"文学艺术高端对话:纪念任中敏先生120周年诞辰学术论坛"在扬州举行。来自中国社科院、复旦大学、浙江大学、四川大学、上海戏剧学院、香港岭南大学、澳门大学等三十多所高校院所与科研机构的八十多位学者出席了会议,提交论文五十多篇。与会学者先到任中敏先生塑像与"半塘"碑前鞠躬献花,以表达深切的怀念;扬州大学的学生朗读了由任先生的弟子李昌集教授撰写的《祭任中敏先生文》。大会开幕式由扬州大学文学院院长陈军教授主持,扬州大学校长焦新安教授致欢迎辞。中国唐代文学学会会长陈尚君教授、中国古代戏曲学会会长叶长海教授分别致辞,他们高度评价了任中敏先生对唐代音乐文学、古代戏曲文学的巨大贡献,讲述了当初任先生开创博士点时的历史细节以及对博士生的严格要求与成功培养。在接下来的大会发言和分组讨论中,与会学者就任中敏先生在唐代音乐文艺学、词曲学、敦煌学等领域的学术成就与治学方法展开探讨,并对相关领域的学术命题进行了深入的交流。

一、对任中敏先生的追忆和研究

纪念任中敏先生120周年诞辰是此次大会的主要议题,所以对任先生的追忆和研究受到了与会学者的高度关注。温州大学王小盾教授所作演讲《任半塘先生指导我读书》，深情回忆了当年攻读博士学位时任先生对自己的悉心指导。王小盾将任先生的指导总结为四个方面：一、督促学生读书，培养学生紧张读书的习惯；二、指导学生学会开创，树立问题意识和批判意识；三、提醒学生在学习过程中要注意重点；四、要求学生从掌握资料出发，要以对资料的分类和整理为学术研究的基础。王小盾回忆任先生曾对他说，学术研究不能搞“蜻蜓点水”，而是要“大禹治水”，即网罗资料，不使遗漏。这种方法至今仍是进入学术研究领域的有效门径。华南师范大学戴伟华教授作为任先生的再传弟子，讲述了自己跟随王小盾教授攻读博士学位时所受到的学术训练和对自己的深远影响。近年来，戴伟华又指导自己的研究生对任先生的《唐声诗》《唐戏弄》等著作进行研究，这不仅体现出任先生的学术薪火在代代相传，也给与会学者提供了一种考察学术史的视角：可以将教育史与学术史相结合，从师承的角度来考察学术的传承。扬州大学车锡伦教授介绍了任中敏对所著《词曲通议》的批注与校订，充分体现出任先生重视实证、实事求是的学术品格。罗婵媛、戴伟华的《关于〈敦煌歌辞总编〉》，认为该书既是歌辞总集，也是理论合编；任先生的“歌辞”概念主旨是“主声（艺）不主文”，从此角度切入，可以将辞、声、舞、戏等音乐伎艺全部联合起来，从而实现对音乐文艺的全面观照。江苏师范大学王立增教授阐述了任先生“歌辞总体观念”的学术内涵与价值，认为任先生将所有配合音乐演唱的文字统称为“歌辞”，可以打破时代的框架和文体的壁垒，对古代的诗乐关系予以整体的关照。王立增还提出要通过汇编歌辞文献与撰写通代歌辞演进史等具体工作来建构“歌辞学”的学术设想。扬州大学柏红秀教授对任先生“唐艺学”的建立过程、研究范围、学术影响进行了梳理和阐发，她认为唐艺学强调“声”“文”并具，扩大了中国古代文学的研究范围。柏红秀还通过对征引数据的统计，揭示出“唐艺学”在学术界的影响正日趋增强，任先生的学术思想正被越来越多的学者所接受并运用到相关的研究领域中去。苏州大学王福利教授新发现了任中敏与龙榆生的三通信札，内容既有任、龙二人的近况交流，也有对“引子”“过曲”“慢词”等概念的讨论，还有任先生与丘琼荪等人的交往信息，内容非常丰富。这对补充任先生的生平事迹，了解其研究重心之变迁，均有很高的价值。凤凰出版社樊昕先生翻译了日本学者波多野太郎所撰《任、饶两大家围绕敦煌歌词的论争》，揭示了任先生与饶宗颐先生在敦煌曲校勘上的争论，其实质乃是二人对俗文学文本校勘原则的不同见解。王小盾教授在点评时指出，任、饶两大家的争论提示我们，对手抄本的校勘和对印刷本的校勘存在很大的不同，有必要建立俗文学的校勘学。扬州大学程希博士则对任先生的诗、词、散曲等文学作品进行了辑考。葛云波的《浅谈任中敏先生的学术机缘与治学境界》、陈冠明的《〈唐声诗〉:“诗乐合一”集结的第三座丰碑》、曹明升的《任中敏先生〈散曲丛刊〉的文献学价值》等论文，都从不同的角度对任中敏先生的学术成果和治学特色予以总结和揭示。

二、对古代歌辞及音乐文艺的研究

任中敏先生开创了唐代音乐文艺学这一研究领域，此后不断有学者致力于文学与音乐之关系研究。复旦大学蒋凡教授的《中国古代文学与音乐之关系漫谈》，指出中国古代文学与音乐，从发生学上考察，在上古本同出一源；秦汉以后，文学与音乐的分合，经历了漫长的过程。蒋凡先生还指出，古代诗词的吟诵大致可分为朗诵、吟诵和歌唱三类；学习或研究中国古代文学，必须恢复诵读和吟唱的优良传统。蒋凡先生现场吟诵了《凉州词》等作品，生动地展现了吟诵的魅力。扬州大学刘勇刚教授具体介绍了吟诵的特点、规律和功能，认为吟诵重在自由即兴，重在因声求气，涵咏入境，是创作和鉴赏古典诗文的不二法门，又是国学教育、文学传播、人才培养的重要途径。刘勇刚并对中兴吟诵提出了自己的建言。中国社科院周广荣研究员提出了“佛戏弄”的概念，探寻了佛教中的仪轨与戏剧间的关系。周广荣还对“唐戏弄”之“戏弄”二字提出了自己的看法，认为“戏弄”应该是指不成熟阶段的戏剧形态。兰州理工大学杨晓霭教授通过对李清照所云“乐府声诗并著”中的“乐府”与“声诗”的历史考察，认为“声诗”乃是专指“直接协乐合舞之歌辞”。这是在唐代歌唱“实际表现”和“历史基础”上确立的研究对象，目的在于强调“声”之于“文”的重要意义。扬州大学许建中教授考察了元代无名氏的南曲散套《情》传播至明代而被增补了北曲，由此构成南北合套的过程。明代曲选之所以出现这种增补北曲和羼入他作的现象，根本原因在于这类散曲选本专供清唱，偏重音调而忽视辞章。这个范例极大地深化了学术界对南北合套构成方式的认知。华南师范大学蒋寅教授的《乾隆时期诗歌声律学的精密化》，以李锳《师法易简录》为主要切入点，探讨了山东诗学传统与清代诗歌声律学间的关系。蒋寅认为，乾隆间山东诗论家对诗歌声律的细心揣摩，乃是受到以汉学为中心的实证学风之影响，最突出地体现了清代诗学的学术色彩，是最值得我们重视的学术史内容之一。天津外国语大学马兰州教授以任先生《优语集》所载优语案例为研究对象，揭示了俳优喜剧劝谏的种种技巧。温州大学伍三土副教授从苏轼与李清照的音乐水平切入，对宋词中声辞关系提出了新的见解。扬州大学倪晋波副教授、明光副教授、张晓兰副教授分别对秦国歌谣的存在形态与文史价值、扬州唐代戏剧的活动情况、清代学人之曲的形成过程及原因提出了自己的见解。

三、对古代作家作品及文学观念的研究

中国社科院陈才智研究员对清代《琵琶行》的书迹著录与流传情况进行了梳理和考索，指出书法这一图像化的媒介将观看与阅读融二为一，既推动了白居易《琵琶行》的经典化进程，也促进了《琵琶行》由经典文学走向更为大众所接受的通俗文艺领域。香港岭南大学汪春泓教授对东汉冯衍的身世、文学观念及其在文学史上价值和地位做出了揭示。汪春泓指出，中国文学史上的骈、散二体长期共存，互为消长，冯衍处于承前启后的重要位置，他对“丽辞”和“事类”的讲求，对后世骈文的发展影响甚巨。扬州大学郭院林教授对乾隆帝在南巡时所作诗歌的内在思想进行了深入的探讨。四川大学张朝富副教授提出了“杨柳青

青江水平”作于夔州的地理气候学依据，认为“东边日出西边雨”的气候现象是由地形雨所致，需要高山大川的地理环境，所以刘禹锡的《竹枝词》二首只能作于夔州而不是朗州。云南大学张之为副教授从音乐形态、写作方式与词体定型等角度，对李白《菩萨蛮》的真伪问题进行了辨析，认为该词乃宋代作品，而非李白所作。扬州大学朱德慈教授的《边寿民事迹新考》，通过对边寿民的家世考订以及他参加曲江文会、南北交游等事迹的考订，为进一步研究边寿民这位康乾扬州画坛的怪杰提供了坚实的文献基础。扬州大学戴健副教授细读汪懋麟题赠柳敬亭的《贺新郎》与《沁园春》，发现汪懋麟对柳敬亭既有致敬，又有劝谏。汪懋麟以自己的文学个性和积极创作，成为清初广陵词坛“后王士禛时代”的代表作家；却又在其师王士禛“避词”态度的影响下，逐渐淡出词坛。此外，段莉萍、曾莉的《论王建边塞诗》，陆永峰的《论贯休诗》，王定勇的《金代寿词的文化阐释》，王逊的《明后期的宋诗“发现”与诗学转型》等论文都从不同的角度对作家作品和文学观念进行了新的探讨。

四、对古代文献的整理与研究

浙江大学胡可先教授在笺注欧阳修词时，总结了以词证词、以诗证词、以文证词、以史证词、以物证词、以律笺词、以典笺词、以乐笺词、俚语释证、地名释证、真伪考证等原则和方法，非常有助于推进当下的词集整理工作。四川大学何剑平教授对俄藏符格编三六五号《妙法莲华经讲经文》进行了重新考察，从录文点校、材料抄写、撰写时代等方面梳理了它和唐代《法华经》相关注疏间的关系。扬州大学何仟年副教授对《越南汉文燕行文献集成》的“解题”予以了补正，对域外文献的整理工作颇有启迪。阜阳师范学院张明华教授对唐代传奇小说中的联句诗进行了钩稽和整理，并揭示了这种联句诗的特征和意义。扬州大学宋展云副教授以嵇康的《琴赋》为中心，对两汉的音乐赋进行了整理和研究。商丘师范学院韩洪波副教授对郑州图书馆所藏宝卷文献的版本情况进行了梳理和考辨，并对这些宝卷文献的学术价值予以了揭示。

会议期间，与会学者围绕任中敏先生的学人研究和相关领域的学术研究展开了认真的讨论，畅所欲言，时有争论，继承了任先生敢于争鸣的学术风格。与会学者一致表示，要传承任中敏先生的“硬骨头”精神，挑战学术难题，以扎实的文献工作和创新的理论成果来切实推进唐代音乐文艺学、词曲学、敦煌学等领域的研究。

任先生名讷，字中敏，自号二北、半塘，江苏扬州人，出生于1897年，辞世于1991年。1917年考入北京大学，曾受词曲大师吴梅的悉心指导。抗战期间，他曾率汉民中学全体师生南迁桂林，中华人民共和国成立后曾在四川大学、中国社科院工作，晚年调回扬州师范学院，受聘为国务院首批博士生导师。任先生的重要著作有《散曲丛刊》《唐艺研究》《唐戏弄》《唐声诗》《敦煌歌辞总编》《敦煌曲研究》等，凤凰出版社曾于2013年出版过《任中敏文集》。

中国王维研究会第八届年会暨王维国际学术研讨会综述

□ 高萍

2017 年 5 月 13 日至 14 日，由广州大学和中国王维研究会共同举办的“中国王维研究会第八届年会暨国际学术研讨会”在广州南国会国际会议中心召开，来自中国和韩国的 50 余名学者参加了研讨会。

广州大学文学思想研究中心主任刘晓明教授主持开幕式，文学院院长纪德君教授致欢迎辞，中国王维研究会会长、中国乐府学会会长、中国唐代文学学会副会长吴相洲教授致开幕辞，韩国釜庆大学人文学院院长金昌庆教授、中国王维研究会副会长王志清教授、张进教授分别致辞。著名王维研究专家陈铁民先生、毕宝魁教授发来贺电、贺信，预祝大会圆满成功。在开幕式中还向 2016 年故去的中国王维研究会创会会长、西安文理学院教授师长泰先生默哀致敬。

在开幕式致辞中，吴相洲会长总结了三年来王维研究取得的成绩，同时对今后王维研究的发展提出两点期望：一是求深，沿着已有的思路纵深开掘。目前研究问题过于集中，对作为乐府诗人的王维、作为边塞诗人的王维、“一代文宗”散文家的王维、画家的王维关注不够。二是求新，要发现新的研究思路。王维诗歌的言说艺术、王维的闲适生命智慧等都有待进一步深入开掘。

韩国釜庆大学金昌庆教授在致辞中提议中国王维研究会要与世界各国从事中国唐代文学研究的大学和机构建立积极深入

的联系,形成良好的互通机制,开展相关研究活动。通过国际学术交流,提高人才培养,促进唐代文学研究和王维研究进一步发展。

本次研讨会收到论文30余篇,涉及王维的生平思想、作品考辨、诗歌艺术、历代接受、域外传播、绘画成就等多个层面,既有传统命题的拓展,又有新研究命题的提出,使王维研究更加多元化和立体化。

一、王维作品校注与考辨

作品注本和作品系年是文学研究的基础。目前王维作品注本使用最为广泛的是陈铁民《王维集校注》。陈先生在《注本》出版二十年后第三次修订,将唐诗和王维研究中一些有益的成果吸收到新《校注》中。《〈王维集校注〉修订重排本修订说明》就本次修订情况进行了说明:在注释上订正了原本中讹误、缺漏、不确之处;在诗文编年上修订了原本中十九首诗、两篇文的编年;修订了《王维年谱》和附录。

王志清《关于王维研究的几个误读》对目前王维研究中存在的三个具有代表性的观点进行了辨析,认为王维生平思想前期积极后期消极、王维夺得"解头"是请托公主、王维诗中有禅而少趣并品格走低三个观点均属误读,提出王维在张九龄罢相后三次出使,雄辩证明他行政才能出众;王维郁轮袍之事乃笔记小说之言,不足为证;王维引禅入诗而意境自成,将诗禅一体的艺术境界发展到极致,使中国古代诗歌进入到艺术哲学层面,对中国诗学做出了重大贡献。

吴相洲《说王维〈扶南曲五首〉》从乐府学的角度考察了《扶南曲》的音乐特点、思想内容、文本流传、乐府归类等问题。认为《扶南曲五首》属于倚曲制作,且属于旧声新辞,从而证实了在新乐府中部分作品是入乐的。《扶南曲五首》歌辞内容多记述宫女生活,既有宫体特点又有宫词特点,处在宫体诗向宫词过渡状态。吴先生认为这五首诗在王维任太乐丞期间创作可能性最大,为五首诗系年提供了重要依据。

陈才智《王维〈过太乙观贾生房〉之"太乙观"辨》对诗题中"太乙观"究竟在河南嵩山，还是陕西终南山进行了考辨，认为诗中"双泉水"等描写更切合嵩岳之太乙观，检索今存文献，嵩山太乙观唐初即有，终南太乙观则唐末始见，王维诗之太乙观在嵩山似为更妥。对太乙观地理位置的考辨关乎此诗的编年和王维行迹，具有重要意义。

二、王维思想、诗歌内容研究

关于王维思想，研究者较多关注佛禅思想对王维的影响，本次研讨会主要探讨了道家思想、道教思想对王维及其诗作的影响。高萍《道教视阈下的王维研究》认为王维对道教主动接受，又能动地选择与内化。他摒弃了服食成仙的炼形之法，选择了"守静去欲"的修神之道，将道教的入世修行思想践行为仕隐两全的生存智慧，将山居求仙的宗教信仰内化为辋川桃源的精神追求，建构了具有现实性的人间乐土和心灵家园，形成了淡泊宁静的闲远人格和空灵澄澈的清远诗格。孙明才《老庄思想与王维的诗文创作》认为老庄思想对王维创作影响很深，促使诗人营建了适宜的创作心境，形成了理想化的审美思维和"以明"的观照方式，道教的神仙思想使他采用了仙境化的笔法描绘现实。

关于诗歌内容研究，陆平《论王维的长安行迹及其帝都歌吟》，雒莉、高萍《论王维长安诗》都从地域视角研究了王维诗歌与长安文化之关系。陆平在考察了王维不同阶段在长安的行迹和诗歌的基础上，提出了在长安城"东富西贵"的格局中，王维行迹集中在朱雀门之东近北诸坊，他的人生价值取向是"官"而不是"隐"。达官显贵在王维长安生涯和人生关键时刻起着至关重要的作用。功名意义上的长安成为王维仕隐行藏的催化剂，文化意义上的长安使王维成为典型的贵族化都市诗人。雒莉、高萍则认为王维长安诗再现了大唐气象，不仅赞美了长安自然景观的美质神韵，而且展示了人文景观的博大内涵和堂皇气势，同时赋予了长安冲淡渊雅的人文气息和兼容并摄的文化气度。

刘万川《王维诗歌中的多重自我》认为王维诗作中的自我形

象存在阶段性特征，不同的创作环境、不同的自我认知，造就了诗歌中的多重自我形象。尤其是《辋川集》等同咏作品，带有游戏和标榜性质，应结合创作"场"解读，佛教阐释有过度解读之嫌。

杨林夕、聂雅璘《论王维女性题材诗歌的思想意蕴》则从女性视角论述了王维女性题材诗歌的内容，并发掘其中包含的思想意蕴，认为这些诗作表达了诗人对美好事物的热爱、对女性命运的同情、对黑暗现实的讽刺，并借女言志抒发了怀才不遇的感慨。

三、王维创作艺术特点研究

关于王维诗歌艺术特点，吴振华《试论王维诗歌结尾的独特个性及其艺术特征》在对诗歌统计分析的基础上全面讨论了王维诗歌的结尾艺术，认为王维常常运用否定句、疑问句和假设句结尾来表达正向意蕴，用肯定句结尾展现意境表达情思。这种结尾艺术既是对传统诗艺的继承，也是诗人澄净心灵、娴雅个性的反映。郑蓿培、曾智安《论王维诗歌中的数字运用》通过对以数字入诗情况的分析，探讨王维诗歌中数字运用的创作心理，认为"一对多"数字运用往往用在山水田园诗作中，表达了内心孤独而又渴望温暖；"多对多"往往用在应制诗、边塞诗上，展示出开拓进取、积极有为的时代精神。张中宇从王维现存近四百首诗和历代对王维的评价中探讨王维的诗学素养。认为王维诗境虽极幽静，而气象每自雄伟。雄浑贯穿了王维所有的诗歌，是王维的重要底色，也是盛唐诗的真正底色。王维较早地将陈子昂的风骨和骨气转化为诗歌创作。

关于王维绘画艺术特点，王静《宿世谬词客，前身应画师——论诗坛画家王维》从绘画风格、水墨技法、创作形式三方面进行了分析，认为其绘画风格接近吴道子和李思训，又以墨色见长，打破了前朝浓墨平涂的方法，突出墨色深浅层次，探索出破墨技法，但还不足以开宗立派。赵新亭《林泉情趣，气韵生动——试论〈辋川图〉及宋元明清摹写之比较》则考察了王维《辋川图》在元明清的摹本情况以及现今留存的碑刻和绢本。

四、王维接受和传播研究

接受研究是近几年王维研究的一个热点，本届研讨会中关于接受研究的论文有十余篇。学者们结合选本研究和文献资料多有开掘，讨论了王维在唐代、宋代、清代、当代和韩国的接受情况，并对二十年来的接受研究进行了回顾与总结。

张进《简论唐宋人之“陶、王论”》通过考证唐宋诗作和诗论，研究了陶渊明、王维在唐宋时期的接受程度以及“陶王”并称现象。认为在唐代不曾将二人相提并论，王高于陶；宋代开始出现二人并称，并将他们作为山水田园诗歌和平淡诗风的代表，确立了一个诗派的继承关系，确立了尚平淡的审美理想。

刘方《苏轼〈书摩诘蓝田烟雨图〉的质疑与发覆》对苏轼评论王维的“诗中有画，画中有诗”这一著名论述发出了质疑。作者检查今存宋版《东坡集》，至明版《东坡七集》，发现均未收录苏轼《书摩诘蓝田烟雨图》，也未收录与此题跋文字相关或者相近的文字。第一次可以考察到收录苏轼《书摩诘蓝田烟雨图》题跋文字的版本是万历三十四年(1606)茅维编刻的《苏文忠公全集》七十五卷本。作者认为这段著名的苏轼题跋文字，很可能只是一段著名的被附会为苏轼的评价王维诗文绘画的题跋。这一问题的提出，不仅关乎王维的接受问题，而且关乎苏轼的文艺思想问题，引起与会学者的关注与讨论。

王作良《清范大士选评〈历代诗发〉“王维”诗评辑录——兼及〈唐贤三昧集〉对其之影响》辑录了《历代诗发》中对王维诗歌评语者共六十八首，并讨论了《唐贤三昧集》在编选思路、王维诗歌选目与评语上对《历代诗发》的影响。

韩国釜庆大学金昌庆《陈澕对王维诗风的接受》一文认为作为高丽时期贵族文人的代表，陈澕的文学作品较之前朝旧文人表现出了明显的变化，呈现出崇尚自然的“清”意象，强调“诗中有画”的形神意境，追求禅境界，这都深受王维诗风的影响。陈澕对王维诗风的接受，一方面是诗歌发展变化中的自我理解和融通之举，另一方面也欲借王维“清雅的山水禅诗”以抒自己胸志、以诉对理想社会革新的渴慕。

陈晓红《一生几许伤心事，不向空门何处销——从王摩诘到白乐天》从名字玄机、品貌才华、人生际遇、性格思想等四个方面对王维与白居易的创作与人生进行比较。卢晓瑞《论晚清关学诗人群对王维诗的接受研究》探讨了晚清关学诗人群对王维诗歌的接受情况。或崇尚王维诗的“自然”“阔大”“流动”；或因绘画而入王维诗学；或推崇王维五言诗，他们的接受态度与学术思想的开放性及通融性相关。李明《摩诘与志摩——论王维诗歌对徐志摩的影响》通过对两位诗人诗歌的比较分析，认为在“音乐美、绘画美、建筑美”三个方面，王维的山水田园诗对徐志摩的新诗创作产生了深刻的影响。

高璐《近二十年来王维诗歌接受研究述评》梳理了王维诗歌接受研究的三个阶段：局部发轫阶段（1997—2005）、稳步发展阶段（2005—2011）和全面繁荣阶段（2012 年至今）。近几年出现了专门性、整体性、细致化的接受研究专著，标志着接受研究步入繁荣。

康震提供了 2014、2015、2016 三年的《王维研究》综述，从生平交游、作品考辨、思想文化、艺术特征、接受译介等方面述评了研究情况，认为近三年王维研究呈现出多元化和新视角，但重复研究、浅表研究等问题仍然存在，对于王维诗文的研究需要进一步加强。

由张进、侯雅文、董就雄编纂的《王维资料汇编》，2014 年 3 月由中华书局出版，弥补了王维研究资料的长期阙如。博赡之余，不免或遗。谭苦盦《〈王维资料汇编〉续拾》辑录了宋、明、清 36 种文献中的王维研究资料，续拾《汇编》所遗漏之内容。梁瑜霞《〈王维资料汇编〉辑补》从清初诗人屈复《唐诗成法》一书中辑得王维五言诗评论 30 则，七言律诗评论 11 则，以补《王维资料汇编》的清代部分。

王志清《王维诗传》于 2016 年 12 月由河北人民出版社出版，引起学界好评。本次研讨会中李金坤先生评价此书具有考索辨正的情理性、诗史互证的兼容性与语言表述的诗质性，特色鲜明、破旧立新，具有学术价值和方法论意义。黄明月认为此书以诗论王维的诗性人生，结构创建独具匠心，论述严密诗史互证，语言具有诗化魅力，不仅是一部学术著作，也是走进王维的史传作品。

本次讨论会的亮点主要有：一是对王维诗作的考辨与系年研究。通过对王维诗中地名的考辨、对王维乐府诗的音乐特点的考辨进一步确定某些诗作的系年。二是对唐代、宋代人对“陶、王”的论述进行考证，阐发了“陶王”并称的接受情况。三是对王维研究的重要资料——苏轼《书摩诘蓝田烟雨图》“诗中有画，画中有诗”材料的真伪问题提出质疑，并进行考证辨析。四是对2014年出版的《王维资料汇编》补遗。这些卓有见地的研究与探索进一步深化和拓展了王维研究领域和研究视角。此外，中国王维研究会还联络了西安王维诗画研究院参会，向大会展出了明清两代《王维辋川图》拓片，引起了与会学者强烈的关注与兴趣。

中国王维研究会成立于1991年5月，先后举办了八届国际学术研讨会，出版了七辑《王维研究》论文集，学会成为联络海内外学者共同推进王维研究的重要平台。本次参会论文将收入《王维研究》(第八辑)中。本次研讨会也促成了《王维资料汇编》后续的补遗工作，进一步推动王维研究向更深更广发展。

中国柳宗元研究会第八届年会综述

□ 陶成涛

2017 年 9 月 23 日至 24 日，中国柳宗元研究会第八届年会暨柳宗元国际学术研讨会在古城西安召开。来自北京、上海、广西、湖南、山西、安徽、陕西、台湾等地的高校、科研院所、政府宣传部门和文化部门以及日本学者共 80 余人出席了本届会议，与会学者共提交了论文 72 篇。

本次学术研讨会由中国柳宗元研究会主办，西北大学文学院承办，西北大学中国文化研究中心暨汉唐文学研究院协办。为期两天的会议就柳宗元的文学研究、历史研究、思想研究、接受研究等多个方面进行了交流讨论。与会学者追想柳宗元一生的政治、文学抱负，缅怀其人格精神和文化贡献。共同思考柳宗元对当下传承中华传统文化的意义。

大会开幕式由西北大学文学院院长段建军教授主持，西北大学郭立宏校长到会致欢迎辞。中国唐代文学学会副会长兼秘书长、教育部“长江学者”、西北大学文学院李浩教授，日本学者户崎哲彦教授，中国柳宗元研究会会长尚永亮教授分别致辞。大会主题论文发言由李浩教授、莫山洪教授主持，西北大学李芳民教授、台湾逢甲大学梁煌仪教授、复旦大学查屏球教授等专家分别做了主题发言。本次研讨会的大致议题如下：

一、关于柳宗元文集的文献和文学研究

柳宗元文集的文献与文学研究共涉及 28 篇论文，是本次研

讨会的重点。文献研究的文章两篇，其一是户崎哲彦《南宋郑定刊〈重校添注音辩唐柳先生文集〉现存修补本探考》，该文指出，今《柳集》可称定本者有点校本《柳宗元集》（中华书局 1979 年）全四册、新编《柳宗元集校注》（中华书局 2013 年）全十册，两种皆谓以郑本为主要校本，实则可疑，或遗漏甚多。学界今后对柳集定本的深入钻研，《重校添注音辩唐柳先生文集》是不容忽略的。《重校添注音辩唐柳先生文集》一书刊于嘉定十四年(1221)，今藏于中国、日本有九种，其中台湾“中央图书馆”藏有宋刊和“元明递修”本两种，可谓足本，实则多有缺页，皆被修补，或影钞或补刻，亦不全据郑本，以现存诸残本互补，能回复近95%。然而，所补之中偶有新注，皆不见于今传世《柳集》诸本，疑曾有集注本，不知何人所作。郑本之学术价值不止于“重校”“添注”，修补部分亦对柳文研究具有高度文献价值。其二是蔡自新《关于柳宗元文集版本在日本的初步调查》，该文罗列了日本国立国会图书馆柳集书目 21 种，日本国立公文书馆柳集目录 67 种。并以翔实的文献搜查为基础，强调柳集在日本的传播过程中，元末旅居日本的刻工俞良甫的巨大贡献。文章指出：“俞良甫刻本不光是柳集一种书籍，而且是中国系列典籍直接在日本落地，让日本国人能够直面中国的印刷与出版业，逐渐地发展具有日本特色的刻板印刷，以至于后来形成了和刻本汉籍这样一个新流派，成为人们学习利用图书和书籍收藏的新范本。俞良甫等中华刻工，是拓展中华文化东渐的大功臣。”

柳宗元的山水散文在本次研讨会上依然得到了极大的关注，也呈现出新的研究视角和方法创见。李芳民《空间营构、创作现场与柳宗元的谪居文学世界——以贬谪永州时期的生活与创作为中心》通过柳宗元谪居永州佛寺、愚溪等地以及所游山水的文学空间营造，结合柳宗元“俟罪非真吏”的谪居心态，完整地剖析了柳宗元在永州的贬谪文学世界。文章指出：“若以唐人贬谪文学的个性以及围绕谪居空间而创造出具有独占性的文学世界而言，则柳宗元当为最为突出者。他的文学创作，具有鲜明的特定贬谪文化空间特色。在贬谪生涯中，他不断地进行空间营构，同时又把其所营构的空间，变成了文学创作的现场，使他的贬谪文学世界具有了无可替代的独占性。从柳宗元的贬谪文学世界来看,把空间营构变成文学创作现场,有两个方面最为突出。一是其生活空间的营构,二是以游历活动为中心的游记文学的创造。前者以两次佛寺生活空间的营构及永州后期愚溪居所的营构为主,后者则以西山之游创作'永州八记'为核心。"莫山洪《文体特征与柳宗元柳州诗文解读》认为柳宗元柳州时期的诗文创作,达到了"望似木鸡"的境界。柳宗元在柳州期间,诗歌创作以近体诗为主,体现其政治上有所作为,精神上无比凄苦的特点。柳宗元柳州创作的表奏上书类文章,既有政治需要,也有现实需求。书启赠序游记类文章,是其居柳期间心理状态的直接体现,也是儒家精神的体现。碑志类文章,借为他人立传而透露自身伤感。柳宗元柳州诗文创作形式的选择,与其渴望引起关注、改变自身处境有密切关系。邱晓《柳宗元山水游记的空间书写及原型结构》认为柳宗元山水游记中体现出了"原点+方位+距离"的空间书写方式,是古代地志著作对地理空间进行标记的典型模式,它来源于以《山海经》为代表的上古神话想象性地理著作,既具有科学性,也具有神话性。在"原点+方位+距离"的原型结构视角观察下,柳宗元的山水游记呈现出以自我为中心的文学空间。永州山水之美,全因有个"我"在,全因柳宗元开始以"我"为原点、为中心观察和把握世界。由此来看,柳宗元的山水游记就有了开天辟地的意义。肖献军、潘雁飞《元结、柳宗元湘南山水文学之比较》认为元结在湘南地区创作了大量山水铭文,柳宗元则创作了大量山水游记。由于元结和柳宗元都雅好山水,又都以湘南自然山水为描写对象,他们的作品表现出某种相似性,都注重山水自然天成之美,注重美的发现过程,甚至在不同文体间出现了类似的句式。但由于二人思想上的差异、人生经历也存在较大不同,导致二人创作目的不同,元结注重留名后世、强调实用主义文学观,柳宗元注重山水的解忧功能,注重山水的审美价值。审美倾向上也有别,元结偏重于对水的描写,表现出好奇倾向;柳宗元则偏重于对石的描写,并与自然山水发生情感上的交流。二人的山水散文创作给湘南地区留下了丰富的文化遗产。

本次研讨会关于柳宗元古文运动的主张也呈现出新的探讨深度。梁煌仪《柳宗元文引用〈周易〉之探讨》对于柳宗元善于引述《周易》来“明道”，对柳文之中大量引用《周易》进行了深入的经学和文学分析，指出柳文中多达90余处的《周易》引用中，学界应该重视对暗引《周易》语典的注释，以有助于洞彻柳宗元的文章用心。崔际银《柳宗元文学理论主张论略》结合柳宗元的生平经历和认知演变，指出柳宗元早年从骈文入手，登第和从政之后开始以古文阐述政治见解，《杨评事文集后序》一文标志着这一时期在文学理论方面所达到的高度。被贬之后开始系统地梳理其文学主张，柳宗元的文学观念，是伴随着其为学、为政、为师的人生过程逐步明确完善的。赵馨怡《论柳宗元散文对〈庄子〉的继承和发展》讨论了柳文在思想上继承了《庄子》顺应自然、追求真朴的自然观和反对机心、鄙视贪婪的人生观；在创作上也继承了《庄子》浪漫主义的写作手法和独特的形象塑造方法。文章对柳宗元在寓言写作上对《庄子》寓言的继承发展也做了探讨。湖南师范大学吕双伟《柳宗元的骈文成就及其文学史意义》对于柳宗元骈文的成就予以更多的关注，文章指出：柳宗元事实上亦是骈文名家。对于表状、笺启与碑志，他沿袭六朝以来的传统，多用骈体。中唐时期，骈文和古文两者并没有形成一个彼此对立、互相分离的平行场域，而是多交融共生，相辅相成。

在关于柳宗元具体文学作品的探究中，本次研讨会也出现了较多的新见和争鸣。

刘晓《文本的继承与讹变——柳宗元〈饶娥碑〉的文本争讼及阐释变迁》指出，柳宗元谪居永州期间应饶州刺史元洪之请所作《饶娥碑》对饶娥本事的记载与乐平县令魏仲兕《孝女碣》多有龃龉。柳宗元作为南贬北人，因传闻所限，不得饶娥细情，在《饶娥碑》文本创作中有意识地对孝女经典文本《曹娥碑》进行继承和吸取，有暗借曹娥为饶娥揄扬造势之意，这是导致柳碑与魏碣形成矛盾叙述的主要原因。伴随着士人争讼，宋元之际产生了调和柳、魏两种叙述的本事文本，且增入“白犬衔梭”的灵异情节。这一现象缘于官方教化与民间信仰祭祀的“双向互动”，民众对饶娥神灵属性的现实需求，使得人们对柳宗元笔下“孝”的内涵阐释发生变异，逐渐与神灵信仰关联起来，反映在文本世界中，即为神异性凸显的“异文本”之产生。此外，宋末乐平地方士人在“遗民”情结下对饶娥之“孝”作“忠贞节烈”观的阐释变化，体现出后人在特定环境下对《饶娥碑》等文献的“曲解”和“误读”。王树森《〈晋问〉与唐代都邑赋的创作启示》就柳宗元创制的以铺陈叙述家乡河东山川物产、历史人文为主要内容的七体赋《晋问》为研究对象，探讨其在唐代都邑赋发展史上的重要地位。王文指出：唐代并未延续“盛世作赋”的文化传统，究其原因主要是开国以来君主不喜大赋以及唐代律赋因科举而获得的高度发展。柳宗元《晋问》和晚唐李庾《两都赋》是唐代都邑赋的代表作，宋代都颉作《七谈》铺叙鄱阳土风人物、孙因作《越问》、晚明夏完淳作《燕问》等，都受到了《晋问》的启发。《晋问》《两都赋》为都邑赋题材的大赋做了一个阶段性的小结，积累了极为宝贵的经验教训。万德敬《柳宗元对唐代狂士文化的批判——重新检讨〈李赤传〉〈黔之驴〉的创作动机》在概览唐代狂士文化之后指出，柳宗元本人及永贞党人的领袖“二王”也具有狂士之风。柳宗元是在对狂士文化进行深刻的反思和检讨之后创作了《李赤传》《黔之驴》等反讽意味浓厚的文学作品。柳宗元对狂士文化的批判还表现在冷静的学术研究与广泛的社会交游之中。郭新庆《〈毛颖传〉是寓言不是传奇小说》将韩愈《毛颖传》和柳宗元《读韩愈所著〈毛颖传〉后题》联系起来论述其在廓清古文运动的道路、做“有益于世”之文的意义上具有重要的理论意义。康亚萍《延续千年的缅怀：〈吊屈原赋〉和〈吊屈原文〉的对比分析》对比了贾谊《吊屈原赋》和柳宗元《吊屈原文》，认为柳宗元文在表达对屈原忠君爱国、惟道是就人格的感佩和向往的同时重在借古讽今，表达对现实政治环境的不满。贾谊《吊屈原赋》在吊文发展史上具有开创之功，柳宗元《吊屈原文》则是个人文风转变的标志。王平《场域变化与柳宗元的长安情结——以“追诏回都”诗与“赴柳之作”为例》以布迪厄场域理论为依据，通过解读柳宗元“追诏回都”诗与“赴柳之作”两组诗，指出政治场域、文化场域和情感场域的变化中折射出来的柳宗元浓重的长安情结。在政治场域的变化中，其长安情结表现为重回权力中心到话语权再次旁落的政治心态起伏，以及对长安社会资源与象征资本的无比眷恋。在文化场域的变化中，柳宗元以长安文化资本的积累与贬所文化劣势来表达自己的长安情结。在情感场域的变化中，故地重游而心情迥异，家国情怀与隐逸之心交织是其长安情结的明显特征。杨晓苏《边缘化社会角色心态对柳宗元诗歌创作的影响》认为柳宗元在经历过政治挫败之后沦为"边缘化"的社会文化角色。由于他经历了政治边缘化，身体健康边缘化，中兴家族理想边缘化的一系列原因，因此他在诗歌创作中，受到强烈的边缘化社会角色心态的影响，在诗歌中表达自己感兴趣的事物时，总是处于一种若即若离的情感状态，如对政治的"忘机"和存有"机心"，对佛法的将信将疑，对山水自然的不可久居，对远谪之地的亲与不亲。他的诗歌创作所选用的意象，也是被人所忽视的，边缘化的意象。

李宜蓬《柳宗元铙歌的文学及文学史价值》与陶成涛《从器物复古到精神复古：柳宗元的乐府雅诗述作历程的再探讨》同时将研究对象关注到柳宗元仿效汉魏铙歌所作的《铙歌》十二曲。李文指出，柳宗元的《唐鼓吹铙歌十二篇》是唐代唯一的铙歌系列作品，在铙歌发展史上占有重要地位。柳宗元铙歌聚焦开国军功主题、彰显大唐恢宏气象，广泛应用比兴手法，具有充沛的气势，体现了柳宗元对国家统一国力强大的向往，也代表了柳宗元乐府诗创作的最高成就，其文学价值和文学史价值应该引起学界的高度重视。陶文认为，柳宗元模仿"汉魏旧制"中歌颂国家创业艰辛的"仪仗"礼乐精神，创作了《唐鼓吹铙歌十二篇》，但是由于鼓吹乐曲在唐代当时的礼乐环境中已经处于冷落地位，故而无法得以在国家礼乐体系中获得一席之地。贬谪柳州之后，柳宗元创作了《平淮夷雅》，继承了《诗经·大雅》中"宣王中兴"的历史话语和《江汉》《常武》二篇的"凯乐"精神，方才获得了相当的成功。

二、与柳宗元相关的历史与文化研究

与柳宗元相关的中唐历史考证文章是本次研讨会的亮点。

查屏球《政治立场的表态与地方治理的思考——柳宗元、刘禹锡与元洪三书笺释》通过讨论刘禹锡、柳宗元与元洪的书信往来，指出柳宗元讨论《春秋》中晋国荀息、里克立储之争，深意在德、顺二朝立太子事。由于王叔文之党在立太子之争中反对宪宗，因此宪宗即位后以逆臣被处置。而对柳宗元、刘禹锡等人来说，他们完全是受牵连者。柳宗元通过对《春秋左传》之东宫及易代之事发表见解来为自己的政治立场辩诬。同时三人的书信也涉及地方治理问题，体现了社会民生的真切关注。最后文章还深入地分析了书信中刘禹锡、柳宗元对于柳宗元岳父杨凭被贬一事的不同态度，指出刘禹锡和柳宗元的不同为官心态。陈冠明《论“裴度集团”平叛的外围声援——兼论“永贞集团”柳宗元、刘禹锡的政治遭际》指出，在“裴度集团”平叛过程中，柳宗元、刘禹锡虽远在贬所，远离政治中心，却自始至终是“裴度集团”的外围声援。文章同时评议了学界在讨论裴度与柳宗元、刘禹锡关系上的偏颇之论，指出裴度并未真正对柳宗元、刘禹锡加以推荐汲引，元和十年促使柳宗元、刘禹锡等被诏回京的执政是张弘靖，而非裴度。

与柳宗元个人行迹相关的研究有尚永亮《唐人诗文及史书中的“商颜”小考——兼谈刘禹锡柳宗元初贬所经路线》，田恩铭《吕温之死与元和士人的诗文纪事》，严寅春、蒋旅佳《论柳宗元的干谒与被干谒》等文章。尚文指出：唐人诗文中常出现的“商颜”，多指陕南商洛之商山，而少有指称渭北冯翊（即今陕西大荔）之商原的。冯翊境内之“商颜”，是原，不是山，今通行本《史记·河渠书》“商颜”后所加“山”字当为衍文。“颜”与“崖”“岸”音义相通相近，“商颜”或即“商崖”“商岸”之音转或借字，师古以“商山之颜”释冯翊之商颜是错误的；而后人受其影响习非成是，既形成以“商颜”指代商山的恒定看法，也由此导致对两处“商颜”的诸多误解。至于刘禹锡笔下的“商颜”，当指商山，而不指商原；刘氏之贬，也未曾经由渭北之“商颜”，高志忠、下定雅弘的相关看法难以取信。田文指出：吕温的人生行迹全赖刘禹锡和柳宗元的文章而留存，后被采摭入两《唐书》。然而两《唐书》关于吕温传文皆极简，柳宗元、刘禹锡的文章中所纪事或因史家之褒贬爱憎或因对永贞革新的成见未能采摭入传。吕温离世的元和六年，刘禹锡、柳宗元等人将自己政治失意融入悼念吕温的诗文之中，成为悲愤的时代挽歌。严、蒋《论柳宗元的干谒与被干谒》一文梳理了柳宗元仕途生涯中的干谒之举和被干谒的情况。指出柳宗元幼年即有干谒之文、为科举也多有干谒，但柳宗元的特色之文在于贬谪后的陈情投献干谒之文，从中可见柳宗元汲汲于仕进的心态。干谒柳宗元者一类是后进求学者，一类则是僧人入世者。柳宗元对于当时为科举功名而干谒的行为也提出了鲜明的批评。

在柳宗元文化、柳氏家族文化及其当下文化影响方面，张文利《唐代士族家训探析——以柳玭家训为重点的考察》以《旧唐书·柳公绰传》附"柳玭传"以及《新唐书·柳公绰传》附"柳玭传"所收柳玭所著诫训子弟的文字为研究对象，分析了其关于立身、治家、为官、治学的要求，指出唐代是士族的转型期，晚唐五代的士族逐渐走向衰落，其政治优越性日渐消衰，而文化传统和文化优越感则仍绵延不绝。以家训为标志的柳氏家风家教，是河东柳氏在政治地位衰落后，继续保持文化高门的保障。其家训内容凝聚着唐代士族的家训理念，与六朝士族家训和其后的宋代士大夫家训既有承传，也体现出时代和家族性质的差异性。祁世坤《河东柳氏的兴衰史与念兹在兹的柳宗元——从"河东三姓"融入"关陇集团"说起》对于柳宗元的河东宗族情结进行了论述。另外，胡忠岳《柳宗元大唐文化创极初论》，申三财、邓解放《河东柳宗元祖籍之地文化研读》，吕娟娟、郭星《永州祭祀柳宗元特征探述》，张莹《潮州韩愈尊神现象与柳州柳宗元尊神现象比较研究》等文章也做了较为深入的研讨。

三、关于柳宗元思想的研究

刘真伦、岳珍《柳宗元思想研究百年述评》是对于百年柳宗元思想研究的全面的回顾和总结。文章引述文献全面翔实，评议清晰。文章认为：与20世纪之前持续千年的否定性主流意见相比，20世纪初叶迄今的柳宗元研究大多坚持肯定性意见，而且肯定乃至赞颂的调门一天比一天高亢。20 世纪上半叶,柳宗元思想研究的主题词是唯物主义、无神论、反封建、政治革新、法家。20 世纪下半叶迄今,上述议题仍然是柳宗元思想研究的主流观点。柳宗元是法家的主流观点,在 1973—1976 年达到高峰。柳宗元思想属于儒家,这一观点在 20 世纪 90 年代以后逐渐成为主流。90 年代以来,柳宗元思想研究的热点、主题,由“文革”中的儒法斗争、韩柳之争,变成了现实主义、民本思想、法治思想、吏为民役、大公之道、大中之道、统合儒释、中晚唐儒学复兴的主将、宋明理学的先驱等等。文章评议了百年柳宗元思想研究的种种观点和争论,最后指出:“问题并不在于柳宗元思想中有没有唯物主义、无神论、法家、改革家的因素,而是必须明白一个基本的事实:半截唯心、半截唯物,说明唯物主义这个筐子装不下柳宗元思想;半截有神、半截无神,说明无神论这个筐子装不下柳宗元思想;半截法家、半截儒家、半截佛家,说明法家这个筐子装不下柳宗元思想;半截改革、半截保守,说明政治革新家这个筐子装不下柳宗元思想。柳宗元思想的边界远远大于上述的几个框子,要准确定义柳宗元思想,还需要寻求新的理论框架。”

柳宗元经学与哲学思想的研讨也是本次研讨会的重要组成。王基伦《唐代柳宗元儒、释、道的思想会通》指出:柳宗元出身儒门世家,一生以儒学精神为本位。但又从小接触佛教,因而对于儒学思想、佛学思想知之甚深。他面对安史之乱后的世局变动,不是从民族血统的立场来排斥佛教,也未曾冀望中央朝廷以政治力量来排佛,而是植根于儒家学说的立场,试图融合佛教较好的观点,充实儒家心性论、天命论方面的内涵,开展出儒学视野下的佛道观。他熟读佛典,深入理解佛学,而后肯定佛教徒持守律行的重要性,赞赏佛教僧人“本于孝敬”的作为,主张落实“大中之道”,但也批判禅学末流不守戒律的歪风,进而以入世精神去改造佛教。柳宗元对于道家学说重视“自然观”,摒弃“方士之说”,反对服食偏方,也不迷信神仙不死、不以鬼神为务。中国哲学思想从“汉学”转向“宋学”,韩愈、柳宗元、李翱三人发挥了重要的作用。李伏清、唐琦露琴《柳宗元经学思想研究》指出:处于中唐儒学复兴思潮背景下的柳宗元，不仅主张严格区分经传，同时在疑古、辨伪方面做出了卓越的贡献：前者主要表现为对《国语》进行了系列的批评和非议而做《非〈国语〉》六十七篇，后者具体从源流、著述作者、文辞、史实、文义内容等角度对诸子学产生了系列的怀疑，并进行论辩。柳宗元这一思想为“宋学”疑古、惑经和辨伪的全面展开开启了序幕。同时，二位学者还提交了《柳宗元融佛思想探析》一文，也清晰地指明了柳宗元融佛入儒、统合儒释，以儒道为评价的准绳来审视佛教的思想。翟满桂《论柳宗元辅时及物之“道”》指出：柳宗元永州十年写下了一组具有开创意义的议论文。以辅时及物为道的雄图大略提出过对天人之道、经国之道、为学之道、为文之道、民本之道等方面的看法，表现出对“道”的洞见。于当今仍有重要的借鉴意义。关永利《论柳宗元的尧舜之道》认为柳宗元阐释尧舜之道的内涵为至大以简的管理模式和选贤举能的用人理念。同时，柳宗元在实践中积极践行尧舜之道，表现为自己积极学习尧舜之道并鼓励身边的士人研习之，同时，在长期的贬谪生活中，他也矢志不移地为实现尧舜之道做出种种努力。张勇《柳子论孟及其文化意义》指出：柳宗元对孟子性善论、义利观直接提出批评，在对管仲、伊尹评价问题上也表现出与孟子不同的态度。柳宗元认为孟子思想“缓以舒”，没有孔子“急民”，因此不是孔子思想的正统继承者，不应列入儒家“道统”。柳宗元通过批评孟子，把儒“道”由超越层面的仁义道德，引向现实层面的国计民生，其孟子观具有强烈的现实性、功利性、人间性特征。与韩愈相比，柳宗元的孟子观更适应中唐社会现实的需要，因而具有更为重要的现实意义，对宋代事功派儒学家也产生了重要影响。

柳宗元的法治、吏治思想探究也有较多收获。蓝天强《柳宗元法治思想研究》梳理了柳宗元的司法思想，强调“条纪纲”“齐法制”，并根据《复仇议状》《非〈国语〉·戮仆》《柳州上本府状》等文章对柳宗元“礼法合一”的观点进行了深入的阐述。包小玲、陈晓锋《柳宗元法治思想中的“崇德”倾向》指出：柳宗元的法治思想具有明显的崇尚道德倾向，他从法律产生的根源进行论证，提出法律本来就是具有“大德”的强者制定出来的“有德”之法，之后交由“有德”之人执掌，所以法律的根本任务应是为道德保驾护航，执法者中应杜绝道德欠缺之人，断案应回归法律的本义，要对案件进行道德审视。另有胡忠岳《柳宗元人文理念探微》、王良《略述柳宗元“吏为民役”之道》、曾武清《柳宗元的“吏为民役”公仆论》、金乾伟《条其法制：柳宗元吏治思想及其现代价值》、邵红霞《试论柳宗元法治思想的内涵及现代意义》、赵岚《论柳宗元法治思想对现代司法实践的启迪意义》、李跃敏《从〈驳复仇议〉来看山东辱母案》等文章论述和审视了柳宗元相关思想的现代意义。

四、关于柳宗元的后世接受与评价研究

本次研讨会共有6篇论文涉及柳宗元的后世接受和评价。成明明《柳宗元诗歌在宋代的因缘际会》指出：宋代可谓柳宗元声誉鹊起的福星时期，宋人以“发纤秾于简古，寄至味于澹泊”，精妙评价了柳诗之风格特点；以“至味自高，直揖陶、谢”，不吝标榜了柳诗在诗史上的不俗地位；“柳诗有奇趣”与含蓄情深、自然精妙，成为宋人对柳诗艺术特点的出色解读。柳诗在宋代得以声誉鹊起的原因，我们以为苏轼的赞誉推崇，以明星效应使柳诗获得了广泛的社会认同；柳子才高而命舛的悲剧命运，极易引起遭频繁贬谪的宋人的强烈共鸣；柳诗与渊明诗歌的相似性，使其无可争议地成为宋人学诗的法门之一；柳诗深远难识的艺术特点，强烈契合了宋人求真求实的学问精神；柳诗成为名家馈赠之物的社会现实，促使柳诗的传播变得多元且生动。步童、陈向春《论苏轼评价柳宗元的变化过程及原因》对苏轼接受柳宗元诗歌的过程进行梳理，指出苏轼对柳诗的接受大体分为三个时期：神宗元丰二年至哲宗元祐二年、哲宗元祐三年至元祐八年、哲宗绍圣元年至苏轼去世。其中，第一个、第三个时期是苏轼接受柳诗的高潮期，第二个时期是低潮期。同时，第一个、第三个时期是苏轼仕途生涯的低潮期，第二个时期是高潮期。这种反差，体现出的是柳诗对饱经挫折的苏轼的重要作用。柳宗元支持变法的立场使得饱受新党迫害的苏轼对他有敌意，而且不能理解柳宗

元。但是被贬后，苏轼能够对柳宗元抱有“理解的同情”，柳诗的抗争意识成为他的精神支柱之一，柳诗中的平淡也能抚慰苏轼的心灵。杨再喜《刘克庄〈后村诗话〉对柳宗元诗歌阐释的开拓性贡献》认为刘克庄在苏轼将“陶、韦、柳”三者诗歌并提的基础上，突出了柳诗“凄怆”的情感特点；在同韩愈等诗歌的比较中，称誉柳宗元为“本色诗人”；以史为证，对柳宗元政治操守和人品道德的全面肯定；通过纵向比较，将柳宗元位列诗歌史上的“百世之师”。上述四个方面，标志着宋人对柳诗接受时在理论认识上的成熟。吕国康《日本学者对柳宗元研究的拓展与掘进——以清水茂、下定雅弘、户崎哲彦为例》综述了日本学界对于柳宗元的研究成果，指出清水茂是老一辈的杰出代表，对柳宗元版本的考证起步较早，对柳的生活体验与创作的关系发表过精辟见解，影响深远。下定雅弘、户崎哲彦是中年学者的优秀代表，在柳学领域深入开拓，多有创见。前者采用统计法研究柳诗，比较法分析柳诗，剖析柳诗对陶诗的接受丝丝入扣，角度新颖，给人以别开生面之感。后者重视田野调查，对柳文石刻、古籍的考证，追根溯源，细致入微，填补了柳学不少空白。苏岑《柳宗元及其作品在朝鲜半岛的传播》综述了朝鲜半岛对柳宗元的接受史，指出柳宗元是在朝鲜半岛广受欢迎的大作家，和韩愈一起被尊崇为古文学习的典范。《柳文事实》是朝鲜半岛最早刊刻的柳集，当在公元 1174 年以前。之后多次被刊刻出版，收录柳文的选本则更多。朝鲜历代文人对于柳宗元的评价也基本是高赞其文而鄙薄其人，与以朱熹为代表的中国文人基本一致。

以上是本届柳学会研讨的主要内容。西北大学文学院李芳民教授在闭幕式上的学术总结指出：“本次柳宗元年会暨国际学术研讨会，是一次参加人数较多、规模较大的会议，也是一次程序组织周密、讨论气氛热烈、学术氛围浓郁，并在学术上取得重要收获的会议。不少论文论题新颖，研究深入，论证充分扎实，把相关论题的研究，引向了深入，取得了令人瞩目的成绩。特别值得注意的是，本次会议还出现了一些在研究深度与论题开掘上学术价值很高的论文，体现了当代中国柳宗元研究会的研究水准。”同时，李芳民教授对当代柳宗元研究提出展望，倡导学界突破定势思维，更新学术观念，树立国际化意识，与国际柳学研究对话，彰显中国柳学学术，创造无愧于柳子的学术精品。

本届柳学会还进行了理事会改选，增选李芳民教授、张勇教授、吕双伟教授、莫道才教授为中国唐代文学学会柳宗元研究会副会长，杨金砖教授为秘书长。

中国刘禹锡研究会2017年年会暨中唐诗歌国际学术研讨会综述

□ 杨宝祺

2017年9月23日至24日，由中国刘禹锡研究会主办，洛阳师范学院文学院、华南师范大学文学院承办的“中国刘禹锡研究会2017年年会暨中唐诗歌国际学术研讨会”在洛阳市顺利召开，来自浙江大学、复旦大学、华南师范大学、中国社会科学院文学研究所等高校和研究机构的专家学者40余人参加了会议。本次会议汇集了戴伟华、胡可先、查屏球、陈才智等古代文学研究专家，同时吸引了不少博士、硕士与会。青年力量的加入，给会议吹来一股新风，使刘禹锡研究呈现出健康持续的发展趋势。

本次研讨会分大会开幕式、大会报告、小组讨论、闭幕式等多项议程。中国刘禹锡研究会会长、广州大学戴伟华教授，常德市刘禹锡研究会会长曾祥永教授，洛阳师范学院副校长赵海彦教授，洛阳师范学院文学院院长刘继保教授为大会致开幕辞。

本次研讨会收到论文40余篇，涉及刘禹锡的创作、交游、物质生活、思想，还有中唐时期诗歌个案研究、政治立场研究、出土文献相关问题考论等内容。在广度和深度上大力推动了刘禹锡研究的发展，展现了中唐诗歌研究的学术前沿和热点趋向。

一、《刘禹锡资料汇编》工作汇报

从事刘禹锡研究工作，多以瞿蜕园《刘禹锡集笺证》和陶敏、陶红雨《刘禹锡全集编年校注》两本专著作为依托。除了瞿、陶两家，还有近40部专著、上千篇论文是刘禹锡研究的相关成果。而这些资料均未得到系统的整理，以便后学继续深入研究刘禹锡的生平、创作、成就，乃学术界的遗憾。戴伟华教授作为中国刘禹锡研究会会长，邀请专家、学者参与《刘禹锡资料汇编》编纂工作。此项编纂工作已被列为中国高校古籍整理研究项目。

会上，戴伟华教授和其博士生唐亚飞就《刘禹锡资料汇编》相关工作进展做了汇报。汇报分三方面进行：《刘禹锡资料汇编》的缘起及意义、《刘禹锡资料汇编》工作进展情况和《刘禹锡资料汇编》未来工作计划。今辑录工作已有十一万字的成果，未来还会仔细梳理前人研究成果，借助网络提高工作效率，同时坚持实地走访和关注最新的出土材料，兼顾医学、佛学方面与刘禹锡相关的内容。

二、刘禹锡的文学思想与经学思想研究

本次会议中，刘禹锡的文学思想与经学思想得到多位学者的关注。学者们提交的研究成果大致可归纳为三个方面：俯瞰刘禹锡经学和文学的互通互化；从经学角度切入，探讨刘禹锡经学对文学创作的影响；将刘禹锡的文学思想作为落脚点，以经论文。

吴夏平《刘禹锡经学与文学之关系考论》提出隋唐时期儒生和文士身份合流造成经学研究出现“经学家的经学研究”和“文人的经学研究”两种现象，并指出刘禹锡是属于后者。刘禹锡的经学思想受施士丐的新解影响而有别于旧学，具有哲学化的特点。吴文把刘禹锡的经学和文学互通互化归结为“权力、学术、文学的纠缠”，即刘禹锡本人参与到“永贞革新”，以文人之身研究经学，选择“新《春秋》学”阵营。作者据此提出“学术的分化，实际是思想的对立”的观点。而刘禹锡优胜于经学家和一般文人并具有典型性，在于他能“将经学内化，二者融通于无形，羚羊挂角无迹可求”。

范洪杰《刘禹锡与〈春秋〉学》从刘禹锡的经学思想切入，着重梳理了刘禹锡受“新《春秋》学”影响的源流，且特设一节论述

“刘禹锡与陆门子弟的关系”，刘禹锡的思想和交友圈处处有陆门的痕迹。范文以为，柳宗元大力宣扬的陆质的“大中之道”思想与王通密切相关。关于刘禹锡对《春秋》的研究，作者认为刘禹锡注意到了且十分看重《春秋左氏传》的写作艺术，并在研究、了解春秋笔法的基础上，能将其内化为己用。

张东哲《文学思想：哲学维度与历史视野——论刘禹锡的文学思想及其文化内涵》认为刘禹锡的文学思想自成系统。刘禹锡的“文章之论”阐述了章表诏奏等应用文体能起到“代朝廷立言”的作用。刘禹锡论文的思想根植于中唐清流政治文化，且受“六经皆文”思想的影响，因而其为文之能与经学造诣密不可分。另外，刘禹锡论诗涉及创作论、方法论及本体论，为诗人论诗的典型，从中可看出道释之学对他的诗论的影响。而刘禹锡的文学史发展观则体现“中道”哲学思想，带有周期论和通变观，阐述了文学史发展的动力因素既有自律论的影子，又有他律论的论调，立论周全圆融。

三、刘禹锡的性格、生平对文学创作的影响研究

人所处的环境和人生经历极大地影响了人的性格形成，而人的性格会在其文学作品中得到体现。本次会议的与会论文中亦不乏从刘禹锡的性格、生平切入，以观照他的文学创作的佳作。

戴伟华《“永贞革新”与刘禹锡、柳宗元“才性”论稿》注意到了一个复合型人才的标准——才性，并将这个概念分为“政治才性”和“文学才性”。研究“文学才性”，实为研究“情性”，即“才性”中的“性”，应侧重通过对某作家的作品进行研究，以反推此人性格。以刘禹锡两题玄都观诗为例，比较“刘禹锡自说”“《本事诗》说”和“《旧唐书》说”，可以否定刘禹锡的玄都观诗是反映其“倔强”性格的传统说法。在“文如其人”的前提下，可从内容、题材、表现手法比较接近的诗作中反推刘禹锡与柳宗元二人的性格差异。此文引用了具体的文章或事例，将刘禹锡和柳宗元的“政治才性”归纳为：“学有师法，有政治家的理论基础”“仁孝

之心”和“政治兴趣和热情”。

刘禹锡独特的仕宦经历也颇受学者关注。如王永波《论刘禹锡的郎官经历与诗歌创作之关系》以刘禹锡一生三次担任郎官的罕见经历作为切入点，剖析刘禹锡任职期间的心路历程。刘禹锡有浓厚的“郎官意识”，被刘禹锡多次使用的“刘郎”意象在中唐成为郎官的代名词，并逐渐在文士群体中广泛流传。任职郎官期间，刘禹锡以与白居易、令狐楚、裴度等人进行诗歌酬唱为主要创作形式，表达游园与宴饮两个主题，真实记录了其时长安诗坛官员群体的诗歌交流和刘禹锡的心路历程。

刘禹锡秋日题材诗中多有名句，如“自古逢秋悲寂寥，我言秋日胜春朝”，历来都受到品诗、论诗者的关注。由兴波《刘禹锡“秋”诗精神意蕴研究》统计刘禹锡涉“秋”诗近四十首，将其分为五类并分别举例分析，重点讨论刘氏涉“秋”诗中的乐观向上精神意蕴和豪迈刚劲之气。

李华康《刘禹锡晚居洛阳时期碑文思想研究》是从刘禹锡的生活切入，探讨他的性格和心态的又一角度。李文以统计、研究刘禹锡晚年在洛阳所做的碑文以及诗酒交游、钻研佛理的生活，得出刘禹锡“对仕途的渴望与屡遭贬谪的现实形成巨大落差，儒家思想是其壮志难酬心态的反映”的结论。

四、刘禹锡的交游情况研究

刘禹锡与中唐诗坛、文坛、政坛的众多知名人物有密切的交往，研究他的交游情况十分有价值。蓟甜《刘禹锡朗州诗文往来人物略论》、程圳生《刘禹锡的书法水准及师承交游论略》、刘绮璐《刘禹锡的读书与交友》和吴肖丹《从叙事者和记录者的立场看〈刘宾客嘉话录〉》分别从人物、师承、交友、教诱后人四个主题研究刘禹锡的交游。

其中，程文注重书法与文学的结合研究，立足于刘禹锡传世书迹的形态水准，依据《乘广禅师碑》与《崔迢墓志》进行考察，认为前者丰润婉劲，集欧书与虞书的长处于一身，后者清健圆腴，颇似颜真卿《多宝塔碑》风格。在详细考据刘禹锡的书法风格形态、书迹著录情况、笔法师传源流、论书诗及相关交游后可知：刘禹锡的书法造诣“远宗二王欧虞，近师张旭、徐浩、皇甫阅，得徐浩一脉腴润笔意，既有虞书的外柔内刚，又有欧体的端严”，晚年的书法作品又极似颜体，在书法实践和理论方面都颇具水准。而刘禹锡与柳宗元有一组多循环式论书唱和诗传世，在文学史和书法史中都举足轻重。

程文是往上追溯刘禹锡的师承，而吴文是往下讨论刘禹锡的教诱思想。吴文选取韦绚《刘宾客嘉话录》作为研究对象，将刘禹锡和韦绚的身份分别定义为“叙事者”和“记录者”，通过叙事者口述的中唐各种实际人物关系，表达出叙事者对事实的立场态度。此文涉及“清流政治”“永贞革新”等与刘禹锡息息相关的政治话题，并关注到刘禹锡在贬谪十六年后“述而不作”，在追忆历史的过程中反思命运。而韦绚亦从乃师的反思和自身经历的对比中加深了对“微言大义”的理解。

五、中唐政治与刘禹锡社会地位研究

“永贞革新”是中唐的重要改革，刘禹锡参与其中，其人生轨迹与中唐政局的波动紧密相连。与会论文中的白金《刘禹锡在永贞革新中的作用——兼论“二王、刘、柳”的贬义内涵》、查屏球《政治立场的表态与地方治理的思考——柳宗元、刘禹锡与元洪三书笺释》和彭梅芳《刘禹锡与中唐清流文化》就是研究刘禹锡和这场改革的关系的成果。

白文否定了文学史上认为刘禹锡是“永贞革新”中的核心人物的论断。文章通过比较刘禹锡与韦执谊、韩泰、凌准等人在“永贞革新”期间的官职和在革新中的作用，推导出“刘禹锡在革新中不是核心人物，而是扮演了相对重要的角色”的观点。刘禹锡是革新中的核心人物这种错觉的产生，是受刘禹锡在文坛地位较高的影响所致。“二王、刘、柳”亦是一种带有贬义色彩的合称。

查文指出贞元末的政治精英和元和朝的负罪之人两重身份造就了“八司马”群体的独特性。文章着眼于柳宗元、刘禹锡、元洪三人的通信，讨论、分析柳宗元与元洪论春秋学的寓意，点明两人托论经来议政，并结合两人在政局中的际遇以探讨两人的思想和价值取向。三人观点虽有出入，但都体现中唐以后文学的一大特点：对社会民生的真切关注。此文还就柳宗元的岳父杨凭被贬一事进行讨论，从侧面证明了三人站在相同的政治立场，因而关系密切。查文通过研究三人的通信，给研究中唐政治以及“八司马”群体的心态提供了一个借鉴。

彭文立足于“清流政治”，认为唐代“清流”是依托进士科举得到复兴，是德宗、宪宗朝以后加强皇权的途径和产物。刘禹锡本人进士出身、文名早著、身居清要，以“累居清秩、登践纶阁”作为从政的最高目标，此与清流群体接纳新成员的标准吻合。后在“永贞革新”中，刘禹锡管理盐铁务，官职由清入浊，又有结党之嫌，并且表现出个性浮薄、言多怨诽的缺点，被清流群体排除在外。自此，刘禹锡未再被清流群体重新接纳，“入登纶纬”的政治宏愿亦成为一纸空谈。

六、音乐与文学关系视野下的刘禹锡研究

近年来，跨学科研究在学界备受瞩目。学者们在尝试突破自己的专长做跨学科研究时，音乐与文学的交叉领域备受关注。本次会议中，有多位学者就刘禹锡集中所载的竹枝词与朗州当地的民歌的联系、唐代洛阳音乐文学、唐代踏歌等问题进行跨学科研究。

从地域文化的角度切入刘禹锡诗歌与民间音乐关系的论文可见刘梦初《刘禹锡的民歌与竹枝词》和曾祥永《略论刘禹锡在朗州对民歌诗体的改造与创新》。刘文提出“民歌体”，即指刘禹锡向民歌学习后创作的新乐府诗，而刘禹锡的诗歌创作向民歌取材始于朗州。此类诗作在题材上大量增加对劳动场景的描写和民俗风情的刻画，表现出刘禹锡对农业和农民的关注，因而有别于孟浩然的“牧歌式的田园风光的描写”。在诗歌主旨方面，刘禹锡推崇“语拙意工”。刘禹锡根据巴楚民歌声情，改造、创制的一系列民歌体乐府小诗在律绝的体调基础上多了类似民歌的

“明快节奏、婉转情思”与风土特色。曾文主要强调刘禹锡谪居朗州的十年，给诗人进行创作采风提供了极大空间。《畬田行》是表现朗州人民刀耕火种的作品，《竞渡曲》则是描写朗州人民端午节时为纪念屈原而赛龙舟的情景。相关的论文还有魏胜权《刘禹锡竹枝词首创地的哲学思考》，此文试图用哲学分析方法论证刘禹锡《竹枝词》的首创地在朗州，且《竹枝词》是贬所的地理环境、风土人情与刘氏人生中才思敏捷的黄金创作期的灿烂相遇。

张之为《生长中的传统：唐踏歌的二重文化蕴义——以刘禹锡为中心的讨论》从刘禹锡被贬至朗州、夔州等地而激发踏歌诗创作发起思考，细致考究踏歌的源流、唐民间踏歌的民俗学渊源、踏歌的文学书写。文章指出，唐踏歌节会有两个核心构成因素：一是在月圆之夜举办踏歌会，二是女性是主要参与者，暗示了踏歌不仅是一种娱乐性、游戏性的活动，而且是原始巫俗的遗存，与古老的月崇拜有强烈联系。在唐踏歌的文学表述方面，刘禹锡《竹枝词》等系列创作的影响最为显著。《竹枝词》具有巫俗文化背景，源于夜郎国流传的“竹生人”感孕神话。刘禹锡序言表明其《竹枝词》是追步屈原的《九歌》，为巴人演唱所创作的歌辞，反映了巴人踏歌的表演形态。结合皇甫松、孙光宪的《竹枝》可知，唐代以巴地为中心的《竹枝》踏歌，实则是以婚配、生育为精神核心的。刘禹锡创作一系列踏歌作品，是文人介入民间踏歌的标志，它最重要的意义是：通过文学书写，踏歌被成功赋予了崭新、丰富的文化内蕴，并以群体唱和为契机扩散传播，逐步形成创作传统，稳固后被历代传承。文章还考察了唐踏歌文化的“民间”与“文人”两种范式，试图将刘禹锡踏歌诗研究中经典的地域文化视角转换，在纵向社会分层中探索踏歌文化的变衍。

七、刘禹锡的物质生活研究

围绕刘禹锡的日常生活，尤其是物质生活的研究，常受到研究者的青睐。物质生活研究一般落脚在文化研究，在一个时代的价值取向研究中升华。刘青《刘禹锡诗歌中的酒与茶及其文化意义》取"酒""茶"两类饮品作为研究对象。此文研究酒文化时,考察了葡萄酒、松醪春、竹叶青三种唐代酒品。研究茶文化时,将茶事、茶诗、茶具结合,指出刘禹锡的茶题材作品与佛教的密切关系。作者在茶文化与酒文化的对比讨论中,敏锐地发现盛唐到中唐的转变痕迹,即茶文化带给中唐的"冷静与克制"气象,冲淡了盛唐酒文化最盛时的"豪迈与放纵"气象。而中唐诗歌中的茶酒互补亦是中唐互相包容的文化特征之体现。

杨宝祺《论用俗字入诗对诗人评价的影响——从刘禹锡诗中无"糕"字谈起》从刘禹锡本人的传世诗作和同时期乃至有唐一代的诗作中考证可知:一是刘禹锡诗中确无"糕",二是唐代亦少有以"糕"入诗的作品。刘禹锡得"诗豪"之名与诗中有无"糕"关系不大,宋祁语过于偏激。

邱伊彤《刘禹锡贬谪创作中的禽鸟意象》通过分析刘诗中的禽鸟意象,总结出"恶禽意象讽刺小人,良禽、伤禽、孤禽意象隐喻自身"的使用规律,从中窥探刘氏在贬谪时期的心理状态和人生态度。

八、文学批评与刘禹锡的文学创作研究

本次会议涉及对刘禹锡诗文创作的文学批评的研究有任永安《明代诗学批评视野中的刘禹锡诗歌》。此文依时间顺序罗列明代数家文学批评观点,分析明代诗人对刘诗的观感。明初期,按地域籍贯分为闽籍诗人和浙籍诗人。前者以高棅为代表,主要论述诗歌流变;后者以宋濂为代表,力推标举风雅。嘉靖年间,分派别而谈,王世贞、谢榛等后七子属格调派诗人,评刘诗"颇具才气,工于辞藻,善于审音,然而神韵不足,格调不高";杨慎分属六朝派,欣赏刘诗的"六朝风雅"和"柔情绮语",认为"元和后当为第一",是对刘诗评价最高的明代学者。明代后期评刘诗仍是派别之争,七子派后学坚持以格调论诗,从音调、骨力、气韵等方面评析对刘诗的艺术特征;竟陵派诗人则倡导"幽深孤峭"的诗风,尤为欣赏刘诗中寄情高远的作品。纵观明代各时期作家对刘诗的批评,可知明代诗学观念的传承流变,有助于研究

唐诗在明代的接受情况。

九、选集中的刘禹锡诗研究

本次会议中，李经纬《〈瀛奎律髓〉所选刘禹锡诗探析》沿“《瀛奎律髓》的选诗标准—《瀛奎律髓》所选刘禹锡诗—《瀛奎律髓》选刘禹锡诗的评价”的思路步步深入探讨、分析刘禹锡的诗风，总结出入选方回选集的刘禹锡诗歌有如下特点：善炼字琢句，句句精密；紧扣题目，善于谋篇使事；风格多样，已逗宋格。作者以为，方回以选刘禹锡诗开示了作诗法门，并可反证方回诗学的运用，体现刘禹锡的律诗在律诗发展中起承前启后的作用。

十、刘禹锡诗文中的女性形象研究

自古以来，诗坛、文坛中男作家以女子口吻写闺怨题材的作品多不可数，而描绘女性形象的诗词亦比比皆是。李云安《论刘禹锡诗文中的女性世界》将刘禹锡诗文中的女性形象分成五类，借刘禹锡笔下的各类女子形象来反推其心境和情结。

而单取一类女性作为研究对象，也可做出女性研究的精致和趣味。肖玉聪《刘禹锡咏妓诗初探》在题材内容上把刘禹锡的咏妓诗分成两类：一是文人士大夫的日常游玩宴饮，二是带有诗人个人感情色彩的寄情怀思。通过分析刘禹锡咏妓诗的审美追求，发现此类作品集中表现“沉郁哀顿”，体现了阴柔美、娱悦美以及感伤美。

十一、刘禹锡史料的考证

新材料的出土与对史实的进一步挖掘，为刘禹锡的生平、交游、诗文创作乃至思想的研究开拓空间。胡可先《白居易〈与刘禹锡书〉事实考证》着眼于《白氏文集》以外的一通书札——《与刘禹锡书》。《与刘禹锡书》和《与刘苏州书》因文字略同、引诗重合之类的原因曾被视作伪作，胡文通过分析两书侧重之异辨其真伪。此文在考证材料的真伪后，分“书札所述白居易诗文钩稽考订”“书札中所涉人事的考证”和“书札中所涉史事的考证”三方面引用多种文献对《与刘禹锡书》进行事实考证，最终确认《与刘禹锡书》出自白居易之手。此文对于我们研究中唐时期著名的政治人物、文学作家之间的关系，佐证唐时大事，均有较大助益。

与会学者除了关注到与刘禹锡直接相关的史料外，还从与刘禹锡挚友白居易相关的史料入手，拓宽刘禹锡研究的渠道。陈才智《韩愈、白居易〈与陈给事书〉考辨》从两书系年、新旧《唐书》的记载、权德舆《祭奚吏部文》等资料梳理韩愈、白居易作书的缘由。两人是关系微妙的两大诗派领袖，却不约而同地致书给一位陈给事，其缘由值得玩味。龙成松《新出墓志与白居易家族诸问题考论》着眼点在新出土的墓志和白居易家族问题，令人眼前一亮。文章从白居易父母“甥舅婚”问题展开，借助新出土的《□□□□青光禄大夫晋州刺史白府君妻长城陈□□□志铭并序》证实白居易家与长城陈氏家族实行“交相互婚”，累世通婚造成辈分混乱。又立足白幼敏妻邓氏墓志考究白居易家族的“党争婚”问题，梳理白居易家族与杨虞卿、邓敞、于瑰等家族交互的婚姻网络。此文还依托墓志对白居易家族谱系中的“李树代桃”问题、族源问题、祖业问题进行考证。

十二、中唐文学研究相关问题

本次会议议题包含“中唐诗歌”，一部分与会论文跳出刘禹锡研究的范围，涉及音乐、政治、诗派、儒士群体、诗歌题材等方面研究。

张丹阳《空间视野下的唐代洛阳音乐文学研究》依托《唐两京城坊考》、新出墓志以及其他相关研究资料，勾勒出音乐文学在空间形态上的特征。文章考出刘禹锡、白居易、元稹等著名文人的宅第或寓所，或与音乐机构所在地重合或邻近，或为乐人聚居地，或为娱乐活动集中开展的场所，为研究洛阳音乐文学提供新视角。

张巍《〈饮中八仙歌〉章法的渊源和流变》是对师祖程千帆先生就杜甫和饮中八仙的关系所发“一个醒的和八个醉的”的观点的进一步发扬和深入研究。论文着眼于《饮中八仙歌》无首无尾的独特章法，结合唐代七言古诗的创作呈现律化和反律化两种倾向，上溯源，下延伸，论证此诗是“诗中极为特殊的变体”。

关于诗歌题材的研究有咸晓婷《唐代寄赠诗的书写体式及其在别集中的变貌》。此文将寄赠诗的原始体式分为寄赠徒诗、寄诗兼启和有诗兼序三种，并分析、总结其特征。此文的写作目的在于通过考察唐诗写本以及唐诗石刻中的寄赠诗，与传世文献做对比，揭示别集编撰过程中删启、补题、加注等若干原则和方法。

综观本次会议的参会论文及讨论，整体上显示出学术视野开阔、研究方法新颖多样的气象。学术大家功底扎实、高瞻远瞩，学界新秀思路灵活、眼光独到，各具优势。分组讨论时，与会者不论资历、地域，互相切磋、请教，精彩屡现。

本次会议的圆满举办有赖于洛阳师范学院文学院全体师生的大力支持与协助。闭幕式上，中国刘禹锡研究会副会长查屏球教授再次感谢洛阳师范学院的付出，并对青年学者的研究成果给予肯定，呼吁会员们继续保持以高质量论文参与学术会议的态度，推动刘禹锡学术研究向前发展。常德市刘禹锡研究会会长曾祥永教授代表下一届中国刘禹锡研究会年会主办方向会员们发出邀请，围绕“桃花源和刘禹锡”展开研究和讨论，以期在常德开展一次精彩的学术交流。

中国刘禹锡研究会2017年年会暨中唐诗歌国际学术研讨会的圆满召开，标志着刘禹锡研究迈向一个更高的新台阶。今后，中国刘禹锡研究会各会员将继续秉持严肃治学、认真为文的精神，为学界贡献更多优秀的研究成果。我们有责任也有信心使刘禹锡学术研究保持百家争鸣、百花齐放的良好局面。

本次会议的论文将编入《刘禹锡研究》第2辑。

中国杜甫研究会第八届年会暨杜甫研究国际学术研讨会综述

□ 唐宸 刘一

2017年10月11日至14日，由中国杜甫研究会、安徽大学文学院主办的中国杜甫研究会第八届年会暨杜甫研究国际学术研讨会在合肥召开。来自海内外的八十余名学者出席了会议。

会议开幕式由中国杜甫研究会秘书长刘锋焘主持，安徽大学文学院院长吴怀东、安徽大学党委书记李仁群、中国杜甫研究会会长张忠纲先后致辞。李仁群书记代表学校对各位专家学者的到来表示欢迎，对会议的召开表示祝贺，并重点介绍了安徽大学办学历史与特色，特别是安徽大学在“双一流”建设中的发展定位和路径，期待海内外专家关心、支持安徽大学的建设，特别是中国语言文学学科的建设。吴怀东在致辞中指出：在中华民族伟大复兴的历史时刻，缅怀一千年前悲天悯人的诗人杜甫，研究“集大成”经典的思想内涵和文化价值，感受杜甫地负海涵的深刻与深情，弘扬“诗圣”精神，意义十分重大。会议期间进行了中国杜甫研究会换届。会议闭幕式由吴怀东主持，新当选的中国杜甫研究会会长刘明华作了简短致辞。

本次会议的研究和讨论集中体现了近年来杜甫研究的新成果和新趋势，具体表现在以下几个方面：

首先是杜诗本位研究的继续深化。在诗体与诗法研究方面：莫砺锋阐述杜甫在排律题材、主题上的开创性，认为杜甫是排律发展史上独一无二的高峰；葛景春认为杜甫吴体诗已不属于拗体七律，而是新创的新式七言古体诗；赵化分析杜甫歌行体咏物诗体物细致和议论鲜明的特点；郝若辰讨论杜甫七律的新创作范式及其对后世的影响；吴淑玲认为杜甫乐府诗拥有诗史传统审美和后史诗性审美的全部特征。在文本细读与艺术分析方面：蒋寅通过成都时期一组病树诗阐述杜甫对社会问题和个人命运的深刻思考，揭示杜甫晚年思想的重要变化；查屏球剖析杜甫安史之乱中的行迹与心路历程，从中挖掘诗史的意义；聂济冬认为杜甫引《易》入诗兼有彰显才学、比兴寄托的色彩；路成文认为《花底》诗所咏为牡丹，并进一步考订其系年。此外，陈冠明分析《全唐诗词语通释》中的杜诗词语，骆晓倩探讨杜甫诗的长题和题序，而宋恪震就《蜀相》、陈岸峰就《秋兴》、王朝华就《垂老别》、王辉斌就杜甫节气节俗诗，皆通过精细解读得出新创之见。

第二是杜诗文献的多元化考察。在杜诗文献整理方面：张忠纲介绍《杜甫全集校注》的编纂始末、主要成就和社会反响；刘明华总结主持修纂《杜甫资料全编》的心得体会，并在版本体例等方面提出独到见解；李俊分析《杜甫诗选注》早期校样上萧涤非、戴鸿森的往来批注，揭示作者与编辑互动情况；李霜琴介绍黄生《杜诗说》的整理情况。在杜诗文献的"二重证据"研究方面：胡可先利用新出墓志全面发掘杜甫与韦氏家族的关系，推测李杜优劣公案可追溯到杜甫与韦迢的交谊；王伟利用新出文献重新解读杜甫与何邕的交游，并对二人交往诗提出新解；赵望秦利用新资料考订杜诗中的"韩十四"即韩洄；郭海文通过临川公主墓志等材料深入挖掘杜甫母系家族事迹。文献辨伪方面：简锦松通过"唐诗现地研究法"深入分析同谷县的盆地特征及杜甫有关诗作，认为"同谷七歌"均系伪作；陶成涛认为《杜鹃行》本司空曙所作，于宋人搜集杜甫逸诗之际混入杜集；唐宸通过版本考辨认定元人范梈批选李杜诗均系伪作。文献考订方面：孙微推陈出新地考证出杜甫之子宗武的事迹；蔡锦芳通过考察"交辟"的涵义和一些诗作案例，对严武表荐杜甫二职的时间问题提出了自己的见解。

第三是杜甫研究的多维度拓展。陈尚君在发言中强调，杜甫研究不能局限于文学层面，要进行文史哲多方面的研究，这才能打开唐代文学研究的新局面。在杜甫与地域文化方面：张忠纲发布当年随萧涤非先生考察杜甫行踪遗迹时撰写的珍贵日记和为左汉林《朝圣：重走杜甫之路》所作序文，引起与会学者热议；张倩和刘锋焘共同探讨杜诗对长安文化的多维透视；聂大受关注杜甫的陇右行吟与地域文化价值；左汉林实地考察杜甫由陇入蜀遗迹并撰写了详实的考察记；曾绍皇对《凿石浦志》这部杜甫湖湘诗地域研究的重要史料进行介绍；陈道贵考辨杜诗中"京邑""黑水""信州"等地名并得出新解。此外，胡永杰阐述杜甫家族从勇力、儒学兴宗到以文传家的变革发展，曾晓云考辨杜闲卒年与杜甫婚姻，周睿审视《哥伦比亚中国文学史》和《剑桥中国文学史》中的杜甫形象，鲜于煌和陈杨分别探讨杜甫的经济意识和居室美学思想，而赵瑞、刘重喜、綦维则分别对唐宋杜甫书法史、苏轼书翰杜诗和元代杜甫题材题画诗展开研究。

第四是杜诗学研究的多层面展开。首先是传统杜诗学研究的细化和深化：张忠纲分析李贺学杜及其影响，认为李贺学杜是由于自身诗歌创新求奇、自成一家，因此他学杜而能变杜，将杜诗奇险的一面发展到极端；欧丽娟分析"极玄"的诗学内涵并确立杜甫与极玄诗学的关系；吴怀东还原中晚唐时期的学术思想和诗歌创作背景，讨论"诗史"含义由叙个人之事转变为叙时代之史的关键情节，清理其中思想立场和诗学观念，从而呈现杜诗经典化过程的复杂面向；汪欣欣、杨海龙分别就元明杜律选评本的沿袭现象和清代集杜诗的整体面貌进行探讨。其次是从经典形成的角度进行杜诗学研究：丁放认为李、杜诗歌的经典化过程在历代唐诗选本中有不同的体现，最终在明代唐诗选本中正式完成；赵天一以交往诗为中心分析杜甫及其诗歌的当世影响；张慧玲在杜诗学语境下研究明代诗学中"大家"这一重要命题；查金萍考察"韩杜"并提的发展历程、内涵演变及其学术史意义。最后是杜诗学研究向现当代和域外延伸：周兴陆认为在20世纪前叶的中国战乱中不同政治势力持有不同的战争观，并影响到他们各自对杜诗"非战"的阐释；孔令环考订民国文学史中的杜诗评论；郝润华考察二十世纪以来杜诗选本及其选录情况，并与日本学者选录视角进行比较；吴中胜和程瑜关注中外学人对杜诗的负面评价；沈文凡、赵睿才、杨理论和李寅生分别对沈文凡

《杜甫韵文的韩国汉诗接受文献缉考》、法国程抱一《中国诗画语言研究》、日本大典禅师《杜律发挥》和日本下定雅弘、松原朗《杜甫全诗译注》进行专文介绍。此外，郝敬校正赵次公注杜所引小说文献，刘一分析虞山二冯以“沈宋为正始，老杜为变格”的诗学取向，王燕飞和周金标分别讨论单复、朱鹤龄的杜诗学成就，占如默、黄一玫和束莉各自研究严首升、王士祯和吕碧城的杜诗接受，而方盛良则对吴闿生《古今诗范》选批杜诗的特色及意义展开探讨。

浙江大学胡可先教授做学术总结，他指出：以张忠纲《杜甫全集校注》和谢思炜《杜甫集校注》等大规模、高质量著作的问世为标志，当前的杜甫研究已经进入了一个崭新的阶段，在这样新局面和新起点上召开本次会议，意义重大，开拓良多。然而我们也应该认识到：杜甫研究在理论体系建构和学理提升上还有很大的开拓空间，杜诗的体式艺术、杜甫的日常生活等问题也都值得学者们展开进一步研究。（原载《安徽大学学报》2017 年第 6 期）

海峡两岸唐代文学学术研讨会综述

□ 周相录

由中国唐代文学学会主办，河南师范大学文学院、中原文献与文化研究中心承办的海峡两岸唐代文学学术研讨会于2017年10月18—20日在河南省新乡市开元名都大酒店顺利召开。首届海峡两岸唐代文学研讨会的举办是在2011年8月，事隔六年之后，海峡两岸唐代文学研讨会再次在大陆举办。这次会议的举办，得到了大陆与台湾许多知名专家学者的大力支持和热烈响应，参会代表既有年高德劭、著述等身的老一辈学者，也有在唐代文学研究领域开疆拓土收获颇丰的年轻新锐。来自复旦大学、中国人民大学、浙江大学、台湾逢甲大学等高校与中国社会科学院等研究机构的四十余名专家学者参加了此次会议。中国唐代文学学会会长、复旦大学陈尚君教授与台湾逢甲大学廖美玉教授在开幕式上分别致辞，唐代文学学会副会长、海峡两岸唐代文学学术研讨会发起人之一、广州大学人文学院吴相洲教授在闭幕式上做了总结。会议共收到论文近四十篇，对唐代文学研究的诸多方面进行了广泛而深入的探讨。

一、文献考订与文学研究

自北宋王洙提出安史之乱中杜甫曾“陷贼”开始，千百年来，杜甫“陷贼”一直是学界的共识，但薛天纬《杜甫“陷贼”辨》却依据对杜甫诗歌文本的解读、对杜甫“陷贼”史料的梳理，在详细考察当时时局及杜甫自身情怀的基础上，得出了杜甫在确认自身无性命之忧的情况下自行“潜回”长安的结论，刷新了学者对这一问题的认识。杜甫为唐代诗歌大家，京兆韦氏为唐代望族，杜甫与京兆韦氏的关系，是一个非常值得关注的问题。胡可先《杜甫与唐代京兆韦氏关系述论》就对杜甫家族与京兆韦氏的婚姻关系，韦济与杜甫生活与创作的关系，杜甫与韦见素族人之交往，杜甫与画家韦偃、诗人韦迢、吏隐文人韦讽、官吏韦之晋之交游等进行了细致的考述，在一定程度上还原了杜甫思想、生活与创作的生态，对理解相关问题具有非常大的帮助。李芳民《〈论语笔解〉出韩愈国子讲稿臆说》重点讨论了三个问题：此书何时撰成？撰写之动因为何？韩集何以不收录？最后一个问题较好解释，而前两个问题则比较困难。李芳民教授在详细考辨史料的基础上，认为该书最可能撰成于元和元年至元和三年间，此时韩愈正任职国子监，为给学生上课撰写讲稿，就撰写了《论语笔解》。李翱曾参与相关内容的讨论，故后世书目著录时，署名韩愈、李翱撰。韩愈、白居易都是中唐时期影响甚大的作家，两人都写有《与陈给事书》。这两篇文章的陈给事都是曾任给事中的陈京，因此，这两篇文章为出自不同文人之手而关系颇为密切的文章。陈才智《韩愈、白居易〈与陈给事书〉》结合对唐代给事中一职的分析，对韩愈、白居易写作的时间、心态及韩、白微妙关系等，进行了细致的辨析，颇值玩味。刘明《宋刊〈寒山诗集〉版本再考辨》在细致考辨文献的基础上，认为天禄琳琅所著录之寒山诗集，可能就是江东漕司本寒山诗集；日本宫内厅所藏寒山诗集，并非如前人认为的那样属于宋本，而是元代至元二十六年东皋无隐刻无我慧身续刻后印本；朝鲜刻本寒山诗集题记中所谓的杭州郭宅本，亦非宋本，而实为元代元贞二年郭本中刻本。刘向斌《夏州的历史与唐诗中的夏州》考察了唐代夏州城的来历，探讨了唐代夏州的政治与军事地位，并梳理了唐诗中的夏州书写，对了解唐代历史上与文学上的夏州有一定的帮助。田恩铭《元稹与卢氏兄弟交游考论》以出土文献与存世诗文相结合，细致考证了元稹与卢载、卢戡、卢士衍三人之间的交游，补正了卢子蒙即卢载之说，补充了元稹与卢戡之交往，佐证了元稹诗中卢士衍即卢士玠之观点。周相录《身后是非谁管得　满村听说蔡中郎——元稹形象接受小史》首先对元稹元和长庆之际结交宦官以求仕途升迁的历史记载进行了细致考辨，认为这一记载并不真实，元稹是靠他与唐穆宗的特殊关系而骤升清贵的。在此基础上，梳理了元稹形象的接受，得出元稹形象接受史就是元稹形象日益污名化的历史。

二、唐代文学理论探讨

廖美玉《从“四时流行”谈唐代在建构物候诗学上的契机与启发》是一篇视角独特的文章，它尝试融摄经学与文学的视域，回归传统有关天文与时变的经籍与著作，探索学者与诗人如何藉由注疏而形塑出四时的历史语境，又如何在诗歌写作中重新审视生活现场的所见所思。这种对“四时流行”的观照，有助于反思自然与群我的关系，有助于构建人与自然和谐的关系。刘真伦《君、臣、民的权力分割：韩愈的政治思想》认为韩愈有尊君倾向但也试图规范君权，有主张用兵之时也有消兵之时，重治统也尊道统，其思想的高度与理论的价值，仍有重新评判的空间。莫道才《论初唐北方骈体文风在岭南之播衍》考察了北方骈体文风通过南迁的北方文人与岭南土著文人的创作在岭南地区的播衍情况，认为这种播衍只是点而不是面上的播衍，并表现出南北骈文交互影响、流寓文人作品教化色彩浓厚及借力佛教播衍三大特点。王永波《刻意伤春复伤别，人间惟有杜司勋——杜牧的郎官经历与其诗文创作》认为杜牧长期任职郎官，不能循例升迁，使其心境由舒朗变为低沉焦虑，关注时事的作品较以前少了，而关心自己命运前途的作品则日渐增多，但他并没有完全沉沦下去，而是时有振作。崔际银《李商隐诗歌名篇传播论略》通过考察诗歌选本与诗歌评点等对李商隐诗歌名篇选录评点，探析了李商隐诗歌名篇的传播载体、传播轨迹及传播视角，对了解李商隐诗歌名篇的接受具有一定的借鉴意义。李光生《方回诗学的唐宋体性论》认为方回从文体学角度阐述了五、七言律诗的评点标准，确立了五律长于“韵味”，七律长于“格高”的审美标准，揭示出盛唐诗与宋诗两大诗歌范型。蔡静波、蔡淋《论唐五代小说中的皇帝形象》认为唐五代笔记小说几乎描绘了唐代所有的皇帝形象,既有开创型,亦有守业型,更多的是为势所迫而欲图不能型。李华伟《皎然诗境"空""有"之辨》通过辨析皎然诗境对"法身有色义"的体现,总结了皎然造境规律与大乘"有"宗的联系,并结合其诗歌所呈露的佛教思想及其"诗境说",论证了其"诗境说"与法华宗之间的内在联系。李文博《韩文"势"说》认为以前谈论韩愈古文,多分析其"气势",而实际上"气""势"有别,韩愈依靠其古文开篇劈空而来的出人不意、行文之中的蓄势转折及深植其中的儒家道义,形成了韩文奇、厚、高三个方面的"势"的特征。黄馨霈《写人以载道:柳宗元人物传初探》详细探讨了柳宗元以载道为主与以写人为主的两类传记类散文。焦尤杰《洛阳僧人对白居易的影响》细致分析了洛阳僧人法凝、智如、清闲、佛光对白居易的影响。

三、唐代文学具体作品的新阐释

吴相洲《说王维〈扶南曲五首〉》详细考察了《扶南曲五首》诸多方面,认为《扶南曲五首》属倚曲制作,不同版本的文字有出入,歌词内容有由宫体向宫词过渡时宫体、宫词兼具的特征,这种新乐府确曾入乐演唱,并认为《通典》将扶南乐列入九部乐、十部乐未必错误,唐代恢复了扶南乐的建制。文章虽然不长,但探讨问题很多,辨析比较细致。黄大宏《李德裕〈周秦行纪论〉与古代小说政治批评的产生》认为,由于李德裕《周秦行纪论》的政治攻击性过于明显,使其小说评论性质长期被遮蔽,实际上,《周秦行纪论》对《周秦行纪》的作者、创作意图、创作动机及文学接受等方面都有独特论述,全面超越六朝小说评论的纪事真伪之辨,是古代小说政治批评的真正起点,在小说史的意义不可低估。郑慧霞《李贺〈雁门太守行〉解读》认为《雁门太守行》是一首咏史诗,歌咏的是南北朝时发生在"雁门"一带的一场卫国战争。张明华《李德裕平泉组诗的特征及其前身和影响》以李德裕创作的平泉组诗为基点,"前瞻后顾",考察了分题组诗在李德裕之前及之后的发展历程,认为李德裕之诗对推动分题组诗的发展起到了巨大的推动作用。司海迪《〈黄台瓜辞〉解析》认为此前学界普遍以《黄台瓜辞》为指斥武则天残酷屠戮子女而作是不可靠的，而应为武则天管教子女过于严厉有感而作，写作时间应该在李贤被废太子之后。付兴林《〈夜闻歌者〉〈琵琶行〉之创作背景及其异同比较》通过比较《夜闻歌者》与《琵琶行》的诗歌体式、叙事方式、创作旨意等，认为后世学人对《琵琶行》的阐释存在武断与误读等问题。

四、文体研究与专书研究

文体学研究方面的论文共有三篇。葛景春《吴体是杜甫所创的新体古诗》通过对“吴体”诗体概念、渊源及在后世的流传与影响的分析，认为吴体诗在形式上虽然包含七律的一些特征，但在平仄上却不符合七律的要求，故似律而非律。又因吴体不合声律的地方甚多，不宜以律诗变体视之，而应视为新七言古体诗，是杜甫对新诗体的有益探索。孟国栋《上林湖新出瓷墓志的地域属性与文本特征》通过对上林湖出土的百余件唐五代时期瓷墓志的详细考察，认为这些瓷墓志不仅具备成书墓志所具备的文体特征，而且还有特殊的隶事功能，记录了墓地的由来、买卖的经过及棺位的走向等，为了解当地的丧葬习俗提供了重要文本依据。咸晓婷副教授关注的是唐代寄赠诗相关内容，其《唐代寄赠诗的书写体式及其在别集中的变貌》认为唐代寄赠诗的书写体式可分三种：寄赠徒诗、寄诗兼启、寄诗兼序，而这些寄赠诗在编入别集时，诗人署名尽行删略，所附书启大多不存，由此可以佐证别集编纂的若干原则和方法：删启、补题、加注等。

关于专书研究方面的论文共有四篇。陈冠明《〈全唐诗〉辞语诠释的巨无霸集成——〈全唐诗词语通释〉的学术价值》以大量的例证介绍了其参与编纂的《全唐诗词语通释》的特点与价值。陈建森、彭怡琴《安旗先生李白全集注释的七个特点》从七个方面总结了安旗《李白全集编年注释》的特点与成就。杨波《〈唐诗类苑〉：特色与争议并存的类编唐诗总集》是会议提交论文中唯一一篇研究古代专书的文章。作者认为，虽然《唐诗类苑》存在一些不足，但张之象博采众长，创新体例，以类系诗，求全求备，在唐诗学史上仍具有独特的价值。李振中《徐铉及其文集校注的说明》介绍了徐铉的生平著述、人格操守、思想创作及作者校注徐铉集时所用版本与笺注说明等。

2017 中国·开封韩愈国际学术研讨会综述

□ 张弘韬

由河南大学与中国唐代文学学会韩愈研究会主办，河南大学文学院、黄河文明传承与现代文明建设河南省协同创新中心承办的“2017 中国·开封韩愈国际学术研讨会”于 2017 年 10 月 21 日至 23 日在古都开封举行。研讨会开幕式由河南大学杨国安教授主持，河南大学副校长张宝明教授，河南大学文学院葛本成书记，中国唐代文学学会会长、复旦大学陈尚君教授致欢迎辞，中国韩愈研究会会长张清华研究员致开幕辞。会议举行了两场学术交流大会和四场分组讨论，对当前韩愈研究的前沿和热点问题进行了深入探讨。本次会议还选举了新一届理事会成员，杨国安教授当选第六届理事会会长，张清华研究员当选名誉会长。

本次研讨会有来自中国大陆、台湾，新加坡、澳大利亚等国家和地区的 40 余所高校、科研机构的 120 余位学者与会，提交论文 60 余篇，分别从以下几个方面进行了深入的讨论。

一、交游、仕宦经历及其家族问题研究

韩愈的生平经历一直受到学者们的关注，本次会议各地学者对此进行了探讨。张清华《韩愈与被扼杀的年轻诗人——李贺》从韩愈与李贺的交往谈起，着重分析了韩愈与李贺的知遇情结和李贺诗属辞奇、设色重、造境古的艺术个性。梁永照《朱熹〈新书本传〉考》指出朱熹《昌黎先生集考异》卷十《新书本传》主

要是为了考证李白在《去思碑》中所说的南阳是哪个南阳。文章认为朱子通过自己的考证，认为李白所说的南阳应是河内修武这一带的南阳，通过韩愈河阳省坟、张籍诗文，以及河阳、孟州的历史演变等多种证据材料，论证出韩愈是河内的南阳人，即河阳人，也就是今天的孟州市人。陆再奇《韩愈及其家族与宣城之关系略考》认为宣城不仅是韩愈成长、成才、成熟之地，而且是其本人生前视为第二故乡的地方。从韩愈父辈算起，韩愈生前韩氏家族四代人中至少有 20 人与宣城结有深厚的渊源；韩愈身后，其旁系后裔（包括随韩愈大嫂郑氏避难宣城的韩氏后裔）在宣城繁衍生息，渐渐形成自然村落韩家庄。可能因为韩家庄既不是韩愈直系后裔聚居地，也不是韩愈的祖居地，因此，今存的《宁国府志》《宣城县志》均不见记载韩家庄基本情况。张家庆、詹树荣《韩愈量移袁州浅探》从韩愈量移袁州起因及经过，韩愈赴袁之行迹及其在潮、韶两州逗留的缘由，韩愈治袁的功绩及影响等方面对韩愈量移袁州加以探究。

二、诗文研究

部分学者条分缕析，从各个角度对韩愈诗文进行了精深研读。郝润华、莫琼《论韩愈与酒》认为韩愈的饮酒诗基本上能反映出其人生各个阶段的不同心态，韩愈部分诗歌“以诗为戏”的风格，即是他在酣醉的状态下写成的。韩愈既是时代的“醉者”又是一个“醒者”，当身心都陷入危机时，他只能逃遁于酒，这也是酒在韩愈身上体现出来的文化意义。王治田《韩愈联句之特色及诗歌史意义新探》认为上古的《赓歌》和《诗经》中的一些对唱体篇章，可以看作联句之远源；《柏梁联句》可以看作君臣唱和体的源头；南朝的陶渊明、谢朓等的联句则可以看作文人联句的起源；而韩孟联句奠定了其后文人联句的基本形制，其典范性与影响力要超过之前的联句作品。韩孟联句在穷形极相、铺排逞词和强烈的竞技性方面，继承了大历时期江南联句的传统，但也出现了追求险怪、刻意造语、注重章法和叙事性强的特色。通过《征蜀联句》和《元和圣德诗》的比较，发现二者对元和元年平蜀战役的描述有一些相似之处。《征蜀联句》的创作为《元和圣德诗》的写作起到了试验场的作用。王国瑞《气雄语壮，超迈浑阔——论韩诗的雄健风格》认为韩愈傲俗率真的个性与气势恢宏的笔力，造就了其诗歌风格的雄奇劲健的气质，这种气势与诗风在当时的诗坛掀起一股惊涛骇浪，如飓风般横扫大历诗风的纤弱低落，对于扩大诗歌的表现力，开拓诗境，推动诗歌艺术的发展都有着深远的意义。

李芳民《〈论语笔解〉出韩愈国子讲稿臆说》认为《论语笔解》当出于韩愈任职国子监之授课讲稿，李翱曾参与讨论，最有可能成书于元和元年至元和三年。唐晓敏《读韩愈的〈清河张君墓志铭〉》通过分析《幽州节度判官赠给事中清河张君墓志铭》，指出中唐时期河北三镇仍然信守儒家思想文化，赞扬义举，并未“胡化”。崔际银《韩愈〈杂说四首〉的文化解读》认为韩愈的《杂说四首》通过对君与臣、医与患等关系的叙说，论证了观世辨物、选用人才的重要性；具有布局述论结合、行文流动宛转、比喻形象贴切的突出特征；文中引录借鉴《易经》《列子》《韩非子》等传统经典，表达出怀才不遇士人的愤郁不平及理念追求。王东峰《韩愈的碑志文与中唐历史文化的关系》认为韩愈创作大量碑志文的原因有三个方面：一是唐代中期的藩镇割据，造成了中央财政困难，导致官员的俸禄降低，难以维持家族生活所需；二是中唐商品经济的发展对文人传统价值观念的冲击；三是唐人丧葬重视碑志以及中唐时期“家自为谱”的社会风尚。李青民《韩愈〈马说〉“鸣之”辨析》对韩愈《马说》中“鸣之而不能通其意”进行了辨析，认为正确解释应该是：“（食马者）鸣（吆喝）之（代词，马）而（却）不能通（一般动词，通晓、明白）其（代词，指代‘鸣之’）意（意思）。”杜兴梅《从〈鳄鱼文〉看潮州地域文化对韩愈的影响》从《鳄鱼文》是潮州生态文化、民俗文化的产物，以及《鳄鱼文》衍生出驱鳄神话的由来几个方面，探讨了潮州地域文化对韩愈的影响。李金松《文撷八代之精——互文性视野下的〈进学解〉》从互文性的角度解读了《进学解》，认为这一文学文本是对前文本《答客难》《解嘲》《答宾戏》的规仿，又融合了汉赋、六朝骈文的表达手段，与汉魏六朝的文学文本有互涉关系，是互文性的文学书写。

三、文献研究

本次会议有3篇论文对清代韩集文献进行了研究。查金萍《清代学术视阈中的〈韩文考异〉》认为朱熹《韩文考异》在文献校勘、韩集版本、韩愈思想、韩文批评等方面都对清代产生了不可低估的影响。清代的朱熹接受、韩愈接受以及清代自身的方方面面三者交互作用,最终使《韩文考异》在清代呈现出以肯定性接受为主、批判性接受为辅的特色。丁俊丽、王燕飞《论清代福建地区的韩文研究——以清代福建地区韩文文献为对象分析》认为福建地区自宋以降有着深厚的研韩风气,清代福建地区研治韩文将主流文化与地域文化紧密结合,揭示韩文背景、意旨深入,分析创作技巧细致,评点文章风格独特,是其他地区韩文研究难以比肩的。周相录、马天颖《沈钦韩〈韩集补注〉韩诗部分研究》分析了沈钦韩《韩集补注》在文本校勘、词语注释、史实考订等方面的成就。

四、思想研究

此次会议有十余位学者从哲学、政治、文学、教育、军事、法治等方面对韩愈思想进行了研究。刘宁《韩愈〈原性〉与性三品说》认为韩愈《原性》以三品言性的方式,在内涵上为人性确立了以仁为核心的德性本体,继承并推进了孟子的性善学说,体现了儒家正名思想对其人性思考的显著影响。殷文杰《韩愈与宋明理学》探讨了韩愈对宋明理学的影响以及韩愈思想与宋明理学的不同之处。王春燕《韩愈〈潮州刺史谢上表〉与唐代的封禅观念》认为唐人对封禅的阐释融入了儒家的政治思想,韩愈对于封禅的认识与唐人的基调一致,持肯定态度,并不是无操守的阿谀。刘真伦《君、臣、民的权力分割:韩愈的政治思想》指出韩愈从君、臣、民之间权力分割的角度理解中唐时期的政治文化,所涉及的君权与相权、集权与分权、暴力与非暴力、道统与治统等问题,既包含对各种政治势力的相互关系及其发展规律的考察,也包含对政治人的行为、心理及其背景文化的思考。田恩铭《"平淮西"与中唐士人的家国情怀》通过分析平淮西的相关史实及中唐士人平淮西事宜的作品、《平淮西碑》风波，剖析了中唐士人的家国情怀。郭树伟《唐代古文运动与北周关陇政治集团文化的"中原化"转型之关系》认为古文运动是关陇贵族文化转型的一个内容，元结和独孤及是其中杰出的代表，这也就是许多重要典籍都把二人作为古文运动的先行者的原因。实际上，他们不是先行者，而是文化发展迟缓于政治变革的结果。刘荣德《浅析韩愈文学思想的形成》认为韩愈文学思想的形成既有其时代、社会、家庭的外部原因，也有其继承、探索、创新的主观因素。韩运才《从〈师说〉看韩愈论师道》对韩愈的教学目的观、教学内容观、学习观、教师观及师生观等教学思想进行分析与论述。刘荣成《韩愈与师道》分析了韩愈《师说》中"师道"的内涵。张泽斌《军迷眼中的韩愈文韬武略》分析了韩愈一生与军事有关的活动及其军事思想。沈文凡、刘文宙《论韩愈与法治文化》论述了韩愈的法治思想、法治实践、勤政廉政及其法治思想的意义和影响。杨丕祥《从韩愈的官风官德看其从政的操守与品格》认为韩愈刚毅坚强、不屈不挠、愈挫愈奋的可贵精神，济世利民、关爱民众、照顾弱小的高尚品质，重视人才、提携后进、奖励后学的博大胸怀，嫉恶如仇、坚持原则、决不妥协的坚强意志对韩愈一生的成长及其成为一代思想大家、文学大家和从政为官勤廉操守的形成，都具有非常关键的作用。

五、接受研究

韩愈学术与文学的接受和影响是本次与会学者关注的一个重点。杨国安《试论皮日休对韩愈学术思想的继承和发展》通过考察唐宋思想史的过程，指出皮日休在大加赞扬韩愈构建的道统体系的同时，又予以调整，直接成为宋代儒学的先导。张弘韬《从文体交融视域看韩愈与宋诗的"以文为诗"》认为韩愈长于"古文"，倡导"古文"，自然会把这种强烈的新变意识引入诗的写作。"以文为诗"便是他变革诗歌、开创一代新诗风的重大举措，是韩愈求新求变的美学思想的表现。欧阳修和苏轼等人对韩愈“以文为诗”的接受是直接学习韩诗而自然融入古文机制的。“以文为诗”成宋诗面貌，是诗歌发展的大趋势。郑绍平《韩愈“以文入诗”为诗歌发展开创了新途径》辨析了“以赋入诗”和“以文入诗”两种思维方法，通过韩愈与唐代其他诗人的诗歌的对比，指出韩愈诗歌的创作是以“以文入诗”为主的思维方法。李沛、史红伟《文章革浮浇，近世无如韩——从论诗诗看梅尧臣对韩孟诗派的接受》指出梅尧臣在论诗诗中提及韩孟诗派的次数最多，表现出其师法的倾向性，其论述的焦点集中在韩诗力主复兴古道与极富创新精神两个方面，这是梅尧臣广阔诗学视野的体现，也是对北宋中期诗文革新这一时代思潮的回应与引领。史红伟《论梅尧臣的韩诗接受研究》认为学韩是梅尧臣诗歌中的一部分，是形成梅尧臣古淡老硬风格的重要一环。杨万里《〈蓝关图〉及其题画文学中的韩愈》指出图像世界是韩愈及其经典诗文接受与阐释的重要维度，包括肖像画、塑像、人物故实画、诗意图、文意图等。其中，依《左迁至蓝关示侄孙湘》一诗而作的《蓝关图》诗意画流传最广，衍生出大量意蕴丰富的题画文学。这些作品或考述作者与“顷刻花”本事，或描绘人马情态以表同情，或体贴画中人物之复杂心境与精神品格，或揣摩作者意图并抒发题画者的出处志向。反映出“文人画”观念盛行下笔墨工巧让位于情志寄托的品画风气，也为《左迁》诗意解读与韩愈形象塑造提供了多元信息。从依文绘图到由图生文，在视觉与想象的双重空间再现了韩愈的世界。王辰《论许学夷〈诗源辩体〉对韩诗的评价》认为许学夷《诗源辩体》立足于先“正”后“变”的诗学观，通过论述韩诗“才”大“力”强的艺术特征与“奇险”“豪纵”的风格面貌，进而对韩诗进行了超越前人高度的精妙评价。李铁青《论叶燮对韩愈诗歌的独特定位》指出叶燮把韩愈视作古今诗运发展中的关键诗人，首次以“诗变八代之盛”“志士之诗”来认识韩愈诗歌。叶燮还认为韩愈的诗歌风格具有奇与平有机统一的特征。这种独特定位不仅有助于深入揭示韩愈诗歌的丰富意蕴，而且也足以知见叶燮的诗学卓识与诗论主张。牛廷顺《论陈三立诗歌的学韩倾向》分析了陈三立对韩愈诗歌的接受：一是中年大变,杜、韩并举;二是力主宋诗,学韩参黄;三是继承道咸诸大家,引领同光竞宗韩;四是诗歌创作上的具体学韩表现在对韩诗"变风变雅"精神的传承,对韩诗雄奇恢诡之风格的追求和对韩诗字句的化用与模仿。王宏林《谁是唐诗第三家》分析了历代唐诗第三家经历了韩愈、王维、白居易和李商隐的变化,指出唐诗经典往往随着时代和个人而变化,这种变化深刻体现着对诗人艺术价值的理性探讨和时代审美思潮的鲜明烙印。

张志勇《论辛弃疾对韩愈的接受与继承》从影响接受视角切入,探讨辛弃疾对韩愈文学创作的继承,并试图着重分析此种接受对辛弃疾诗文创作尤其是以《美芹十论》为代表的"策论体"政论散文创作的影响。张智炳《曾国藩的韩文理论批评再检讨》认为曾国藩的韩文批评主体部分就韩愈儒学思想与其性格特质展开,揭示了这种性格对韩文奇崛跌宕文风的生成作用。客体部分就韩文展开,包括训释词汇、疏通句意,辨析句法、章法与立意,分析遣词造句与句式营构的修辞问题,同时注意措置章法与文章表达效果问题;确认审美或风格要素,这是韩文直接诉诸文学性的重要方面,是曾氏韩文理论批评的核心部分,体现了曾氏批韩的价值所在。丁恩全《民国期刊刊载韩愈文章仿写论析》搜集了民国时期出现的仿写韩愈的文章,发现这些文章内容时代性很强,字句形式上绝对模仿,是非专业作家创作、非著名作家创作,这在韩愈文模仿历史上较为少见。这些创作又继承了韩愈批判精神、不平则鸣精神,体现了对韩愈文章经典地位的认同。

10月23日上午进行了小组汇报和闭幕式,与韩愈相关的五个地区的地方学者代表、韩氏宗亲代表和分组讨论代表依次发言。新任韩愈研究会会长杨国安教授致闭幕辞。他表示,韩愈研究会自成立以来,在老一辈学者的带领下,形成了良好的学风,也形成了自己的特色:注重对青年学者的发现和培养,注重理论研究与文化普及的结合,注重文化研究与文学研究的结合,注重研究角度的变化与拓展。在此基础上,学会还要不断开拓创新,进一步推进韩学研究。要在和谐、包容的学术氛围内,提倡富于开拓性、原创性的学术研究,发扬韩学现实关怀的内在品质,使其逐渐成为一个有深刻学术与社会影响的研究领域。

中国李白研究会第十八届年会暨李白国际学术研讨会综述

□ 相文 韩震军

2017年11月4日至6日，由中国李白研究会、马鞍山市文化和旅游委员会、安徽师范大学文学院、中国诗学研究中心联合主办的“中国李白研究会第十八届年会暨李白国际学术研讨会”先后在安徽省马鞍山市、芜湖市两地召开，包括来自中国（大陆、香港、澳门和台湾）、吉尔吉斯斯坦等地的100多名专家学者与会。会议围绕李白生平交游、思想观念、作品真伪、诗文成就、传播与接受等展开讨论。此次会议，恰逢中国李白研究会成立三十周年，老中青三代学人齐聚，是一次高规格的国际学术研讨会，在对李白身世的认识、史事的考辨、文献的挖掘、作品的剖析和李集的整理和研究等方面都取得了引人注目的新成果。

一、关于李集的整理与研究

李白研究的基础是文献整理。一部文本可靠的李集，是相关问题展开、正确结论建立的前提和保障。薛天纬向大会贡献了他的两本新著（《李白诗解》《李白诗选》），并在《〈前言〉二篇》中指出，《李白诗解》综合反映了李诗解读的新鲜学术成果，展现李白诗歌研究当前达到的学术水平；《李白诗选》选取最能体现李白精神与艺术风貌的作品，并将这些诗篇有序编排，能较完整地展现诗人生平经历。曹化根《天门山水碧，诗仙归去来》介绍了《李白游踪》（当涂卷）一书的内容，揭示李白在当涂留下的诗篇、游踪遗迹，展现这些诗篇、游踪遗迹的价值和意义。张佩《详考杨齐贤、萧士赟〈分类补注李太白诗〉之郭云鹏校刻本》认为郭云鹏本对杨齐贤、萧士赟本做了大幅度改动，有纠谬勘误之功，也有混淆错改原注之误。文章指出，徐祯卿评注的流传也与郭云鹏本的广泛传布有密切关系，郭本虽然删减幅度大，但便于阅读诵习，易于保存流传。陈建森、彭怡琴《安旗先生李白全集注释的七个特点》指出"安本"注释围绕释音义、考人名地名、溯语典事典、探时代背景、解句意点诗旨、品诗艺、录评语七个层面展开。这七个特点之间是相互联系的统一体：释音义是解读诗文的基础，考人名地名是考订诗文作时作地的重要线索，溯语典事典是探寻诗人情感价值取向的重要依据，探时代背景是解读诗人思想情感的文化语境，解句意点诗旨可呈现诗人写作意图，品诗艺可解析诗人创作艺术，录评语可帮助读者更深入地理解诗人及其作品。林大志《试论首任会长詹锳先生对李白研究的学术贡献》从研究成果、学术品格、提携后进等几个方面介绍了詹锳先生在李白研究领域做出的卓越贡献。海滨《四美具，二难并——评安旗先生主编〈李白全集编年笺注〉》认为安著具有以清通简要的校勘、精警畅达的笺注、条贯融通的年谱、雄健飞扬的序跋的四美特点；对编著者在直面李白集编年之繁难、工作模式之艰难的情况下，能将李白其人及其诗，以前所未窥的新面目呈现出来，表示了钦佩。胡俊《书法资料与李诗校勘》认为书法作品不仅给人以美的艺术欣赏，同时也具有一定的文献价值，通过对书法作品中所书诗句与李白诗集相对照，发现其中字句异同，可以为李白诗歌的校勘提供传本之外的依据。作者选取见于历代著录和记载的部分唐宋人的书法作品，如唐张旭《宛陵帖》、唐怀素《书李白诗句》、北宋蔡襄《书唐人诗帖》等，对李白诗歌进行校勘，观点新颖独到。唐宸《从版本角度看范德机批选李杜诗的真伪问题》通过考察版本源流、纠正诸家著录失误，分析虞集序、郑鼒跋中的破绽。同时，据元人周霆震的亲眼实录认为，元人范德机批选李、杜诗二种的版本和真伪问题需存疑。王永波《清刻李白集述要》考察了四种清代刊刻李白集的形式，指出清刻李白集的多种形态对研究李白诗文的流传的重要作用。

田恩铭《赵昌平李白研究述评》概述了赵昌平研究李白的三个阶段，指出赵昌平的李白研究文字虽不算多，却体现出清晰的研究路径，具有典范性意义。

二、关于李白生平交游的再认识

李白生平交游一直是学界关注的一个重点，但有些问题聚讼纷纭，尚无定论，有待进一步深掘。李芳民《李白身世经历的重构记忆考论——以李白〈经乱离后忆旧游书怀〉中的相关叙述为中心》认为李白“北上幽州”与“从璘入幕”二事属于重构性记忆，理由是：一是李白运用往事回忆的方式，表达其中相关的身世记忆；二是与李白对时局国事的关心以及渴望报效国家的政治热情有关。步华明《李白求仙游罗浮》认为王琦推论李白未尝去过罗浮的推测恐难以成立，因为李白八首怀念罗浮山的诗篇相互印证，精确地辨析出李白游历罗浮的足迹，证明李白确实去过惠州的罗浮山。查屏球《李白文中“戴十五”考》根据贺知章所作《唐故朝议大夫给事中上柱国戴府君墓志铭并序太常博士》指出，开元年间贺知章、戴令言、李白、戴十五的交往事实，体现了开元士人好特立独行的士风特色，对李白初见贺知章的时间应在开元二十五年前这一论断提供了重要旁证。借助贺知章所作的这一篇墓志，我们不仅可对李白《送戴十五归衡岳序》一文中的戴十五家族做一些推论，还可对本文产生的背景与原委进行更具体的解读。张哲民《夜郎仙迹》凭借实地走访所得对“李白与夜郎”话题有一定的补充。林静《李白“五岁诵六甲”新考》从李白诗本身、蒙学教材、出土汉简等三个方面入手，对李白诗中“五岁诵六甲”作出一些新的考证和诠释，同时对李白的教育和同期游历进行推断和考证，丰富和充实了李白生平教育学习相关方面的研究。程宏亮《基于传播学视角论李白与魏万的交往》认为李、魏交往的传播结构呈现出互动性、传受主体的角色交替性及传播过程之相互连接与交织的系统化特点，共通的意义空间、互动平衡的主客意识、积极的情境是促进李白与魏万之间传播机制高效运作的较为关键的积极性因素。沙鸥《李白与汪伦交往考》认为李白与汪伦有关的三首诗并非同时期所作,《赠汪伦》诗在《过汪氏别业居二首》之前,《过汪氏别业居二首》是诗人在汪伦亡故后路过桃花潭的怀念之作。

三、关于李白思想观念的再辨析

李白思想成因复杂,时代、地域、家世、经历等与之不无关系。钱志熙《李白人生及诗歌理想和复古的艺术实践——由对李白的误解而引发的一些思考》对今人存在的对李白理想精神及艺术创造存在着隔膜尤其是随意曲解的现象进行了驳斥,指出李白在诗歌艺术上的巨大创造,是追求人生理想与艺术理想的成果。同时列举李白诗歌取法古人而变化之处,以证其“有所法而能,有所变而大”以及“出新意于法度之中,寄妙理于豪放之外”的性质。崔际银《论李白的“功成身退”》指出李白的人生定位是“功成身退”,其一生的遭遇正是对这种理念实践的结果。这种理念的思想渊源来自传统知识分子的基本追求,其具体榜样有:功成不居的鲁仲连、大功告成的吕尚、功成身退的范蠡、显功而退的陶渊明。沈文凡《札记:李白对唐代社会伦理表现的思考》认为李白摈弃历史上的或现实中的普遍性的伦理表现,把非普遍性的理想的伦理表现作为他所生活的社会中的理想的伦理规范。这种伦理理想主要来源于儒家。李翰《论文学作为思想史之资源:以李白为中心》认为李白在思想史的缺席,一是因为文学并非体系化思想的合适表达形式,二是儒家政教传统与文学所内蕴的审美自由,天然为敌。李白强烈的个体中心意识及其诗文突出的主体性,使其具备文化政治的特殊思想意义。欧阳艳华《李白作品谏猎主题的思想探索》指出李白欣赏扬雄、司马相如,跟唐代谏猎文化有关,从早年“作赋凌相如”至为翰林时“献赋有光辉”,一生反复致意者皆是谏猎一事,可见矜式二家劝百讽一之笃志。该文认为李白在《古风》第一首中对扬、马的称颂以及对建安文学的批评,亦跟其体察扬、马《谏猎》大赋的意义有关。

四、关于李白诗词文赋的研究

关于李白诗文创作探析，历来是李白研究的核心内容。其中，诗艺讨论又是重中之重。葛景春《李白七律的渊源与影响》认为从七言律诗的产生时代背景看，李白的八首七律诗中有失粘、失对等现象在当时可以理解。该文指出，李白七律是从两个方面来继承初盛唐七律的文化遗产的，即一方面对七律声律标准范式的正面建设，一方面是对七律声律解放的探索。卢燕新《李白诗之"故乡"及相关语汇所见其家园情怀——兼与杜甫诗"故乡"含义特点比较》从"故乡"相关语汇群侧面管窥李白家园情怀特征：一是家园情怀中饱含漂泊人生之叹；二是家园情怀中融入仕途挫折的悲恸；三是家园情怀中流露出思念亲人与功名追求的矛盾。与李白不同，杜甫诗中"故乡"所寓寄的家园之思，往往是与诗人的家国忧患、时局慨叹结合在一起的。杨栩生《〈游谢氏山亭〉是否李白之作的疑问》从作年之疑、"谢氏山亭""西池"之疑、诗题之疑、"稚子"之疑四个角度对《游谢氏山亭》恐非李白之作进行了考证。梁树风《试论李白园中栽桃的用意》对李白诗中多次提及的桃树意象进行分析，以小见大，观点独到。吴振华《论李白诗歌中描写的江河》对李诗中涉及的江河意象进行了数据统计，认为李白笔下的江河姿态万千，在揭示人物活动背景、承载情感、组织结构、铸造意境等方面具有重要作用，是李白诗歌艺术理想的体现，具有丰富的审美意蕴。何洁莹《大雅是作：李白继承〈诗经〉考论》通过考察李白承用《诗经》的创作历程，观察诗人风雅精神在生命历程中不断生发演变的意向进程，指出可以从两个阶段理解李白的风雅精神。邱晓《论李白诗歌"天梯"意象的原型意味》认为李白诗中的天梯意象是一个神话色彩浓厚的原型意象，是以"昆仑山"为代表的神话意象在唐诗中的异代回响。郑慧霞《李白〈古朗月行〉细探》认为李白以"月蚀"隐喻玄宗政治由明而暗并为之凄怆不已。万伯江《论李白诗歌中的"清江明月"意象及其文化意蕴》认为"清江明月"这一典型境象印刻在李白的生活轨迹之中，具有丰厚的文化意蕴。徐晓峰《从阮籍到李白——论五言咏怀组诗中的飞鸟之思》梳理了自魏晋阮籍到唐代的陈子昂、张九龄、李白诗歌五言咏怀组诗中的飞鸟之思的演变趋势。

诗歌之余，本届论文对李白词赋文均有探讨。胡秋妍《李白〈清平调〉三首词本事研究》从《清平调》本事角度考察曲调来源，音乐属性及文体性质，对《清平调》与《清平乐》分析，展示李白由歌诗创作转向词体文学创作的轨迹，指出李白醉赋《清平调》本事在李白诗词接受过程中有重要文学、文化意义。汪逸璟《从进献〈大猎赋〉看李白对供奉翰林身份的体认》通过对比李白献赋与扬马献赋之事的异同，指出其对李白具有双重意义，既是文学理想的实践，亦是政治理想的抒发。

五、关于李白传播与接受研究

李杜诗“光焰万丈长”。唐以降，李白及其诗文流播广远，影响深刻。丁放《唐诗选本与李、杜诗歌的经典化——以唐代至明代唐诗选本为例》认为李、杜是唐代乃至中国诗歌史上罕见的并世而出的伟大诗人，二人之诗已成中国诗歌之经典。李、杜诗歌在唐诗选本中的经典化过程，说明经典具有耐读性和累积性的特点。台湾学者许东海《变骚·鸣皋·反骚》通过审视朱熹辞赋编著对李白《鸣皋歌》及扬雄《甘泉》《羽猎》增删的细节变化，指出朱熹对于汉唐两位著名士臣的另类褒贬与品鉴，同时认为其价值取向与理学观念相通。韩震军《和弦与变奏："太白骑鲸"诗画图写考论》认为“太白骑鲸”不仅是基于现实，喻指李白生前隐逸江东山林，同时还蕴含着多重意蕴。通过对“太白骑鲸”始用、诗画演进的考辨，文章指出其文化史意义是后人对诗仙李白凄凉人生结局的同情，对太白生命归宿的美好期望。潘殊闲《元代名儒郝经对李白杜甫的接受与传播》对元代名儒郝经接受与传播李杜进行了文本考证。高璐《明代狱中诗歌与李白》认为李白的精神影响主要体现在明代狱中诗歌所塑造的李白形象上，其中较为典型的方面有冤屈的忠臣、幸运的获释者、自由人格等。李白的创作影响体现在明代狱中文人的作品体式、内容与风格当中。张海、唐昀《简论边贡对李白的接受》认为边贡通过对以李白为代表的唐宋大家的接受和继承，为明诗的发展确立了“宗唐”的方向，对明代诗坛产生了一定的影响。姚奎《从〈删补唐诗选脉笺释会通评林〉看周珽对李白诗歌的评价》认为周珽所选的李白诗歌，虽然借鉴了高棅《唐诗品汇》、李攀龙《唐诗选》等选本的内容，但他以兼容并包的态度，综合各家，自成一脉，有自己的独特见解，是研究李白诗歌的重要补充材料。徐小洁《风诗传统影响下朱谏的“古风”观》认为明代朱谏在时代文学复古思潮下，对李白《古风》组诗进行观照与笺释，表现出比较鲜明的风诗传统批评意识与理学色彩。

李白诗歌作品在域外的接受和传播也得到关注。徐臻《日本汉诗对“谪仙”李白的接受》梳理了日本汉诗在不同时代对李白及白诗的接受与变异，指出研究李白东传的轨迹与特点，从日本文人对李白形象与精神的取舍中可以窥见中日两国文化的异同。侯延爽、于桂丽《李白与哈菲兹“酒诗”内容之比较》认为李白与伊朗诗人哈菲兹二人均涉及的“酒诗”题材诗作，有着潜在的文化渊源。李白与哈菲兹的“酒诗”内容同中有异。李白与西域诗歌文化相互影响、相互交融。中伊诗歌文化的血缘联系，印证了我国“一带一路”中文化交流的必要性。苏岑《朝鲜文人次韵李白〈浔阳紫极宫感秋〉诗考察》指出朝鲜文人创作了大量次韵李白《浔阳紫极宫感秋》之作，这些作品不仅继承了原诗的悲秋主题，同时回应了其中的“知非”反省之意，并加入了许多理学趣味。朝鲜文人次韵李白本诗的人文传统，显示了中国文化在向海东传播的过程中，并不是单一的，而是多元和丰富的。温杨《李白诗作在法国》对李白诗作在法国的研究状况、研究成员类型、影响力进行了概括。王红霞、张骏翚《二十一世纪以来韩国李白研究述评》对韩国学界对李白的研究成果分类介绍，给国内的李白研究提供了一些新的视角；亦体现了李白诗歌既是民族的，又是世界的，具有跨越国界的永恒魅力。

六、关于李白与当代文化建设探讨

李白研究与当代文化建设是时代赋予学界的一个新课题。朱易安、续鹏《试论李白研究成果在当代文化建设中的运用——重读〈太白游踪探胜〉》探讨了李白研究成果在当代文化建设中的运用与转化的方法和途径。黄群英《李白文化与当代文学、文化建构探析》认为李白文化给当代文学与文化提供了很好的精神资源,李白纯正的人品、独特的个性给创作者启发,李白作品在价值取向、审美品质、内容的丰富性等方面给当代文学、文化的建构提供了很好的思路,可推动当代文学、文化的发展,李白文化有超越时空的独特魅力和价值。贾平《论李白与安陆民俗文化》指出李白传说、皮影中的李白、民歌和楚剧形式表演的李白诗歌、李白饮食民俗、李白信仰等受李白影响所产生的安陆民俗文化已经渗透到安陆人民的生活中、精神里。文章认为安陆李白民俗文化是精英文化与民间文化的互动,这种互动充分说明民间文化的包容性。刘瑞敏《试论李白文化人格的世俗与超俗》认为李白是世俗和超俗的矛盾合体,一方面,他一生都在追求伟大而又绝对自由的理想人格;另一方面,他实现理想的一些途径和手段却很俗。吴增辉《唐宋巴蜀纵横传统与士风之流变——以李白、苏轼为主线》认为巴蜀地域文化传统,始于先秦纵横家入蜀,由任侠慷慨到从容萧散的唐宋文化变革,在李白、苏轼身上得以体现。

李白文化的旅游开发本届会议论文也有所涉及。刘术云《李白故里与游踪地文化产业发展的对策研究》认为李白文化能带来极大的经济效益和良好的社会效益,指出李白故里、游踪地应该加强李白文化交流,实现李白资源共享共赢;综合开发李白文化产品,不断创新增强供给能力;整合李白文化资源,强化文化和旅游的深度融合;加强李白文化的运用研究,注重成果转化促进经济发展。

综观本次会议提交的论文,整体上显示出学术视野开阔、研究方法多样的气象。德高望重的专家功底扎实、眼界阔远,年轻新锐思路灵活、方法新颖，各具优势。另外，来自不同职业的学者也在研究中显示出各自长处。大会学术氛围浓郁，充分展现了国内外学者对李白研究的热情与创新精神。

本次会上还进行了李白研究会领导换届选举。经过充分地酝酿讨论，大会一致推选北京大学钱志熙教授为新一任会长，詹福瑞、陶新民、张瑞君、查屏球教授留任副会长，增补安徽大学丁放教授、西北大学李芳民教授为副会长。李白研究会已经形成老中青三代结合的格局，李白研究薪火相传。

一年研究情况综述

初唐文学

□ 钟乃元

根据中国学术文献总库（CNKI）、维普期刊数据库查询，2017 年发表的有关初唐文学研究的期刊论文、学位论文共计 93 篇，数量略少于上一年。大致说来，本年度以文学本体研究居多，文学与外部关系的研究较少。现就本年度的初唐文学研究情况择要综述。

一、总体研究

此类文章有 10 余篇，主要研究初唐诗歌、散文（包括碑志、诏敕、骈文）以及文馆学士，兹举 3 篇为例。严维哲、李定广《论初唐四言诗唱和的成因及其文学史意义———以〈翰林学士集〉为例》（《江淮论坛》2017 年第 4 期）认为魏晋时期大量创作四言诗的现象，在唐初贞观年间的宫廷诗坛重新出现，部分被收录于《翰林学士集》中，成为一个值得关注的文学现象。许敬宗等一批深受南朝诗学熏陶的宫廷诗人，继承了传统四言诗的雅颂主题，仿效诗经句式，重拾两晋时期的四言诗风，在宫廷唱和活动中进行新的创作。其产生的原因既与当时流行的雅正中和文学观密不可分，又受到统治者审美趣味的引导，同时也和郊庙音乐的创制之时代背景相关。它既是南北朝宫廷诗学观念的延续，也是唐代宫廷唱和活动中四言体式的“绝响”，对唐代的复古派诗人有一定的影响。王辉斌《论初唐散文的发展态势》（《宁夏师范学院学报（社会科学版）》2017 年第 2 期）指出，初唐散文的创作主体，主要表现为三大作家群，即太宗作家群、“四杰”作家群、陈子昂作家群。其散文作品大致可分为“文学性散文”与“非文学性散文”两大类，后者则又有“诏制类散文”“书疏类散文”“表序类散文”“碑志类散文”“议论类散文”等。而对“梁陈旧习”的新变，讲究即时性、内容充实恳切，技巧娴熟而挥洒自如，则为其反映在创作方面的几个主要特点。胡旭、胡倩《唐景龙修文馆学士及文学活动考论》(《文史哲》2017 年第 6 期)则着眼于初唐文馆学士人员的考证及其文学创作活动，作者认为唐中宗景龙年间设置修文馆学士一事，见载于多种典籍，但矛盾之处颇多，似乎没有绝对准确的记载。通过对相关典籍的比勘考证，可知景龙二年、三年、四年皆有选任修文馆学士之事，在这三年中任过学士的共有二十九人，与《玉海》叙录《景龙文馆记》所云学士数吻合。但《绀珠集》《类说》《唐会要》《新唐书》等典籍中所说的“大学士四人，学士八人，直学士十二人”，只是景龙二年设置修文馆时计划员数，在随后的实际操作过程中，三类学士的确切员数都与原计划不符。景龙修文馆学士重形式尚技巧的宫廷文学创作活动，虽然在当时影响甚大，在唐代文学中占有一定地位，但总体上价值不高，某种程度上阻碍了初盛唐文学的良性发展。

二、帝王与文学研究

此类文章亦有 10 多篇，重在研究初唐太宗、武则天的文学观、文学创作及其对文学的影响，也有涉及作品归属权的考证文章，仅以 3 篇为例述要。阮忠《初唐贞观君臣的文学观》(《海南师范大学学报(社会科学版)》2017 年第 5 期)认为初唐贞观君臣因叙史而及文学，批评齐梁文学为“亡国之音”，其“轻险”文风有悖教化，无益有害。但他们的诗歌理论与创作实践相矛盾，在批评齐梁文风时，却受其影响在创作上深陷“轻险”中。他们认为文学抒发性灵变化无方，且有帝王好尚和文人才学的作用，文体文风之变成为自然的追求。卢娇《武则天与初唐文学——以制举、铨选为中心》(《阜阳师范学院学报(社会科学版)》2017 年第 6 期)认为前人多关注武则天通过进士科对文学产生的影响，而忽视了其制举、铨选对文学的作用。其改制之前，制举和铨选在相当程度上都偏向于文学人才，这提高了文学的地位和影响力。特别是武则天曾对制举寄予了选拔经邦济世之才的希望，改制后又极力发挥制举试策咨询时政的作用，这又在社会上引起了畅言王霸大略的风气，促使了文人精神风貌的转变。武则天改制前后对科举进行了一系列改革，客观上抑制了藻丽文风的进一步发展，使之朝着简洁流利、富有气势的方向发展。考证类文章有柴东《唐初董思恭〈咏弓〉诗真伪献疑》(《西部学刊》2017 年第 5 期)，文章认为，除《唐诗纪事》外，历代文献皆认为《咏弓》诗乃唐太宗所作，主要论据有三：一是唐玄宗时官修《初学记》最早载此诗于太宗名下；二是《玉海》有太宗与萧瑀对话为背景；三是有杨师道和诗佐证。但作者认为此诗或为董思恭所作，一是因为此诗在内容上与杨师道所和之诗、太宗萧瑀对话无关，或非太宗所作；二则通过对李峤、苏味道、董思恭等人的咏物组诗研究，认为《咏弓》诗或为董思恭对李峤《弓》的和诗。

三、作家作品研究

本年度初唐作家作品研究主要集中在王绩、“四杰”、陈子昂、“文章四友”、“沈宋”、张若虚、刘希夷、王梵志、张九龄、苏颋、张说诸人作品上。

(一)王绩研究

王绩研究有文章若干篇，较为重要的是陈尚君《诗人王绩的两种文集及其佚诗》(《文史知识》2017 年第 12 期)一文，认为明清两代流通的是经过唐陆淳删节后的三卷本王绩文集，但在宋代，通行的是五卷本而非三卷本，且三卷本可能出自后人之分拆。一方面从唐末至宋元众多目录书著录情况可以看到五卷本流通的情况，二卷本仅见《崇文总目》载《东皋子集》二卷，《宋史·艺文志》载陆淳《东皋子集略》二卷。另一方面，宋人大量引到三卷本以外的王绩诗，也可见五卷本的通行。诸多实例证明，五卷本为宋代通行的王绩本，仅仅因为偶然的原因，五卷本进入明清两代，仅为个别藏书家所存，靠少数藏家的传抄，不绝如缕地得以幸存。王绩好友吕才所编《王无功文集》有意塑造了一个入世的诗人形象。据吕才《王无功文集叙》，王绩少通世务，在隋代曾谒见杨素，并与夏王窦建德下中书侍郎凌敬有旧，只是吕才编录王绩文集时已是贞观末年，应当会删削王集中颂隋附夏之文字。中唐陆淳所编《东皋子集略》则塑造了一个出世诗人形象。陆淳《删东皋子后序》认为王绩是庄子以后千年，真能体会随变而适、随分而安的人物，他为形塑王绩之此一出世形象，对吕才《王无功文集叙》作了大幅度的删削，并对王绩诗中袭庾信诗风而文辞华丽骈偶部分也作删削。值得注意的是，陆淳《东皋子集略》二卷在删诗与选诗之间表现出了标准的不统一，例如王绩最得陶诗风神的作品以及反映王绩从入世到出世转折的作品皆不录。作者认为，吕才与陆淳在相隔一个半世纪间，两次编录王绩的诗作，对王绩之为人与诗歌成就，有不同的取舍，从不同立场形塑王绩的人格精神，保存了诗人的两种文本，给我们提供了从不同立场、角度考量评价的机会。他们希望突出他们认可的理想人格，但又无法抹去诗人曾经的多棱人生；他们就所处文学氛围存留诗人最优秀的作品，但又不可避免地显得顾此失彼，难以坚持始终。

（二）初唐四杰研究

研究“四杰”的文章有 20 余篇，既有总论“四杰”之文，也有个体研究。总论性质的文章，有创见者仅祝尚书《论初唐四杰骈文的“当时体”》(《文学遗产》2017 年第 5 期)一篇，对杜甫所说的“王杨卢骆当时体，轻薄为文哂未休”的“当时体”的内涵作了探究，认为初唐四杰“当时体”并无太大的新异处，只因他们典故化的撰述方式，从而引发文章在结构、写法等体制上的某些变化，表现为碑、序用长论开头，叙事文用典故演绎，记实文用典故补述等，是它最显著的特征。四杰“当时体”乃初唐类书文化的产物。以《杨炯集》为例，原书字数不过十万多，用典却近万条，若给典故作注，字数将超百万，足以编成一部颇具规模的类书。这也许是“当时体”被盛唐人诟病的主要原因。

对“四杰”个体的研究，涉及作品考证、诗学观念阐释、文献整理等，举较重要者为例。作品考证有张小明《〈四分律宗记序〉

非王勃所作》(《巢湖学院学报》2017 年第 1 期)指出《文苑英华》《全唐文》及《王子安集注》收录《四分律宗记序》一文,依据序文内容,此序乃为律师怀素撰成之《开四分律宗记》和《开四分律宗拾遗钞》而作。而据《宋高僧传》,怀素完成此二部共近百万言著作之时间实在王勃卒后若干年,故《四分律宗记序》不可能为王勃所作,《唐五代文学编年史》亦误。韩达《杨炯的学术传习及诗学观念的形成》(《文艺研究》2017 年第 4 期)认为杨炯诗学观念的形成及其诗文革新理念的提出,可从其家学传承、学馆苦读、师友交接的经历中找到线索。杨炯的文学观念受到家传礼学以及求学秘书省时形成的天道观的陶染,由践行礼制、观察天象引申为创作过程中对"律"的重视。杨炯对声律文辞的讲究及其雅正、中和的审美理想,皆贯穿着他对秩序的体认与追求。与薛元超、崔融等人的师友交接更使其确认声律在诗歌中的作用。对杨炯而言,天道之律、音乐之律以及文辞之律三者互为表里。杨炯所受的文学教育既体现革新的要求,又反映出齐梁余绪的影响,这使得杨炯的诗学观念不仅符合宫廷审美的需要,还为盛唐诗歌艺术的发展指出了变革的方向。文献研究类文章,刘丽静《卢照邻集汇校集注》(西北大学 2017 年硕士学位论文)做了基础性的文献整理工作;李最欣《〈四库全书总目·骆丞集〉提要辨正》(《台州学院学报》2017 年第 4 期)则认为四库馆臣为文渊阁四库全书本《骆丞集》四卷所写提要,在文献来源、骆宾王事迹、骆宾王文集卷数以及存世情况的表述等方面存在谬误,并予以订正。

(三)陈子昂研究

对陈子昂的研究集中于名篇《登幽州台歌》的解读,值得关注的文章有翟新明《寂寞独体与〈登幽州台歌〉》(《文史知识》2017 年第 6 期),认为前人所说的陈子昂《登幽州台歌》中那种进步的积极的孤独感,是用后世评价的标准来评判,并不符合作者当时的心境。此诗体现的是陈子昂"悲怆、伤感、哀愁、失望、消沉,那种无与伦比的孤独感"。文章融合牟宗三"寂寞中的独体"与鲁迅"独异个人"的概念,以"寂寞独体"来概括陈子昂的感受,即身处变革前夕中的先觉者,他们引导着变革,却备受打压;

他们赢得了“千秋万岁名”，但却只能归于“寂寞身后事”；他们因处处碰壁而倍感孤独，却始终未曾放弃理想。作为“寂寞独体”的陈子昂，一方面因政治上参与改革而备受打压，另一方面在文学上参与风雅、风骨的复古运动而不被理解。二者的结合，恰又在《登幽州台歌》中被完美表现。

另有葛莲《唐宋陈子昂诗歌论案研究》（江苏师范大学 2017 年硕士学位论文）以唐宋时间段内陈子昂诗歌批评材料为研究对象，从批评话语所发生的个人及社会文化环境中，提炼出对陈子昂诗歌批评的焦点问题，例如“始变雅正”与“复多而变少”，“律诗殊少”与“精于律诗”“律诗之祖”等争议，深入探究不同批评观点产生的现实缘由，挖掘其背后所蕴含的文化内涵，厘清陈诗在整个唐宋文学史上的发展演进过程。

（四）“文章四友”研究

此类文章有若干篇，直接或间接涉及杜审言、李峤、崔融，其中以作品系年考证类文章较为值得注意，赵建明《杜审言七律〈大酺〉〈泛舟送郑卿入京〉系年新考》（《杜甫研究学刊》2017 年第 4 期）指出初唐著名诗人杜审言今存诗 43 首，徐定祥、张清华、陈冠明等先生对其部分诗歌系年考证做出了较大贡献，但百密难免一疏，在前人研究基础上，作者认为其七律《大酺》当作于天授二年正月，《泛舟送郑卿入京》当作于景龙二年春。

（五）“沈宋”研究

有关沈佺期、宋之问研究的文章较少，值得一读的有张效民《沈佺期“考功受赇”案真相探源》（《深圳职业技术学院学报》2017 年第 6 期）一文，旨在否定流传千余年的沈佺期“考功受赇”说。作者比较系统地梳理了关于沈佺期“考功受赇”说的来龙去脉，并根据新旧唐书所载多人传记资料涉及此事的材料，勾画出当时的天官侍郎许子儒主持的这次考核中“考功受赇”案的原委，是许子儒侍郎在主持此次“冬集”考核中的严重失职而导致“补授失序，无复纲纪，道路以为口实”。确证所谓“浮议上闻”即指许子儒侍郎主持的考核存在不公问题导致“道路以为口实”。指出所谓“考功受赇”非指沈佺期“受赇”而是指此次事件，但是作为考功员外郎、考功郎中，沈佺期亦有失职之过，这个责任无可推脱。但说沈佺期本人“受赇”并无扎实证据。沈佺期的被弹入狱较长时期未加判决，既因为未有确实证据，也是因为“二张”势力暗中救护，武则天也无意严加惩处。总之，沈佺期被弹入狱其实是武则天暮年时期朝廷中“二张”势力与崔玄暐等为代表的反张政治势力矛盾尖锐化的政治牺牲品。

（六）张若虚、刘希夷研究

此类文章有10多篇，以研究张若虚的《春江花月夜》为主。对《春江花月夜》的鉴赏文章缺乏新意，仅有唐宸《〈春江花月夜〉成篇献疑——兼论〈乐府诗集〉的截取缀合改编现象》（《乐府学》2017年第1期）一文可关注，文章认为署名张若虚的今本《春江花月夜》是公认的唐初七言长篇杰作，然而此诗初见于三百年后的《乐府诗集》，署名张若虚实属孤证。由新发现的两则唐宋人引张若虚诗句文献可知，今本《春江花月夜》存在一个较为复杂的成篇过程：稍晚于张若虚的诗僧皎然在《诗式》中引张若虚《秋月》近体诗，竟与今本《春江花月夜》中诗句雷同。通过对皎然引诗中“捣衣”一词词义的分析，推测《秋月》近体诗确实存在，且是今本《春江花月夜》缀合改编的素材；南宋初，赵次公注杜诗引张若虚《春江月》一联，却不见于今本《春江花月夜》，经考实为张若虚同时诗人张谭所作，可见改编的《春江花月夜》原本不止一首，今本仅是其一。作者说，《乐府诗集》中的截取缀合改编型作品，值得学界进一步探究。

（七）王梵志研究

研究王梵志的文章有若干篇，视角较新的是从文学传播、比较文学的角度对王梵志诗在日本的流传及其对日本诗人山上忆良的影响的文章，如静永健《王梵志诗集在日本——兼论山上忆良与杜甫诗的关系》（《中国文学研究》2017年第1期）认为古代日本和文所撰写的和歌总集《万叶集》汲取了中国古典诗歌之传统精华。其中《贫穷问答歌》的作者山上忆良汉学知识丰富，曾以遣唐少录身份随同大使粟田真人入唐，在长安接触到了最先进的中国文化并将其传入了日本。《贫穷问答歌》叙述底层贫民的悲惨生活，与杜甫《兵车行》颇有暗合之处。两诗很可能都与敦煌遗书中的王梵志《贫穷田舍汉》一诗有关，即山上忆良入唐与杜甫定居长安时期，各自接触到了社会上流行的王梵志诗歌并受到影响，由此创作了使用不同语言却有着相通思想内涵的两篇诗作。

（八）张九龄研究

对张九龄的研究，以诗人的生平行事考证文章为主，有张效民《张九龄"丁父忧"准确时间考辨——兼及初唐授官泛滥问题》（《岭南文史》2017 年第 12 期）、《张九龄进士及第"重试"问题正误》（《广东省社会主义学院学报》2017 年第 3 期）、《张九龄进士中举时间考辨》（《深圳职业技术学院学报》2017 年第 4 期）三篇系列文章。《张九龄进士及第"重试"问题正误》依据坚实材料考证张九龄参加的长安二年进士科考试结果并未作废，张九龄拟参加的由李峤主持的"重试"，非进士科重试而只能是吏部主持的"释褐试"。但因与唐中宗主持的制科考试时间冲突，张九龄亦未参加李峤主持的"重试"，而是直接参加了制科"才堪经邦科"考试，且一举中"乙第"。张九龄亦未曾受到沈佺期"考功受赇"案件影响。《张九龄进士中举时间考辨》认为张九龄进士中举时间，新旧唐书张九龄本传无明确记载。历来主要有长安二年说、景龙元年说。今人又提出神功元年说，三说各有影响。文章追根寻源，梳理三说来源，进行考辨，指出景龙元年说和神功元年说致误之由，确定张九龄长安二年中进士举之说证据来源最为可靠，可为定论。

（九）苏颋、张说研究

对苏、张的研究亦有若干篇文章，可关注的有黄学仕《〈送郭大夫元振再使吐蕃〉考》（《成都大学学报（社会科学版）》2017 年第 2 期），认为《送郭大夫元振再使吐蕃》乃张说作给郭元振再使吐蕃的送别诗，题中"大夫"是指"朝散大夫"。郭元振是武后朝到玄宗朝初年的一位重要人物，曾于 696 年、702 年两度出使吐蕃，为巩固边防、发展唐蕃关系做出了重要贡献。文章考察了诗题的最初面貌，推测作诗时间应是 702 年，地点应是灵州，并论述了郭元振再使吐蕃始末。

综上所述，本年度学界对初唐文学的探讨，以解决文学史中文体概念的厘清、文献流播的考查、诗人行事的考证、作品的归属以及系年等实际问题为主要趋势，有许多创见，值得嘉许。期待来年的初唐文学研究有更多创新之作。

盛唐文学

□ 莫道才 刘振乾

2017年的盛唐文学研究成绩喜人。从数量上来看，据中国知网全文数据库、国家哲学社会科学学术期刊数据库统计，2017年盛唐文学研究相关论文及研究成果200余篇（不包括李白、杜甫、王维），较往年有大幅度提升；从内容上来看，关注边塞诗、关注疆域和民族关系、关注古丝绸之路等学术成果颇为丰硕，整体思路比较开阔，学科交叉现象较为明显。现择要综述之。

一、整体研究

2017年盛唐文学在出版界的盛事首推王锡九《常建诗歌校注》《李颀诗歌校注》先后在中华书局出版。《李颀诗歌校注》三卷，以《全唐诗》本为底本，校以正德刊本以下八种刻本或抄本，并参校了《文苑英华》和《唐文粹》等总集。注释主要为训释词语，注明典故，交代史实，并略述诗意。在注释之后，另立笺评，辑录历代笺评鉴赏资料。书末附录李颀的研究资料。《常建诗歌校注》二卷，以明黄贯曾编、嘉靖三十三年黄氏浮玉山房刻本《唐诗二十六家》中的《常建集》为底本，校以中华再造善本所据之国家图书馆藏宋本影印本、天禄琳琅丛书本、明铜活字本《唐五十家诗集》等十一个版本，并参校《文苑英华》《唐文粹》和《全唐诗》等总集。注释之后，立笺评一项，辑录历代诗话、笔记和选本中涉及该诗的鉴赏材料。另将有关常建的研究资料附在书末。

本年度期刊发表的成果主要集中在探讨大唐盛世与文学繁荣之间的内部关联以及对后世的启示上。如葛晓音《唐代文学高峰的启示》(《人民日报》2017 年 11 月 10 日)指出一代文人为时代而创作的使命感是文学高峰形成的前提,文学高峰的形成与文学风气和文学形式大力变革有关,唐代诗人善于提炼具有普遍性的人情,表现人生共同感受,使之达到接近生活哲理的高度,因而在百代之下犹能引起最广泛的共鸣。徐海容《论初盛唐碑志文创作的兴起及原因》(《文学批评》2017 年第 1 期)强调初盛唐碑志文创作的兴盛,除文体自身演进变革的因素外,还和大一统政权下人们的文化观念和创作心理有关;初盛唐碑志创作的兴盛是唐代文人活动的重要现象,也是认识唐代文学与政治关系的重要基点。徐海容《唐代碑志文的盛世情结及书写模式——以初盛唐文本为考察中心》(《西北大学学报(哲学社会科学版)》2017 年第 3 期)指出唐代碑志文的盛世情结起于文士对历史和现实的思考,而唐帝国大一统政权的发展更促进了这种思考,使得文士最终形成强烈的盛世期待心理,具体书写模式表现为弘扬儒道精神、塑造时代典型、追求宏大壮丽的行文体式等,目的是为大一统政权寻找理论依据,推进唐帝国盛世建设。

在盛唐士人文化群体研究方面,胡旭、李芸华《盛唐集贤学士之文学地位与影响》(《厦门大学学报(哲学社会科学版)》2017 年第 1 期)强调,唐开元中期崇儒重文,以张说、张九龄等为中心的集贤学士地位崇高,文学活动十分频繁;集贤学士显赫之时,上与帝王显贵游宴雅集,下与聚集于京师的各地才俊往还酬唱,促进了雅俗诗风的交融,使文学创作向更高的层次推进,于盛唐诗歌声律、风骨兼备特质的形成,意义重大。万伯江《社会批评视域中的新审视:盛唐诗人群体的三个阶层》(《社会科学论坛》2017 年第 7 期)用社会学的方法,变程式化的"以诗界人"为"以人界诗",把开天诗人分为权贵诗人、下层官吏诗人和布衣诗人等三个阶层,并以此为视角,对开天诗人群体进行新的打量与思考。季爱民《盛唐士人的道德自觉与禅传播的关系》(《世界宗教研究》2017 年第 5 期)指出盛唐时期两京地区的士人相互交游、切磋,视通经学、励名行为仕宦之途,形成道德自觉风气;禅慧之交成为士人间的一种交往方式。他们经由禅修、相互劝勉和启发,取得清净心性与争取生活机遇之间的平衡,维持社会生活中的人伦秩序。

二、山水田园诗派和孟浩然研究

本年度关于山水田园诗派和孟浩然研究依然属于热点。雒海宁《盛唐山水田园诗的悲剧蕴涵》(《青海社会科学》2017 年第 4 期)以儒家的修身养性、道家的自然无为与佛教的境界追求作为论述的理论基础,具体分析了山水田园诗歌在人生理想、前途命运和信仰追求上的悲剧蕴涵,指出盛唐山水田园诗歌具有强烈的悲剧意识和悲剧精神。母聃《人际关系对孟浩然诗歌传播的影响》(《现代语文》2017 年第 2 期)旨在从孟浩然的人际关系方面探讨其诗歌的传播途径,也揭示了人际传播对增加文学作品影响的重要作用。诗人孟浩然虽然生活隐逸,但是他人际交往过程中的"推手们"为他的诗歌创造了很好的传播道路,使他的诗歌闻名天下。王辉斌《孟浩然"平生重交结"论略——兼及其人格魅力的诸种表现》(《咸阳师范学院学报》2017 年第 1 期)指出孟浩然的"平生重交结",主要表现在三个方面,即千里访友情义深、言出必行重然诺、入朝岂抵故人饮。未曾与孟浩然谋面的杜甫之所以"吾怜孟浩然",很大程度上即与孟浩然的人格魅力关系密切。严纪华《论孟浩然的"水行诗"》(《吉林师范大学学报(人文社会科学版)》2017 年第 2 期)尝试探究孟浩然水行诗中所链接指涉的符号意义,进而理解其所蕴含的精神境界以及美学思考。文章指出,孟浩然终生布衣,仕途坎坷,一生岁月大抵漫游山水、逸隐田园,在山水自然诗中——尤其是水行诗,不但记录着诗人游历的生活经验,也潜寓着精神的向往依归与理想的托寄。戴筱筱《孟浩然的"隐"与"仕"》(《文学教育》2017 年第 7 期)认为孟浩然的一生多数时间在"隐"与"仕"之间沉浮犹疑,早期有隐逸之心,但更热衷于仕进,晚期渐近于出世,终归于淡泊洒脱。文章通过隐逸情怀与仕进之心的交错映现来分析孟浩然在不同人生阶段关于"隐"和"仕"的心态历程。

关于孟浩然及其诗歌研究，本年度还有一些成果研究视角比较有新意。如郑同文、郑琦琛《孟浩然〈夜归鹿门歌〉诗句顺序有误》（《南京理工大学学报（社会科学版）》2017 年第 2 期）从诗歌的时序和意境两个方面，指出孟浩然《夜归鹿门歌》第二句和第三句可能存在着顺序颠倒的错误。无论从押韵、结构以及内容的逻辑上来讲，把第二句和第三句互换位置，全诗的意境就会比较完整，时序也比较合理，更符合诗歌的韵律。卫佳、杨和为《孟浩然的疾病体验及其诗歌创作》（《六盘水师范学院学报》2017 年第 2 期）通过分析孟浩然的病中诗，发现孟浩然真正关心和在意的并非家国社稷，亦非天下苍生，而只是他个人对于功名和享乐的追求。越到晚年，诗人的功名之心越淡，享乐之念越浓，孟浩然病中的体验和感受才是诗人区别于盛唐诸家的根本特质。张福清、曾苗《论孟浩然襄阳、吴越诗之地理与人文意象》（《中国韵文学刊》2017 年第 3 期）认为孟浩然襄阳和吴越诗作中出现了大量的地理意象与人文意象，襄阳诗意象侧重于荆楚文化与田园隐逸生活，吴越诗意象侧重表现了浓厚的相思与归隐情怀，它们同时丰富了盛唐气象中"清"的风尚。

三、边塞诗派及相关作家研究

本年度边塞诗及其相关作家研究呈热门趋势。究其原因：首先，得益于当前我国"一带一路"倡议，吸引一大批专家学者把研究注意力放到了边塞诗领域；其次，中华民族的伟大复兴，唤醒学人对盛唐边塞诗歌的文化自信；再次，构建新时代平等团结互助和谐的社会主义民族关系，需要深入发掘盛唐边塞诗所展现的民族融合精神。

在边塞诗的整体研究方面，王金伟《边塞诗界定问题检讨与辨正》（《山东行政学院学报》2017 年第 3 期）强调，边塞诗的定义是一个诗学论题，也是一个诗歌研究史的问题。边塞诗概念得之于一定量的实际创作之后研究者的归纳。古人对这一类题材作品的取舍情况，是对边塞诗合理科学界定的基本参照。边塞的具体地理位置在不同历史时期有很大差异，但边塞诗表现的基本意象与主题存在稳定性。刘国利《启唐三百年风雅之盛——唐太宗李世民边塞诗研究》(《解放军艺术学院学报》2017年第1期)指出唐太宗李世民开创了“贞观之治”,也开启了唐诗的盛世。特别是唐太宗的边塞诗以自己的亲身征战经历为前提基础,以其特有的帝王胸怀审视战争,主动扬弃六朝浮华靡丽文风,注重运用刚健的语言和写实的诗境来开创一种雄浑阔大的艺术境界,对唐代边塞诗的空前繁荣并攀上中国诗歌创作的巅峰,起到了积极的引领和推动作用。刘梅兰《文学地理学视阈下的唐代河西边塞诗歌研究》(《文艺评论》2017年第1期)指出唐代河西边塞诗歌的地理认知是唐人对河西边塞环境感知的产物,是一种文化感知行为,具有强烈的主观性。河西边塞的自然地理环境和人文地理环境形成了唐代河西边塞诗的特有意象。唐代河西边塞诗歌的边地战争认知代表了诗人对边战观点以及唐人功名意识的衍化。唐代河西边塞诗歌的地理意象,反映了唐人的河西边塞地理环境观念,具有多重地理象征和意义。徐升《唐代边塞诗雪意象的表现形式及其情感蕴含》(《青海教育》2017年第7—8期)指出唐代边塞诗发展兴盛,其中运用了大量意象。雪意象作为唐代边塞诗的意象之一,其表现形式有与环境描写结合、与战争生活结合、与特殊人物形象结合三种;其情感蕴含则包括对战争的厌恶反感、对不惧艰苦环境的英雄气概的表彰、对边塞壮美景色的称奇赞叹、对故乡亲人的思念和戍边生活下的惆怅幽怨等部分。冯淑然《从初盛唐边塞诗看东北民族关系》(《内蒙古民族大学学报(社会科学版)》2017年第3期)提出在文化学意义上,边塞是不同民族不同文化区域的分界。唐代士人因参军、游历或入幕到边塞,因而留下了许多边塞诗。这些边塞诗中涉及东北边塞的作品近五十首,生动地反映了初盛唐时期与东北民族的关系状况。一方面是战争冲突,另一方面是和平相处文化融汇。两个方面交互变化,促进了唐帝国的政治统一和民族文化融合。王春蕾、朱晶晶《唐代边塞诗中文化交融所体现出的民族精神探析》(《塔里木大学学报》2017年第2期)认为文明的交汇常伴随战争与冲突,民族间的交往融合,从被迫到默许再至自主自愿,其间需要多种条件促成,唐代开明的政治与开阔的胸襟，造就了大唐盛世，也更温和地促进了民族间的文化融合与认同，并促使中原汉民族与边地少数民族共同完成唐人精神的建造，在边塞诗中体现为安边报国的尚武精神和求同存异的包容精神。

在边塞诗个体诗人研究方面，岑参、高适、王昌龄、李颀等诗人依然是研究的重点。

夏国强《岑参西域诗史地学价值论略》(《昌吉学院学报》2017 年第 1 期)指出岑参一生两次入幕西域，写了大量的西域诗篇，涉及重要历史地名 70 余处，大多均可确考，与地名相关的重大历史事件众多，对于考订唐天宝时期历史地名以及与之相关的历史事件颇具意义。对岑参西域诗中的史地研究进行梳理，凸显其历史学中的价值，有助于深入了解唐天宝时期的西域历史状况，可据此勾勒出史学意义上的唐代西域历史地图。魏耕原《岑参人物诗论》(《吉林师范大学学报(人文社会科学版)》2017 年第 2 期)以岑参的人物诗为切入点，指出其结构采用倒叙，在不同经历的衔接处常用勾勒，每个时段起始分明；又重点刻画人物的各种才能，或者借助环境描写、场面渲染等侧面手法，突出人物形象。还间或插入景物描写，或者议论，以之揭示人物的内心世界。采用七绝连章体或组诗刻画一人，则是其人物诗的创新，扩大了七绝的容量。夏国强、李爱荣《岑参首赴安西路途与唐代丝绸之路南道》(《新疆大学学报(哲学·人文社会科学版)》2017 年第 5 期)以前贤论述及出土文献为基础，提取岑参诗有关信息，逐一核查与丝绸之路南道瓜州、敦煌、石城镇、蒲昌海诸节点的对应关系，证实天宝八载冬末至天宝九载初春，岑参领公务巡查边事，取丝绸之路南道入安西，也从侧面说明了唐玄宗时期阳关道的通行状况。

任江鸿《高适边塞诗的艺术风格》(《西藏科技》2017 年第 8 期)旨在探讨高适诗歌的艺术风格和语言特点。文章从艺术特质与风格三个方面，阐释高适边塞诗歌现实主义的创作方法，刚健有力的语言特点；“悲壮”的艺术风格，直抒胸臆的语言特点；融情于景的写作手法，平实质朴的语言特点。并从诗歌创作背景、创作学习借鉴、作者性格特色以及生平经历等角度分析艺术风格形成原因。马海龙《论唐代文人入幕对其诗歌创作的影响——以高适入河西幕府为例》(《兰州学刊》2017 年第 9 期)指出文人入幕对文人的人文气韵及文学创作都将产生重要影响。高适是唐代诗人中位至通显者,入幕河西成了他文学创作的重要转折点。高适入河西幕府使其诗歌风格和审美情趣都发生了显著的变化。在诗歌创作风格上,高适诗歌由"悲壮"气韵转向"豪迈"风格;在审美情趣上,高适诗歌由"映像社会"转向"书写自然"。

刘兆新《王昌龄诗歌中的悲怨人生》(《中国多媒体与网络教学学报(电子版)》2017 年第 5 期)指出王昌龄无论写宦游羁旅所见的山川风物,还是写宫女嫔妃的寂寞与孤独,抑或是写与朋友的欢聚与惜别,都是或隐或显地以不同的感性表现方式折射出相同的深沉焦虑,表现出异于"盛唐气象"主旋律的音符。钟彦亮《王昌龄七绝中月亮意象唯一性与特殊性解读》(《名作欣赏》2017 年第 29 期)认为王昌龄七绝中"月亮"的结构意义与情调意义大于情感意义。王昌龄诗中的"月亮"几乎都是静态的,不是动态的;是抒情主人公抒情的意象,不是王昌龄本人的情感寄托;是一种含蓄沉静氛围的奠定,而不是鲜明情感的抒发;是蕴藉的,不是空灵的。通过"月亮"意象从而发现王昌龄绝句含蓄的独特性。吴振华、张昕怡《王昌龄送别诗的结尾模式与独特情境探析》(《淮北职业技术学院学报》2017 年第 6 期)将王昌龄送别诗的结尾归纳为"含思落句""心期落句""绘景落句"与"援典落句"四种类型,分别论述它们对全诗情境所起到的作用,从结尾的角度关注王昌龄送别诗的艺术特色。多种多样的结句方式,使得王昌龄的送别诗具有区别于同时代其他送别诗的独特风格。刘秀芬《试论李颀的边塞诗及其特点》(《语文建设》2017 年第 32 期)将李颀边塞诗的特点概括为三项,即主体广泛、音节流畅和感情悲壮。主体广泛体现在李颀边塞诗所涉及的地点非常多,人物和事物变换非常流畅、多元。在音节选择上,李颀喜欢叠字、多声调,注意韵脚及音调变化。在感情方面,则以悲壮为主。

四、张说、张九龄及其他作家研究

本年度张说、张九龄的研究侧重于作品接受、审美取向、创作心态、政治倾向等方面，这中间对张九龄的研究势头表现得更加强劲。

赵建明《张说张九龄对屈原及其作品的接受》(《中华文化论坛》2017 年第 5 期)认为张说、张九龄作为盛唐时期著名的诗人，无论在人格精神还是文学创作方面都受到了屈原的影响，他们对屈子人格精神的接受主要表现在忠君爱国和刚正不阿两方面；对屈骚的接受主要表现在传承屈骚"发愤抒情"的创作精神、借鉴"香草美人"的比兴象征手法和化用屈骚语词三方面。

陈建森《"九龄风度"与唐代文学的审美取向》(《文学评论》2017 年第 1 期)提出张九龄是盛唐开元名相和文坛领袖，以"九龄风度"见知玄宗而成为宰执荐引公卿、朝廷录用大臣的审美标准。"九龄风度"的内核是守正忠直的品行，外化为儒雅秀整的风仪、"轻缣素练，实济时用"的文品和醇厚清澹的诗品。张九龄将唐诗由"诗品正"导向"诗品醇"，开唐诗"清澹一派"，"为李杜开先"。"九龄风度"不仅成为有唐一代人物品评的审美标准，而且对唐代文学的审美取向产生了深远的影响。

王辉斌《读张九龄诗札记》(《宁夏师范学院学报(社会科学)》2017 年第 5 期)就《四库唐人文集丛刊》本(即《四库全书》本)《曲江集》的诗歌部分，以"札记"的形式，对其中的有关问题，或质疑，或辨析，或考证，有利于研究唐代诗歌者参考。

蓝永常《试析张九龄贬谪荆州后的诗歌及其政治态度》(《韶关学院学报(社会科学版)》2017 年第 1 期)认为张九龄于开元二十五年(737)被贬为荆州大都督府长史，在荆州期间，他创作了大量抒怀的诗歌来表达自己坚定的政治立场。通过对张九龄贬谪荆州后的诗歌进行解读，可深刻地理解张九龄贬谪后的政治态度，彰显"九龄风度"的现实意义。

王永波《张九龄任职郎官期间的心态与创作》(《青海师范大学学报(哲学社会科学版)》2017 年第 5 期)指出盛唐诗人张九

龄曾在开元七年到十年间在长安担任郎官，这段郎官生涯是他一生仕途中较为平稳的时期，对他在开元诗坛宗主地位的形成具有重要意义。自张九龄奉诏入京任左补阙，短短数年之间职务多次得到提升，先后担任礼部员外郎、司勋员外郎、中书舍人、太常少卿等。加上他得到宰相张说以及唐玄宗的支持，建功立业与报恩明主的思想占据主导，同时坚守不屈己、不阿私，保持相对独立的人格精神。在诗文创作上，此期的作品不算突出，数量也不算多，但他在奉和应制诗及山水纪行诗方面颇有革新，在这两种题材的创作中融入了对时局和人生的思考，对盛唐诗坛影响较大。

在其他作者的研究方面，陈尚君《重读李林甫》(《文汇报》2017 年 5 月 15 日)对丁俊《李林甫研究》(凤凰出版社 2014 年)赞赏有加，提出要透过史料，重读李林甫。认为李林甫长期执政，一方面一直在清除异己，巩固权力；另一方面又久居高位，无路可退。李林甫一死，立即被清算，生前所作于国家有益的工作，不再有人提起；所有他得罪的势力，则群起落石，使他再无翻身之日。因此，要不拘泥于传统史学的是非褒贬，以现代学术立场客观地分析历史进程中所有人的所作所为。

在骈文研究方面，燕许大手笔之一的苏颋研究有新的突破。苏朦朦《苏颋骈文创作研究》(四川师范大学 2017 年硕士学位论文)从苏颋一生三个时期的大事记梳理，纵观苏颋各个时期的创作概况，分析苏颋存文表现出散化文风的时间纵向分布特点；通过文献细读的方法，分析大手笔作家视域下的苏文所表现的手法与技巧；将苏颋与处于不同时期同有大手笔之誉的其他作家进行对比，总结分析苏颋骈文中的艺术渐变新貌。

五、文学理论研究

本年度文学理论研究主要侧重于盛唐诗歌的风骨、气象、意境等诗学理论研究。

王彬《论盛唐诗歌的理论建构》(《现代语文(学术综合版)》2017 年第 8 期)指出初盛唐诗人于孜孜探索中形成了以“风骨”

为核心的文学理论建构，此时期的诗歌便是“风骨”的完美体现。文章以“风骨”为主线，从“风骨”的释名与溯源、初盛唐的“风骨”理论、唐代诗坛的“风骨”表现三个方面系统地展示盛唐诗歌形成的理论建构。风骨观照一个时代文论建构，洞察一个时代文人本心，恰切地贴合了唐代文人风气。

刘砚群《“别”有气象：从盛唐离别诗看盛唐精神》（《长江大学学报（社科版）》2017 年第 5 期）认为盛唐人写离别很少晚唐情调和宋人思绪，他们在离别之际，往往将对友人的高尚品质之赞美，与自己对友人之劝勉祝愿完美地融合在一起，并在其中渗入一己的政治襟抱，或对未来的乐观自信与潇洒疏朗的人生态度，别而可感，别而不伤。这是兴象玲珑艺术追求下盛唐离别诗的“端翔骨气”，从一个侧面，体现了盛唐人的精神与气象。

何家荣《“访不遇”诗与盛唐气象和唐代诗人的精神风度》（《池州学院学报》2017 年第 2 期）指出唐代各种诗歌体式都得到了充分发展，众体皆备，“访不遇”诗只是其中很小的一类，而且也只多见于唐代诗坛，历来少有研究者关注。文章将这一类诗歌从唐诗中提取出来，从盛唐气象及盛唐气象影响下唐代诗人精神风度的角度加以考察，并进一步探讨严羽“盛唐诸人惟在兴趣”的诗学论断。

高晓成《唐代诗歌品格与诗意之关系——以“诗格”材料为中心》（《江苏师范大学学报（哲学社会科学版）》2017 年第 5 期）立足唐代“诗格”材料，探讨在唐人尤其是中晚唐人的眼中高品格诗歌的标准。其中“诗意”是决定诗歌品格的核心要素，“裨益风雅”“似易而难到”“深新”的诗意生成方式，讲求结构功能与“中庸”“含蓄”“谨严”的诗意表达方式，共同构成了诗歌的高贵品格。

蔡宗齐《王昌龄以“意”为中心的创作论及其唯识学渊源》（《复旦学报（社会科学版）》2017 年第 4 期）讨论王昌龄诗学研究中两个紧密相关、尚待探索的重要课题：一是王氏《论文意》中多义的“意”所隐藏的系统文学创作理论，二是王氏“意”与唯识八识的“意”“意识”的内在关联。为了破解“意”的多重意义，作者首先从上下文来揣摩、判断“意”的不同指涉，然后在一个更广泛的哲学、美学背景下，分析王氏如何从佛、道两家“意”的角度来观察创作过程的不同阶段以及它们之间的关系，并做了充分阐述。文章还对王氏的“意”和唯识八识的“意”“意识”进行了平行比较，发现后者很可能为王氏提供了观察文学创作过程的新视角，帮助他改造陆机和刘勰“意—象—言”说，在意和象之间加入“境”而建构起“意—境—象—言”的新框架，从而发展出自己独特的、带有明显佛教风格的文学创作论。

综上所述，盛唐文学研究在2017年度从整体研究、山水田园诗研究、边塞诗人研究、张说与张九龄研究、文学理论研究等各方面都展现出新的收获。文学是时代的风向标，文学研究也是一个时代思想的浓缩器，要推动盛唐文学研究有新的突破，一定要强化问题导向意识，杜绝人云亦云和叠床架屋，从文学史的角度全面探讨大唐盛世文化的历程和繁荣原因，为新时代学术繁荣提供新的成果。

中唐文学

□ 李芳民

2017年度中国大陆地区中唐文学研究的论文，据中国知网学术期刊数据库及中国人民大学报刊复印资料《中国古代、近代文学研究》两者统计（不包括元、白与韩愈）约百篇。总体看，本年度无论是论文的总数量，还是广度与范围，都较以往有所萎缩，其中宏观综合研究论文的总体规模与前大致持平，而围绕中唐古文作家与古文运动的研究则较集中；作家作品研究涉及的作家大为减少，论文数量亦大为下降，高质量论文的比重亦较前下降；小说研究亦如作家作品研究，开拓性与新颖性论文不多。尽管本年度研究总体显平，但其中仍不乏较为出色或启人思考之作，以下就其中之尤者略做介绍。

一

本年度中唐文学的宏观综合性研究论文，约20篇，涉及中唐审美风尚与佛教思想影响之关系、中唐帝王与诗风、中唐思想观念变化对边塞诗创作的影响、中唐科举变革与诗坛风气、书院与中唐士人及儒学的关联、贞元文学、元和士风以及文人集会创作等，而古文运动及古文作家的研究，本年度尤见突出。

围绕佛教思想对中唐文学审美风尚影响的探讨，有汤凌云《中唐审美风尚变迁与佛教心性论之关联》（《云梦学刊》2017年第4期）一文。作者从佛教心性论的影响角度对盛中唐审美风尚的变化，提出了自己的看法。文章认为华严宗圆融无碍的理想，禅宗的任运自然，对文人的价值理想、处世哲学、审美态度都产生了多方面的影响。中唐时期，华严宗与禅宗合流的态势明显，华严宗的真俗双融、禅宗的即色即空，奠定了中唐雅俗平等观生成的基础。中唐闲适诗风、园林审美中的平等意识等都与之有关。

边塞题材诗歌在盛唐颇为兴盛，中唐则渐趋衰退，何蕾《中唐"夷夏"观念之转变与边塞诗创作的衰落》（《内蒙古社会科学》2017 年第 2 期）就此做了分析。作者认为，胡文化是刺激边塞诗创作的一个强力因素，但自中唐后，"夷夏"观念转严，对华夏文化本位的强调与对夷狄文化的拒斥在中唐异常显眼，外来文化越来越难以进入、融入中原文明，胡乐胡舞失去了创新的源泉，受胡文化刺激和影响的边塞诗也就失去了重要创作依托和推动力。而中唐"夷夏"观念之转严又与安史之乱后儒学复兴相关。

关于中唐科举变革与诗风变化的关联，唐婷《中唐科举变革与〈诗〉学传统》（《西华师范大学学报》2017 年第 1 期）指出中唐以降，柳冕、贾至、权德舆、刘峣、元稹、白居易等都围绕科举取士的弊端提出了批评，而在批评辩论中，兴起了诗学走向的集体思考。沿着科举改革的线索，《诗经》"缘政而作"的传统始终是拨正诗学发展方向的强大力量，由汉唐经学家所阐发的"诗教""缘政"等核心观念，成为指导诗歌创作的诗学理论，并内化为学者自身的一种价值追求，这对改革诗歌创作上的浮靡诗风起了重要作用。

唐代教育与文学之间的关联，也是晚近以来学界探讨的论题之一，郭丽《论书院初兴与中晚唐诗人转型及儒学复兴之关系》（《北京社会科学》2017 年第 8 期）即围绕唐代书院的兴起、渊源、性质、功能，中晚唐书院的创办主体及其与中晚唐士人转型与儒学复兴关系等问题作了探讨。文章对书院之名实、流变及性质等作了考核，指出作为私学的书院教学因环境变化引起教学方式与教学内容的变化，进而也使士人自我身份认定产生变化。中唐以降地方士人和地方家族创办书院，地方士人作为社会重要力量异军突起，逐渐取代原来唯有世家大族才可担当的身份。至若书院与中唐儒学复兴的关系，作者以为写作古文、复兴古道与中晚唐书院教育密不可分，中晚唐习业山林寺院的士人高度认同儒学复兴思潮，说明习业书院的士人与时代新风气息息相关。

田恩铭《“议论”“诗笔”“史才”与元和士风之骏发》（《社会科学家》2017 年第 7 期）则主要就元和士风的特征作了阐发。作者主要围绕元和士人刘禹锡、柳宗元、韩愈、元稹、白居易等在诗文作品中对阳城德行之称颂、韩柳围绕史官史德的辩论、韩愈以儒者为底色的史家手笔、柳宗元与元稹向任史职的韩愈推介入史传人物以及元和士人著史以涵养时代精神等方面，揭橥其文学书写中呈现的“议论”“诗笔”与“史才”因素，以阐释元和士风的“骏发”特征。

文宗大和已近中晚唐之交，周衡《论姚合集会诗与大和年间文人集会》（《河南科技大学学报》2017 年第 6 期）主要分析姚合这一时期集会诗的特点，并藉以揭示大和年间姚贾诗人群的特点。文章通过姚合集会诗的主题、表现特征等的分析，说明姚贾诗人群的生成过程及其在大和时期的文学地位和影响，并指出姚合集会诗的发生发展，一方面源自姚合个体疏拙性情的内在推动，另一方面也是大和时期文人政治情感、家国意识消沉的文学表现。

本年度以宏观综合角度立论的，还有两篇较出色之作，一为孙羽津《元和政治与奇诡诗风之关系窥管——韩愈〈陆浑山火一首和皇甫湜用其韵〉新证》（《清华大学学报》2017 年第 6 期），一为周浩《论元和三年制举案的过程与性质——兼论“牛李党争”的兴起》（《中华文史论丛》2017 年第 3 期），只是前者侧重于围绕韩愈《陆浑山火》一诗诗旨之探测展开，近于韩愈研究，后者虽也与文学研究相关，但终究偏于历史问题的探讨，故从略。

本年度围绕中唐古文作家与古文运动的探讨较为集中，有多篇论文涉及，主要有李建华《山东士族复兴与中唐文坛复古主义思潮》（《社会科学战线》2017 年第 3 期）、刘宁《中唐古文家文道观研究的反思》（《华南师范大学学报》2017 年第 4 期）、李伟《中晚唐五代江西古文的地域特征及其成因》（《陕西师范大学学报》2017 年第 5 期)、翟景运《唐代古文的艰涩文风及其影响》(《东方论坛》2017 年第 5 期)、丁涵《唐代古文家纪行赋探微》(《中山大学学报》2017 年第 4 期)、何蕾《中唐古文运动:社会转型背景下的文体之变》(《青海社会科学》2017 年第 3 期)、李桃《作为流派的中唐古文作家史官身份与史官意识初探》(《学术交流》2017 年第 7 期)等文。以下主要就李建华、刘宁、李伟、丁涵文略做介绍。

李建华文主要围绕山东士族与中唐文坛的复古思潮关联展开。文章分析了山东士族的家学家风特征与复古传统,中唐三大文学流派的复古主张以及山东士族与中唐文坛复古思潮之间的关系,认为作为文化高门的山东士族在中唐复兴后,开始远绍先祖之风,克振家声,倡导复古,受其影响,中唐文坛走上了宗经复古道路,山东士族参与并引领了三大文学复古主义思潮。

古文写作中的文道观,是古文思想研究中的重要内容。自中唐以降特别是 20 世纪以来,围绕古文家文道观的研究成果丰富,但它们各有怎样的贡献与局限,刘宁文对此做了梳理与反思。文章对 20 世纪以来海内外学界围绕文道涵义、文道关系的阐释,近 20 多年来对“文”的新理解以及文道关系理解的新视野等做了分析与评述,指出 20 世纪大致以内容和形式、内容决定形式阐释文与道的涵义及其关系,但在运用“内容与形式”的二元视角阐释文道关系过程中,也对这一阐释所存在的局限多有认识,并努力探索更为内在的理解文道关系的视角与方法。近 20 多年来学界对“文”的思想史意义展开探索,为认识中唐古文的文道关系提供了新视角,文章着重就体现语言哲学、过程哲学和概念史等理论视角的一些观点做了评述,对其贡献与局限也做了分析。

李伟文章的特点在于将观照点放在特定地域的古文创作上。文章着重论述了中晚唐时期江西这一地域古文创作的形成发展、主要特点及其成因,指出江西古文的起步是基于中唐时期南方文化取得重要发展的历史大背景,其中一些与中唐古文运动关系密切、生活于江西的士人如符载、李渤等起了重要作用,他们注重现实、“通时利物”的文风奠定了江西古文的基本特征;

晚唐时期江西古文家则为隐居庐山的刘轲，轲之后小品文发展，主要有来鹄、袁皓以及五代时期的沈颜、闵廷言、陈象、陈岳等。晚唐五代江西古文愈益形成自身的地域特征。而江西古文发展的原因，作者认为除了地理环境、人口迁徙的原因外，不能忽视中唐以后主政江西官员的古文学养引致的江西崇古学风以及一些古文作家提携后进的推动作用。

古文作家作品的研究，向以围绕古文为主，但丁涵文却蹊径独开，关注的是古文作家的纪行赋创作。文章在追溯纪行赋文体与纵观唐代纪行赋概貌的基础上，分析了唐代纪行赋创作的情况，考察了古文运动与唐代纪行赋写作的关联。文章具体分析了李观、欧阳詹、皇甫湜、孙樵及其《东还赋》《出门赋》《东还赋》《出蜀赋》的创作情况以及古文家纪行赋的艺术特色，指出唐代古文家纪行赋作聚合于中唐，又以屈骚体例、不遇模式与科考背景为主导。而“古文运动”、科举制度、骚体文学、不遇情结等赋体文学内外因素的交织牵动，对赋体文学而言是把双刃剑，一方面既融蚀侵占了纪行赋的固有领地，另一方面又迫使赋家因时适便，绝去故常的书写表现。

二

本年度中唐作家作品研究的论文，总数较前萎缩，涉及面亦不甚广，高质量之作的比重较前下降，但也有一些出色之作。

中唐齐名并称作家甚多，如韦柳、刘柳、元白、韩柳、姚贾等。本年度围绕韦柳、刘柳讨论者，有何蕾《思想史进程下的“韦柳”之辩与拟古之别》（《新疆大学学报》2017 年第 1 期）及尚永亮《佛学影响与儒者情怀——柳宗元、刘禹锡贬后心态侧窥》（《铜仁学院学报》2017 年第 5 期）两文。何文主要围绕韦柳评价中“韦上柳下”与“韦下柳上”的分歧，力图从思想史层面做出解说。文章对不同时期韦柳评价背后的社会思想变化的因素做了分析，指出韦柳高下之辩主要在二人的拟古诗，其分歧与评论者所处时代的诗学思路、评论语境以及思想史进程中微小环节及其变化相关。尚文则以分析柳、刘二人贬谪后的复杂心态为中心，指出儒佛对二人思想与处世态度的深刻影响。作者认为执着自我、执着现实是柳、刘贬谪后心态的主要方面，而其贬谪后又都接近佛教并深受影响，这对其执着意识产生了一种弱化、消解作用，但细察又会感受到其心灵深处的矛盾，即一方面心香佛典，不时在主观上淡化自我情志，竭力步入淡泊宁静与世无争之途，另一方面在客观上又常冲破自我主观设计，难以忘怀现实政治而欲再入其中一展经纶；一方面承受专制政治所赐予终身受用的苦果，感到心寒志销，无比沉痛和哀伤，另一方面又能时时从沉痛中振起，或讽谕，或嘲笑，其锋森然。总括而论，柳、刘从根本上仍是儒门中人，一狷一狂，奠定了其自我心性与执着意识的基石。

寒山其人的时代虽存分歧，但一般多倾向其为中唐时人。本年度围绕寒山其人其诗的讨论亦有数篇，而以罗时进《伪托闾丘胤撰〈寒山子集序〉的接受与演化》（《复旦学报》2017 年第 4 期）一文最为出色。文章主要围绕伪托为闾丘胤的《寒山子诗集序》中所涉及的相关文献资料与后世寒山形象的传播接受之关联及寒拾形象的演变展开。指出闾丘胤《序》虽为伪托之作，但其内容未必尽伪，其中所涉及的寒山拾得等事迹，又成为后世寒拾形象发展演变的基础，经过晚唐初建特别是宋代重构，寒山、封干、拾得经历了贤、隐、圣的演化，但其又都没有脱离伪闾丘胤《序》的叙事框架。在中国传统“和合文化”影响下，寒、拾作为“和合形象”自明清经过选择而又进入“和合神”殿堂。由伪托闾丘胤《序》的讨论作者引出这一传播现象的价值问题，指出其在唐代文学接受史上并不具有普遍的意义，甚至带有一定的极端性，但这类情况很难说就是孤立的个案，因为一些具有宗教传奇色彩的人物其本事和作品的传播流衍，或许不同程度类似于此，因此，其在唐代文学传播接受史上也就是一个相当极端却又极有意味的典型。

宋文哲、陈向春《论朱熹对韦应物的接受》（《乐山师范学院学报》2017 年第 6 期）也是一篇接受学研究的论文。文章主要从朱熹对韦应物诗风、人品批评以及其自身创作层面讨论了朱熹对韦应物的接受情况。指出朱熹推崇韦应物质朴自然、清远冲淡的诗风；赞赏其诗品与人品结合而“气象近道”的诗歌，在与王维、陶渊明的比较中称道韦的人品；在创作上则仿效韦诗清远自然的风格。朱熹以其理学家的身份批评韦应物其人其诗，这使其对韦诗接受形成了独特的视角，因此，他也就成为韦诗接受史上的重要人物。而严正道的《论李绅〈古风〉二首的接受与阐释》(《西华大学学报》2017 年第 5 期)则就李绅《古风二首》的经典化过程做了阐发，指出其经历唐时因吕温激赏而在民间传诵，到两宋而为文人普遍接受，至明代则完成其经典化的接受过程，并指出其成为经典乃缘于其体现了以农为本的思想。

张继的《枫桥夜泊》为唐诗名篇，本年度有两文围绕此诗做了相关的考证，一为李金坤《〈枫桥夜泊〉“江枫”指称及其意境探新》(《名作欣赏》2017 年第 6 期)，一为孙桂平、艾冰梅《张继〈枫江夜泊〉及其相关问题考证》(《集美大学学报》2017 年第 2 期)。李文谓其通过实地考察，认为诗中的目前存在分歧的“江枫”的涵义，应是“江村桥”与“枫桥”，诗中的“枫桥”只是“江村桥”和“枫桥”的简称而已。孙、艾文则围绕诗题、诗歌创作背景及创作时间展开考证，认为诗歌的正题应是“枫江夜泊”，“枫桥夜泊”是“枫江夜泊”的异文；诗作于张继南下杭州、绍兴谋出路经过江南河松江段，时在天宝十三年秋冬间，其过程是，天宝十三年八月下旬，张由洛阳出发，九月中旬左右次淮阳，十月初十左右夜泊松江，十月十五日前后至会稽，诗是整个行程的情感结晶，不仅仅是在松江客船上的感受。

李贺研究本年度也有多篇论文，较为出色者有张忠纲《李贺学杜及其影响》(《杜甫研究学刊》2017 年第 3 期)、仲瑶《心慕手追，穷形尽相——李贺对宫体诗歌的因革》(《南阳师范学院学报》2017 年第 5 期)等文。张文着力揭橥李贺在创作上所受杜甫的影响，认为李贺是韩孟诗派有影响的年轻诗人，杜甫当时则已是“声名动四夷”，加之他们之间又有一层亲戚关系，因此李贺受杜甫影响乃为情理中事。文章通过李贺与杜甫诗作的梳理对比与剖析，指出李贺对杜甫诗歌的字句的效仿模拟及其思想深处的相通之处，认为杜甫苦吟，李贺更是苦吟诗人，李贺诗虽绝去笔墨蹊径，但杜甫的影响仍有迹可循，李贺诗创新求奇，自成一家的独特风格，在当时与后世都产生了相当大的影响。仲文则讨论的是李贺对宫体诗的接受问题。文章从分析宫体诗的艺术精神、体制风格、艺术技巧入手，探讨了李贺诗歌艺术精神与个人气质等方面与宫体诗的契合点以及李贺接受宫体诗影响的主要表现，指出李贺充分汲取了宫体诗对仗、用典、琢字炼句以及写景造境技巧与高度精巧化的语言艺术，以打破大历之熟习与元和之浅近；而方兴于宫体而未能充分展开的七言歌诗在李贺手中也得到新的发展契机。同时他又能对《离骚》、汉乐府古歌谣、南北朝民歌多方学习，从而形成了“词诡调激、色浓藻密”的艺术风貌。

姚合研究本年度有周衡《论姚合郡斋诗与武功体的突破》（《洛阳师范学院学报》2017 年第 4 期）一文。文章指出“武功体”是姚合诗歌风格的标志，但姚的武功体并非一种凝固静化状态，随着姚合社会地位、人生情志和文学内部需求的变化，其创作对“武功体”也有所突破。主要表现在思想意境、内容类型和语言风格方面。姚在郡斋时期吏治思想从吏隐冲突到吏隐融合的转变与无为吏治的显现，以及诗中主体精神呈现的适意从容心境，是其突破武功体的第一个重要体现，而郡斋诗的内容类型从单一的县居咏怀向送别酬寄、园林题咏等内容扩展，以及诗歌空间逐渐开展、意象更趋多元、语言风格刚健化的趋势，则构成了武功体的内在发展。

刘禹锡的研究，本年度成绩最为突出，论文数量较多，角度广泛，且多出色之作，值得关注者有吴夏平《刘禹锡集纪文的文学史料价值》（《中山大学学报》2017 年第 5 期）、户崎哲彦《刘禹锡编〈唐柳先生文集〉三十卷本新探——由南宋永州刊三十三卷本窥探刘禹锡“编次”及其用意》（《文学遗产》2017 年第 5 期）、杨碧海《〈平权衡赋〉与宋代刘禹锡别集编纂》（《古籍整理研究学刊》2017 年第 6 期）、孙思旺《〈陋室铭〉作者问题释证》（《文史哲》2017 年第 1 期》）、范洪杰《刘禹锡与杜甫的诗学关系》（《南京师范大学文学院学报》2017 年第 1 期）数文。

吴文对刘禹锡所撰的八篇集纪（序）文的特点做了考察，着重分析其所具有的文体学、文学史与文献学等方面的价值。关于文体学价值，作者考察了初盛唐以来的集序文，指出刘禹锡集纪文叙作者生平以及隐约其辞的表述方式是对集序文体的发展和创造。其文学史价值则体现在刘所撰集序文集中体现了其文学观，具体为刘认为文学史发展具有时代性，由时代性进而形成周期性，支配周期性的动力主要来自“天道”（自然之道），同时他也重视个人的力量，体现出一种英雄史观，而刘所谓个人主要是帝王，而帝王是与“天”相配的，因此，其英雄史观是“天道”观的另一种表达，可纳入“天道观”体系内。文献学、史料价值则主要体现在目录学价值、图书编纂学价值，补正史人物传记、官职阙略及补充诗歌史史料等价值方面。

柳宗元去世后，刘禹锡受托编集柳宗元遗稿为“三十通”，为柳集最早本，但后世不传，其原貌不复得知。今传柳集诸本中有永州刊三十三卷本残卷存留，其中日本静嘉堂文库藏有南宋嘉定间永州刊本三十三卷《唐柳先生文集》残卷，仅存《非国语》《外集》，中国国家图书馆藏有乾道间永州刊本，亦仅存《外集》《后序》而无正集，2015 年 3 月，日本某书店出示其残本共十一卷，占原编三分之一，户崎文由此展开探索，并参照柳集现存各本对刘禹锡原编本的编次面目与用意进行考索与还原，经考证，认为刘禹锡所编《柳集》共三十一卷，其中总目一卷在卷首，目录后附以韩愈《墓志》《祭文》，未曾附《庙碑》《传》，正集三十卷，未曾附《非国语》《外集》，卷一非辞赋，亦非古今诗，而是《唐雅》《唐诗》《贞符》，从中可窥见柳宗元自选、刘禹锡编次之用意。

杨文主要通过刘禹锡别集未收之《平权衡赋》一文分析宋代刘禹锡别集的编纂情况。认为《平权衡赋》为刘禹锡贞元九年进士及第之省试文，由于其本人不喜而删去，又因当时未能流传等原因，故其后来只保存于《文苑英华》中。由于《文苑英华》在南宋宁宗嘉泰年间才得以刊行，故宋敏求在为 30 卷残本刘集辑录佚文，以及后来宋敏求重新辑录、编纂之刘集重新刊印时无法得见。文章藉此想说明宋代刘禹锡集的编纂与宋代刘禹锡的接受情况。

围绕《陋室铭》的作者问题，约自 20 世纪 70 年代以后学界即有所争议，或以为其非刘禹锡之作，孙文力辩其非，坚持其为刘禹锡所作说。其理由，一是传世刘集可以为《陋室铭》提供一系列文本内证；二是唐人陋室之咏集中产生于刘禹锡的交游群体；其三，被辩伪者援以为据的唐观音寺界碑实为伪刻，抄撮村言俗语说并不成立。

刘禹锡与杜甫诗歌创作上的关系，学界少有论及，范文则就此做了新探。文章首先检讨了刘禹锡与杜甫诗学关系的材料，认为刘禹锡自觉地关注杜甫，重视对杜甫的学习。其学习表现在气格的接受，注重用事与用事技巧以及句法、章法上，也都可以看出杜甫的影响。其在怀古诗的创作方面也继承了杜甫的诗歌艺术，但二人主体精神上也有一些差异，也影响到怀古诗的不同表现。

柳宗元研究本年度论文不少，但有突破与角度新颖者不多。其中值得提及者，有李广欣《中唐新春秋学与柳宗元散文思想》(《文学与文化》2017 年第 4 期)与方丽萍《〈柳文指要〉的成就及其学术品格》(《学术论坛》2017 年第 4 期)二文。李文考察了柳宗元学习、接受中唐新春秋学的过程，论述了对其散文创作思想的影响，指出柳宗元虽从学于陆淳的时间并不长，但其对新春秋学思想的领悟则不可谓不深，并且影响到其文学思想的"建构"。这主要表现在柳宗元的"生人"思想与"辅时及物"的明道观，"原情"思想与文德论等独特认识。方文论述的对象是章士钊的《柳文指要》一书。文章拈取了《柳文指要》中所讨论的几个重要话题，如韩柳轩轾问题、唐代文学批评史上的几个重要话题(文道关系、文笔论与韩愈"以文为诗"、唐代古文与骈文、韩愈的"陈言之务去")，对此作了评析，并就《柳文指要》"奉迎主意"的问题、章士钊的识见与品格问题作了辨析，认为《柳文指要》是章士钊独立、理性、勇于担当的文化品格的婉曲反映，"奉迎主意"说有失公允。

利用出土墓志对中唐作家进行考证，本年度也有两篇值得称道者。一为胡可先《新出土唐代卢公亮夫妇墓志考疏》(《浙江大学学报》2017 年第 1 期)，一为杨琼《新出土唐代文学家韦瓘墓志考论》(《文学遗产》2017 年第 3 期)。胡文就洛阳千唐志斋新入藏的一合特殊墓志——卢公亮夫妇墓志作了考释与探讨。

文章指出，此墓志就形制言为龟形墓志，就体式言为鸳鸯墓志，就内容言为两篇重要的文学作品，故其具有多方面的价值。文章着重就墓志的形制特征、其中所关涉的卢公亮的家世、婚姻，卢公亮与长庆年间科举案，卢公亮的仕宦经历，卢公亮的文学创作，墓志的撰书者等作了疏证。杨文则据新出土的韦瓘墓志，探讨韦瓘的家世生平、科举仕宦、文学成就及其与牛李党争的关系等问题，据之纠正、补充传世文献的失实、失载之处。通过考析指出，韦瓘家族是一个绵延数代的文学世家，也是一个极具影响的科举世家，韦瓘自身是一位著名的文学家，诗歌与文章创作皆有建树，其成长与其所处的文学环境和自己的文学经历密切相关。韦瓘与牛李党争的关系，据墓志分析，其虽非李德裕门人，但确为李党成员。至于《周秦纪行》是否为韦瓘作，墓志并未呈现相关信息与线索。

三

本年度有关唐代小说研究的论文，数量较前大为减少，出色之作亦不多。就立论角度而言，主要涉及唐人小说文体、故事模式、单篇传奇以及唐人小说后世接受几个方面。

鲁迅曾以“唐人始有意为小说”论及小说至唐而成熟，程国赋《“唐人始有意为小说”刍议》（《中国文化研究》2017 年冬之卷）则就此问题展开讨论，认为鲁迅的观点客观、真实地反映了中国古典小说的发展历程及其内在规律，“有意为小说”具体表现是，小说作家创作主题意识的增强，有意识地采取虚构、夸张、想象等文学手段进行创作；小说文体趋于成熟，小说表现手段、技巧趋于多样化，场面描写、细节描写、心理描写、人物塑造颇具特色；叙事艺术明显提高，叙事视角新颖，叙事时间、叙事结构独具一格。同时也指出“唐人始有意为小说”并不等同于“小说起源于唐代”。

李军均《论中唐单篇传奇的文体建构》（《文艺理论研究》2017 年第 1 期）也是在认同鲁迅有关唐人小说文体论述的基础上展开的，而其关注的重心则在于中唐时期单篇传奇的文体建构与文体特征。作者认为,从创作言,先唐和初盛唐诸种文类传统为中唐单篇传奇的发生提供了文学与文化两方面的滋养,但并未成为中唐单篇传奇的文体樊篱;中唐传奇作品外在形制与内在叙事模式都突破了已有传统文类的樊篱,形成了"诡设之迹"、以"情"叙事与"显扬妙笔"等文体特征;中唐单篇传奇是一种新兴文体,时人也是以一种新的文体观念对待这一类作品的。同时作者以为当代学界在中国古代小说研究中致力于否定已有学术名词或定论,或许缘于影响的焦虑。

徐海容《论唐传奇对碑志的文体渗透》(《社会科学家》2017年第7期)则关注的是唐传奇对唐代碑志文体的影响。作者认为受唐传奇的影响,中唐碑志文出现了明显的传奇色彩,具体表现在细节塑造、诗化笔法及文辞语句方面,这些使唐代碑志文最终突破传统,成为集应用性与文学性为一身的新文体。

(泰)赖春桃《从死亡的归回:解读段成式〈酉阳杂俎〉故事中的话语——由顾非熊形象看由阴返阳故事的叙事传统与艺术创造》(《理论界》2017年第2期)则借鉴域外学者杜德桥研究唐人小说所用的双重话语组合分析法解析段成式《酉阳杂俎》中有关顾非熊由阴返阳的故事。文章通过对内部故事(冥界)与外部故事(人界)的解读,探讨故事中蕴藏的顾家道教家风及其对顾非熊故事影响等深层蕴涵,并分析段成式的叙事传统与艺术创作,揭示故事背后的社会、宗教和历史文化意义及段成式《酉阳杂俎》的叙事特点。

单篇传奇的论析,则有周承铭《女人生死恋不如一顽石——论唐人小说〈李章武传〉的思想价值》(《江南大学学报》2017年第4期),该文认为此小说的思想价值在于反映唐代文士阶层存在的贱视女性感情和生命的爱情观与价值观,同时对利用宗教感召为害女性的社会现象作了最初描述,是中国古代小说揭露和批判这种现象的开端。

后世不同文体对唐传奇的接受改造,是唐传奇后世影响与接受的一个方面。高慧芳《〈刺客聂隐娘〉的政治隐喻与文化叙事——电影和唐传奇的对照分析》(《文学评论》2017年第2期)主要分析电影《刺客聂隐娘》对传奇原作内容的改编与改造,解读改编背后的政治隐喻与其中的文化叙事蕴涵。此外，杨正娟《从唐传奇到明传奇——明传奇〈红拂记〉对虬髯客故事之重造》(《武汉理工大学学报》2017 年第 5 期)在角度上也与之有相似之处。

本年度还有一些唐人小说研究论文，以其新意无多，故从略。

晚唐五代文学

□ 亢巧霞　吴在庆

2017 年晚唐五代文学研究的文章数量略高于去年，研究主题多围绕《花间集》、花间词人、南唐词人、唐末诗人词人、小品文、诗歌风貌等进行细化研究，成果斐然。下面将本年学界研究成果分而述之。

一、词作研究

晚唐五代文学中，词研究始终是学界关注的一个点。程贝贝《隔帘观物：论晚唐五代词的空间意识》(《甘肃广播电视大学学报》2017 年第 5 期)提出“帘”意象具有鲜明空间感，又具有丰富内涵，“隔”体现空间布局的精巧，营造出空灵朦胧的意境。王卫星《唐五代词中的“屏山”意象考论》(《中山大学学报》2017 年第 4 期)综合考察屏山的颜色、形状、绘画内容，独特意境与温庭筠诗词意象的习惯，作者提出屏山多指山景画屏，屏山意象定型于温庭筠诗词。

(一)《花间集》研究

罗燕萍《论“花间范式”词作的空间特色及意义》(《福州大学学报》2017 年第 4 期)提出“花间范式”词作的空间构成特色是虚拟化的闺阁与园池，其空间情感特质是封闭性的幽怨伤感。“花间范式”的词作在虚拟和幽闭的角度上达到极致，这对明清小说、戏曲产生重要的影响。文章认为这是花间词后世接受、传播、影响的一个重要表现。孙振涛《论南唐词人对西蜀“花间词”

的审美接受》(《中国韵文学刊》2017 年第 1 期)认为因西蜀政权和南唐政权具有相似的政治、经济和文化背景，两地词人在创作范式、词学理想和审美意趣上亦具有相似或趋同性。漆娟《〈花间词〉中“巫山神女”意象的文化学意义》(《四川文理学院学报》2017 年第 1 期)梳理“巫山神女”意象在前代文学作品中的意义，文章指出晚唐五代“巫山神女”题材进入词创作领域，《花间集》中的“巫山神女”意象体现出巴文化与楚文化、蜀文化互相渗透融合的特征。王梦梦《〈花间集〉“更漏”意象研究》(《齐齐哈尔师范高等专科学院学报》2017 年第 1 期)结合“更漏”意象相关的 42 首词作，分析《花间词》中“更漏”意象运用的效果和成因。汪晓雪《花间词中女性妆容的文化研究》(《忻州师范学院学报》2017 年第 4 期)解读花间词女性妆容的表现角度和表现方法的应用特点。文章认为花间词中的女性妆容描写，既展现了当时社会的时代风尚、生活风俗及女性在社会中担任的角色等共性特点，也展现了特定阶层女性的个性特点。于永妍《〈花间集〉在日本的传播与影响探析》(《文学教育》2017 年第 4 期)指出《花间集》是第一部传入日本的词集，日本学界对《花间集》翻译研究中，影响力最大的是青山宏译注的《花间集》(平山社出版)。另外，村上哲见在《花间集》的考证和研究方面也颇有建树。罗小娟《论花间词的音乐性》(《成都师范学院学报》2017 年第 8 期)从花间词与燕乐的联系、花间词的节奏韵律的协调以及花间词的通俗意象三方面分别对花间词的音乐性进行探讨。冯晓玉《艳词之盛，独美于兹——评田安〈缔造选本:《花间集》的文化语境与诗学实践〉》(《中华文史论丛》2017 年第 3 期)从视角与方法、思路与洞见、承继与缺憾三个角度介绍由江苏人民出版社 2016 年出版的(美)田安著、马强才译《缔造选本:〈花间集〉的文化语境与诗学实践》一书。

(二)唐末五代词人研究

2017 年学界唐末五代词人研究，仍集中于温庭筠、李煜、冯延巳三家。

刘晓珍《“流水落花”二李词》(《浙江传媒学院学报》2017 年第 5 期)认为李煜信奉佛禅，他的“流水落花”词中多表现“众生皆苦""浮生如梦"和"万事成空"的佛教意味。沈童《李煜与晏几道梦词创作差异分析——以梦的补偿作用为视角》(《兴义民族师范学院学报》2017 年第 1 期)提出李煜作品中梦境所获得的补偿不足以抵御现实的痛苦,李煜词作特点是现实惊梦而悲痛入骨。姚子奇《论李煜诗词中的佛教意识》(《合肥师范学院学报》2017 年第 5 期)从家庭、社会与人生若干角度阐述李煜思想,文章认为李煜佛教意识在其成长岁月中不断深化。另外,张学成《佳篇巧制,言短情长,自然天成——由李煜〈相见欢〉说开来》(《临沂大学学报》2017 年第 5 期)、刘雨佳《同中之异——李煜、陈子龙词比较研究》(《长沙理工大学学报》2017 年第 3 期)、孟祥才《李煜终局:才位错置的悲剧》(《济南大学学报》2017 年第 6 期)、谢凤娥《李煜和赵佶词对比》(《广西民族师范学院学报》2017 年第 2 期)皆立足词人生平和文本,解读李煜词作特点和人生经历。

宋学达《论冯延巳"欢乐之外"文本空间的建构》(《学术交流》2017 年第 4 期)认为冯延巳词作多构筑一种"欢乐之外"的文本空间,或同时包含"欢乐"与"不欢乐"两种场景,或描写"欢乐已去"的情境,或身在欢乐中、心在欢乐外的情境。这种"欢乐之外"的文本空间的写作方法,源于冯延巳本人的生命体验与人生态度,也是冯延巳内心隐忧的无意识寄托的集中表现。瞿慧《以唯美主义文论来解读冯延巳词品与人品的二律背反》(《鸡西大学学报》2017 年第 3 期)以西方唯美主义视角解读冯延巳词品与人品的分离。

黄淑仪《温庭筠笔下的"弄妆"》(《古典文学知识》2017 年第 1 期)提出温庭筠《菩萨蛮》(小山重叠金明灭)的主题并非只是纯粹闺怨。文章认为词作中女子也满怀对感情的渴望与希冀。她生活无忧,晨起闲来无事,慢吞吞仔细打扮自己,为心中爱人弄妆照镜,穿上新做的衣裳,等待爱。陶然《温庭筠"能逐弦吹之音,为侧艳之词"释证》(《河南社会科学》2017 年第 7 期)结合新出土的温庭筠撰写的《杨莘墓志》,分析温庭筠的倚声观,文章认为词是"声"与"律"逐渐融合而又不断变化形成的新的音乐文学体式,温庭筠在这一体式形成过程中扮演至关重要的主体角色。

陈丽荣《温庭筠儒释道思想探析》(《名作欣赏》2017 年第 1 期)阐述温庭筠思想中儒释道互相交融的思想在文学创作中的表现。江弃《论温、韦词的起结之法》(《中国韵文学刊》2017 年第 1 期)分析认为温韦词中起句结句,运用最多的方式一样,都分别是绘景、叙事和景起景结三类。温庭筠词作中起、结句应用最多的方式是绘景,韦庄则是叙事。解志熙《“小山”吟望“塞下秋”——读词小札二题》(《华东师范大学学报》2017 年第 1 期)以温庭筠《菩萨蛮》第一首为例,梳理学界对“小山重叠金明灭”中“小山”的若干种解读。文章认为以抒写日常情事为主的词作,读者赏析时可以文学想象力领悟词作,不必要也不可能逐词考证求解。其次,作者以范仲淹《渔家傲》为例,提出此类的庄重词,则需以考证之力准确理解词作创作背景和词作意蕴。

除温、李和冯三大家之外,也有文章关注到欧阳询、李珣等。安建军《花间之别调——李珣词审美风格略论》(《青海师范大学学报》2017 年第 3 期)从李珣的风物词、隐逸词入手,解读李珣词作以“清”为主的审美风格。郭艳华《论波斯后裔李珣的双重文化取向及其创作特色》(《民族文学研究》2017 年第 6 期)立足于花间词人李珣波斯后裔的身份,解读李珣词作中“清疏”之风貌。文章认为李珣词风“清疏”特征是李珣在对伊斯兰文化与儒家文化的双向选择中逐渐形成的。慎丽英《试论欧阳炯的山水词》(《名作欣赏》2017 年第 1 期)通过具体作品分析欧阳炯词作中的“渔隐”意象和词作特色。另外,李博昊《花间词人牛希济政论文探论》(《名作欣赏》2017 年第 8 期)、《花间词人魏承班家世及创作考论》(《名作欣赏》2017 年第 2 期)、《花间词人韦庄晚年仕蜀心态发微》(《名作欣赏》2017 年第 10 期)属花间词人系列研究文章。

(三)唐宋词体发展研究

谢桃坊《唐宋词的定体问题》(《文学遗产》2017 年第 3 期)谈及词体的起源等问题,文章认为唐宋词的定体即词的体制格律的建立有一个过程,在敦煌曲子词中已有律词,在花间词中有一些词调存在较多的别体,但常用的小令已定体,并为宋人沿用。孙克强《试论唐宋词坛词体观的演进——以〈花间集叙〉〈词论〉〈乐府指迷〉为中心》(《文学遗产》2017 年第 2 期)提出五代是词史发展上的关键时期,也是文人词发展史上的第一个时期,欧阳炯《花间集叙》在词史发展的关键节点上准确把握了词体发展的新变,成为文人雅化词的宣言。陈斌《唐宋时期〈忆秦娥〉词体演进及其与〈秦楼月〉之关系》(《中国韵文学刊》2017 年第 1 期)分析认为《秦楼月》是词体固化定型之后的《忆秦娥》演进进程中的一支,文章认为《忆秦娥》和《秦楼月》是源与流、干与枝的关系。

二、《二十四诗品》研究

司空图《二十四诗品》是近年来文学批评研究中的重点。其中学界对《二十四诗品》的研究主要集中在三个方面。一是文本的整理和校注;二是对诗歌风格、意境及其创作理论等的研究;三是对作者真伪问题的探讨。2017 年《二十四诗品》研究的重点集中在第二方面,多以诗歌风格、诗人及其创作理论为中心展开研究。

李建中《品而不论——试论〈二十四诗品〉的论诗特色》(《湖北民族学院学报》2017 年第 1 期)将司空图"以比喻品题"的方法称之为"品而不论"。文章指出司空图之所以选择这种论诗方式主要是为了更好传达自己重感悟和体验的诗学观念。同时,这种选择也受到传统文化,比如佛教"中观"思想的影响。同时,文末也指出"品而不论"论诗特色的不足。李贤臣《千古奇文——司空图〈诗品〉之秘再探》(《河南大学学报》2017 年第 4 期)认为司空图《诗品二十四则》其二十四《流动》,具有双重身份。《流动》既为诗品之一则,又为一篇《诗品》序。丁利荣《取象与造境:〈二十四诗品〉景观意象的审美建构》(《湖北大学学报》2017 年第 3 期)从景观意象入手,分为逻辑建构、色彩建构和形式结构三方面,分析《二十四诗品》的取象特点。文章指出《二十四诗品》在景观意象的逻辑建构上,从自然物象的选取到艺术意象的形成再到哲学意境的构造,三者一脉相承,一意相通。在景观意象的色彩建构上,浓淡相成的色彩体系显现出道的流动变化，也反映了唐代色彩美学的特点。在景观意象的形式结构上，其结构方式呈现出回环往复的花形结构特征。方明《论〈二十四诗品〉的理论性质——兼谈“意境”与“风格”的比较》（《沈阳工程学院学报》2017年第4期）从“意境论”与“风格论”之争入手，辨析“意境”“意象”和“风格”等相关概念。文章提出司空图《诗品》应以风格论来解读，而对于诗歌不同风格类型的关注也是司空图的一贯美学主张。李珺平《浅论司空图的卒年——从〈五代史阙文〉谈起，兼及徐寅之赠诗等》（《美与时代（下）》2017年第3期）认为司空图卒时年八十余，《诗品》可能是晚年司空图在后梁时期打造的精品。李珺平《论司空图的佛教爱好及背景——从“储善之佑”说谈起》（《青海社会科学》2017年第1期）将司空图作品中与佛教爱好密切相关的内容分为四类，它们是喜游佛寺、喜与佛僧交游、喜参与佛事及喜阐释、喜宣扬佛学等四类。作者认为司空图的佛教爱好与其父司空舆关系密切。

另外，赵永君《〈二十四诗品·悲慨〉所表现的悲剧风格》（《太原师范学院学报》2017年第4期）、冯婷《〈二十四诗品〉与道家思想》（《鸡西大学学报》2017年第3期）、刘则权《论〈二十四诗品〉之“流动”》（《西安航空学院学报》2017年第6期）、刘利辉《二十四诗品纤秾之辨》（《河套学院学报》2017年第2期）也结合司空图《二十四诗品》解读其风格。

三、诗文风格研究

本年度晚唐五代文学诗文风格研究主要集中在小品文文风和诗风的研究上。

（一）小品文文风研究

王菊艳《从陆龟蒙的闲适小品看晚唐吴地士人的自我意识》（《哈尔滨学院学报》2017年第9期）从陆龟蒙12篇闲适小品文本入手，提出仰慕隐士高逸，安贫乐道，享受人生孤独的狂士气质，是晚唐吴地文人自我意识的集中体现。李伟《辞不尚奇，切于理也——唐末五代小品杂著的内容特征与文学特色》（《中南民族大学学报》2017年第3期）认为说理性是唐末五代小品杂著的重要题材之一，文章将“理”定义为文章内容，主要是有关时政的治道之理，“理”体现作者对社会政治的理论思考。另外，文章认为唐末五代小品文遵循“文从字顺”的原则，以创作纠正过分求奇的古文弊病，呈现出颇具时代特点的艺术新风貌。焦桂美《皮日休〈春秋决疑十篇〉述论》(《山东理工大学学报》2017 年第 1 期)总结了皮日休《春秋》学的特点，并对照刘知几《史通》外篇《惑经》进行梳理分析。李伟《中晚唐五代江西古文的地域特征及其成因》(《陕西师范大学学报》2017 年第 5 期)认为晚唐五代时期，讽刺现实、褒贬善恶的小品文逐渐成为江西地域古文创作的代表性文体，小品文作家有来鹄、袁皓和陈象等。

(二)诗风研究

莫砺锋《晚唐诗风的微观考察》(《北京大学学报》2017 年第 1 期)从诗人心态、作品题材走向与艺术特征三方面展开论述。文章认为晚唐诗人对诗歌价值无比推崇，除了写诗之外别无他业，因为治国平天下的功名事业已渐行渐远。在并无情感驱动的情况下晚唐诗人为写诗而写诗，易于陷入为文造情的窘境。相应地，晚唐诗中，咏物与咏史这两类题材特别繁盛。晚唐诗人力图开拓新的题材范围来创新，但因诗人多缺乏关注社会生活的胸怀和眼光，求新往往流于险怪、荒诞，容易给人细碎卑下之感。晚唐诗人在细节性的艺术技巧上刻意求工，带来晚唐诗体长于律体而拙于古风、重视琢句而不重篇章结构，意尽句中而韵味不足等问题。仲瑶《晚唐五代诗格的“儒者”品格及其对比兴笺诗体系的拓变与近体诗学建构》(《文艺理论研究》2017 年第 5 期)提出晚唐五代诗格的大量出现，是“儒者”主体意识与诗风极盛背景结合的产物，是以《毛诗正义》为核心的“诗教”观念在诗歌批评层面的最集中独特的体现。叶平《唐末五代十国时期儒学道统谱系的衍变》(《中州学刊》2017 年第 5 期)提出皮日休“师儒道统”，陆龟蒙、朱阅、林慎思“融合道统”，司空图“致用道统”，牛希济“文章道统”等儒学观，是唐末五代十国时期出现的道统谱系的衍变表现，这些也反映了唐末五代十国儒学的时代特征。徐海容《伤悼与彻悟——晚唐文人碑志创作研究》(《河北师范大学学报》2017 年第 5 期)以杜牧、皮日休、罗隐、司空图的作品为例，提出晚唐文人碑志明显转变。思想内容以个性幽思和浓厚的生命感怀为特征，篇幅上短小精简，总体气格孱弱，缺乏刚健进取之风。孙振涛《地理交通视角下的五代巴蜀文学生态》（《重庆邮电大学学报》2017 年第 2 期）认为巴蜀地区关阁栈道、曲折往复的陆路交通与溪流纵横的水路交通条件，对入蜀文人的行旅创作和迁徙产生深刻影响，形成了风神秀逸、绚丽多彩的五代巴蜀文学特色。陈毓文《唐末五代闽地文学生态述论》（《乐山师范学院学报》2017 年第 6 期）认为唐末五代时期，闽地相对安定的政局吸引大量北方士人南迁，在外来和本土文化的冲突与交融中，五代后期建州地区文人队伍的壮大、创作水平的提高极大改变了闽地内陆文学的落后局面，闽地文学生态建设步入良性发展时期。

四、诗人研究

2017 年诗人研究多集中于韩偓、姚合。学界也关注到诗人罗隐、贯休、郑谷、许浑、齐己、韦庄、吴融等。

周衡《〈姚合诗集校注〉辨误》（《成都大学学报》2017 年第 5 期）从校勘、注释、引文三方面，对吴清河《姚合诗集校注》一书展开辨析。周衡《论姚合郡斋诗与武功体的突破》（《洛阳师范学院学报》2017 年第 4 期）认为姚合在郡斋时期的吏治思想开始由仕隐冲突逐渐向仕隐融合转变，无为吏治也渐现。与此同时，诗人的诗歌主题精神也渐呈适意从容的心境，这是姚合武功体突破的一个表现。另外，姚合郡斋时期的诗歌内容也不断拓展，诗歌意象更趋多元化，这些突破共同构成姚合武功体的内在发展。周衡《论姚合集会诗与大和年间文人集会》（《河南科技大学学报》2017 年第 6 期）提出姚合集会诗以送别、宴集和宿会三类为主，从姚合集会诗歌中，我们可以观察姚贾诗人群的形成过程，也能观察到姚合与大和年间文人、文学的内在互动关系。

熊啸《情本与寄托：对〈香奁集〉两种诗学阐释的分析》（《广西社会科学》2017 年第 7 期）提出韩偓《香奁集》以"情本"为核心的诗学阐释，对其情感表现予以高度评价的观点主要集中在晚明时期,而以"寄托"之说赋予作品沉重深意的观点则成为清代《香奁集》评论的主流之一。卞萃平《论韩偓咏物诗》(《华东理工大学学报》2017 年第 1 期)分别考察韩偓咏物题材的植物类、动物类、自然现象和日常器物若干方面的诗歌,分析韩偓诗歌艺术手法和思想内涵。莫砺锋《韩偓〈惜花诗〉是唐王朝的挽歌吗?》(《古典文学知识》2017 年第 6 期)提出诗人韩偓《惜花诗》的比兴手法从整首诗歌入手,他对亡国之恨的书写是从整体落笔,从整首诗歌看,该诗确为唐末挽歌,然而不必将诗歌的每一句都落实到唐末史实。另外,作者也提出韩偓《惜花诗》应作于天祐二年至天祐五年之间。韩震军《集成之作研究精品——读吴在庆先生〈韩偓集系年校注〉》(《宁夏师范学院学报》2017 年第 1 期)从六个方面解读吴在庆《韩偓集系年校注》一书的学术特点。作者提出该书是现今唯一将韩偓诗、文收集于一书,并加以系年、校注最为完备的精良新集。

郭殿忱《韦庄诗异文校释——以〈唐诗品汇〉为中心》(《西华大学学报》2017 年第 6 期)以高棅《唐诗品汇》录韦庄二十三首诗为中心,将其与《才调集》《万首唐人绝句》《唐诗鼓吹》《全唐诗》等比堪,从史地因革、名物制度、文字变化、音韵发展等方面考量,分析异文之间的是非优劣。刘茹《论韦庄诗中雨的兴象特征》(《昭通学院学报》2017 年第 4 期)以"雨"为切入点,品评韦庄诗歌。

艾炬《吴融生卒年新考》(《山西师大学报》2017 年第 1 期)依据新发现的吴融佚文《翁氏族谱旧序》断定,吴融天祐二年(905)依然在世,并据相关记载推测其卒年当在天祐四年(907)之后。刘璐亚《许浑诗歌首句入韵现象解析》(《广东第二师范学院学报》2017 年第 1 期)以罗时进《丁卯集笺证》为资料来源,将许浑 540 首完整近体诗歌作为研究文本,分三类阐述其诗歌首句入韵情况。莫砺锋《郑谷〈淮上与友人别〉的尾句》(《古典文学知识》2017 年第 5 期)从诗歌整体入手,提出"君向潇湘我向秦"一句充溢丰富的意蕴和情思,"我向秦"三字浸透诗人在仕途辛苦奔走的艰辛,明人谢榛提出将该诗尾句移作首句的改法实欠佳。胡大浚《侍僧齐己生平诸问题之考释》(《兰州学刊》2017 年第 8 期)通过对诗人齐己八百余首诗歌的考察,结合相关文献,对诗人行年出处做出相对完整详明的诠释。比如文中认为"在没有发掘出新的有力证据前,齐己生卒年定为 864—938 年是稳妥的"。何蕾《罗隐诗的命运主题及在晚唐五代的接受》(《贵州大学学报》2017 年第 4 期)分析认为罗隐诗歌中以命运为主题的作品最为独特,这类作品有两类内容倾向。其一是表现对命运的抗争,其二是感慨英雄受制于命运的无奈。相较而言,罗隐的第二类作品更易于引起晚唐五代英雄豪杰的共鸣。另有,顾盼盼《贯休研究综述》(《中国美术研究》2017 年第 7 期)梳理了学界对贯休的研究成果。林奥妮《〈皮子文薮〉思想内蕴的时代新解》(《白城师范学院学报》2017 年第 1 期)解读皮日休思想在新时代的价值和意义。

整体来看,2017 年晚唐五代文学研究中,学界关注的点和面都呈现愈加细化的特点,对于诗词人和文学风格的研究,从小入手,以小见大。本年的词研究、司空图研究较往年成果来看,更为丰硕,高于往年。但诗人研究多集中于数位诗词人之中,研究广度仍有进一步深化提升的空间。

王维研究

□ 王欣悦 康震

2017年王维研究在继承往年研究成果的基础上有一定程度的开拓。本年度出版王维研究的专著一部:李昌标《王维与希尼诗歌认知比较研究》(南京大学出版社2017年);新出版王维诗集的校注、选注本5部。中国知网检索表明,2017年王维研究的相关论文数量有所减少,期刊论文、会议论文约77篇,硕士论文共10篇。以上研究成果按论题可大致分为生平与作品考证、思想及文化研究、诗文艺术特征研究、影响接受研究、中外比较和译介研究等几方面。下文择要论之。

一、生平与作品考证

本年度针对王维生平事迹进行详细考订的论文有所减少,大致只有陈铁民《考证古代作家生平事迹易陷入的两个误区——以王维为例》(《文学遗产》2017年第4期)一篇。作者凭借深厚的考证功底和对王维的熟稔程度,总结出考证古代作家生平事迹容易陷入的两个误区,一是"认小说家书为信史,力图用历史考证的方法证实之";二是"坐实诗文中所用典故,以之为依据";并以王维为例加以说明。第一个误区"小说家书",例如多位学者以虚构成分较多的唐薛用弱《集异记》为信史,力图考证王维的生平事迹,往往得出不可靠的结论,如对"九公主""女媛"(如仙媛)的误读。作者指出,《集异记》假托王维、岐王、玉真公主之名而虚构故事,以反映当时争解头和请托的社会风气,即为小说家手段。第二个误区“坐实典故”，例如坐实王维诗句“年算六身知”中的“六身”一典，或“徒闻跃马年”中的“跃马”一典，以此推测王维的年龄、生年，或与其曾任的某一官职相联系。论文由此对目前关于王维生年的学术争论予以评价和建议，认为考证王维生年必须以全局观念考虑其全部诗文的编年，不能出现王维的任何一篇诗文与所认定的生年发生抵牾。目前的争论多是由于学者“对于史传记载和王维诗文中的某些文句(包括用典)的理解不同而致”，因此“应姑且存疑，以俟王维或王缙墓志的出土”，是对王维生年之争的合理总结。另外，李金坤《一部情理性、兼容性、诗质性并美之力作——王志清〈王维诗传〉特色论略》(《辽东学院学报》2017 年第 2 期)对王志清的新著《王维诗传》(河北人民出版社 2016 年)一书做出了高度评价，认为王著在考索辨正的情理性、诗史互证的兼容性与语言表述的诗质性诸方面贡献卓异，表现在对王维种种疑难公案的辨析厘正，不为“尊者讳”的实事求是的科学态度，利用王维编年诗和历史典籍互证的治学方法，符合古代“义理、考证、辞章”相统一的论学纲领。

相较于生平事迹考证而言，关于王维本集及诗文作品的考证在本年度更受关注。宋本王维集主要有北宋中晚期的蜀刻本《王摩诘文集》与南宋的建昌本《王右丞文集》两种，而建昌本(系统)成为明清各种王维集本的主要底本。王君莉、王辉斌《宋本王维集考述》(《南都学坛》2017 年第 5 期)对这两种王维集的版本特点、版本价值及在宋代的流传演变情况做了具体考察，指出刻印时间更早的宋蜀刻本更具有版本学价值。蜀刻本《王摩诘文集》在抄写、雕版、校勘等方面均较建昌本《王右丞文集》为优，尽管有着诗文混编和误收他人诗多首的问题，但都可以调整，也就无以动摇宋蜀刻本作为“现存最早之宋刊本王维集”的版本学价值。

王维诗文作品考辨主要包括对于作品真伪、地名、语词和异文的考辨等。作品真伪方面，张玉金《正本溯源——王维〈山水诀〉〈山水论〉真伪辨》(《美术学报》2017 年第 3 期)认为根据《山水诀》题跋目的、画论文意、王维个人心境、王维传世绘画作品风格等方面，《山水诀》当属王维原创而非伪作；而《山水论》文意却很难符合王维传世绘画作品的风格，故为伪托，原作者应是五代时期的山水画家荆浩，《山水论》应是他在学习王维画论之后、经过长期艺术实践而为山水画教学所做的理论总结，因其流传不广而为后世所忽略。地名方面，高建新《“大漠孤烟直，长河落日圆”新解》(《内蒙古大学学报》2017 年第 1 期)考证出这一诗句的四点结论：一是“大漠”具体指巴丹吉林沙漠；二是“孤烟”指烽烟，即平安火；三是“长河”指今天川流在巴丹吉林沙漠的额济纳河；四是王维写作此诗的具体地点是居延塞上，而非途中或初至凉州。异文方面，马敬《王维〈相思〉诗的两处“异文”》(《淮北职业技术学院学报》2017 年第 6 期)认为，一是该诗诗题以《相思》最为合理，《江上赠李龟年》这一题目应是凌濛初的杜撰；二是“秋来”最接近于王维原作，“春来”基本属于明人的无据改动，但从古典诗歌时空设置的技巧来看“春来”这一改动更具诗意。

王维绘画作品的考辨方面，本年度论文涉及面同样较广。施锜《人生如“卧雪”：王维“雪蕉”原意重辩》(《艺术探索》2017 年第 1 期)首先梳理了北宋以来人们对王维《袁安卧雪图》中“雪中芭蕉”画意的三种诠释。从王维的生平、王维与友人共同创作的诗文及相关历史文献考察，“雪蕉”与“卧雪”之语更接近北宗禅法的寂定避世；故此“妙观逸想”“确有其事”两种诠释均非王维本意，应属后人意会。论文指出，不能以宋代“四时”美学观阐释王维绘画的“不问四时”；后世的种种误读却将“雪中芭蕉”作为文人意趣加以传承，客观上对后世的诗画创作产生了深远影响。王辉斌《王维画孟浩然像真伪考述》(《南阳师范学院学报》2017 年第 5 期)对现可确知的流传于唐宋时期的三幅“王维画孟浩然像”进行了作家生平、创作时地、典籍记载等多角度考察，推断王维生前不曾画过孟浩然像，这些所谓的“孟像”均是托王维之名者所为。对于明代中后期以王维诗歌为题材的绘画创作的“王维诗意图”现象，万德敬《明代王维诗意图编年叙录与馆藏辑考》(《运城学院学报》2017 年第 5 期)通过大量文献梳理，共辑录明代中后期 60 余人的 80 余幅“王维诗意图”作品，对研究王维诗歌的传播有一定参考价值。

二、思想及文化研究

本年度对于王维及其作品的思想研究仍以探讨佛禅思想为主，尤其“空”的思想受到持续关注，并且出现了一些就佛禅理论的某一具体视域解读诗人诗作而非泛泛而论的文章。安汝杰《“美感”在瞬间生成——王维禅诗悟“空”的具身体验》(《河北师范大学学报》2017 年第 5 期)指出王维禅诗悟“空”的禅修实践是中国传统文化最具“具身性”的典型个案。王维禅诗具有“法性空”的特点，“藉诗悟禅”则是在万念俱息中直观“空性”、顿悟美感的“具身体验”。王维的禅、诗一体即指诗人悟“空”的“具身体验”与生活世界融为一体。张锦辉《论王维禅诗的美感特质》(《海南大学学报(人文社会科学版)》2017 年第 1 期)认为王维的思维方式、观物方式对古代诗学传统有一定突破性，使其禅诗的美感特质呈现出悟性思维、直觉观照和圆融禅境三个特征，也使禅诗成为诗的最高理想，圆融禅境成为禅诗的最高境界。屈玉丽、包朗、王连旗《浅谈新疆兵团高校中王维涉佛诗文的教学策略》(《渭南师范学院学报》2017 年第 2 期)以作者的亲身教学经验为依据，认为王维涉佛诗文的教学包括：佛教题材如何拓宽王维诗文的内容，佛经文学表现手法如何增强王维诗文的表现力，并应还原到在唐朝崇佛大背景及诗人所处小背景中。由于作者教授的学生多来自宗教信仰家庭，启发引导学生以正确态度对待王维诗文中的佛教思想，体现了作者强烈的现实关怀意识。

对于王维思想的研究还体现在其人格特质、人生价值观念方面，尤其是儒释道文化对于王维的多重浸润和仕宦坎坷、亦官亦隐的经历对其人格的建构与影响。马现诚《王维的安身立命及其居士人格构建》(《广西民族大学学报》2017 年第 2 期)指出王维最早以“居士”加“诗人”的特殊身份把人生的“兼济”和“独善”统一起来。论文认为，古代文人“安身立命”所依附的“道”主要由儒、道、佛三家思想融合而成，王维在生活模式上践行儒家“谋道”与“谋食”并论的人生价值观，以庄子标举的“至人”“达人”论为其居士人格的理想范型，以源于禅宗的“游戏三昧”形成了自我理想人格的颐养，亦即山水田园中“游心”“游境”之悟。荣小措《王维对人生价值和生存方式的独特追求》（《河北学刊》2017 年第 5 期）认为王维对于朝政黑暗以及自身政治才能的充分认识，使其放弃了盛唐时期建功立业的儒家传统价值观，最终确立亦官亦隐的独特生活方式，由此开创了诗意栖居的生活模式与艺术鲜明的山水田园诗。相较于以上论文的宏观论述，亦有研究者通过王维某一具体的诗歌文本，并结合其特定时期的人生经历来发掘思想人格。孙尚勇《〈终南别业〉诗意重绎——兼论王维的清狂及其内心悲苦的消解与郁结》（《杜甫研究学刊》2017 年第 1 期）认为《终南别业》所反映的并非王维徜徉山水、悠然自得的心境，而饱含着最初隐居辋川时的痛楚和悲苦。论文从诗中“晚家”和“胜事”二词的具体所指、“行到水穷”与“坐看云起”的隐喻内涵，阐述了王维隐约的清狂个性及其内心悲苦的郁结，梳理了王维通过佛教义理、山水自然和朴素人情来消解悲苦的三条途径，并说明“王维遮蔽自我情感的写作方式，给后人准确理解他的诗带来了相当大的困难”。高玮《王维“一生几许伤心事”新解》（《湖北民族学院学报》2017 年第 6 期）认为王维《叹白发》一诗所言的“伤心事”非一时一事之实指，分析了其“伤心”的由浅入深三个层次：最表层——“爱别离”之伤，中间层——个人现实遭际与“尘事相违”的伤心，最深层——体悟到“所求无成”、人生虚无之后的伤心。此种判断一反以往认为其指安史之乱中被迫伪署的坐实理解，而是“建立在对王维个性追求的理解与把握之上”，暗含了作者对于考证与思想研究之关系的思考。

本年度亦有部分论文探讨王维诗歌的文化学内涵，或王维诗歌与时代文化的关系。魏耕原《盛唐三大家异同与出现意义》（《安康学院学报》2017 年第 2 期）比较分析了李白、杜甫、王维在盛唐时代政治与思想、诗人历史使命与地域文化精神、诗体创新与盛唐气象这三方面的异同、成因与文学史意义。周雪《王维与杜牧长安诗比较研究》（四川外国语大学 2017 年硕士学位论文）通过唐代长安城历史变迁的纵向呈现，通过王维与杜牧笔下长安生活的对比，结合两人诗歌的深入研读，总结了他们同中有异的长安情结。王维的长安情结集中表现为在长安建功立业的强烈愿望，此即两人长安情结的共性，而杜牧的长安情结在此之外还含有内心对故乡长安及樊川的深切眷恋。

三、诗文艺术特征研究

王维诗歌尤其是山水田园诗的艺术成就一直是学界的关注热点，本年度在这方面的论文有近 40 篇之多，在全部王维研究的诸方面中所占比例最大。“诗中有画，画中有诗”自苏轼提出以来一直是评价王维诗歌的重要观念，尽管近年来对这一问题的反思、质疑时有出现，但诗画关系（包括正反两方面）仍是考察王维诗歌艺术的一个重要维度。顾漩《诗与画的分离——从王维的“诗中有画”说起》（《苏州大学学报》2017 年第 4 期）指出“诗中有画”“画中有诗”的出发点、着重点均在绘画，而不在诗本身，因为“诗中有画”是状物诗普遍的审美功能，而“画中有诗”侧重于补足绘画所缺少的超越物象本身的“意象性”和“诗意化”。论文还通过王维在宋代画名显于诗名的原因分析，指出诗、画两者评价标准的差异：绘画重抒情重审美，其审美性与北宋文人画的兴起、与文人画家的业余性密切相关，而诗歌从先秦开始即注重儒家的教化观和“言志”特点。魏耕原《王维山水画和山水诗趋向与规律的融合》（《唐都学刊》2017 年第 4 期）认为学界对王维的“诗中有画”研究较多，而“画中有诗”则常被忽略；对“诗中有画”亦大多关注构图、光色等形而下层面，而对于题材风格、审美趣向、景物选择、时空审美观念等形而上范畴则论者罕见。故此，论文从形而上范畴重新考察王维诗画的共同之处，认为王维绘画中的平远构图、风格的清润秀整与物象的简远、用笔细劲、孤鸿鸥鸟的点缀、落照斜阳的选择、强烈的抒情性等六端必然影响到诗歌的构思与表现。方志宏《王维禅画的文艺理论研究》（《信阳农林学院学报》2017 年第 1 期）梳理了禅宗思想对于王维禅诗、禅画的影响，一方面阐述王维禅诗中所使用的禅画构图美学原则，即“经营布置法”“散点透视法”，另一方面揭示其禅画所体现的美学思想，即“天机清妙”“空灵”之美和人物画悲心的雄浑。王维禅画中的这些文艺理论对后世苏轼、王士禛等人的文论思想影响深远。

丰富优美的意象与空灵深远的意境是王维山水田园诗的重要艺术成就，得到古今论者的公认与推崇，本年度在这方面的论文数量颇多。崔萍《论王维诗中云意象与审美体验》（《牡丹江大学学报》2017 年第 9 期）、毕晓琼《浅析王维“空山”“空林”之意境》（《黑龙江生态工程职业学院学报》2017 年第 1 期）两文关注王维诗歌中的某些具体的自然意象，由此探讨这些自然意象与诗人审美的同构关系或对于灵动空渺诗境的建构作用。吴昌林、唐季冲《行到水穷处，坐看云起时——论王维山水诗中的“无我之境”》（《第三届人文学科和社会科学研究国际学术会议论文集》）、明宣丞《山中红萼与谷内青烟——王维之“无”与孟浩然之“有”诗歌意境对比分析》（《齐齐哈尔师范高等专科学校学报》2017 年第 3 期）两文从意境成因、写作手法、情景交融等方面关注王维诗境的“无”与“无我”特征。钟学恒《空灵藏拙皆真性情——王维山水田园诗的自然意趣初探》（《美与时代》2017 年第 2 期）阐述了王维山水田园诗中的画意美、音律美、空灵美，并着重探析三者的辩证关系，指出画意美、音律美都是为了观照诗中的空灵美哲思，而空灵美也反过来能够给予前两者以意象、音律之外的神思。

在此类意象与意境研究中，采用新兴的生态美学探究王维诗歌中人与人、人与自然、人与社会的审美态度，成为本年度的一个独特视角。刘兆爱《生态美学视野下的王维诗歌意象研究》（济南大学 2017 年硕士学位论文）以“生态存在论美学观”为理论依据，以王维诗歌中出现次数较多的“山”“门”“花”三个静态意象和“水”“云”“鸟”三个动态意象为切入点，探究诗中丰富的生态美学意蕴，并归纳出王维对生活的生态审美自觉态度和诗意栖居的生态审美理想观念。邓钦分《论王维诗歌水意象的生发》（广西民族大学 2017 年硕士学位论文）从多维生境、生态审美形态、生态审美境界与生态哲学内涵等几个方面研究王维诗歌“水”意象。论文通过梳理王维诗歌中的自然生境、社会生境和文化生境，从意象的形态层论述王维诗歌与“水”意象的和谐共生关系，从意境层论述王维诗歌的“水”意象与“山”“月”“云”等其他意象之间的关系，最后论述其“水”意象内涵经由文化解读到诗意审美、再到哲学意蕴的提升，指出“显态的水意象承载着诗人隐态的哲思意趣，以及诗人对生命、对自然的思考”。江建高《论王维山水诗的生态美》（《湖南科技学院学报》2017 年第 3 期）则认为王维山水诗的生态美体现在一与物平、友于万物的生态伦理意识，山清水秀、活色生香的自然生态美，以及闲静空寂的生态境界。这些论文的论述视角不但能够暗合当今的生态审美理念，亦能够从生态美学维度在一定程度上拓展王维诗歌研究的视野。此外，尚有论文以园林植物学切入视点来探析唐代田园山水植物与园林意境的关系，如郭敏《唐代田园山水植物意境研究——以〈辋川集〉为例》（西北农林科技大学 2017 年硕士学位论文）。

本年度还有不少论文从修辞手段、艺术手法和诗法等方面对王维诗歌进行微观层面的分析。师长泰《王维诗歌艺术论》（上海三联书店 2016 年）一书的出版获得了学界的好评，梁瑜霞《唐代文学研究的又一硕果——写在〈王维诗歌艺术论〉出版后》（《唐都学刊》2017 年第 4 期）认为该书作为师长泰先生有关王维研究的集成之作，具有四个特征：重视文本细读的基本功夫，重视诗艺诗法的探赜抉微，重视文献和田野调查相结合的研究方法，具有王维研究学术史的价值和意义。在本年度关于王维诗歌的修辞研究方面，屈玉丽的两篇论文注重西来佛经对王维诗文中“想象”“譬喻”等修辞手段的影响。《论鸠摩罗什译经中的文学想象对王维诗文创作的影响》（《新疆社会科学》2017 年第 2 期）从罗什译经中充满神奇想象的动植物意象和时空维度两方面，探讨其为王维诗文作品所增加的佛理内涵和文学表现力，从而可展现外来佛教文学与唐代文人本土创作的双向互动关系；《论王维诗文对鸠摩罗什译经“譬喻”的运用》（《海南大学学报（人文社会科学版）》2017 年第 3 期）则指出，王维诗文典故多次借鉴罗什译“法华七喻”“罗什十喻”，同时“罗什十喻”又丰富了王维诗文的意象创造，不仅提升了其文学表现力，还进一步传递了王维有关"空观思想"和"言意之辨"的佛理思想与情感体验。张潭《王维诗作隐逸类典故研究》(曲阜师范大学2017年硕士学位论文)对王维诗作中的隐逸类典故进行了数据统计和四部分类,分别考察事典和语典的运用情况,据此探讨了这些隐逸类典故所体现的儒、释、道三家思想融合的倾向,最后从用典手法和典面分析两方面总结了诗人形式多样、不拘一格的用典特色。在其他艺术手法方面,刘洋《论否定字词在王维诗中的运用》(《宜春学院学报》2017年第10期)认为王维诗歌多用"无""不""莫""未"等否定字词及其所构成的特定句式,符合他对世事和人生的消极否定态度,契合佛家"空""无"的悲观空寂思想,有助于营造一种澄澈寂静、空灵恬淡的诗境,也具有口语化、日常化的语言特点。王希萌《浅论王维诗白描手法与禅境的塑造》(《名作欣赏》2017年第8期)阐述了白描手法与诗歌禅境有着内在联系,即白描文辞的质朴简约、白描意象的公认性、白描意象的客观性均与禅意存在相通之处,使得白描手法适于描写禅境;王维运用白描手法时则大致遵循"察变取动"的取象原则。姜晓娟《论王维诗歌声音描写特色》(《咸阳师范学院学报》2017年第3期)认为王维诗歌中声音描写的艺术特征、艺术表现效果和艺术价值。另有论文从诗歌章法的角度探讨王维的近体诗创作,如焦健《论王维近体诗的承转》(《广西教育》2017年第15期)指出王维近体诗中的"承"重在诗的意义、气势等方面制造延续,在视角、时空等方面制造变化,而"转"则具有别开一境的特点和丰富多样的手法。

在具体的文本赏析方面,除了前人论述较多的《山居秋暝》《终南山》等山水田园诗作,赵松元《王维的〈少年行〉与其游侠诗创作》(《名作欣赏》2017年第2期)论述了《少年行》四首七绝所展现的盛唐游侠少年生活中的四个片段及其结构脉络;郭天骄《有关与无关之间——王维〈从岐王过杨氏别业应教〉与〈淇上送赵仙舟〉》(《文史知识》2017年第2期)通过两首诗作的文本细读,揭示出王维善于抓住"有关与无关的缝隙",因而诗歌中"直线的因果关系少而暧昧不明的关联多",能够在留白与勾勒之中更完整地呈现诗歌的气韵情致。

与诗歌研究相比，王维的散文研究长期以来比较薄弱，也留下了较多可开拓的学术空间，本年度两篇专门探讨王维散文的论文都各具特色。魏义刚《王维散文研究》（烟台大学 2017 年硕士学位论文）指出王维散文涉及的文体十分丰富，其 71 篇散文共涵盖 15 种文体。论文分门别类地论述了王维序类散文的送别场面与游宴场面，碑铭哀祭类散文对儒家思想的宣扬、对黑暗现实的批判及其写作方式，表赞类散文对文体传统的突破、对书画关系的认识，以及状文、书信、应制、赋、记体等其他文体的丰富内容。此前虽然已出现过有关王维散文研究的两篇硕士论文，但均为从思想内容和艺术特征方面的总体论述，而此文的文体研究则是一个较好的切入视角。廖根萍、李大波《王维作品中的诗意表现》（《现代语文》2017 年第 6 期）认为王维散文创作具有浓厚的诗意美，表现在诗语、诗情、诗境和诗心四方面，而前三者均受其"诗心"的影响，这就使其突破了前代古文的束缚，构成了内在美和形式美的统一体。

四、影响接受研究

本年度王维的影响接受研究集中在王维绘画上，其诗歌的影响接受研究极少，基本包含在绘画影响接受研究的论述之中或附于诗歌艺术研究之后。潘殊闲《诗学公案与宋人的政治文化生态——〈石林诗话〉中的王维镜像》（《文章、文本与文心——古代文学理论研究》第四十四辑）分别讨论了叶梦得《石林诗话》中有关王维的两条重要信息，一是诗歌中的叠字不是简单的文字重复，而应承担"诗眼"的功效，世传王维对李嘉祐五言诗句的叠化并非"窃取"，而是"点化"的成功范例；二是叶梦得所藏王维《江干初雪图》摹本上书写有元丰年间官员的题咏，这些官员所牵入的北宋党争使画作成为当时政治文化生态的写照和他们心灵安顿的载体。王静《唐人视域中的王维——从诗名、画名看》（《陕西教育》2017 年第 9 期）认为，由于唐代画师的地位不高，文人更受崇敬，因而唐人普遍倾向于认可王维的诗人身份；而绘画的视觉传达方式使其缺乏诗作的可复制性，因而王维绘画在后代的流传广度不可与诗歌相比。王文文《王维的破墨山水对后世的影响》(《爱尚美术》2017 年第 3 期)从“披麻皴”“水墨渲淡”等绘画技术层面和“以禅意入画”的思想层面探讨了王维破墨山水对后世文人画的影响。

在上述论文对古代范围内的影响接受研究之外,都乐《论唐山水画家王维的美学思想对长安画派的影响》(西安建筑科技大学 2017 年硕士学位论文)更关注王维的美学思想对近现代中国画流派的产生、当代中国画艺术的发展的影响。作者结合当代长安画派的绘画作品和艺术理论,来论证王维的美学思想对长安画派在自然观、写生观、审美境界、笔墨精神上的影响以及后者由此产生的艺术创新,并探究二者之间的关系。

五、中外比较和译介研究

2017 年王维诗歌中外比较研究主要是李昌标《王维与希尼诗歌认知比较研究》(南京大学出版社 2017 年),也是本年度唯一的王维研究专著。作者选取王维和诺贝尔文学奖得主谢默斯·希尼的诗歌语料进行多层次的认知比较研究,立足于认知语言学的概念合成理论,在相关理论建构和中西诗歌比较两方面均有一定的学术拓展。该书在“总结”部分归纳了这一研究的三方面内涵:一是比较分析王维和希尼两人的诗歌及其人生经历,二是构建概念合成在双域、多域网络层面的合成框架模式,三是拓展跨学科的理论关联和认知途径。该书在文学比较方面展示了王维和希尼的诗歌具有跨国界的思想艺术价值,值得相关研究者关注和进一步探索、提升。

王维诗歌的英译研究在本年度出现了几篇质量较高的论文。有的侧重从宏观上展现英语国家英译王维诗歌的状况,如陈琳、曹培会《王维诗歌的世界文学性的动态生成》(《外语教学理论与实践》2017 年第 4 期)追溯了 20 世纪后半期王维诗歌在英美世界的椭圆折射与翻译历程的四个阶段,即口语化译诗、道禅意蕴、笺注性翻译、文化创译。从而说明王维诗歌的跨文化传播具有世界文学性的翻译诗学特征。更多研究者通过对王维诗歌英译本的文本细读，借助不同的翻译理论，探讨不同译者的翻译策略与美学效果。陶迎年《从音、形、意三美对比〈鸟鸣涧〉五种英译本》（《现代语文》2017 年第 8 期）借助许渊冲先生的译诗“三美”标准，对比分析不同译本对原诗形与神的传达，由此探索汉诗英译的新途径。舒文譞《“超文本语言审美”与禅宗美学视域中的唐诗译本比较——以王维诗歌中“空”的翻译为例》（北京外国语大学 2017 年硕士学位论文）立足翻译美学体系中的“超文本语言审美”中“意象”的概念，结合禅宗美学与翻译美学理论，以“空”的意象为例，选取许渊冲译《唐诗三百首》、王宝童译《王维诗百首》进行定量分析，选取《鹿柴》的译文进行定性分析，探讨了不同译本的翻译策略及其文化内涵，初步说明王维诗歌中“空”的意象可译性。曾鸿剑《王维诗歌“画意”及其传译的认知研究》（上海外国语大学 2017 年硕士学位论文）首先总结王维诗歌的三种认知特征，并认为其构成了译者传译“画意”美学效果的认知基础。论文以此为理论指导，分析王维的五首诗作及叶维廉译本，探讨叶维廉的翻译策略和“画意”传译效果，进一步提出在译文中借助不同语言手段实现“画意”的识解形式对于“画意”的传译至关重要。林晶《王维诗歌两英译本对比研究：图形—背景理论》（广西师范大学 2017 年硕士学位论文）在认知语言学中的图形—背景理论视野下分析了王维诗歌译本，指出译者应转向诗人的认知模式，用目的语中相应的句子结构和表达方式还原原诗的图形—背景关系，才能从内容和形式上更好地再现原诗意境。论文同时探究了中外两译本产生差异的深层原因，即读者所处认知环境和译者主体创造性的差异。任婷、李正栓《从王维诗英译探讨典籍英译的批评标准》（《岭南师范学院学报》2017 年第 2 期）从王维诗的两个英译本出发，提出典籍英译的多元化批评标准：坚守原作的客观性，尊重译者的主观性，重视差异性，肯定读者的接受性。

此外，本年度新出版王维诗集的校注、选注本共 5 种：张勇编著《王维诗全集》（崇文书局 2017 年），[清]赵殿成笺注、白鹤校点《王维诗集》（上海古籍出版社 2017 年），陈铁民选注《王维诗选》（中华书局 2017 年），马玮主编《王维诗歌赏析》（商务印书馆2017年),王洁注评《王维诗》(崇文书局2017年)。另有再版、重印往年的王维诗集多种。其中,张勇《王维诗全集》全书分为编年诗、未编年诗与外编三部分,集历代汇校、汇注、汇评于一体,是一部比较完备、专业读者与普通读者皆能适用的读本。

2017年举行了一系列王维诗歌的学术研讨会和纪念活动。5月13日至14日,“中国王维研究会第八届年会暨国际学术研讨会”在广州大学召开,王维的文学艺术成就及其历代接受、域外传播是会议论文的讨论重点。10月27日至30日,“王维国际诗歌节暨第二届海岳杯诗词大赛颁奖会”在山西省祁县举行,包括王维诗歌学术研讨会和当代诗词创作、吟诵活动。

总之,2017年的王维研究在诸多方面有所创获,如对王维各类作品的考证、从新的视角探讨诗画关系、运用生态美学进行诗歌意象与意境研究、王维诗歌某些具体的艺术手法、王维散文的文体研究、王维诗歌英译与相关的中外文学比较等等。这说明部分研究者正在努力运用不同的研究视角与方法,发掘王维研究中较有新意的学术增长点;同时也有研究者注重从个案研究中归纳某些领域内较有普遍意义的原则与规律,说明王维研究乃至古代诗歌研究的理论性、视野性得到一定提升。但是,主要不足之处在于重复研究现象比较普遍,在王维山水田园诗的艺术成就、王维诗歌与禅宗思想之关系两方面尤其突出;也有个别论文存在写作比较粗糙的现象。这在另一方面也说明王维研究亟待开拓新的研究空间,如散文研究以及诗歌艺术、诗歌翻译在超越具体手法上的宏观或中观研究。从文学传播的角度看,上述现有的研究对于推动今后研究均有其特定的价值和意义。

李白研究

□ 朱子良　王友胜

伟人的魅力总是经久不衰,吸引着无数求索者探寻的目光,李白就是这样的一个伟大的诗人。作为中国古典诗歌的一座丰碑,李白研究一直是古典诗歌研究领域的重镇,一代又一代的学者纷纷投入到解读李白及其诗歌的队伍当中。2017 年的李白研究成果依旧同往年一样丰硕,不仅实现了传统李白研究领域的深展广拓,还在学术视野与研究方法上推陈出新,形成了文学研究与跨学科研究共存、传统研究与创新研究交互的局面。据我们不完全统计,本年度出版的各类李白研究著作凡 9 种(含重版),论文 200 余篇,其中硕士学位论文 11 篇。就文体而言,这些研究成果依旧集中在诗歌领域,对其词、赋、文的研究几近于无;而就研究者而言,则大有"雏凤清于老凤声"的况味,老作者与知名学者已大多罢耕,而青年学者则大量涌现,蔚为大观。

本年度李白研究著作有薛天纬《李白诗选》(人民文学出版社 2017 年),该书以清代王琦的《李太白全集》为底本,共选录作品 343 首,除 13 首诗外,其余诗歌均予编年或大致编年,是一部能较好体现李白精神与李白诗歌艺术风貌的选本,此外其《李白诗解》(中国社会科学出版社 2016 年)见解独到,考证详实,内容包括诗篇所涉史实与诗人事迹的考订、诗歌文本的校订、诗中语词的训释以及诗歌主旨的阐释,为中国人民大学国学院"大国学研究丛书"之一。詹锳《李白诗选译》(凤凰出版社 2017 年)为《古代文史名著选译丛书》之一,系重版,该书以题解、注释、全译的形式对李白诗歌进行了深入的剖析,该书训释广参众家,力求切合原诗，堪称严谨。[美]柯瑞《李白与中古宗教文学研究》（齐鲁书社 2017 年）收录了柯瑞已刊的《李白的超越性诗语》《李白的紫烟》等六篇英文版论文，此次翻译成中文结集出版。马睿《李白诗歌背景》（四川大学出版社 2017 年）共选李白诗文 30 首，作者对每篇作品进行了今译，征引大量史料详细探讨了作品所产生的历史背景，在具体诠释中发表了不少有价值的学术见解。詹晓娟《李白诗歌英译历史》（巴蜀书社 2017 年）勾勒了李白诗歌英译的历史过程，介绍了李白诗歌英译的历史背景与主要成果、译者，具有较高的学术参考价值。相关著作还有晓茅《李白诗》（崇文书局 2017 年）与何家荣《李白皖南诗文千年遗响》（安徽文艺出版社 2017 年）。中国李白研究会与马鞍山李白研究所《〈中国李白研究〉集粹》（黄山书社 2017 年）从该会会刊《中国李白研究》历年所刊发的论文中遴选百人百篇，为纪念中国李白研究会成立 30 周年之作。此外，管士光《管士光文存》（人民出版社 2017 年）收入了《李白新论》和《李白诗文名作品读》两部分专题研究，皆为本年度李白研究中不可或缺的一笔。以下我们将对 2017 年度李白研究论著择优而论，取其精严切实与手眼独到者分别综述，以为李白研究者参考之资。

一、生平行迹与交游研究

李白天性不羁，出身成谜，一生行踪又飘忽不定，加上盛唐时期游侠与干谒之风盛行，导致李白生平行迹与交游研究如堕云雾，种族血统聚讼不休，长久以来尚待厘清，本年即有一些学者在做着这些拨云开雾的工作。

李白的种族血统历来有“胡人”与“汉人”两说，梁森《李白家世研究“西域胡人说”平议》（《中央民族大学学报》2017 年第 4 期）基本赞同陈寅恪、詹锳以及松浦友久等人的观点，认为李白身出“西域胡人”，其先祖“中叶非罪”而“谪居条支”一说并不可靠，因为在李白先祖之世碎叶、条支尚未隶属中国，此外唐玄宗大编皇家宗族属籍，而李白不得而入，且李白在与同宗酬答之作中，所称行辈多有混乱皆系明证，但他同时也承认陈寅恪与詹锳等人的推论尚有存疑之处。梁森还提出了以现代西方理论范畴“他者”来审视李白一生行迹与思想的构想。

天宝年间，李白、杜甫与高适三位盛唐诗人代表同游梁宋，裘马清狂，相得甚欢，这段“三曜同辉”的交游自然备受学界瞩目。伍钧钧《高适李白杜甫同游梁宋探析》(《中国文化研究》2017 年第 3 期)即梳理了三人梁宋交游前后的境遇与行迹，考证了梁宋同游的时间，并大胆推测了他们的游踪。对于李白、高适与杜甫三人的交游问题，秦丹丹《安史乱后李白、高适、杜甫关系研究》(河北大学 2017 年硕士学位论文)有更为详细的论述，该文以安史之乱为历史背景，仔细剖析了李白、高适与杜甫三人关系的前后变化，力图通过对安史之乱后三人关系的梳理，还原他们的人生经历以及政治地位的变迁，为我们探讨时代背景下三人命运的不同走向提供了清晰的线索。该文认为我们不能仅因在互赠诗歌数量上李白少于杜甫就断定杜厚于李，而李薄于杜，因为两人不仅是好友，还是诗坛前辈与晚辈的关系，此外李白诗歌大量佚失以及安史之乱后李白的人生境遇和心态变化也是造成这种现象的直接因素，文章还剖析了高适对李白在永王璘案后的求救置之不闻的原因，认为是当时严酷的历史环境与高适附势人格的共同结果，并大力驳斥了李白“从逆”之说。论述李白交游的还有曾智安《李白赠孟浩然诗发微》(《福建论坛》2017 年第 5 期)，指出李白的两首题赠孟浩然之作——《黄鹤楼送孟浩然之广陵》与《赠孟浩然》分别是其蹈袭自己前作《江夏行》与陈子昂《感遇(十一)》的结果，都带有矫饰的色彩，并认为这种模式化的热情并不利于李白人际关系的建立与强化，而李白也并未得到孟浩然的倾心相待。

研究李白行踪的论文则有庞国翔《李白是否舟过江津》(《红岩春秋》2017 年第 12 期)，考察了永王璘案后李白遇赦的返回路线，认为李白是从水路由夜郎入渝州，作了李白舟过江津的推测。

二、思想感情研究

开放的社会风气赋予了盛唐文人极大的思想自由，而“三教并立”的客观现实又进一步导致了社会个体的多维思想倾向，这一点在李白身上无疑得到了印证。我们说李白的思想体系是一个“多极体”，是因为在他的身上我们不仅可以看到儒、释、道三家思想的碰撞，还能感受到其杂糅了纵横、任侠、兵等百家思想，而这不仅为我们研究李白的思想增加了难度，同时也为我们解读李白提供了多种可能。本年度研究李白思想感情的文章主要从李白的人格气质与思想性格特点和形成的渊源，以及地域文化与李白诗歌创作的关系等多角度展开。

首先是关于李白独特的气质与性格的研究。薛天纬《人性与李白的爱情观》(《古典文学知识》2017 年第 3 期)揭示了李白放荡不羁的伟岸形象下的人性，该文从李白的爱情诗与诗中体现的爱情观入手为我们还原了李白不为人知的深情绵邈的一面。张仲良《胆汁质诗人李白》(《江汉论坛》2017 年第 2 期)以心理学中的“气质学说”来观照李白及其诗歌，解释李白身上的诸多矛盾现象，文章认为李白属于“胆汁质气质”，感情丰富，思想活跃，所以才导致他的诗歌时常出现突然的停顿与猛然的跳跃，也成就了他自负而孤傲，热情而冲动的性格。高宏涛《论李白饮酒诗的酒神精神》(《鸡西大学学报》2017 年第 1 期)则探究了李白“酒神精神”的渊源，文章将李白身上的“酒神精神”具化为三个方面——飞扬跋扈的建功意识与迷狂精神、桀骜不驯的自由个性和叛逆精神以及佯狂堪哀的生命意识和悲剧精神。马瑞梅《论李白的道教情结》(《绵阳师范学院学报》2017 年第 9 期)论述了李白与道教的因缘，认为李白身上有浓重的道教思想倾向，比如他的思想上印有道家万物有灵论的烙印，认为每座山中都有仙灵，这在他的诗文中屡有体现，此外李白身上飘散出来的灵动气质也可以看出道教思想的影响，而道教思想既给李白带来了积极的影响，也带来了消极的影响。刘萍《千“金”散尽为何来——李白诗歌意象的金钱观》(《贵州文史丛刊》2017 年第 3

期)则探讨了李白的金钱观,认为李白在魏晋风度、游侠精神的影响下,对金钱采取超然物外的态度,体现为“轻财好施”与“存交重义”,又进一步升华为乐观豁达、狂放豪迈、目空一切的金钱观与人生观。

其次是其思想与性格形成的原因分析。康怀远的《〈周易〉“利用安身”与李白“功成身退”——易解李白刍议之五》(《重庆第二师范学院学报》2017 年第 5 期)指出李白的“功成身退”与《周易》中“利用安身”的哲学思想具有关联,该文认为《周易》的核心即是“利用安身”,讲究趋吉避凶,但又反对为求安身而逢迎丧德,它与《老子》的“功成身退”一同成就了中国式的“根身文化”,而李白则吸收了这种“精义入神”的哲学智慧,具体体现为对高远理想的执着追求与忧患意识。康怀远在另一篇文章《易学对李白的主要影响》(《重庆三峡学院学报》2017 第 4 期)中也表达了类似的观点,文章认为易学对李白的影响是多方面的,但主要还是体现在“功成身退”的自我保护意识、“不事权贵”的傲岸性格和崇尚“白贲”的美学追求。白艳丽《论张良对李白性格生成的影响》(《文化创新比较研究》2017 年第 22 期)则剖析了张良对李白人格形成的影响,文章认为相同的贵族出身以及相似的任侠经历和修道体验促成了李白对张良的情感认同,而张良“帝王师”的人生定位更是对李白影响深远,这种影响既带给李白昂扬奋发的斗志,同时也造就了他狂傲的性格与批判的意识。张蓓《从李白诗剑文化看豪逸精神》(《北方文学》2017 年第 4 期)探讨了李白的豪逸精神与酒剑文化的关系,文章认为李白对中国传统文化中的剑文化进行了学习与传承,同时又以自己独特的人格精神与审美眼光进行了创新,不仅丰富了诗歌中的“剑意象”,形成了独特的剑诗风格,还重塑了传统的“侠义精神”,塑造了自己高邈豪逸的英雄形象。冯渝杰《道教徒诗人李白论剑及其剑术》(《绵阳师范学院学报》2017 年第 10 期)同样指出了李白对“剑意象”的钟情,所不同的是,作者认为李白作品中大量出现的“剑意象”是源于道教中“托形剑化”的“剑解”内涵,不仅是其粗犷豪放之性格与尚侠的文人心态的写照,更是其对道教法剑信仰的极度推崇。廖悰《李白隐逸意趣探析》(《西南科技大学学报》2017 年第 1 期）则指出隐逸意趣一直是李白生命中重要的底色，李白的隐逸意趣体现为：视“隐逸”为人生境界之最高层，以“隐”求“达”，然后再“功成身退”，而李白对隐逸境界的追求是多重原因共同作用的结果，其中既有传统的隐逸文化与家世的影响，也与道家、佛家等宗教文化关联甚大。孙耀《“诗仙”李白的精神境界》（《南风》2017 年第 2 期）则认为，李白积极浪漫、参与现实、追求自由的狂放精神是时代风气、屈原与庄子精神以及个人游历经验共同作用的结果。而文红《论李白对魏晋人物的接受——以李白诗中的魏晋人物典故为例》（《北方文学》2017 年第 2 期）从李白诗中出现的魏晋人物以及运用的魏晋人物典故着手，得出了李白对魏晋人物的接受主要体现在归隐、任诞与诗酒三个方面的结论。

关于地域文化与李白创作关系的研究论文有葛景春《论李白诗歌中的丝路文化色彩》（《中州学刊》2017 年第 6 期），该文探讨了西域文化在李白诗歌、言行方式乃至思维方式和价值取向上的体现，文章认为李白诗中的西域文化色彩不同于岑参诗中的西域文化色彩，李白是将西域文化融化在了他的血液里，在李白的诗中，西域的地貌风物和风土人情是从他笔下自然流露出来的，显示出了巨大的文化魅力与艺术感染力，而这正源于他与中亚文化、西域文化千丝万缕的联系。庄梅《李白诗歌与鲁地文化研究》（曲阜师范大学 2017 年硕士学位论文）深入探讨了李白诗歌与鲁地文化的渊源，考证了李白在鲁地的行迹游踪与交游活动，揭示了李白与鲁地文化的双向影响，即鲁地文化影响并促进了李白的诗歌创作，而李白的诗歌创作也造就了鲁地的李白文化。王雪凝《仍怜故乡水，万里送行舟——巴蜀文化对李白的影响研究》（西藏大学 2017 年硕士学位论文）亦从地域文化的角度分析了李白与巴蜀文化的关系，文章认为李白兼容性地继承了巴蜀名流的发散性思维，使其在赋、诗、文、词等多个领域都有涉猎，巴蜀地区是道教的发源地和兴盛地，这也对李白以道为主同时吸纳儒家和佛教的思想具有重要影响，与李白浪漫恣肆的文学风格也不无关联，而巴蜀地区的豪侠之风更是李白豪侠精神的重要源头，塑造了李白思想中重诺重义、济世拯民的一面，同时也助长了李白的享乐情绪。朱昌林《从"蜀"和"蜀道"试论李白〈蜀道难〉之源》(《绵阳师范学院学报》2017 年第 10 期)探析了李白诗歌名篇《蜀道难》与蜀地文化的渊源，认为《蜀道难》的诞生源于李白对传统的"蜀"的地域观念的认同和对蜀道交通发展史实的肯定，与此相关的还有杨雪樱《论蜀中文化对李白诗风的影响》(《中国民族博览》2017 年第 2 期)，文章认为李白一生诗歌风格特色鲜明，且能保持着浪漫飘逸、放荡不羁的自由诗风，并形成傲视权贵的人文性格与相对独立的人格追求，这一切都与他青少年时期所受的蜀中文化密切相关，巴蜀文化铸就了李白，而李白也为巴蜀文化书写了最浓重的一笔。而汪晗《李白与池州》(安庆师范大学 2017 年硕士学位论文)则以李白与安徽池州的关系为研究对象，以李白在池州的游历为线索，深入研究了李白池州诗歌的具体内容，并论述了李白池州诗歌的总体风貌与特殊价值，文章对揭示李白在池州游历期间思想和创作上的发展状态，系统、全面、深入地探求李白与池州的关系，进一步了解李白生平与创作，拓宽李白研究的范围具有一定的理论价值。谢雯雯《探析李白诗歌中的西域歌舞情结》(《丝路视野》2017 年第 12 期)也做了类似的探讨，该文认为李白诗歌中蕴含着丰富的西域风光、歌舞、服饰以及胡姬、胡马等元素，使李白诗歌彰显了别样的魅力，文章从李白诗歌中的西域歌舞情结入手进行分析，丰富了李白诗歌的层次认识。苗锐《别有天地非人间——论李白古近体诗与地域文化》(《铜陵学院学报》2017 年第 2 期)则集中探讨了四种地域文化对李白诗歌创作的影响，即巴蜀文化、楚文化、金陵文化与吴越文化，该文认为不同的地域文化造就了李白诗歌面貌的异彩纷呈，同时李白也为后人展示了"别有天地非人间"的崭新的地域文化。

三、题材内容研究

本年度研究李白诗歌的题材与内容的成果众多，涉及李白的山水诗、送别诗以及游仙诗等题材的专门研究，还有李白诗歌中的意象研究以及作品解读与赏析。

对李白诗歌中某类题材进行专门研究的论文有金谷园《浩浩落落，独往独来——小议李白的游仙诗》(《文史杂志》2017 年第 1 期)，以李白的游仙诗为研究对象，对李白的一些作品进行了深入的解读，剖析了作品表象下的思想内核，展现了李白“大道在我”“我即自然”的灵姿逸态以及中国道教驾驭大自然的美丽梦想。胡饶红《浅谈李白山水诗中的情感表现》(《北方文学》2017 年第 7 期)则举例剖析了李白山水诗中的思想感情，并简析了这种情感表达对后世诗词写作带来的影响。而曾鸣、王丽《李白山水诗的意象表现研究》(《青年文学家》2017 年第 21 期)则分析了李白山水诗中意象表现的特点，文章认为李白山水诗中的意象表现侧重于技巧和意境两方面，技巧上重视比喻、夸张等手法的运用，而意境上则凸显宏伟、磅礴的气势。顾俊《浅析李白送别诗》(《科学大众》2017 年第 4 期)则力图发掘李白山水诗的创新之处，文章指出李白的山水诗具有内容主题上的创新、创作手法上的创新、意象意境的创新以及情感情调的创新，并探析了李白送别诗别具特色的成因。

关于李白诗歌中意象的分析一直以来备受研究者垂青，本年度依旧是李白研究中的热门话题。景遐东、刘云飞《李白诗歌中的鲸意象及其影响》(《福建论坛》2017 年第 9 期)探析了“鲸”意象在李白诗歌创作中的重要意义，文章认为李白诗歌中的“鲸”意象具有正反两面的象征意义，一方面与大鹏、凤凰等组成了李白抒发浪漫情怀与狂放个性的重要意象群，一方面李白又以“鲸”比喻危害社稷的奸佞，通过斩杀鲸鱼来表现其建功立业的抱负，是李白高蹈自然的精神气质与儒道合一功业意识的体现，对后世文学影响深远。张睿鸿《李白诗歌“长风”意象简论》(《濮阳职业技术学院学报》2017 年第 5 期)指出，“长风”意象源远流长，李白在宋玉等人的基础之上，创造性地将个人遭际倾注到这一意象之中，赋予了这一意象不同的内涵，是抱负、失意与自信的融合，这一意象的生成与其多元思想密不可分。陈振伟《李白诗中“水”意象功能浅析》(《青年文学家》2017 年第 2 期)分析了李白诗中“水”意象的功能，认为李白的诗歌以大水壮气势，以清水写意境；借流水以寄情，也用流水来托理与言志。梁爽、仝乐的《李白诗中的“龙”》(《濮阳职业技术学院学报》2017年第4期)着重分析了李白诗中的“龙”意象,文章指出李白诗中的“龙”意象与游仙诗关系密切,并常用来比喻皇帝、宝剑、马等人或物,“龙”意象的运用不仅为李白诗歌营造了奇幻的色彩,而且使诗歌表现手法更加含蓄与生动,深化了诗歌的精神内涵。王嘉玮的《清水出芙蓉天然去雕饰——李白诗歌中的“白色意象”之色彩特征》(《文存阅刊》2017年第15期)则从色彩运用方面探究了李白诗歌中的“白色意象”,文章发现李白诗作中的“白色意象”既有集中大量出现,也有与其他色彩的搭配融合,但无论哪一种,都蕴含着作者的深意以及独创性的奇思妙想。李兴强《论李白诗歌中“玉”之意象》(《教育艺术》2017年第4期)简析了“玉”在中国文化中的传统意蕴,并探究了李白钟情于运用“玉”意象的原因,认为与李白出生西域以及受到道教文化和魏晋遗风的影响有关。周岳梅《试论李白诗中的月意象》(《北方文学》2017年第3期)集中阐释了李白诗中的“月”意象,认为月亮既寄托着诗人对美好事物的咏叹,也代表着乡思、孤独、失落的情感,更是李白映射社会现实的一种手段,赵群《月之皎洁犹如我心——以李白诗歌为例分析月亮的意象》(《现代交际》2017年第3期)也表达了类似的观点。

“佛以一音演说法,众生随类各得解”,诗歌解读亦是如此。本年度对李白具体作品进行解读与赏析的有吴怀东《李白的精神魅力——以〈望天门山〉及相关诗歌为讨论中心》(《安庆师范大学学报》2017年第4期),文章以李白的《望天门山》《宣州谢朓楼饯别校书叔云》等诗歌为切入点,考证了《望天门山》的创作时地与异文现象,分析了诗歌的结构和技法,从而展现了李白的想象世界与精神魅力,发掘了李白崇尚自然的性情与炽热的人间情怀。赵睿才《李白〈临路歌〉探骊》一文比较了李白的《临路歌》与孔子的“临终歌”,文章认为李白的《临路歌》是其人生的总结,是自撰的墓志铭,主旨是孔儒与仙道、隐逸与出仕之间的矛盾,字里行间昭示着悲壮之美,是一首悲壮的英雄史诗。吉文斌《李白诗歌新解二则》(《芒种》2017年第10期)辨析了李白的两首名作《登高丘而望远海》与《赠裴十四》,文章认为《登高丘而望远海》一诗旨在讽刺人君的"穷兵黩武"，但却不否定求仙长生；而《赠裴十四》则是李白干谒失败后的一首牢骚之作。高炉的《李白的自由精神和救世责任——浅析李白〈梦游天姥吟留别〉》(《汉字文化》2017 年第 5 期)认为李白的《梦游天姥吟留别》一诗蕴含着诗人自由的精神与救世责任，诗歌表面上是写梦中游历，然而其深层的含义是想表达自己在政治上的失意与苦闷以及向往自由自在、无拘无束的精神世界，是诗人蔑视权贵、宁死不屈精神的体现。李卓林《李白〈将进酒〉的思想倾向分析》则简析了《将进酒》的创作背景，剖析了作品的思想倾向，文章认为《将进酒》表达了李白对人生价值的肯定和对浪漫主义的追求，展现了李白积极乐观的人生态度和真挚热烈的情感。此外，邓梓晗《李白〈将进酒〉的思想倾向研究》(《商情》2017 年第 48 期)也表达了类似的观点。对于李白的诗歌名篇进行解析鉴赏的还有马思齐《"悬明月以自照兮，徂清夜于洞房"——李白〈长门怨〉二首赏析》(《青春岁月》2017 年第 18 期)、朱文成《李白诗〈金陵望汉江〉"横溃豁中国"语意辨析》(《语文教学之友》2017 年第 11 期)、亦歌《李白〈塞下曲(其一)〉赏析》(《孙子研究》2017 年第 1 期)以及陈海浪《人生犹如蜀道难——李白〈蜀道难〉再解读》(《文理导航》2017 年第 9 期)等文章，皆有辨疑疏导之功。

四、诗歌艺术研究

历代对李白诗歌顶礼膜拜的不乏其人，究其原因，不仅是因为他狂放不羁、超然物外的人格气质令后世仰慕，最主要的还是因为他在诗歌领域中表现出来的极高的艺术造诣和别具一格的艺术风貌。本年度对李白诗歌艺术的研究既有对某一类诗歌艺术特色的共性解读，也有对单篇作品艺术特色的个性探讨；既有对其主导诗风的剖析，亦有在其诗风多样化特点下对其非主导诗风的研究。

本年度论文中有不少关于李白某类作品艺术分析的文章。周俊玲《李白〈古风〉诗叙事艺术探析》(《名作欣赏》2017 年第 11 期)从叙事方式、叙事手法、叙事视角与叙事风格四个方面探讨了李白《古风》诗的叙事特色。王天之《试析李白抒情诗特点》(《中学语文教学参考》2017 年第 18 期)则分析了李白诗歌中的抒情策略,文章认为李白的抒情主要运用了多重对比中的强调、诗作题目中的暗示、意境中的氛围营造以及感悟中的直白慨叹等策略。张宗权《浅议李白山水诗写意画的艺术特色》(《都市家教》2017 年第 7 期)从李白山水诗中写意画的表现方法进行了探讨,文章认为李白山水诗多以雄伟奇险的山水作为题材来表达其张扬的个性,并运用写意画泼墨式的表现手法来表达壮志情怀、运用写意画的构图意境来表达飘逸洒脱的心境。与李白山水诗艺术特色相关的论文还有任国君《论李白山水诗的创作特色》(《语文教学通讯》2017 年第 10 期),文章以优美意象与壮美意象来划分李白山水诗中的意象类型,并探讨了李白山水诗的抒情基调、基本色彩与艺术技巧,认为李白的山水诗具有跌宕错落的韵律、明丽爽朗的色调、奔放雄豪的气势和精深细密的技巧,此外魏安虎《汪洋恣肆气势磅礴——浅谈李白山水诗的艺术特色》(《都市家教》2017 年第 6 期)也持有类似的看法。

豪迈飘逸是李白诗歌的重要底色,围绕这一特点专门展开论述的有房日晰《李白诗中的豪气与逸气》(《杜甫研究学刊》2017 年第 2 期),文章认为李白一生以帝王师自命,诗中有一股无往而不在的雄豪之气,慷慨悲壮,锐不可当,同时丰富的想象力、清新自然的语言与自信从容的人生态度又为他的诗歌注入了一股逸气,这种豪逸之气足以使其诗歌凌轹前辈,超迈时辈,在我国诗歌史上永放光芒。杨菲《李白诗歌主导风格阐述》(《安徽文学》2017 年第 2 期)亦阐释了李白豪放飘逸的主导诗风的生成,文章主要从其性格、情感和诗的自身三个方面着笔,从性格方面来说,文章认为是儒、道、侠三种思想交互影响导致了这种诗风的产生;从情感的角度来说,是因为李白诗歌中的个人情感异常活跃,跳跃性强,使得诗歌的感情强烈,富于变化;而从诗的自身来看,其中既有李白钟情于古体和绝句的原因,也有以散文句式入诗,不拘句法与格律的原因。

对李白浪漫主义诗风进行研究的论文有袁培尧、魏小燕《儒道交融的李白浪漫主义诗风》(《商丘职业技术学院学报》2017

年第6期)，认为李白深受儒、道思想的熏陶，他的身上既有屈原式的忧国忧民的气质，又有庄子式的蔑视权贵、追求自由的精神，前者具体为“济苍生，安社稷”的用世精神，后者发展为“功成身退”的隐逸精神，两者都造就了李白的浪漫主义诗风。徐晓娜《浅析李白浪漫主义诗歌的特质》(《大观》2017年第8期)详细剖析了李白浪漫主义诗风的体现，即豪放与飘逸的艺术风貌、离奇大胆的夸张手法、丰富而独特的想象力、壮美的意象以及“清水出芙蓉，天然去雕饰”的语言特色。蔡巧月《李白浪漫主义诗风艺术特色略考》(《文教资料》2017年第13期)则指出，李白的诗歌高度统一了浪漫主义的表现手法和诗人浪漫主义精神，形成了独树一帜的浪漫主义风格，文章也认为李白诗歌的浪漫主义特色主要体现在强烈的主观色彩、丰富的想象力、极度的夸张手法与巧妙的比喻手法以及清新质朴的语言，文章还指出这种诗风的形成具有社会与个人双重的原因。此外王柳《浅析李白诗歌的浪漫主义色彩》(《青年文学家》2017年第9期)和李晓红《简论李白诗歌中的浪漫主义》(《语文建设》2017年第20期)等文章都表达了类似的观点。

关于李白诗风研究的文章还有常鑫、丁苗《浅谈“诗仙”李白的生命历程与诗风演变及其教育意蕴》(《语文教学通讯》2017年第8期)，指出坎坷的仕途催化了李白创作风格的几度转变，从青年时代的清新、俊逸辗转到中年时期的豪放洒脱，最终多舛的命运使他的诗风向现实主义靠拢。刘璇《李白诗性的婉约幽情探微》(《小作家选刊》2017年第19期)则通过对李白诗歌意象和意境的解读，从寂寞闺情之含蓄蕴藉、离别相思之隽永婉转与美人风姿之柔美清丽三个方面来对李白诗性中的婉约幽情进行了探微。白晓峰《以“清真”之风，咏凝重之情——李白〈长干行〉赏析》(《大众文艺》2017年第1期)则借李白名篇《长干行》探讨了李白的“清真”诗风，文章认为《长干行》语言清新朴素，自然天成，不避方言俗语民谚民谣，意脉行云流水，所抒情感无不自然流露，毫无矫饰，是作者追求“清真”诗风的代表作之一。

五、诗歌渊源与接受传播研究

李白的诗歌夺胎于《诗经》《楚辞》以及古代神话传说和乐府民歌，瓣香于庄子、屈原、曹植、谢朓、鲍照等人，可谓渊源有自，正因为李白诗歌博采百家之长，又兼融以自身之独特气质，所以才能凌轹古今，成为中外效法与研究的对象。

本年度探析李白诗歌渊源的文章几乎阙如，仅有王艳敏《魏晋精神对李白的影响研究》（青岛大学 2017 年硕士学位论文）进行了较为集中的探讨，文章剖析了李白诗歌与魏晋文学的关联，认为在魏晋南北朝诗人中，谢朓最以"清丽"见称，而李白的诗歌对谢朓的诗歌既有继承又有超越，将谢朓的"清丽"发展为自己的"清真"，形成了清真自然的诗风。此外李白不满前代的浮靡文风，在审美趣味上崇尚"骨气"与"刚健"，上接陈子昂，远绍汉魏风骨。此外文章还指出李白诗歌"重神轻形"的审美追求是受到了陶渊明追求神韵，不求辞藻的影响，而其诗歌"意在言外"的特点则可以追溯到魏晋时期"言不尽意论"与"得意忘言论"。

相比之下关于李白诗歌的传播与接受的研究成果则大为可观。詹福瑞《唐宋时期李白诗歌的经典化》（《文学遗产》2017 年第 5 期）考察了唐宋时期李白诗歌的经典化过程，文章认为李白经典地位的确立就在盛唐，至迟不过中唐，宋代虽然对李白有了更多的批评之声，但却集中在政治与道德上，而李白诗歌的经典地位不仅没有被撼动，反而得到了进一步的肯定，宋人对李白经典化的重要贡献，是对其诗歌经典意义的发掘与提炼。苏焘《"才不胜情"与"诗者神来"——论屠隆的歌行创作及其李白接受观》（《阴山学刊》2017 年第 5 期）剖析了明代诗人屠隆对李白诗歌的接受，文章认为屠隆狂放率意的性格、敏捷的才思使得他对盛唐气象以及李白纵横不羁的性情和诗风有着贴近的心理认同感，这不仅体现在屠隆的诗歌中随处可见其对李白诗歌意象和辞句不同程度的援引、化用甚至变形夸张等方面，还体现在其访仙出世的追求以及诗歌中飘逸奔放之境界的营造上，屠隆对李白诗歌的接受突出反映了格调诗学后期对李白及盛唐诗体效仿取法的独特理解。苏泰的另一篇文章《明代格调诗学对李白的审美接受及其诗歌对话——以谢榛和王世贞为中心》(《绵阳师范学院学报》2017年第9期)则从谢榛和王世贞入手考察了明代格调诗对李白的继承与接受,文章认为谢榛和王世贞二人对李白气格总体特征和学习方法论的阐述,以及对李诗地位、艺术类型和音律审美、篇法、句法的具体分析,既是在明初"选而不评"基础上的理论拓展,也是在以创作模拟的方式反映此时期格调诗学在李、杜并尊情况下对李白艺术风格的理解和认知。唐昀《明代弘正四杰对李白的接受》(四川师范大学2017年硕士学位论文)论述了明代中叶的弘正四杰对李白的接受,文章从对李白其人的接受、对李白诗歌的接受、对李白诗歌艺术的接受以及接受李白的原因与意义四方面探讨了弘正四杰的诗歌与李白诗歌的渊源。伍宝娟、武小华《论李白对李贺女性题材诗创作的影响》(《绵阳师范学院学报》2017年第9期)指出李白的女性题材诗对李贺影响深远,而李贺也始终在以别具一格的艺术创造自成一家,文章认为李贺对李白诗歌"修正"的策略主要有两个:一是有针对性地对前驱诗的续完,这主要是指李贺有意识地继承李白诗歌的创作传统进行续作;二是朝着个性化方向的"逆崇高"运动,这主要是指李贺在诗歌题材上多写"鬼诗",在诗歌意境上多构"鬼境",在诗歌主题上则热衷于表现浓郁的生死意识。关鹏飞《论李白纵横诗风对杜甫的影响》(《中国韵文学刊》2017年第2期)则指出了杜甫对李白纵横诗风的接受,文章认为从杜甫早期怀念李白的诗歌中可以看出,李白在杜甫的诗歌成熟过程中起到了一定的作用,通过比较这一时期杜甫前后诗风的变化和李白的诗歌特质,可进一步证明杜甫主要受到李白诗风的影响,导致一个七古创作小高峰的出现,文章还指出这种影响贯穿着杜甫一生的创作。张佩《论宋人研究李白、杜甫诗失衡的深层原因》(《杜甫研究学刊》2017年第1期)分析了唐诗的两座丰碑——李白与杜甫在宋代传播与接受的不同境遇,文章指出有宋一代李白诗在结集、注释与评点等方面均不及杜诗发达,究其原因有三:首先是因为宋人对李、杜诗风及创作方式的偏执理解;其次是因为李、杜诗歌在宋代的境遇截然不同,杜诗取得了满堂喝彩的效果，而相比之下李白诗则受到冷落；最后是由于宋代文人群体的心态发生剧变，文学所肩负的社会责任感超越以前，而李白及其作品体现的那种出离儒家道德审美的特质不符合宋儒的审美理念。马丽娜《李白的论诗篇章与论诗诗的形成》（《文艺评论》2017 年第 6 期）探讨了李白的论诗篇章与论诗诗这种诗体的渊源，文章认为在论诗诗发展的历程中，尤其是作为一种文学批评的形式在中国文学批评史上确立之前，散见于李白诗作中的论诗片段无疑是最为重要的作品，在一定程度上直接影响了杜甫论诗诗的创作以及论诗诗这一文学批评新范式的建立。

本年度研究海外诗人对李白诗歌接受与继承的论文有李祥《浅谈李白诗歌对韩国诗人诗歌创作的影响》（《青年文学家》2017 年第 11 期），文章逐一分析了韩国高丽时期的代表诗人李奎报、李仁老与李齐贤对李白诗歌的继承与接受，并进而得出中华文化对韩国古代文化特别是高丽文化的发展产生了深远影响的结论。

六、比较研究

本年度运用比较研究的方法对李白及其作品进行探讨的文章不乏佳作，且角度各异，精彩纷呈，既有李白与中国诗人的比较研究，亦有李白与海外诗人的比较探讨；既有作品的比较研究，又有思想的比较研究；既有某一类诗歌的比较研究，也有诗歌中某一类意象的比较研究。

关于李白其人与中国诗人比较研究的论文有施议对《人文视角下的李白与杜甫》（《西北师大学报》2017 年第 3 期），文章角度较为新颖，从人文视角来比较李白与杜甫，认为杜甫在朝时不思考，在野时才思考，而李白无时无刻不在思考，李白思考的问题在人文层面，而杜甫所关心的问题在人本层面。魏丫丫《李白与杜甫的不同分析》（《北方文学》2017 年第 5 期）从李白和杜甫的个人生活及诗作两个角度来分析李白和杜甫的不同，加深了读者对唐诗标志性人物和诗作的了解，文章认为李白与杜甫之间具有背景渊源上的时空不同、诗歌创作上的内涵与表达不同以及个人性情上的内外倾向不同。张慧《李白与苏轼隐逸思想比较》(《文学教育》2017 年第 1 期)探析了李白与苏轼隐逸思想在成因、表现与实质上的区别,在成因上主要是两人所处的时代与个人的性格不同,表现上的区别则在于李白是“身隐”的践行者,而苏轼主要表现为“心隐”,从两人隐逸思想的实质来看,李白是以道家思想为骨,崇尚个性解放,而苏轼则以儒家思想为主,闪烁着理性的光辉。

关于李白其诗与中国诗人作品比较研究的论文有卢燕新《汉唐诗文中“胡马”义的嬗变——兼论李白、杜甫诗“胡马”意象的特征》(《杜甫研究学刊》2017 年第 3 期)则以诗歌中的“胡马”意象为切入点,研究了李白、杜甫诗歌中的“胡马”意象与唐代以前及唐代其他诗人作品中“胡马”意象的不同——使用频率更高、与安史叛军的关联程度更高以及“胡马”所涉及的地域更广。而李白诗中的“胡马”意象与杜甫诗歌中的“胡马”意象亦有不同——李白诗中的“胡马”意象涵义更广,杜甫诗中的“胡马”意象则显示出了关心时事的史诗特征。李超《管窥李白与李贺诗歌异同》(《信阳农林学院学报》2017 年第 2 期)认为李白与李贺的诗歌都具有抒发真情实感的共性,但在情感、意象与意境上又各具特色,从情感上看,李白多旷达而李贺多哀思;从意象上看,李白诗中意象多雄伟而李贺笔下意象多幽冷;从意境上看,李白诗中多积极明朗的意境,李贺笔下多阴冷幽暗的意境。吴奕欣《赋江南到吟天姥——从庾信与李白看朝代气度》(《国学学刊》2017 年第 2 期)则通过分析庾信的《哀江南赋》与李白的《梦游天姥吟留别》两篇作品,并结合两位诗人不同的人生经历,来窥探两个时代不同的朝代气度,文章认为盛唐的气度是浪漫自由、潇洒奔放、包容万象的,而六朝则是飘零离散、醉生梦死、悲凉凄苦的,与此研究手法类似的还有梁雅阁《孙绰与李白的游仙文学比较——以〈游天台山赋〉与〈梦游天姥吟留别〉为例》(《河北北方学院学报》2017 年第 6 期),文章以孙绰的《游天台山赋》与李白的《梦游天姥吟留别》两篇作品比较了两个诗人的创作心态与文学风格,文章认为两篇作品虽然都采取了虚实结合的艺术手法，但运用到孙绰的《游天台山赋》中产生的是虚实一体的效果，而运用到李白的《梦游天姥吟留别》中则表现为界限分明的梦境与现实，产生的是虚实分离的效果。此外孙绰的《游天台山赋》中充满了对游仙的向往，结尾以玄理归于宁静，而李白《梦游天姥吟留别》的结尾则情感喷发，全篇内容虽涉游仙但实质表达的是诗人对现实的抨击与理想的寄托。王恺龙《简析李白、孟浩然、杜甫干谒诗中的功名情结》（《考试周刊》2017 年第 19 期）通过对李白、孟浩然、杜甫干谒诗的主题思想分析，分别揭示了他们各自对功名所持的人生态度，从而揭示了唐代干谒诗的功利性，从侧面窥见了唐代甄选人才的别样面貌。程铭《李白和岑参行旅诗的对比》（《青年文学家》2017 年第 8 期）指出，李白和岑参行旅诗的不同主要体现在观赏的对象与抒发的情怀上，其中李白诗歌的观赏对象以山水花卉为主，岑参诗歌的观赏对象则以边关风物为主；李白的诗歌多感景娱情，而岑参的诗歌多感景伤情。

关于李白诗歌与海外诗人作品比较研究的论文有伍钢《李白与布莱克的诗歌比较研究》（《文学教育》2017 年第 4 期），文章主要从诗人的生平、诗歌主题内容、诗歌体裁与诗歌风格四个方面展开了探讨，分析了英国浪漫主义诗人威廉·布莱克诗歌与李白诗歌的共性，认为他们的诗歌中都饱含了丰富的想象力、飘逸的语言、壮美的意象和炽热的情感，不仅深刻体现了人道主义的精神，也透露出了对现实社会的批判。侯延爽、于桂丽《李白与哈菲兹“酒诗艺术”之比较研究》（《齐鲁艺苑》2017 年第 6 期）则比较分析了李白与伊朗诗人哈菲兹“酒诗”的异同之处，文章认为两人“酒诗”的不同之处在于艺术表达方式的不同以及艺术表述语言的不同，前者表现在李白的“酒诗”表达方式千变万化而哈菲兹的“酒诗”表达方式则有定法可循，后者表现在李白“酒诗”的语言注重修辞技巧，大量运用夸张比喻，而哈菲兹“酒诗”的语言则激情而深刻，注重表达人生哲理与宗教信仰。两人“酒诗”的相同之处体现在他们的“酒诗”都有着上薄云天、下撼大地的雄壮之气，此外鲜明的音乐特性也是他们“酒诗”的共同点之一。

七、译介研究

李白不仅以其傲岸卓绝的人格魅力与震烁古今的艺术造诣名扬华夏，还以其诗歌中超越时空的永恒之美名蜚声海外，成为连接中华文化与其他文化的一座桥梁，因此关于李白译介的研究近年来可谓频结硕果，本年度亦有不少，其中既有从某一宏观视角对李白诗歌译介进行探讨的文章，亦有对李白诗歌译介进行对比研究的论文，还有对李白诗歌在域外传播与研究进行概论的文章。

从宏观视角对李白诗歌译介进行探讨的论文有施航、李佳《关联理论视角下的李白〈登锦城散花楼〉英译本中文化负载词》（《芒种》2017 年第 8 期），文章以"关联理论"探讨了《登锦城散花楼》许渊冲英译本中文化负载词的翻译策略和翻译方法，以及处理文化负载词的可取之处与合理之处。文章认为关联理论对翻译有着强有力的解释和指导作用，能最大限度地保留文化负载词的文化内涵与意蕴，而随着文化交流的需要，越来越多的中国文化读本将会被介绍到全世界，如果要再现中国文化读本的内涵与意蕴，就需要译者在原作与译文之间实现"最佳关联"。周蓉蓉《文化翻译观视角下李白饮酒诗的翻译与评析》（《铜陵学院学报》2017 年第 4 期）从英国比较文学家苏珊·巴斯奈特的文化翻译观出发，结合李白诗歌的不同翻译版本，评析其诗歌酒文化中的情感，并借以探讨饮酒诗的翻译视角、原则、方法和效果。文章认为饮酒诗的翻译应着眼于原语文本和译语文本中酒文化的功能等值，为此要注重意象和意境的"种子移植"，并在译文中对酒文化进行重构和凸显。赵欣欣《诗歌英译中语言转换的转喻解读——以许渊冲〈李白诗选〉英译本为例》（《浙江理工大学学报》2017 年第 5 期）则运用认知转喻理论，以《李白诗选》许渊冲英译本为例，分析了语言转换这一常规翻译技巧中存在的矩阵域与次域、同一矩阵中次域与次域之间的转喻机制。文章发现诗歌翻译中的语言转换技巧涉及一种动态转喻认知过程，即认知主体对源语概念的推理过程；而诗歌英译中语言转喻蕴含次域与矩阵域相互转指的转喻类型，主要表现为矩阵域转指次域的语言转换、次域转指矩阵域的语言转换和同一矩阵域下一次域转指另一次域的语言转换。

关于李白诗歌译介的对比研究有张巧平《诗学视域下李白〈长干行〉两英译本的对比研究——以庞德、许渊冲译本为例》(《发展》2017年第1期)，文章从勒菲弗尔阐释的"诗学"出发，对李白《长干行》的埃兹拉·庞德英译本与许渊冲英译本进行了对比研究，文章指出了两英译本在诗歌韵律的处理、题目与专有名词的译法、文化意象以及修辞的处理等方面存在的差异。吴玉凤《论译者背景对译作的影响——以李白〈月下独酌〉匈牙利语译本为例》(《神州》2017年第14期)则通过对李白《月下独酌》四个匈牙利译本的对比分析及它们受欢迎程度的调查，探索了中文与匈牙利语文学翻译中的技巧和难点问题。与此相关的还有陆曼《李白〈登金陵凤凰台〉诗中英文对比赏析》(《参花》2017年第14期)主要从诗歌韵律、形式、意义与美感等方面分析了《登金陵凤凰台》埃兹拉·庞德英译本与原作的区别。而喻逸《许渊冲与庞德的李白诗歌英译对比》(《商情》2017年第30期)则从美学追求与翻译目的、意象处理与得失分析以及译诗形体与语言风格三个角度细致比较了两个李白诗歌英译者的翻译特点，文章认为庞德语言平实凝练，采用了自由诗体的形式，风格含蓄；而许渊冲则采用了格律诗的形式，音韵和谐，形式工整，力求"意美""音美"和"形美"的有机统一。

对李白诗歌在域外传播进行整体概论的文章有杨凯《李白诗歌在英语世界的译介与经典化历程》(《南京师范大学文学院学报》2017年第3期)，文章勾画了李白诗歌在英语世界的传播轨迹，并分析了李白诗歌在英语世界奠定经典地位的原因。文章指出20世纪之前，来华教士、外交官和部分汉学家是汉诗西译的最早践行者，这个时期的李诗英译数量有限，是起始阶段。进入20世纪以后，英美世界的一批年轻诗人试图摆脱传统诗歌的束缚，触发了汉诗英译的首次高潮。二战后，英美世界再次兴起汉诗英译的热潮，李白诗歌的译介与接受范围也日益扩大。进入21世纪，中西文化交流日渐深入，李白诗歌逐渐巩固了它的经典地位。张杨《诗仙远游:李白诗歌在德国的译介与研究》(《东方翻译》2017 年第 2 期)则从跨文化的视域梳理了李白诗歌在德国的译介与研究历程,阐释了李白诗歌在德国译介的特点及其存在的问题,文章指出李白诗歌德译的主要模式为自发自译,而作为诗歌传播国的中国的翻译介入则寥寥无几。李白诗歌德译的传播主要有两个层面,一个层面是以德邦和吕福克为代表的汉学家,一个层面则是不懂汉语的德国学者与诗人,他们的翻译多参考法译本。在翻译李白诗歌的基础上,德国学者也展开了对李白及其诗歌的研究,主要集中在探讨李白诗歌及中国诗歌的语言特点、研究李白诗歌的艺术特点以及中国古典诗歌的德译策略等方面。王越《重塑"谪仙人"——路易·艾黎李白诗歌英译研究》(北京外国语大学 2017 年硕士学位论文)则采用了文本分析、副文本分析和历史分析相结合的研究方法,以勒菲弗尔的改写理论为依据,对艾黎英译李白诗歌进行了个案探讨,文章得出了三个结论:意识形态因素统领了艾黎译作的主要基调;赞助人因素贯穿了艾黎翻译活动的始终;诗学因素彰显了艾黎译作的个人特色。总而言之,受其个人的诗学观念和喜好的影响,艾黎译作展现了极强的个人风格印记,通过翻译这一改写过程,艾黎颠覆并重构了李白"谪仙人"的传统形象,李白在他笔下成为一名现实主义诗人。谢欣颖《李白诗歌在俄罗斯的研究与翻译》(《北方文学》2017 年第 2 期)则向我们精短地展示了李白诗作的俄罗斯翻译史以及一大批优秀的李白诗歌译者,并探讨了俄罗斯李白诗作的翻译特点以及不足。

另外,还有一篇论文值得一提,何春芳、石慧慧《论庞德对李白〈长干行〉的文化误译》(《湖北经济学院学报》2017 年第 8 期)从《长干行》的庞德英译本为切入点,探讨了译文中文化误解的具体表现,分析了造成文化误解的主客观因素并提出了一些应对策略。文章指出庞德的译文中存在地名和时节的误译、中国古代民俗与伦理文化的误译以及中国习语和典故的误译,而这一切是由庞德不懂中文、未到中国的主观原因与中美文化差异的客观原因共同造成的,要解决这种误译状况,文章认为译者首先应该是跨语言的文化传播者,应该具备双语文化功底,其次在面对一些由文化差异引起的不可译现象时应该尽可能地传达源语文化信息。

八、跨学科与其他研究

与传统研究相比，跨学科交叉研究作为李白研究领域的后起之秀，势头正劲，这些研究以其新颖的研究视角、独到的研究观点以及别致的研究方法令人耳目一新。本年度李白的跨学科交叉研究涉及语言学、文献学、版本学、音乐、绘画、文化产业、西方心理学以及戏剧等领域。

从语言学领域探讨李白诗歌的论文有宋海蟾、谭占海《〈唐诗三百首〉国俗数字词分析——以李白诗歌为例》（《现代语文》2017年第9期），文章以李白诗歌中的数字词为研究对象，对国俗数字词的语用及语义特征进行了深入的分析，并对国俗数字词的心理认知机制和英译进行了探讨。文章认为语义在反映概念时附加了民族文化色彩，离开民族文化背景，往往难以准确理解词语的意思，唐诗中的国俗数字词意义大致分为两类：一类表示数字的精确语义，一类表示数字的模糊语义，翻译时应该分别采取不同的方式。唐树梅《论李白诗歌中的新词新语》（《西华师范大学学报》2017年第2期）则对李白诗歌中出现的新词、新语和新义进行了探讨，文章针对新词新语的时间断代与发展演变发表了一些独到的见解，对研究汉语词汇史、李白研究以及字典辞书修订有一定的参考意义。赵寻《论李白诗歌数词介入的两种美》（《齐齐哈尔师范高等专科学校学报》2017年第4期）则阐述了李白诗歌中数词介入的两种美——借典之美和意境之美，文章发现李白在诗歌中使用数词常常脱离了数字的本意，以意境为重，并指出李白的诗歌借助数词的表现力与感染力强化了诗歌的张力。

关于文献学领域的李白诗歌研究论文有杨栩生《〈游谢氏山亭〉是否李白之作的几点疑问》（《绵阳师范学院学报》2017年第10期），从《游谢氏山亭》的作年与李白生平不合、“谢氏山亭”“西池”等地亦与李白行迹不符、诗歌题目与诗歌内容存在矛盾以及诗中“稚子”所指有疑四个方面质疑了李白为此诗作者的结论。由墨林《李白〈赠汪伦〉考释——以踏歌和送行情境为中心》(《保定学院学报》2017 年第 5 期)考证了唐代以前的“踏歌”习俗、唐朝“踏歌”习俗的发展以及唐代“踏歌”的功用,结合汪伦其人与送别情境的考释,认为汪伦的身份应该为县令,其携村民或家乐给李白送行的说法不可靠,踏歌乃汪伦即兴而为。熊言安《李白题〈黄鹤楼〉本事的生成、传衍及原因探析》(《语文建设》2017 年第 31 期)考察了记录李白题《黄鹤楼》本事的文献典籍,并分析了本事传衍的多种形式,探究了本事生成与传衍的原因。尚梦珣《评议李白〈草书歌行〉的真伪问题》(《大观》2017 年第 8 期)选择例举历史上前人对《草书歌行》真伪的看法,并从宗教、酒和二人的性情方面探讨了李白与怀素交游的可能,比较认同此诗为李白真作的观点。周克勤《文化视野下的李白诗歌异文考辨二例》(《兰台世界》2017 年第 10 期)以版本为基础,从舞蹈、民俗、史志、文学、绘画等角度考辨了李白诗歌异文二则,文章认为《白纻辞三首》中的“剪綵”应为“剪绮”,《登金陵凤凰台》中的“一水”应为“二水”。藺瑞生《卧床说实属误读——李白〈静夜思〉误读辩证之一》(《河北师范大学学报》2017 年第 1 期)指出,长期以来人们以今度古、望文生义,将李白《静夜思》首句“床前明月光”中的“床”字误解为“卧具”,把“静夜”误解为“深夜”,因此把室外的月光理解为床前的月光,该文从作品的语境以及诗歌发展史的角度考证了李白《静夜思》中的“床”为“坐具”,而诗人是在室外坐着赏月。

从版本学领域对李白诗歌进行研究的论文有王永波《清刻李白集述要》(《西华大学学报》2017 年第 6 期)探析了清代李白集的版刻情况,文章指出清代是李白集版刻史上的余晖时期,虽不能与宋元明三代盛况相比,但也产生了一些有名的刻本,如明人编纂李集刊刻、清人注释李集、清人重编李集以及据宋本重刻等,展现了有清一代的特色。侯会方《李白〈静夜思〉文本辨析与诗意新解》,文章通过梳理李白诗文集的刊印过程与不同历史时期的文本对照,对恢复《静夜思》的本来面目做出了努力,并对诗中几个富有争议的字词做了新的解释,为这首诗的全新解读做出了贡献。

从音乐角度对李白诗歌展开研究的论文有侯延爽《李白“诗与乐”研究:存在的问题及突破的途径》(《音乐探索》2017年第1期)与《音乐视域下的李白诗歌分类研究》(《当代音乐》2017年第21期),前文认为当前对李白“诗与乐”的研究面临三个问题:李白诗歌音乐本体的研究缺乏深度和可持续性,非音乐专业学者跨界研究李白诗歌音乐内容的局限性以及李白诗词音乐当代价值研究的肤浅性。文章提出的应对策略是:加强李白诗歌与音乐有深度的持续性的研究,音乐人与非音乐人的合作研究以及深度发掘李白“诗与乐”课题的当代价值。后文则对收录于《乐府诗集》与散落《乐府诗集》之外但音乐特性明显的李白诗歌进行了系统的归类与分析,为恢复诗、乐、舞、声于一体的诗乐原貌做出了努力,对当今诗词音乐的发展具有一定的借鉴意义。马利利《外国艺术歌曲对李白诗歌的表现研究》(《音乐创作》2017年第1期)分析了以李白诗歌为素材的外国艺术歌曲在意象的表现、意境的生成和文化共鸣等方面所做出的尝试,同时也指出了由于中西文化差异以及中国古典诗歌含蓄性、象征性等特点引起的文化误读。

从绘画角度研究李白的论文有朱易安《笔落惊风雨:视觉艺术中的李白》(《西北师大学报》2017年第4期),文章以图画艺术为载体描绘了李白的接受史与李白绘画艺术史,文章认为视觉艺术中的李白画像从想象与视觉的双重空间重构了李白的世界,是历代文人解读李白和接受李白的重要方式。此外,蒋雷《绘画作品中李白形象的演变》(《中华文化论坛》2017年第2期)通过分析李白画像作品的艺术审美形式,考察了李白视觉形象在不同时代的演变,探寻了历史人物的视觉形象塑造过程中呈现的理论规律,通过对李白形象的全面整理、分析和认识,论证了符合李白形象的共性化视觉特征。

从文化产业的角度研究李白的论文有熊维叶《大青山旅游文化中的“李白”符号呈现》(安徽大学2017年硕士学位论文),以李白在当涂大青山的大量文化遗迹为依托,论述了大青山的李白文化记忆,并从文本和宣传两个层面建构了李白形象,强调了"李白"符号对于大青山旅游文化传播的重要意义,文章还从大青山对李白非物质文化遗迹的研究和对李白物质文化遗产的宣传、大青山李白文化旅游区的建设以及它的新媒介传播渠道、大青山丰富多彩的旅游活动等方面阐述了大青山对"李白"符号的有效利用,对地区旅游文化传播具有较大的借鉴意义。姜思宇《基于李白文化背景下的旅游纪念品设计思考》(《产业与科技论坛》2017 年第 16 期)与《"李白文化"旅游纪念品设计价值探讨》(《合作经济与科技》2017 年第 22 期)两文就如何将李白文化融入旅游纪念品设计之中的问题做出了思考。前文探讨了李白文化在旅游纪念品中的传承以及李白文化旅游纪念品设计创新的方法,后文则认为李白文化旅游纪念品的设计能够充分体现地域特色,在市场格局不断变化和旅游纪念品开发中具有独特的优势。付莎莎《李白酒诗文化在酒类用品设计中的再现》(《包装工程》2017 年第 14 期)则从跨学科的创意角度审视李白的酒诗文化,并运用到文化创意设计,文章采用文化创意设计的交叉研究方法,提炼了李白酒诗文化的文化创意设计点,认为新的时代应从多个角度重新提取李白酒诗文化,并实现这些文化在酒类用品设计中的再现,同时,实现李白酒诗文化的意象、意境在酒类产品设计中的再现。

以西方心理学理论来观照李白思想的有史秀洋《论李白对自由的逃避与追求——以弗洛姆"逃避自由"理论为依据和切入点》(《佳木斯大学社会科学学报》2017 年第 4 期),文章运用弗洛姆逃避自由的心理分析理论,对李白的精神世界进行透视,认为家族观念的淡薄、信仰的缺失以及人生选择的多样性使李白较大程度地解脱了束缚,获得了自由,但同时也使他遭受了自由所带来的孤独、焦虑和迷茫,为了摆脱这一状态,李白有时又不自觉地选择逃避自由,他执着于匡世济民的政治理想,拘泥于事君荣主的主流价值标准,却又常常流露出破坏的欲望,在时代与自身的局限下,李白注定以失败告终。

从戏剧领域研究李白的论文有苏焘《戏曲叙事嬗变与文人话语转型——以李白题材戏曲为中心》(《戏剧文学》2017 年第 5 期),文章对元明清戏剧中的李白故事与李白形象进行了探讨,指出对李白这一经典形象的再现、重建和虚构，既透露出雅、俗文学互渗过程中文学描写方式的变化，同时也反映出此时期文人话语表达的转型，以及从向往、愤懑到解脱、归顺的复杂文化心理。

本年度关于李白词、赋、文的专门研究较为寥落，专门研究李白词的文章仅有王辉斌《再论〈菩萨蛮〉非李白作》(《铜仁学院学报》2017年第11期)，文章从版本学与文献学双重角度重新考察了《尊前集》、《湘山野录》、宋咸淳本《李翰林集》中录载的李白《菩萨蛮》(平林漠漠烟如织)，得出了这三部著作对于这首词的收录均不可靠，即均不足以证明此词为李白所作的结论。关于李白赋的研究也仅有石艳霞《李白〈明堂赋〉系年新考》(《昭通学院学报》2017年第6期)，文章从唐代史料典章、赋作内容及主题思想等方面重新考证了李白《明堂赋》的系年，认为李白《明堂赋》作于天宝元年。对李白文的专门研究也几乎阙如，唯有熊礼汇《试论李白骈文的美感特质》(《广西师范大学学报》2017年第5期)，文章主要探析了李白书体骈文与赠序骈文的美感特质，指出李白的书体骈文分为求人引荐、求人开脱罪名、借以明志三类，各因其功用、作者所处的地位、话语内容而产生相应的美感特质与文学效应；赠序有以诗序充当者，有以独立文体为赠序者，其美感特质主要出自人物形象的描绘和情感的抒发。

还有几篇文章我们应该关注，戴伟华《文学研究的创新仍应以文献及其解读为基础——以李白与科举相关问题为例的分析》(《文学评论》2017年第1期)探讨了李白与科举的关系，文章以“性格论”与“身份论”互参的研究方法解读了李白与科举关系的三个阶段，文章认为李白的青少年时期是为科举准备阶段，诗歌写作对仗工整，有绮丽倾向，但不应轻易否定，李白不是生来就拒绝科举，而是在努力中放弃，转而不屑科举，实属无奈之举，而李白不能参加科举的原因并不明晰，小吏说和商人说皆不足据，而“漏籍”一说也扑朔迷离。罗时进《李白“薄声律”本义与“将复古道”的诗学实践》(《文学评论》2017年第2期)将李白“薄声律”的诗学观与其复古诗学实践结合考察，用以揭示唐诗发展的重要关节与成就，文章认为盛唐时期诗学理论形成过论争与冲突，其中声律观是论争的主要内容之一，李白以“薄声律”的姿态出现，以“将复古道”为旗帜推行复古诗学理想，对扭转拘忌声病的倾向、改变盛唐诗坛品质、丰富诗歌创作的风格做出了具有史诗价值的贡献。郑祥琥《李白故事流变及其文化意蕴》（《天中学刊》2017 年第 6 期）则借助叙事文化学的方法，对戏曲、小说及相关诗文中的李白故事的流变过程进行了总结剖析，文章认为李白故事的发展演变受到多种亚文化的影响，从而形成了各个不同历史时期相应作品的不同主题，反映了不同历史时期差别巨大的社会文化心理，而李白故事的流变实际上是与李白诗歌接受史交织在一起的。

统而言之，本年度的李白研究一如往年一样热闹非凡，研究者们在钻研传统研究领域、开拓新兴研究领域以及稳固跨学科交叉研究领域等方面进行了艰辛的垦殖，也取得了一些成绩，但在李白研究繁华的表象之下，我们仍然发现了一些蹈袭、罗列、肤浅解读与过度解读的现象，这是值得学界引起足够重视的。我们认为，在李白研究看似成果频出的盛况下，如何采用严谨切实的研究方法来培育李白研究的“硕果”、采用新颖独到的研究视角来催发李白研究的“异果”，是李白研究在今后相当长一段时间内需要探讨的话题。

杜甫研究

□ 李翰

据几大学术资源网站提供的数据，2017 年国内期刊发表杜甫研究论文 260～300 篇左右，与去年基本持平。较全面地覆盖了杜甫生平、思想、诗歌艺术、杜诗学等方方面面。出版著作数十种，包括一些经典著作重版或修订再版。以下分类予以介绍。

一、杜甫生平与思想研究

本年度杜甫生平研究，涉及杜甫交游、为官、陷贼等方面，既有具体问题的考证辨析，又有综合性的系统考述，有点有面。潘玥《从李之芳生平看其与杜甫的交往》(《中华文化论坛》2017 年第 8 期)着重考察杜甫交游史上被忽略的唐宗室李之芳与杜甫的交往。文章将史书所涉李之芳的记载与杜诗相关内容比勘，认为杜诗相关记载，可补正史之不足，杜、李终生都保持着良好感情与深厚友谊。孟祥娟《杜甫与韦氏家族交游考》(《杜甫研究学刊》2017 年第 1 期)专门考察杜甫与京兆韦氏家族的交游。文章梳理杜甫近三十首叙及与韦氏人物交往的诗文，自前辈宦达，至后生晚辈，姻亲故友，他乡新知，等等，涉及二十多人。杜甫与韦氏族人的交往，可视为杜甫一生交游的缩影。胡可先《杜甫与唐代京兆韦氏关系述论》(《复旦学报》2017 年第 6 期)对杜甫与京兆韦氏的关系，做了全面总结。婚姻方面，杜甫家族与韦氏家族存在多层婚姻关系。杜甫与韦济等人的交往诗，不仅是他思想、心志和生活的映现，同时以其高超的艺术水平而成为千古佳制。杜甫与韦见素族人的交往、与画家韦偃的关系、与吏隐文人韦讽的关系、晚年与韦之晋的关系，都值得关注。甚至聚讼千年的李杜优劣论这段公案，也可以追溯到杜甫与韦迢的交谊。文章认为，将传世文献、出土文献与杜甫交往诗相印证，以发掘杜甫与京兆韦氏的关系，可以从特定的层面呈现出杜甫的生活状态和文学创作历程。

薛天纬《杜甫"陷贼"辨》(《杜甫研究学刊》2017 年第 4 期)系统梳理北宋以来提出的杜甫在安史之乱中"陷贼"一说，辨析该说从发端、流衍与论定的过程，认为已见文献并不足以支持"陷贼"说。杜甫其实是出于关切时局、心系朝堂的人臣情怀，在确认无性命之虞的情况下"潜回"长安，而非被叛军所获。文章理据充分，分析推理严密，值得学界重新审视杜甫生命中这一重要经历。

仕历是杜甫生平另一重要方面。邓小军《唐授杜甫左拾遗告身考——兼论唐代的皇帝直接授官》(《杜甫研究学刊》2017 年第 1 期)广泛考察职官制度以及其他历史文献，从唐授杜甫左拾遗告身的相关文献记载，告身敕词、御宝与唐代皇帝的直接授官，唐授官制敕格式有不书原官职之例，唐有行在官名称之例，以及唐宋元明有关伪造制敕之刑法规定等方面，考察唐授杜甫左拾遗告身的真伪，提出杜甫告身是真品，而非洪业先生所说的"赝品"。孙微《杜甫的官阶变迁及相关问题考辨》(《吉林师范大学学报》2017 年第 2 期)认为杜甫由献赋到获得出身、守选，到最终授官，经历了一个复杂的过程，学界对此多有误解。杜甫初授之官有"右卫率府兵曹参军"与"右卫率府胄曹参军"两种记载，颇不易区分。肃宗朝所任左拾遗为从八品上，其散阶宣议郎为从七品下。其后华州司功参军的官阶亦为从七品下。广德二年(764)，杜甫被授予京兆功曹，为正七品下阶，比华州司功参军高出两阶，成为检校工部员外郎的前资官。杜甫虽因故未能赴任，但实际上接受了这一官职。此后不久，由于严武的表荐，杜甫又被授予检校尚书工部员外郎，并赐绯鱼袋，品阶为从六品上。有学者以为赐绯鱼袋意味着杜甫已经成为视五品官，实际上也是一种误解。文章经过系统考辨，对上述问题做出澄清。

元先礼《谈谈杜甫死后的归葬处》(《文史杂志》2017 年第 5 期),肖燕《关于杜甫死因的几种说法》(《人文杂志》2017 年第 6 期),对于杜甫死因与归葬等问题的学术史做了梳理和总结,为相关研究提供了便捷的参考。

杜甫思想研究,不少与诗歌艺术研究相混杂,一般还是集中于儒家思想、人道主义精神等方面。如黄园《论杜甫诗歌创作中的人道主义情怀》(《文化学刊》2017 年第 9 期)、周裕锴《杜甫诗中的儒家情怀及其思想渊源》(《杜甫研究学刊》2017 年第 2 期)等。周文对杜甫儒家精神的具体表现和思想渊源,进行了细致而深入的探讨,值得注意。该文认为杜诗中的儒家情怀来自杜甫从小接受的传统儒家教育,尤其是孔、孟的"仁爱"学说。主要体现在四个方面:一是"仁民爱物"的人道主义精神;二是"仕以为己任"的儒家担当意识;三是"仁者能恶人"的现实批判精神;四是"以民为本"的反战意识。袁辉《日常生命的诗性展现——杜甫诗歌的平民意识及其思想内涵》(《天中学刊》2017 年第 2 期)则考察杜甫儒家思想在现实中的转化。认为杜甫在安史之乱的辗转流离中,深切地体会到平民生活处境的艰辛,建构了平民意识的现实基础。当杜甫将儒家信仰最笃实的恪守付诸实践,就最终促成其平民意识的深化。文章以发展与转化的视角,将对杜甫儒家思想的解读落到实处,同时也深化了对杜诗人本主义的理解。汪聚应《杜甫所受侠风的影响及对侠文化的接受》(《陕西师范大学学报》2017 年第 1 期)考察杜甫与侠文化的关系,指出唐代任侠风使生活在其中的杜甫深受影响,与其所受的儒学教育也互为补充,与唐代其他文人相比,杜甫对侠的接受有着儒家正义的选择性,表现着强烈的人文关怀。杜甫对侠的清醒认识、选择接受和辩证宣扬,使侠超越了个人名利而上升到国家民众的高度,提升了侠义人格,使侠文化超越了狭隘的恩仇观念,成为对个人、社会和国家都能产生积极影响的精神力量。文章将杜甫的儒学和侠义思想综合起来,从根本上揭示了杜甫思想个性的深层根源。

魏耕原《杜甫对安史之乱前后局势的预见》(《唐史论丛》2017 年第 1 期)则着重考察杜甫的政治识见与对家国、时世的关怀。通过杜诗中涉及军国大政，议论时局等方面的内容，文章揭示杜甫深刻的忧患意识以及对时局的洞见，认为这影响到对杜甫思想与性格乃至人格的把握，尤应引起注意。

杜甫思想的其他方面，张思齐《杜诗中的道教法术与杜甫的宗教观》（《大连大学学报》2017 年第 1 期）论杜甫与道教的关系，吕志国《杜甫的佛家信仰》（《现代交际》2017 年第 20 期）论杜甫的佛教思想，揭示杜甫思想的多面性，也值得肯定。张轶男《论杜甫诗歌的大乘悲怀与家国观念》（《西南大学学报》2017 年第 5 期）则将杜甫的儒家思想与佛家的济世精神相比较，认为杜诗民胞物与、爱及天下的悲悯情怀，深契大乘佛教不住涅槃、关注人间、饶益众生、利乐有情的精神主张。杜诗由是超越了时空的局限与时政的狭隘，蕴藉着铺天盖地的气力，呈现出大慈悲、大关怀的气象，无愧“诗史”盛誉。视角独特，饶有新意。

此外，谢其泉《永恒的守望——杜甫家园情结探讨》（《河南社会科学》2017 年第 7 期）、《杜甫中原情结探讨》（《殷都学刊》2017 年第 1 期）论杜甫与中原文化的关系，杜甫的家园情结与文化心态。陈丽云《论杜甫的贬谪心态》（《考试周刊》2017 年第 1 期）从心理意识与情感心态的角度，对杜甫思想作了较细致的分析，也值得注意。周铁英《论杜甫对王安石思想创作的影响探析》（《课外语文》2017 年第 27 期）、杨玉军《圣人胸襟，大儒情怀——杜甫对蒲松龄影响论略》（《蒲松龄研究》2017 年第 1 期）等论杜甫对后代作家思想及创作的影响，可见杜甫思想的生命力与影响力之大。

二、杜诗艺术研究

杜诗的文本与艺术依然是本年度杜甫研究的重点，大致可分为类型题材、诗体、修辞风格等方面。杜诗题材、类型研究，以其流寓之地为考察范围的较多，集中在困守长安、流离陇右、漂泊西南等时期。如长安诗，有杨玉洁《安史之乱时期杜甫主要诗风探索》（《语文知识》2017 年第 15 期）、韩琛《杜甫渼陂行游诗歌研究》（《汉字文化》2017 年第 5 期）、黄雅莉《杜甫长安时期的干谒诗探究》(《中国韵文学刊》2017 年第 3 期)等等。魏耕原《杜甫华州诗论》(《杜甫研究学刊》2017 年第 1 期)也属于广义上的长安诗。杜甫在长安任左拾遗不久,即因触恼肃宗被贬华州司功参军。杜甫在华州时间不到一年,诗作数量也不多,但本文认为此期不仅是杜甫弃职掾属走向布衣的转型期,也是诗歌创革的发轫期,尤其是把堂皇典丽的七律一变而为"白话七律",而且以瘦病之丑化而为美进入审丑阶段,又从淳朴的友情与深挚的亲情感到温煦,而与官场的冷漠形成鲜明的对比。这些对于杜甫人生与创作道路,都具有深远的影响。文章从杜甫整个创作历程着眼,对其华州诗的价值作了合理而清晰的定位。陇右诗,则有李宇宁《从陇右诗看杜甫审视世界的目光》(《社科纵横》2017 年第 5 期),王蕊《杜甫陇右诗中民族意象探微》(《兰州教育学院学报》2017 年第 4 期),等等。李可欣《谈杜甫巴蜀诗中的咏三国诗》(《杜甫研究学刊》2017 年第 4 期)、徐小可《论杜甫"草堂诗"的语言特色》(《知识窗》2017 年第 4 期)等,则着重讨论杜甫漂泊西南时期的诗作。

分题材对杜诗作专题研究,历来也是热点。本年度这方面论文如韦昕楠《杜甫诗歌的饥饿书写》(《杜甫研究学刊》2017 年第 4 期)梳理杜诗中描写饥饿的内容,认为杜甫诗中所写的饥饿具体而全面,在文本表述中,他切身感受到的生理饥饿呈现出从夸张渲染到深刻体认再到旷达超越的三个阶段。在心理层面上,杜甫有不饿说饿、饿说不饿和见物皆饿的饥饿感泛化的表现。此外,杜诗的饥饿书写还从生命状态上解读了"永恒饥饿",具有哲学的况味。文章角度比较新颖,发掘不少杜诗中被忽视的细节。此外,高崎《杜甫的亲情诗研究》(《乐山师范学院学报》2017 年第 3 期),温瑜《杜甫哀悼诗及其文学史意义》(《集宁师范学院学报》2017 年第 4 期),张彤、沙先一《杜甫题画诗中"雄奇之美"倾向》(《汉字文化》2017 年第 5 期),季小乔《论杜甫山水诗的创新特点》(《海南大学学报》2017 年第 4 期),从思想内容到艺术形式、创作手法等,对杜诗特定题材诗作了较全面的探讨。

杜诗的诗体研究,是本年度的重心,集中了较多的高质论文。葛晓音教授本年度有两篇长文,《杜甫长篇七言“歌”“行”诗的抒情节奏与辨体》(《文学遗产》2017 年第 1 期)论七言“歌”“行”体诗,认为杜甫的七言古体按诗题分为“歌”诗、“行”诗和非歌行体三类,有其明确的辨体意识。“歌”与“行”都有咏物、咏事及咏人等主题集中的歌咏对象,其抒情节奏主要是以咏叹语调贯穿并呈现层波叠浪的推进方式。二者体调的区别在于节奏幅度和抒情脉络的不同,但其共性决定了“歌”与“行”可以合成“歌行”一体。杜甫非歌行题的七古有部分与歌行体调相同,但另有一部分七古,没有集中的歌咏题目和抑扬起伏的节奏波澜,而是突出了散句单行的线性节奏,脉络紧凑和连贯更接近五古。杜甫发现了“行”诗和节奏与之相近的七古适宜连贯叙述的特性,开创了以七古和“行”诗反映时事的范例,使原来没有叙述和议论传统的七古扩大了表现功能。《杜甫七绝的别趣与异径》(《文学评论》2017 年第 6 期)认为从杜甫创作七绝的情绪状态和抒情基调而言,其七绝另有“别趣”,主要表现为善于捕捉自然景物中的生机和人居环境中的雅趣,尤其突出地呈现了诗人放达幽默的性情和风致,以及对深层审美感觉的追求。同时他追溯到七绝的源头,突破传统作法的禁忌,以各种“创体”辟出“异径”,体现了杜甫对七绝表现原理的独到认识。尽管这些探索有得有失,但能充分发掘出七绝的表现潜力,并在盛唐七绝推崇情韵的传统审美标准之外开出“趣多致多”的新境界,为中晚唐和宋人展示了七绝发展的广阔空间。

五律是盛唐最为流行,也是杜甫写作最多的诗体。魏耕原《杜甫五律的创变与特征》(《福州大学学报》2017 年第 5 期)认为杜甫的五律创作在继承前代诗学遗产的基础上,对唐人既有的风格予以革新。主要表现为大量运用叙述与议论的手法,不以写景为意。同时,杜甫五律结构复杂多变。把五古叙事大篇与歌行体的开合纵横,施之于五律之中。因而,在盛唐众多的五律中,独出诸家之上,这也说明了杜甫兼擅诸体而能集大成的原因。

吴淑玲、韩成武在《南都学刊》2017 年第 1 期、第 2 期接连发表两篇文章《杜甫七律体制研究》论杜甫七律。第一篇论声律体制，认为杜甫确立四种正格律句和三种变格律句，正体七律占绝大部分（计 117 首，占总数 151 首的 77%），拗体七律 34 首，分四种类型：局部失粘、首联或首句非律句、对仗使用非律句、全诗多用拗句仅保留中间两联词性相对，皆事出有因。失律度为 23%，低于初唐的 39%，盛唐的 27%，为七律声律定型于大历时期起到重要作用。平仄方面，杜甫七律的特点是：1.严格依照《唐韵》押韵，仅有 1 首出韵；2.限押平声韵；3.以首句入韵为主要格式；4.使用韵部覆盖面大，而以使用宽韵为主。其对仗特点是：1.对仗规则严密，杜绝一联中重复用字；2.对仗数量超出额度；3.对仗种类多样，追求工整，最先将“狭义当句对”引入七律。第二篇论题材内容、诗艺等体制特征，对杜甫七律的内容与写作手法进行了全面总结。

此外，谢思炜《试论五言诗与七言诗的句式异同——以杜甫七律为例》（《江苏师范大学学报》2017 年第 4 期）以杜甫七律为例，讨论五言诗与七言诗句式异同；崔嫔嫔《杜甫诗歌的制题方式》（《海南热带海洋学院学报》2017 年第 6 期）论杜诗的制题方式，也都属于诗体形式研究，值得注意。

杜诗修辞、词句、意象、风格等艺术研究方面，本年度也集中了很多论文。谢思炜《从有“来历”到“没来历”》（《杜甫研究学刊》2017 年第 1 期）研究杜诗用词，认为杜诗在采用来自经史典籍和前代文献的有“来历”语时，扩大了其采用范围；同时也使用当代新语，尤其是大量采用口语词汇。此外，诗人还通过创制新词实现诗歌语言的更新，其所造新词数量之多在唐代诗人中位居前列。陆嘉琳《杜甫五古行旅的以赋为诗》（《杜甫研究学刊》2017 年第 2 期），认为杜甫五古的行旅类作品在篇章架构的组织、体貌手法和语辞选用等方面，皆巧妙熔铸赋法、化为己用，由此拓展了诗歌的表达功能。彭燕《论汉赋对杜甫创作的影响》（《杜甫研究学刊》2017 年第 1 期）、赵海菱《论汉大赋对杜甫诗歌创作之影响》（《杜甫研究学刊》2017 年第 2 期）也都注意到杜诗化用赋法的问题，彭文认为杜甫作品中赋的痕迹有四点表现：一是杜甫诗文作品广引前代赋作名家，尤以汉代赋家为夥，反映了杜甫对前代赋家的熟稔；二是杜甫在诗歌创作中驰骋诗赋，注重“以赋为诗”，创作了大量的长篇排律和系列组诗；三是杜赋极力模拟汉赋，多颂美之辞，以雅正、整饬为风格。赵文认为杜甫将汉赋中的对比法、虚拟对话法、论析法等成功运用于其诗歌创作之中，杜诗内容的参政议政本质内核与语言的赋化倾向皆为汉大赋深刻影响之结果。

叙事性是杜诗较突出的表现，本年度不少学者关注这一问题，如史秀洋《杜甫〈北征〉叙事艺术探微》(《太原学院学报》2017年第4期)、李骋昊《从叙事性角度看杜甫组诗〈秋兴八首〉》(《大众文艺》2017年第12期)等。在研究方法上，一些学者借鉴西方文论或文艺学的分析方法，做出富有意义的探索，也值得肯定。如关鹏飞《互见与互文、互文性：以杜甫诗歌为例》(《文艺评论》2017年第4期)考察互文性这一现代文艺理论概念与传统批评术语的关联与纠葛，以杜诗为例，认为西方理论家20世纪中叶发明的理论以及所揭示的创作现象，中国诗人千余年前就在做，诗论家千余年来也一直在谈论。薛淑芬《杜甫诗歌意象的隐喻分析》(《华北水利水电大学学报》2017年第2期)讨论杜诗意象的隐喻问题。文章认为隐喻是伴随着人类思维而产生的一种认知模式，利用意象图式和概念整合理论分析杜甫诗歌中的意象，解析杜甫诗歌的认知模式，有助于从隐喻的角度厘清杜甫诗歌中意象和隐喻之间的相互对应关系，为理解杜甫诗歌提供一个合理的解读模式。此类文章应用新的批评方法与理论武器，为杜诗研究带来可喜的突破。

本年度还有不少学者从文化与文学相结合的角度研究杜甫，或通过杜诗研究文化，也颇有新意。如钟瑶《盛唐文士与魏晋风度——以杜甫及其〈饮中八仙歌〉为中心》(《文史哲》2017年第2期)通过杜甫的《饮中八仙歌》考察盛唐文人的精神风貌。文章认为盛唐文士独特个性气质和行为方式的形成与魏晋六朝以来名士风度的延续渊源密切，杜甫脱略狂简的个性以及嗜酒、善谑、幽栖等种种行为作派即与魏晋名士尤其是以嵇、阮为代表的竹林名士有着直接的渊源。《饮中八仙歌》就是盛唐文士受魏晋名士风度影响的一个最集中体现。“八仙”的个性、风貌特征以及嗜酒、高谈、傲视王侯等种种行为方式也以魏晋名士以及

《世说新语》为模仿对象，但其中的“狂”态又是典型盛唐式的。其创作与此期涌现出的一批极具名士风度同时又是新进士人群体主要干谒对象的朝臣人物有着直接关系，置身风气之中的杜甫敏锐地捕捉并以其生花妙笔记录下了这一独特的时代精神风貌。谢天开《杜甫成都诗对“成都水文化”的文学建构》(《成都大学学报》2017 年第 3 期)从水文化的层面，通过杜甫之前史料中对成都水文、地理的记载，比较杜甫在成都的诗作，指出杜诗对成都水文化具有重构的价值，也颇有新意。

另有部分论文从文学研究扩展到其他领域，如孟慧娟《从杜审言和杜甫诗歌用韵看中唐语音变化》(《柳州职业技术学院学报》2017 年第 2 期)就以杜诗作为语言学材料，考察中唐的语音变化。文章以杜审言见存 43 首诗和杜甫西南漂泊时期所作 195 首古体诗为对象，通过对二人诗歌用韵的分析，窥见初唐到中唐语音变化。文章将杜诗作为语言学研究材料，对杜甫研究也是有益的拓展，值得肯定。

三、杜甫接受与杜诗学

接受史与杜诗学是本年度杜甫研究的重点，成果最多。主要集中在两大方面，一是创作与思想上的接受、影响，二是杜诗版本、评点、笺注等文献考论。在创作与思想的接受方面，自中唐开始，杜甫就是一个巨大的存在，如元、白与韩、孟两大诗派，都深受杜甫影响。陈才智《杜甫对白居易的影响》(《杜甫研究学刊》2017 年第 2 期)全面考察杜甫对白居易的影响，认为白是杜诗当之无愧的“第一读者”。白居易对于杜诗的创作态度，写实精神，杜诗的种种艺术手法，如造语遣辞、音律节奏、篇章结构等，有意识地追慕乃至崇拜，学习因而继承其衣钵。就咏物诗而言，杜甫对白居易的影响，最突出的一点是托物寓意，其次是即物抒怀，托物寓怀。杜甫咏物诗融状物、写景、叙事、抒情、议论于一炉的特点，对白居易亦有深广影响。此外在组诗咏物、诸体皆备、题材广阔等方面，白居易可谓袭其面貌而得神味者。

对中晚唐其他诗人，杜甫也有着广泛的影响，蔡星灿《贾岛对杜甫诗歌艺术的接受与新变》(《太原师范学院学报》2017年第3期)、范洪杰《刘禹锡与杜甫的诗学关系》(《南京师范大学文学院学报》2017年第1期)、张忠纲《李贺学杜及其影响》(《杜甫研究学刊》2017年第3期),分别就杜甫对贾岛、刘禹锡、李贺的影响,作了较深入的揭示。

杜甫历史地位是在宋代得到确认,宋人对杜甫的接受在杜诗学史上最为重要。周裕锴《苏轼眼中的杜甫——两个伟大灵魂之间的对话》(《四川大学学报》2017年第6期)讨论苏轼对杜甫的接受,认为这一接受过程可视为两位伟大诗人之间的对话。苏轼对杜甫的回应,既透视着杜诗作用于苏轼思想、行动的痕迹,同时也塑造着杜甫的形象和杜诗的品格。苏轼眼中的杜甫,与时论保有一定距离,不论推崇、调侃或微议,他都主要从自身的个性、观念、体验等出发,更注重的是杜诗在自己心中引起的共鸣。苏轼以自己为杜甫的异代知音,而将杜甫作为自己的代言人。杜诗浸透在苏轼生活的各个方面,实际上已化作苏轼生命的一部分,超越文本本身,成为一种生命诗学。赵德坤《黄庭坚谪居黔戎时期对杜甫的文学接受》(《中国韵文学刊》2017年第3期)从文学创作和文学理论两个层面讨论黄庭坚对杜甫的文学接受,认为大致可分为两个阶段:被贬之前,主要从诗歌写作实践中,对杜甫的词法、句法、律法和意法心摹手追,并在此基础上,提出"点铁成金"的观点;谪居黔戎时期,虽然也有创作方面的继续,但更为重要的是从文学理论维度,对杜甫的诗歌艺术予以审视,并进而认识到人生境遇的跌宕与苦难对其审美境界的淬炼和升华。这种从诗法向诗意的纵深性拓展,影响着江西诗派的发展方向,也为南宋初期江西后劲诗风转向埋下了伏笔,从而使江西诗艺探索终于从故纸堆的羊肠小道,迈入现实世界的康庄之衢。董利伟《学杜在诗外——从陆游追蹑杜甫遗踪说起》(《杜甫研究学刊》2017年第3期)着眼于陆游在川陕为官期间对杜甫遗踪的追觅,考察陆氏涉及觅杜的诗文,认为它们集杜甫生平行迹、文献考据、诗学批评、人生感慨于一炉,是反映陆游杜诗学思想最为原始和直接的材料,也是我们认识了解陆游的窗口。陆游的觅杜之举,拓展了杜诗学研究范围,也促使我们对杜甫研究有新的认识。

唐宋之后，在思想和创作上受杜甫影响的作家更是不可胜数。张慧玲《明代诗学与杜甫性情之争》（《黄冈师范学院学报》2017 年第 4 期）、白建中《杨慎〈杜诗选〉考辨七则》（《杜甫研究学刊》2017 年第 4 期）、潘玥《论清人彭端淑对杜甫的推崇与继承》（《广西师范大学学报》2017 年第 1 期）、杨玉军《圣人胸襟 大儒情怀——杜甫对蒲松龄影响论略》（《蒲松龄研究》2017 年第 1 期）、闫莉莉《一代才子与诗圣——论侯方域对杜甫的接受》（《安阳工学院学报》2017 年第 1 期）、蔡锦芳《乾隆与杜甫：诗称杜圣李谪仙，吾于甫也无间然》（《杜甫研究学刊》2017 年第 1 期）、郑升《论清代滇桂诗坛的"杜诗"接受及其意义》（《杜甫研究学刊》2017 年第 3 期）等等，从各个方面论述杜甫对明清文人的广泛影响。

本年度不少硕士论文，皆以杜甫接受史为主题。如李胜男《论王九思对杜甫诗歌的接受》（内蒙古大学 2017 年硕士学位论文）、孙丽娟《谢榛对杜甫的接受研究》（西藏大学 2017 年硕士学位论文）、段晋阳《宋人诗话对杜甫其人其诗的评议》（闽南师范大学 2017 年硕士学位论文）等等，说明杜诗接受是一座丰富的学术宝库，越来越成为杜甫研究的重心。

此外，孙纪文《清代少数民族诗人与杜甫诗歌——以满、回、壮为中心》（《民族文化研究》2017 年第 2 期）论杜甫对少数民族诗人的影响，张红《江户初期朱子学派的诗文观念及杜甫接受》（《中国文化研究》2017 年第 4 期）论日本江户时代对杜甫的接受，苏岑《朝鲜文人对杜诗"诗史"说的看法》（《杜甫研究学刊》2017 年第 3 期），孔令环《试论韩国当代诗人的咏杜诗》（《杜甫研究学刊》2017 年第 2 期）等论朝鲜与韩国的学杜，广泛考察少数民族以及域外对杜甫的学习与接受，大大拓展了杜诗学的研究领域。

杜诗学史上，李、杜比较始终是绕不开的话题，本年度仍有不少文章围绕于此。施议对《人文视角下的李白与杜甫》（《西北师大学报》2017 年第 3 期）从"人文"的视角比较李、杜。文章将"人文"与"人本"作了区别，认为人文仍然是以天为本，以自然为本，人文视角，是观察人物及事件的一种立场和角度，着眼点在于人文精神的创造。李杜优劣，不易论定，而衡之以人文，看其是否体现人文精神，作形上之思，则高下立判。张佩《论宋人研究李白、杜甫诗失衡的深层原因》（《杜甫研究学刊》2017 年第 1 期）认为宋代重杜轻李，其失衡原因有三：首先，宋人对李、杜诗风格及创作方式的理解比较偏执；其次，李、杜及其诗歌在宋代境遇截然不同；第三，宋代文人群体心态发生剧变，文学所肩负的社会责任超越以往，文人士大夫阶层亟需树立起有说服力的精神典范以图自强自立。在这种"伦理—心理"模式的选择机制下，李白及其作品那种超越儒家道德审美之外的特质不大符合宋儒审美理想，故而并未在宋人对古圣先贤进行筛选的过程中赢得先机。徐小洁《论明代朱谏的李杜观》（《杜甫研究学刊》2017 年第 3 期）考察明代朱谏《李诗选注辨疑》中对李杜的论述，认为其特色有二：一是"李杜优劣论"，朱谏倾向于李杜并尊，各有优长；二是李杜乐府论，朱谏高度评价李白乐府诗的艺术成就，并对"杜子无乐府"的现象加以讨论，见解独到。对李杜比较这一学术问题的认识，当以每一具体的个案为基础，该文对个别学者的李杜观作具体考察，是踏实的探索。

杜诗学的第二方面，杜诗版本、评点、笺注等文献考论，本年度也有不少论文。彭燕《宋代杜诗旧注整理与研究——以宋代蜀人三家杜诗注辑录为例》（《杜甫研究学刊》2017 年第 2 期）考察宋代的杜诗旧注。宋人注杜极盛，然完整流传至今的不多。文章以宋代集注本杜诗为底本，参考元、明、清历代杜诗注本，同时辅以笔记、类书、别集、总集等诸书，广搜辑录，最大限度地还原宋人杜诗注本。本文为其他宋代杜注的还原与整理，提供了很好的方法和示范。曾绍皇《论杜甫陇右诗的清人未刊评点》（《文学评论》2017 年第 4 期）以数十家杜甫"陇右诗"的清人未刊评点为对象，具体剖析了杜甫陇右诗清人未刊评点的历史贡献：从文学视角审视杜甫陇右诗的基本特征；用史学眼光洞悉杜甫陇右诗的源流正变；以汉学功夫对杜甫陇右诗的前人笺注"纠摘疵谬"；以批评家意识发掘杜甫陇右诗歌评点涉及的诗学理论。杜甫陇右诗的清人未刊评点作为清代杜诗学史的有机组成部分，不仅开拓了地域视野下杜诗文本研读的思维与路径，展现了清代杜诗学在传统刻本文献之外原生态演进的多样性和复杂性，而且是重要的第一手杜诗学、文学批评史资料。此外，张祺昂《试论〈说诗晬语〉的杜甫研究》(《安徽文学》2017 年第 9 期)、吕帅栋《试论刘凤诰〈杜工部诗话〉的评诗特色》(《杜甫研究学刊》2017 年第 4 期)、孔令环《民国诗话中的杜甫评论》(《杜甫研究学刊》2017 年第 2 期)等，论述清民诗论家的诗选与诗话中对杜诗的评论，搜集整理资料全面，论述各有见地，都值得重视。

另有一些论文，追求视角和思维的创新，如刘明华《中国现代学制文学教育中的杜甫形象》(《文学遗产》2017 年第 2 期)从学制的角度探索杜甫作为诗圣的地位在宋以后确立并不断得到强化的原因。文章认为杜甫作为伟大诗人的形象在现代社会最终确立，与现代学制中的文学教育密不可分。杜甫的形象在 20 世纪的定位，受到特定的时代背景和学术思潮的影响。官方教学大纲的制定受到学术思潮的影响，进而影响到文学教育，最终确立了伟大诗人在国民心目中的崇高地位。文章角度独特，得到的认识也予人启迪多多。

四、杜甫研究著作

本年度的杜甫研究著作不多，目前所见统共也不过十来种，还有一些是旧著重版，有些属于通俗的普及读物。诗歌的选注与赏析方面，有马玮《杜甫诗歌赏析》(商务印书馆 2017 年)、吴逢箴《杜甫歌行诗选注》(中山大学出版社 2017 年)；诗人的传记与评传，有蓝锡麟《"狂夫"杜甫》(西南师范大学出版社 2017 年)。其中有两部著作值得推介。

沈文凡《杜甫韵文韩国汉诗接受文献辑考》(吉林大学出版社 2017 年)属于杜诗的域外传播与接受研究。该书辑录韩国中世、近世、近代时期汉诗接受杜甫创作之原始稀见文献，经过广搜博征，校阅缉考，凡录诗人五百余，诗作近四千，全书计八十五万余字，是杜甫韵文韩国汉诗接受文献缉考与研究之巨著，是全面了解杜甫韩国接受史的集大成式的著作。

姜宗强《先知与诗人:跨文本诠释〈阿摩司书〉与杜甫诗篇》(民族出版社 2017 年)将《圣经》中的重要篇章《阿摩司书》与杜甫诗篇中的“受苦者”主题作跨文本对读,对美国汉学家狄百瑞关于中国文化处境中儒家先知传统观点提出修正,认为以杜甫为代表的儒家“文学”“诗词歌赋”中的为穷苦者呼唤社会公义的诗人之批判声音,才是儒家中的先知声音。通过杜诗与《圣经》的跨文本诠释,对《以赛亚书》的学术诠释也能够有新的突破。本书视角与方法都极新颖,对于杜甫研究的转型升级,提供有益的启迪与借鉴。

以上为本年度杜甫研究的大致情况。与往年相比,杜甫的文、赋研究较少,以往比较热门的意象研究,本年度也有所退潮。接受史与杜诗学成为研究重点,新方法与新思维开拓了杜诗研究的境界,本年度出现大家名作也比较多,都是值得肯定的现象。我们期待 2018 年杜甫研究取得更丰硕的成果。

韩愈研究

□ 张弘韬

2017年度韩愈研究继续稳步推进，根据中国知网学术期刊全文数据以及中国人民大学报刊复印资料中心相关索引，本年度有关韩愈的研究论文共百余篇，硕士论文六篇，总数基本与往年持平。出版了一部专著，即俞樟华、虞芳芳《韩柳文法祖〈史记〉研究》（黑龙江人民出版社2017年）。本年度的韩愈研究除以往学者们的关注热点外，对韩愈诗文的本体研究更加深入，对韩愈的接受和影响研究有了进一步拓展。以下择要简述。

一、生平与诗文研究

关于韩愈生平已有多种年谱，刘真伦《韩愈学行谱系》（《周口师范学院学报》2017年第4期）不同于一般的年谱，通过生平考证与作品系年，以时间为纵线，梳理韩愈思想及其践行的展开历程，再现中唐社会历史文化环境，探讨韩愈思想的渊源及其发展，以及作为儒学践行者的一生行实。周裕锴《痛感的审美：韩愈诗歌的身体书写》（《北京大学学报（哲学社会科学版）》2017年第1期，《人大复印资料·中国古代、近代文学研究》2017年第5期）从身体与风格的关系研究韩诗，指出韩诗中大量的身体词汇显示出对身体器官组织的特殊嗜好。韩诗爱写极端的气候体验、丑怪的动物、令人焦灼烦躁的声色气味、血腥的杀戮，表现出基于身体立场的病态物感，即痛感的审美。韩愈将写作痛苦视如一种自我虐杀，将艺术创作和欣赏中抽象的心智概念置换为具体的身体器官，将写作看成语言对物象的暴力斫刻。韩诗身体书写的意义在于对陈言套语的反击，使之重新获得语言的物质性和鲜活感性。吴振华《纷红骇绿：论韩愈诗歌的色彩世界》（《杜甫研究学刊》2017年第1期）指出韩愈诗歌刻画了一个"纷红骇绿"的艺术世界，其色彩意象分为动物、植物、人物、文物、器物等方面；韩愈既重视"着色与炼色"的锤炼，也重视"实色与幻色"的交织，还特别创造了"堆色与藏色"的技巧；其诗受宗教绘画、人物画、山水画的深刻影响，具有深厚的文化意蕴。刘泰廷《重论韩愈"以文为诗"》（《东岳论丛》2017年第2期）重新梳理了韩愈"以文为诗"概念内涵的建构过程，以韩愈的"以散句入诗"为例，勾勒初盛中唐杂言体的内转轨迹，在时间的横纵坐标轴当中寻找韩诗的对应位置。管琴《韩愈诗文之效体现象与"杜诗韩笔"再论》（《陕西师范大学学报（哲学社会科学版）》2017年第1期）认为韩愈善用"效体"，有意识地效仿孟郊、樊宗师、柳宗元、卢仝等人的文学风格，其效体在诗歌、散文尤其是墓志铭与赠序文中多有运用。这种因人设辞与善于虚构的手段也造成颇富戏剧化、情境化的文学效果。这种效体现象在唐代并非个例，杜甫的效体与韩愈一样，明显具有因人设辞的特点，也均是效友辈之作。孙羽津《元和政治与奇诡诗风之关系窥管——韩愈〈陆浑山火一首和皇甫湜用其韵〉新证》（《清华大学学报（哲学社会科学版）》2017年第6期）认为韩愈《陆浑山火一首和皇甫湜用其韵》并非"止是竞奇""咏野烧"，其于铺叙火象之余，旁涉雷、水二象，全面托寓了唐史上的重大政治事件——元和制举案，反映了韩愈对时局的细微体察和对宪宗的无尽属望。韩愈的奇诡诗风非仅审美好尚使然，更与托寓现实的创作动机密切相关，兼具目的性与工具性。郭殿忱《韩愈〈琴操十首〉校释与点评》（《韩山师范学院学报》2017年第5期）将韩愈《琴操十首》与其他典籍所载录之诗比勘，发现异文若干，依史地沿革、名物更易、文字发展、音韵演变等情况，对异文间的是非优劣进行了校释与点评。王国瑞《气雄语壮，超迈浑阔——论韩诗的雄健风格》（《周口师范学院学报》2017年第6期）认为韩愈傲俗率真的个性与气势恢宏的笔力造就了其诗歌风格雄奇劲健的气质，这种气势与诗风在当时的诗坛掀起一股惊涛骇浪，如飓风般横扫大历诗风的纤弱低落，扩大诗歌的表现力，开拓诗境。董立功《韩愈诗中的“衙时”作何解》(《寻根》2017 年第 1 期)认为韩愈《送郑尚书赴南海》诗中的“衙时”其实就是龙户“定期到府衙拜谒之时”，反映了中央王朝对广东滨海水上居民加强控制的企图。刘思文《〈盆池〉“圣得知”新解》(《河北师范大学学报(哲学社会科学版)》2017 年第 4 期)认为韩愈《盆池》中“夜半青蛙圣得知”之“圣得知”之“圣得”为唐宋俗言，当作为一个整体来阐释，“圣得知”训作“尽得知”，即“悉数(全)获知”。

本年度有 5 篇硕士论文从不同角度对韩愈诗歌进行了研究。井慧《韩愈诗歌用典研究》(西北大学 2017 年硕士学位论文)从用典的角度分析韩诗，指出韩诗大约以元和七年(812 年)为界分为前后两个时期，前期用典多于后期，且前后用典方式有所差异，诗风也有所不同。韩诗所用典故来源于《诗经》《楚辞》及汉魏六朝赋作较多，于《诗经》中，韩愈偏好“二南”；与《诗经》相比，韩愈用《楚辞》典故较少，这说明韩愈比较偏向《诗经》及其所代表的现实主义传统；韩愈诗歌中的大量“硬语”来自汉魏六朝赋作。通过分析韩诗典故看出，韩愈对佛教是极力排斥的，对道教则较为宽容；从他所用李白、杜甫诗歌典故还可以看出他对二人的诗是极为推崇的。韩蕾《韩愈酬唱诗研究》(东北师范大学 2017 年硕士学位论文)从横向分析了韩愈运用酬唱诗的场合，大致可以分为离别饯行、官员应酬、集会交游、赠答往来四种，根据不同场合下韩愈酬唱诗所反映出的人际关系、社会风气等探讨其文化功用，并与中唐时期其他酬唱诗对比研究其在体制上、语言上和内容上的突破和发展；又从纵向方面对韩愈酬唱诗进行了梳理，以了解韩愈青年、壮年、中年、暮年四个时期的人生轨迹，并透过这四个时期的酬唱诗体会韩愈一生情志上的变化；并结合唐宋两代文人对韩愈酬唱诗的评价，研究文人在社会生活和文学创作上对韩愈酬唱诗的接受。张嘉媛《韩愈贬谪诗文研究》(内蒙古师范大学 2017 年硕士学位论文)认为韩愈贬谪诗文在选材方面更加关注现实人生，取境方面更趋于纤小细密，择象方面较偏于奇僻险恶。而韩愈贬谪诗文之所以偏爱奇崛险怪之物象，其意在借用特定物象反映生存环境之险恶，展现被贬心境之凄凉。孙立娇《韩愈诗中历史人物论稿》（吉林大学 2017 年硕士学位论文）分析了韩愈诗文中历史人物的用典和对前代历史人物的继承研究，了解韩愈诗文中历史人物之间存在的相同点和相异点，从而进一步分析研究韩愈诗歌对前代历史人物的继承以及韩愈诗歌表达思想感情的方式。梅雪《中唐叙事诗与韩柳古文运动关系研究》（贵州师范大学 2017 年硕士学位论文）考查了中唐叙事诗与韩柳古文运动之间的关系，进一步挖掘中唐叙事诗繁荣的多方面原因，展现古文运动精神的核心内蕴，探讨了古文运动精神、笔法等对韩柳文人群体叙事诗创作的渗透，阐述古文运动精神及韩柳文人群体叙事诗风对中唐其他诗人群体叙事诗创作的影响，揭示文学思潮及文学创作相互渗透、相互影响、相互促进的关系，展现中唐叙事诗的成就以及对宋代叙事诗的多方面影响，肯定中唐叙事诗承前启后、传承创新的价值和意义。

阮忠《足以引为自鉴的平凡人物传记——韩愈〈圬者王承福传〉》（《文史知识》2017 年第 9 期）认为韩愈的《圬者王承福传》借叙事发议论，以王承福的人生感悟告诫世人。刘珍《韩愈“哀辞”中的“祭女文”》（《北方文学（下旬）》2017 年第 2 期）认为韩愈《祭女挐女文》和《女挐圹铭》，均为祭奠女儿所做，都对人物做整体刻画与精细描摹，突出了人物形象，使得文章充满感情；同时两者采用了实录笔法，具有悲情，字字滴血，以文存史，对后世所做的祭文有一定的借鉴意义。易心婧《浅谈韩愈“说”体文对“修辞立诚”修辞观的继承》（《中国民族博览》2017 年第 4 期）认为出自《周易》的“修辞立其诚”，强调道德修养与儒家思想，须言之有物，且看重文辞纯正平之美。韩愈提倡“文以载道”的散文理念，在其散文创作中，论说性散文尤其是说体文熔铸儒家思想、政治理想，对现实进行针对性批判，与“修辞立诚”的修辞观具有天然的结合基础。韩愈说体文说理透彻严谨，思想高古，文辞或恳切平白，或委婉掩蔽，是对“修辞立诚”修辞观继承的体现。张正耀《都是“中心论点”惹的祸——〈师说〉教学的一个关键问题》（《中学语文教学》2017 年第 5 期，《人大复印资料 · 高中语文教与学》2017 年第 10 期转载)从“说”的文体特征、“中心论点”是否存在以及“师道”这一写作中心三个方面进行分析,指出文章说明了必须“师道”和从何“师道”的道理。

二、思想研究

本年度对韩愈思想的研究包括韩愈的经济思想、哲学思想、军事思想、教育思想等多个角度。如刘真伦《君臣民的利益分配:韩愈的经济思想》(《周口师范学院学报》2017 年第 1 期)指出中唐时期唐德宗的经济政策与现代国家高税收、高福利不同,唐德宗的税收不是取之于民、用之于民,而是取之于民、用之于君。韩愈对官商一体、市场垄断、进奉羡余以及价格双轨制的批评,直接关系到民族国家近现代转型的路径选择。李珺平《论韩愈延孟入圣对原始儒学的补苴罅漏作用——兼比较孟轲理论与孔丘理论之异同》(《岭南师范学院学报》2017 年第 5 期)指出将孟轲和《孟子》延请进入儒家圣人和儒家圣经之列最早由韩愈提出,最终由二程、朱熹完成。延孟入圣的要害是将孟轲的民贵君轻说和求放心说整合进入了孔丘的原始儒学之中,进而使孟轲理论和孔丘理论融合成为一个大系统。李梦辰《韩愈治藩思想及其在淮西战争中的体现》(《北方文学》2017 年第 35 期)分析了韩愈《论淮西事宜状》,指出淮西战争的过程与结果都证明了韩愈在藩镇战争问题上的敏锐。刘美玉有两篇论文对韩愈书信进行了分析,其《从韩愈书信看其精神境界的前后变化》(《河西学院学报》2017 年第 3 期)把韩愈的 59 篇书信分为前后两个阶段,其前期书信多干谒内容,情感激切,后期书信内容则呈现多样化。书信前后期风格上的这些差异是韩愈人生阶段、精神境界的差异,而其中一以贯之的是其坚持儒道不动摇的信念。刘美玉的另一篇论文《论韩愈书信中的人才观》(《韩山师范学院学报》2017 年第 1 期)从书信这种最能真实反映作者心声的文体中概括韩愈可举而举、可进而进、不拘一格地选拔人才、不拘一格地任用人才的人才观。柳英英《韩愈的鬼神观》(《齐齐哈尔大学学报(哲学社会科学版)》2017 年第 12 期)指出韩愈作《原鬼》

以明鬼，也撰写了大量祭神文。虽然说鬼信神，韩愈却对人们修炼成仙的事情表示强烈的反对。韩愈对鬼神的看法，看似有些不合情理，实际上却体现了他力图融合其他学说发展儒学的初衷。郭丁菡《关于韩愈的反佛主张及其影响分析》（《西江文艺》2017 年第 15 期）围绕开反佛兴儒之先河、“道统说”及对后世的影响、促使中国儒学思想家展开心性问题的讨论、促使儒佛伦理道德走向融合四个方面展开讨论，并对韩愈反佛主张及其特点进行分析。

修海林《韩愈音乐美学观的“性情三品”人性论基础——对〈听颖师弹琴〉〈送孟东野序〉的辨析与解读》（《音乐艺术：上海音乐学院学报》2017 年第 3 期）认为韩愈《听颖师弹琴》传达了一个儒家心性理论的尊奉者和阐发者如何通过描写一出极富表现力的琴乐演奏，甚至在自己被感动的情况下，最终据其“情三品”，通过自己的行为与评价，表明了自己内心崇尚的琴乐审美价值观和审美态度，实际上是以曲折笔法批评颖师弹琴因其“时派”的审美倾向而背离了古琴艺术所崇尚的“动而处其中”的平和、大雅美学原则，是一个特殊的、在传统琴乐文化语境中展示其文化自觉、自律行为与审美意识的典型案例。韩愈《送孟东野序》中涉及乐论的诸种论点，真正表明其美学追求与审美价值取向的论点，并非“物不得其平则鸣”，而是“择其善鸣者而假之鸣”。韩愈的教育思想仍是大家关注的一个重点，经芳《试论教育家韩愈》（《佳木斯职业学院学报》2017 年第 8 期）、张礼永《古来专论教师的文章甚少吗——中国教育史上特有的“师说”传承现象探析》（《当代教师教育》2017 年第 1 期）、周成静《从韩愈教育思想审思教师角色之时代呼唤》（《汉字文化》2017 年第 19 期）等论文从不同角度对韩愈《师说》及其教育思想进行了分析。

三、文献研究

“千家注杜，五百家注韩”，韩愈相关文献的研究一直受到历代学者的关注。杨国安《蜀刻〈新刊经进详注昌黎先生文〉考论》（《河南大学学报（社会科学版）》2017 年第 6 期）指出蜀刻文谠注、王俦补注的《经进详注昌黎先生文》是现存仅有的较完整的韩集单注本，文注最显著的特点在于详赡，而王俦的补注则广泛吸取了宋代众多韩集注本的成果。王俦吸收诸家成果的途径很可能是《五百家注音辨昌黎先生集》，由此，该书的刊刻年代可以进一步准确地予以定位，而该书的流传不广也可以得到解释。查金萍《学术视域下〈韩文考异〉对清代之影响》（《江淮论坛》2017 年第 4 期）认为《韩文考异》是朱熹晚年一部颇为成功的校勘学著作，它的出现为韩文提供了最为可靠的文本依据，成为后世韩集传本的不二祖本。同时，此书也较好地体现了朱熹的文献观、理学观以及文学观，从而对后代校勘学、后代韩集版本以及韩愈思想与文学之批评影响深远。以清代学术史为视角，考察《韩文考异》的影响，将有助于进一步彰显此书的学术价值，也有助于蠡测有清一代对朱子学及韩学的接受情形。丁俊丽《清代韩集文献刊刻述略》（《图书与情报》2017 年第 4 期）指出清代是继宋之后历史上的第二次研韩高峰，留存大量韩集文献，与清代刻书业的繁荣不无关系。清代韩集文献通过官刻、私刻、坊刻流传于世。官刻韩集文献极大地提高了韩愈在清代的地位；私刻韩集文献种类多，推动了清代韩愈研究的发展；坊刻韩集文献便于韩集的普及，扩大了韩愈的影响力。

四、比较研究

本年度有不少论文将韩愈与其他作家进行比较研究，如张弘韬《韩柳古文与骈文的异同及新变》（《周口师范学院学报》2017 年第 3 期）认为韩愈、柳宗元虽并称“韩柳”，但二人从思想上、创作实践上对待古文、骈文都存在差异。韩愈的主导思想是宣扬古文，以古文明儒道并进行创作实践；柳宗元文则有骈有散。二者异曲而同工，在互动中实现了古文与骈文的新变。钱荃《文莫贵精能变化——柳宗元〈送薛存义之任序〉与韩愈〈送董邵南游河北序〉之比较》（《现代语文（学术综合版）》2017 年第 1 期）从思想内容、写作风格、语言等方面对柳宗元《送薛存义之任序》与韩愈《送董邵南游河北序》两篇赠别序进行比较，细析柳文之精能、韩文之变化。李胜《论韩愈与李贺诗中的“石”意象》(《文学教育(上)》2017年第2期)指出韩愈与李贺都喜欢以幽冷的意象彰显“险怪”的诗歌特点,“石”意象便是一例。但是,韩愈笔下的“石”意象更多的是奇与怪,折射的是抒情主体的孤独与压抑,故其诗奇崛险怪却并不艳丽;李贺则在奇中注入幻,比韩诗多了一层缥缈和梦幻,多了奇崛幽峭与秾丽凄清。祝秀权、孙艳丽《三首描写音乐的唐诗精品——韩愈〈听颖师弹琴〉、李贺〈李平箜篌引〉、白居易〈琵琶行〉之比较》(《三峡论坛(三峡文学·理论版)》2017年第6期)以韩诗之朴实、李诗之奇幻以及白诗之情真意切为切入点,分析了韩愈《听颖师弹琴》重在朴实、动人的叙述,同时也不乏精彩的想象和夸张;李贺《李平箜篌引》极富浪漫色彩,把想象、幻想这一特点发挥到淋漓尽致;白居易《琵琶行》的亮点重在借音乐抒写不同身份的人之间感情的共鸣,以及对琵琶乐的精准、传神的描绘。王婧《从唐代三首音乐诗的意象看古今音乐描写的艺术特色》(《现代交际》2017年第1期)认为在唐代诗歌中,音乐诗的艺术成就以三位诗人居高:白居易擅以常物设喻,朴实又不失自然;李贺以凄艳怪异的意象笼罩全篇,弥漫着浪漫主义气息;韩愈则以现实意象,彰显音乐之美。这些诗作既继承了魏晋以来文学中注重音乐性的特征,同时也对后世作品创作中的音乐性起到了引领的作用。王海《论韩愈与王阳明佛教观之异同——以韩愈〈谏迎佛骨表〉与阳明〈谏迎佛书〉为例》(《黔西南党校论坛》2017年第2期)通过分析韩愈的《谏迎佛骨表》和王阳明的《谏迎佛书》两篇文章,认为韩愈从佛的宗教社会影响对佛教进行批判,阳明从佛教的内部教义对佛教进行批判;韩愈的排佛是外向的理性型,阳明则是内向的直觉型,他们的目的殊途同归。

五、接受与翻译研究

本年度既有专著探讨韩愈文的文学渊源,也有不少论文研究韩愈诗文对后代作家的影响,还有对韩愈诗文翻译的研究。俞樟华、虞芳芳《韩柳文法祖〈史记〉研究》(黑龙江人民出版社

2017年)在深刻剖析吴子良提出的韩愈、柳宗元文章笔法法祖《史记》命题的时代背景和丰富内涵的基础上,考察了吴氏这一论断的具体内涵及其合理性,进而将这一论断放在特定历史文化背景下,探究了它所蕴含的时代信息以及对后世古文写作的影响。并从对"韩、柳并举"认识的承认与强化、对韩柳文期待视野的转变、对韩柳所论文统的再接受、对《史记》文学价值的再认可、韩文法祖《史记》等方面进行了分析。刘新征《论韩愈儒学思想对皇甫湜的影响》(《周口师范学院学报》2017年第6期)认为皇甫湜是古文运动中韩愈儒学思想及文学活动的重要追随者、支持者,在人性论、人生观、政治思想、文学思想以及文学创作等诸方面深受韩愈影响。熊湘《"余事作诗人"的接受维度与误读原因探析》(《文艺理论研究》2017年第4期)梳理了自宋代以来论者对韩愈《和席八十二韵》中"余事作诗人"的理解,分析了解读与还原之间的错位。他们对"余事作诗人"的理解包括:以诗歌为文章余事,以诗歌为政事、德行之余事。前者反映出北宋欧阳修等人的诗学观念,后者延续了古人传统的价值判断。重视典故、出处的笺释思路,会在一定程度上忽视原诗的本意,从而成为误读不断的重要原因。郑熊《从伦理之道到本体之道——韩愈、二程道论与唐宋道学之发展》(《哲学研究》2017年第6期)认为唐宋时期的儒学道论存在着由伦理之道向本体之道发展的趋势,这在韩愈、二程的道论上尤为明显。韩愈复兴儒学,建构的是以仁义为核心的伦理之道,具体表现在为政、为人等方面。韩愈以此为依据,从伦理道德入手批判了佛教;其"文以载道"以及"道统"论等思想,又阐述了伦理之道如何传承的问题。二程以"天理"为本体,"道"作为天理的表现形式,具有本体色彩;本体之道外化为具体的生生不息的自然之道以及仁义礼智信等伦理之道。二程还以本体之道为基础,批判了韩愈的人性论以及佛教之道,延续和发展了韩愈文以载道以及道统论思想,建构了以"格物"为核心的致知论和以"诚""敬"为核心的修养论。从韩愈的伦理之道到二程的本体之道,是儒学之道本体化的过程,同时也是儒学为迎接佛老本体论的挑战而做的自我调节。孙晓春《韩愈的道统学说与宋代理学家的政治哲学》(《文史哲》2017 年第 5 期）认为韩愈的道统学说之于“道”的理解及其“性三品”说对宋代理学家有着十分重要的启示意义。由于形上素养的不足，韩愈的道统学说也存在着明显的理论局限，宋代理学家对韩愈的道统学说虽然多所称道，但也做出了十分重要的理论修正。这是宋代理学家不肯承认韩愈的道统学说是道学的源头的根本原因。肖艳歌《论韩愈人性观及其对朱熹人性论的启示》（《科教导刊（下旬）》2017 年第 9 期）认为韩愈“人性论”不仅是“道统”观念的核心部分，且对宋儒朱熹的人性论有很大启示。韩愈认为“仁、义、礼、智、信”是人与生俱来的，此“五德”之性被朱熹引申为“天命之性”；韩愈用“性三品”来解释现实生活中的恶，“性三品”后被朱熹发挥成“气质之性”；韩愈的“情三品”于“性三品”只是形式上对应，且韩愈论“情”未触及性情的内在关系，朱熹在其基础上则发挥为“性体情用”。苏琦《契嵩“非韩”说析论》（《常州大学学报（社会科学版）》2017 年第 5 期）认为契嵩《非韩》站在反儒家经术的立场，从多个角度对韩愈进行了批判，全面借用了儒家典籍经论，并且完全站在儒者的立场上以儒批儒，有力回击了当时学界空前的排佛浪潮，达到了“非韩”的目的，在客观上促进了儒家对自身学理的反思和深掘，重新诠释了儒家的经义，开启了儒家义理向内圣与本体、心性发展的新维度和理学方向，在对后世理学产生影响的同时，更促进了北宋中期儒学的历史发展。杨翰卿《韩愈儒学道统论及其对我国少数民族思想文化的传播影响意义》（《中共宁波市委党校学报》2017 年第 1 期）指出韩愈在先秦儒学道统思想论述基础上明确提出儒学道统论以排斥佛老、复兴儒学，其精神实质是重新确立儒学独尊地位，他先后两次被贬官岭南，却积极在四夷即今所谓少数民族中传播弘扬儒学，揭橥的是拓展儒学促进少数民族思想文化进步的深刻意义。刘腾飞《唐宋儒家道统论研究——以韩愈、朱熹为例》（鲁东大学 2017 年硕士学位论文）指出韩愈道统论是在韩愈排佛、反佛过程中提出的，体现了韩愈由决绝排佛到理性排佛的转化。韩愈通过佛教之道与儒家之道的对比来论证儒家之道的规范性和正统性，同时韩愈又深入挖掘儒家经典典籍，推本《大学》尊崇孟子，为日后宋明理学的发展指明了方向。韩愈道统论的提出表明了儒家文化的初步觉醒，开启了唐宋时期儒家文化转型发展的新篇章。但受时代思想之禁锢，韩愈对于道统之论断仍旧缺乏精致思辨之特点，未能对佛教产生真正的理论冲击，亦未能解决汉唐儒学之弊端。韩愈之后，宋儒纷纷提出自己的思想理论企图接续儒家之道统。朱熹系统总结前人理论之经验，予以创造性阐释，进而构建起圆融思辨的道统体系，实现了儒家文化的自我超越和发展。

张翼驰、党圣元《北宋初期古文家韩愈观异同论》(《河北学刊》2017 年第 6 期)指出北宋初期古文家通过批评宋初文风之弊重新发现韩愈，但由于关注焦点的差异而形成了以柳开和王禹偁为代表的两派韩愈观的分歧，并孕育了宋代文学与学术的萌芽，也为北宋古文运动提供了可资借鉴的经验和教训。张清华《姚鼐〈古文辞类纂〉的韩愈古文研究》(《周口师范学院学报》2017 年第 3 期)认为姚鼐及其《古文辞类纂》不但是桐城派韩愈古文研究的代表，亦是清人研究韩愈古文的代表。从类选倾向、评断精审及与茅坤《唐宋八大家文钞·韩文》、高步瀛《唐宋文举要》比较等方面论析了姚鼐对韩愈古文的研究。李淑岩《方苞对韩愈文论思想的接受》(《黑龙江教育学院学报》2017 年第 11 期)从桐城派始祖方苞《古文约选》的编选情况、方苞对前代散文的评点中分析其对韩愈文论艺术的推崇与接受，进而阐释方苞在前代诸贤中倍加推崇韩愈的原因，以及作为桐城派的奠基者，其论文宗韩思想对桐城派后学的影响。郑顺婷《朱仕琇古文理论渊源探析》(《集美大学学报(哲社版)》2017 年第 2 期)认为朱仕琇的古文理论源于儒家经典，传承于韩愈，在韩愈"文以明道"的基础上提倡古文，倡导恢复古道，还深受闽学的影响，注重对义理的发现、引申和新的阐释，进而以"理"统之，并将格物致知、修身养性、文以载道、实现治国平天下的途径和境界作为一个整体。田丰《方东树韩诗论的理学特色——依据〈昭昧詹言〉的考察》(《新世纪图书馆》2017 年第 2 期)认为方东树《昭昧詹言》体现了他对韩愈诗歌的极意推崇。方东树重视韩诗的关键在于韩愈既以弘扬孔孟德性之学而成为宋代理学的先导，又注重诗歌创作的学术根柢、艺术特质。王皓潼《清代高密诗派的诗学突围》(《江西社会科学》2017 年第 1 期)认为高密诗派领袖李宪乔深受韩孟诗派影响,在诗学上宗法韩愈、孟郊,在诗歌创作上尤宗贾岛。这使其诗风与当时诗坛所笼罩的盛世之音区别开来,并对之后以韩孟诗派为宗的宋诗派、同光体产生影响。李宪乔及高密诗派对韩孟诗派“寒瘦清真”诗歌风格的重视,不仅反映出清代诗坛审美趣味的新动向,更是对清中期盛世诗学的一次重大突围,堪称清诗物华反素、势大将收风格转变的关捩。沈文凡、李佳《论林纾的“韩柳”观》(《古籍整理研究学刊》2017 年第 2 期)认为林纾古文创作多取法唐宋,于唐人之中尤其推崇韩愈和柳宗元,给予韩愈和柳宗元的古文创作以极高的评价,称赞韩柳文的独特风格、分析其布局谋篇、激赏其用字造句、体会其本事题旨、重视其承启作用、总结其擅长体式,既对韩柳文个别篇章做细致分析,也对韩柳文的创作规律作整体观照。在韩柳文的影响之下,林纾本人的古文作品也洋溢着韩柳文的风格韵味。路海洋《论钱基博的韩愈古文研究》(《苏州科技大学学报(社会科学版)》2017 年第 3 期)认为钱基博以《韩愈志》《韩愈文读》为代表的韩愈古文研究遵循在文学史系统中考量研究对象的研究理路,对韩愈古文创作的背景、渊源、特色、成就、影响及音义、本事、章法结构等问题做了内、外两大系统的探研,外部系统着重考察韩愈自身经历、社会遭际、友朋切磋、弟子承衍等因素,内部系统则紧扣文学创作,多层次、多维度地分析韩文,采取了镕裁文献、艺术评析、考辨注释、文末辑评等考查策略,并运用排比综合法,从上下、左右、内外等三个主要视角,系统考量了韩文,形成了一个层次丰富、行之有效的观照体系。

魏义霞《康有为贬黜韩愈探因》(《武陵学刊》2017 年第 3 期)指出近代中国,康有为最先将韩愈作为批判的靶子,是其立孔教为国教的需要,与其他近代哲学家迥然相异。任永亮《从〈论韩愈〉看陈寅恪的学术观》(《科学经济社会》2017 年第 3 期)指出陈寅恪《论韩愈》在以史笔阐明韩愈学术地位的同时,也展现了自己的学术观。陈寅恪认为,学术是文化的灵魂,学术的盛衰关系到民族国家的兴亡。学术不仅与政治问题息息相关,还与社会风气有着微妙的联系。中西学术的“体用”之争背后隐藏着学术创造与独立的秘密。庄庆生《从韩愈文录看潮州音乐的演化与流播——兼议潮州音乐的源起》(《神州民俗》2017 年第 6 期)指出从韩愈在潮州当刺史时的多篇祭文中有关潮州音乐的文字记载可以知道,唐代潮州音乐的流播是与宗教祭祀活动紧紧联系在一起的。

甘媚《以韩愈〈师说〉的三个英译本为例谈语料库的译者风格》(《文学教育(下)》2017 年第 6 期)采取语料库的研究方法,通过自建小型语料库,对韩愈的《师说》三个英译本的翻译进行对比分析,通过词汇层面与语篇连接层面来考察译者风格。郑侠、褚杨杨、刘颖《文化翻译学视角下古典散文英译策略研究——以韩愈散文英译为例》(《河北能源职业技术学院学报》2017 年第 4 期)将文化翻译学理论引入中国古典散文的翻译研究,通过选取韩愈的经典散文作为研究案例,分析在文化翻译学指导下韩愈散文的英译过程,展现文化翻译学在古典散文英译中的适用性,为未来古典散文翻译提供新的思路和借鉴。

本年度在河南大学召开了"2017 中国·开封韩愈国际学术研讨会",另有详述。总之,本年度的韩愈研究在继承以往研究成果的基础上有所开拓与深化,既有对文本的深入挖掘,也有对文献的扎实考据,既有交叉学科的研究,也有广泛的比较研究。在各位韩愈研究者的不断努力下取得了不少成绩,期待今后出现更多的优秀成果。

柳宗元研究

□ 李乔

从论文数量上看，2017 年的柳宗元研究算是一个低谷，通过中国知网、万方数据知识服务平台、维普中文科技期刊数据库等数据库共检索出期刊论文 71 篇，硕士学位论文 7 篇，与 2016 年度相比有所减少。

在著作出版方面，年内共出版与柳宗元相关的著作 6 部，与上年相当。比较重要的著作有：1.俞樟华、虞芳芳《韩柳文法祖〈史记〉研究》（黑龙江人民出版社 2017 年）。该书在深刻剖析吴子良提出的韩愈、柳宗元文章笔法法祖《史记》命题的时代背景和丰富内涵的基础上，考察了吴氏这一论断的具体内涵及其合理性，进而将这一论断放在特定历史文化背景下，探究了它所蕴含的时代信息以及对后世古文写作的影响。全书主要包括对“韩、柳并举”认识的承认与强化、对韩柳文期待视野的转变、对韩柳所论文统的再接受、对《史记》文学价值的再认可、韩文法祖《史记》等内容。2.尚永亮《柳宗元诗文选评》（上海古籍出版社 2017 年）。本书精选柳宗元文学性较强的诗文六十余篇，按照柳宗元生平活动的轨迹，分为入仕前后、谪居永州、诏返与再贬、刺史柳州四个部分，各部分均有生平活动简述。所收诗文大致按创作先后、前诗后文的顺序编排，每篇均加简明注释，最后加以讲评。3.柳州市柳宗元文化研究会编《柳宗元文化研究·第三辑》（广西人民出版社 2017 年）。本书收录了《从柳侯祠文献看柳宗元文化的影响》《21 世纪以来柳宗元研究综述》《论柳宗元人格精神及其对当代社会的影响》《柳宗元吏治思想及其现代价值》《柳宗元柳州时期的为官之道与实践》等文章。4.刘光裕、杨惠文《柳宗元传》(中国书籍出版社 2017 年)。本书记述了柳宗元的一生,内容包括家庭与求学、长安朝官生涯、以民为本思想、参加永贞革新、永州司马十年、一场哲学论战、维护国家统一、以儒统佛、领导古文运动、出任柳州刺史和英名长存等 11 部分。

研究论文涉及柳宗元的生平与思想、诗文研究、柳宗元与其他作家的比较、柳宗元思想渊源与接受等方面,下面择要分类予以介绍。

一、生平思想研究

在柳宗元心态研究方面,尚永亮《佛学影响与儒者情怀——柳宗元、刘禹锡贬后心态侧窥》(《铜仁学院学报》2017 年第 5 期》)对柳宗元、刘禹锡贬后心态做了研究。论文认为,执着自我,执着现实,是两人贬后心态的主要方面。但由于两人与佛教徒密切交往,又潜心于佛典之中,耳濡目染,潜移默化,因而不能不受到佛学相当大的影响,并对其执着意识产生一种明显的弱化、消解作用。两人喜爱佛学,并不是对佛学的一切都无条件地接受,而是根据自己的一贯原则来决定对佛教各宗派义理的去取态度。透过两人的诗文,能够感觉到一种起伏波动于其心灵深处的矛盾:一方面,他们心香佛典,不时在主观上淡化自我情志,竭力步入淡泊宁静与世无争之途,另一方面,他们在客观上又常常冲破自我的主观设计,仿佛被一股巨大的无形的力量驱使着,念念难以忘怀社会政治而欲再入其中一展经纶;一方面,承受着残酷的专制政治赐予他们那终身受用的苦果,他们确曾寒心销志,感到无比的沉痛和哀伤,另一方面,他们又不仅仅沉溺于其中,而是能时时从这沉痛哀伤中振起,或讽谕,或嘲笑,其锋森然,少敢当者。而从根本上说,柳宗元、刘禹锡仍是儒门中人,一狷一狂,奠定了他们自我心性和执着意识的基石。崔淼《从柳宗元寓言诗论其对永贞革新的复杂心态》(《中北大学学报(社会科学版)》2017 年第 1 期》)认为,柳宗元作为永贞革新的重要参与者，在贬谪后对事件进行了多重思考，其对于革新措施、革新人物、反对势力、自身境况的感受和反思集中反映在《跂乌词》等六首寓言诗中。在这些诗歌中，柳宗元系统表达了自己的看法，其中有对行之有效的具体革新措施及革新集团成员雷厉风行的施政态度的赞扬，有对打压永贞革新的各方势力的不满，也有对宪宗朝延续永贞新政的肯定。而更为复杂的是其对自身参与永贞革新所持的态度，既有对利国安民政治理想的坚持，也有对冒进躁动的政治心态的追悔，更有对仕途艰险的忧惧和人尽其才的期待。刘竺岩《从〈平淮夷雅〉看柳宗元二次外放后的心态》(《佳木斯职业学院学报》2017 年第 3 期》)认为，柳宗元在二次外放期间，以个人名义献给朝廷的《平淮夷雅》反映了柳宗元希望国家统一、政局安定，心系国家的心态以及希望尽快摆脱外放的困境，渴望被朝廷重新启用的积极入世心态。韦依娜、黄蕴兰《从〈柳州山水近治可游者记〉看柳宗元谪柳生活》(《南方论刊》2017 年第 11 期》)认为，《柳州山水近治可游者记》无论在写作手法还是为文谋篇上，都与永州时期的山水游记有着明显差别。这种差异折射出的正是柳宗元屡屡逢殃的仕宦历程中，在心性人格、处事态度、理想情志等各个方面的坚守或改变，反映出他当时真实的生活状态。

在柳宗元思想研究方面，喻国伟《论柳宗元法治思想及其现实意义》(《广西科技师范学院学报》2017 年第 6 期》)认为，“天人不相预”的唯物论、重“势”的进步历史观、“官为民役，民可黜官”的民本思想、儒家的法治精神等是柳宗元法治思想形成的理论基础。柳宗元法治思想主要体现在“德礼刑政”的统一观、“赏罚必当”的判案观、“赏罚务速”的执法观、“贤者居上”的保障观等方面，其法治思想在当今司法实践中仍然具有深刻的启示价值。岳天雷《柳宗元经权观研究述评》(《河南工程学院学报(社会科学版)》2017 年第 3 期》)在对柳宗元经权观研究相关成果梳理后指出，柳宗元经权观的研究在研究范式的运用、学术地位的确立和经权价值的发掘等方面均有较大进展，但与其哲学思想、政治思想和文学思想的研究相比，经权观研究相对薄弱，经权范畴网络需要梳理，经权思想的逻辑结构需要解析，争议和分歧问题需要进一步探讨。王琼、匡代军《柳宗元旅游审美体验论》(《湖北经济学院学报(人文社会科学版)》2017 年第 5 期》)认为,柳宗元审美体验论涵盖“目谋”“耳谋”的低层次审美体验、“神谋”“心谋”的中层次体验和“心凝形释”的高峰体验。其低、中层次体验为一般旅游审美体验所共有。而“与万化冥合”、主客消融的审美境界应成为当代旅游审美的追求目标,其美学思想对当前旅游文化具有借鉴意义。

二、诗文研究

在柳宗元诗文研究方面,景遐东、夏卉《柳宗元柳州时期诗文创作探析》(《湖北师范大学学报(哲学社会科学版)》2017 年第 4 期》)认为,柳宗元在柳州时期的诗文,表现出浓浓的“哀而酸楚”主调,与永州期间的作品形成了鲜明的差异,这些诗文着重描绘了恶劣的自然环境及古老而独特的民风民俗,记录了他对家乡的思念、政治失意的惆怅以及不知归期的绝望等多种感情,同时还流露出个人的政治抱负。胡静《柳宗元的修辞观及在论说文中的实践》(《西安文理学院学报(社会科学版)》2017 年第 6 期》)以论说文为切入点,从句子结构、虚词使用、修辞格等方面对柳宗元修辞理论做了分析。

在柳宗元散文研究方面,许明欣《柳宗元散文文体论的创新动因刍议》(《文化学刊》2017 年第 9 期》)着重对柳宗元文学创新的影响因素做了探析,认为时代文化语境、文体文风发展与变革、柳宗元自身创新意识三者的综合作用是促使其文体理论创新的原因所在。郭丽娟《柳宗元记体散文研究》(《中共山西省直机关党校学报》2017 年第 2 期》)认为,唐代记体文在创作的人数和数量上都有了长足的发展,其中柳宗元的记体文数量是最多的,无论是在记体文的内容还是形式方面都做出了创新。柳宗元将个人的情志融入笔下的景物中,并最终创作出了以寄游为目的,文体形态较为成熟的山水游记,从而使得山水游记从晋宋地记、唐山水记中脱胎而出,初步确立了文体规范——以即目所见的景物为审美对象,以游踪为线索,主体精神与自然山水相结合，形成山水游记写景寓情的基本特征。俞兆良《柳宗元散文叙事研究》（青海师范大学 2017 年硕士学位论文）从叙事目的、叙事策略以及叙事视角等三个方面对柳宗元散文叙事做了研究。他认为，柳宗元的散文可以被归纳为以明道为宗、以抒情为旨、以间离为要等三种叙事目的；个性化的人物运用、丰富多样的修辞手法、灵活多变的叙事顺序、差异化的语言风格等四类叙事策略；还有外视角和内视角两类叙事视角。

杨晓彪《柳宗元寓言刍议》（《湖南科技学院学报》2017 年第 5 期》）认为，柳宗元寓言以"说"体、"骂"体、诗体和"传"体等寓言体式，融合比喻、拟人、对比、夸张等修辞手法，不仅塑造人而且刻画物，将社会和人间的各种黑暗丑陋的现象淋漓尽致地揭示出来。在创造性继承前人成就的基础上，他将寓言的讽刺功能发展到一个新的高度，使寓言成为一种独立的文学样式。柳宗元寓言寄意深刻，形象生动，在文体形式、文本修辞和文体地位上取得了突出成就。牟德余《柳宗元论说文论辩艺术研究》（新疆师范大学 2017 年硕士学位论文）认为，柳宗元的论说体散文，继承了中国古代散文论辩形式，发展了"辩"体文，自觉融入佛教论辩技巧，推动了"论""书序""问对"论辩技巧的成熟与发展，开创了柳宗元独特的论辩艺术。陶欣茹《柳宗元赠序文述论》（长春师范大学 2017 年硕士学位论文）以探讨柳宗元赠序文为中心，通过对作品的具体分析，研究柳宗元赠序文的主题分类、艺术特征和思想内涵，并结合中唐特殊的文化氛围，通过分析作品反映的唐代中叶的社会生活，由外而内的探讨柳宗元赠序文所表现的心灵内蕴与情感深意、艺术技巧和文章语言风格，展现了柳宗元独具匠心的文字魅力。

裔一《柳宗元〈驳复仇议〉的多面向探索》（《孔子研究》2017 年第 3 期》）认为，柳宗元《驳复仇议》借实际案例传达出柳宗元对"复仇"的深刻思考，且与陈子昂《复仇议》、韩愈《复仇状》遥相呼应。柳宗元深厚的公羊学修养，立论的高度与持论的魄力，以及唐代尚侠的社会氛围都是此议能够流传千古的原因所在。同时《驳复仇议》一文也从一个侧面反映了唐代社会关于礼、法问题的热烈讨论，从中可以窥见士人法律意识的普遍觉醒，以及对于如何恰当地调解礼、法冲突，构建司法原则的大胆尝试，其背后的文化意蕴十分丰富。闫向博《试论柳宗元〈永州八记〉的艺术成就》（《齐齐哈尔师范高等专科学校学报》2017 年第 5 期》）认为，柳宗元以《永州八记》为代表的山水游记结合自己遭受贬谪的心境，推己及物，既有深沉的悲悯情怀，又展示了心物冥合的思想境界，语言峻洁，情景交融，具有极深的思想性和极高的艺术性。他运用的情景交融的写作手法、简洁至极的语言风格、细致入微的描写手法对后代的游记散文的创作产生了很大的影响。

在诗歌研究方面，秦秦《柳宗元诗歌的"动物意象"及其象征意义》（《哈尔滨学院学报》2017 年第 10 期》）认为，柳宗元诗歌中"动物意象"不仅数量庞大，而且类别繁杂。在柳宗元的话语体系中，"动物"已不仅仅是单纯的自然物，而是与诗人内心的情感、有关生命的思索以及生活的描写紧密结合，它们细腻地传达出了作者"宦臣羁思共凄凄"的人生感受。动物作为柳宗元表达感情的重要载体，呈现出柳宗元内心深处踊身失势的感叹、缧囚万里的孤单和身处蛮荒的担忧。同时，柳宗元灵活洒脱地运用异彩纷呈、意义繁多的"动物意象"将内心隐蔽的体会描绘出来，拓宽了诗歌的阐释空间，刺激了读者的联想与想象，也增强了诗歌的深度，使其诗歌作品更加富有内涵，也为唐诗创作增添了一种独特的个性风格。王莉莉《论柳宗元诗歌中的"诗情"》（西藏大学 2017 年硕士学位论文）认为，"贬谪"途中古代士大夫的怨骚精神自古就有，但柳宗元诗歌中所表现出来的从怨骚到恬淡的精神，却是符合他所处时代表现出的一种共有的特征：执着、徘徊、超越性。与其说柳宗元是一位诗人，不如说柳宗元是一位活生生的斗士，是一位用自己的生命不平、冤屈、愤怒敢于与现实做斗争的传奇人物。梅雪《中唐叙事诗与韩柳古文运动关系研究》（贵州师范大学 2017 年硕士学位论文）通过对中唐叙事诗与韩柳古文运动之间关系的全面考查和探讨，揭示了文学思潮及文学创作相互渗透、相互影响、相互促进的关系，展现了中唐叙事诗的成就以及对宋代叙事诗的多方面影响，肯定中唐叙事诗承前启后、传承创新的价值和意义。盛雪《论柳宗元永州与柳州酬赠诗的异同》(《蚌埠学院学报》2017 年第 4 期》)从诗体选择、酬赠效果和情感心理三个方面比较了柳宗元永州与柳州酬赠诗的异同。

三、比较研究

谢灵运对柳宗元影响很大,柳宗元在模仿谢灵运所描写的外表风容的山水诗的同时,更多的是对谢灵运诗中的寂寞心所产生的共鸣。林丽华《比较谢灵运与柳宗元山水诗中的寂寞心》(《鞍山师范学院学报》2017 年第 3 期》)把两人放在历史政治中来衡量和比较,认为谢灵运的山水诗中用典较多,且喜欢用笔画复杂的字词,表面上看,给人以繁难的感觉,整体上则给人以厚重感,谢灵运"寂寞心"表现形态是典丽的、厚重的;而柳宗元山水诗几乎不用典,但讲究字句的表现力,普通的字经过他的艺术构思,往往能表现出不一样的意境,他的"寂寞心"虽表现得含蓄曲折,但整体上却给人以强烈的孤寂冷清之感。同样的寂寞心,却有不一样的表现形态,也许更多的是与诗人的时代环境有关。

在柳宗元与韩愈比较方面,张弘韬《韩柳古文与骈文的异同及新变》(《周口师范学院学报》2017 年第 3 期》)认为,韩愈、柳宗元虽并称"韩柳",但二人从思想上、创作实践上对待古文、骈文都存在差异。韩愈的主导思想是宣扬古文,以古文明儒道并进行创作实践;柳宗元文则有骈有散。二者异曲而同工,在互动中实现了古文与骈文的新变。钱荃《文莫贵精能变化——柳宗元〈送薛存义之任序〉与韩愈〈送董邵南游河北序〉之比较》(《现代语文(学术综合版)》2017 年第 1 期》)选取柳宗元《送薛存义之任序》与韩愈《送董邵南游河北序》两篇赠别序为例,对柳文之精能、韩文之变化做了分析,并从思想内容、写作风格、语言等方面辨析韩柳的异同。

四、影响与接受

有多篇文章述及屈原对柳宗元的影响,袁晓薇《渔父图像的诗意呈现及其文化功能——以柳宗元〈江雪〉诗意图为中心》(《学术界》2017年第3期》)指出,渔父意象是中国传统文化中一个突出的文化符号,其源头主要出自《楚辞·渔父》。柳宗元《江雪》将孤寂、荒寒、静穆结合,构筑了一个"寒江独钓"的境界,成功塑造了在孤傲中坚守的"另类"渔父形象。其萧条澹泊、荒寒简远的美学追求,代表了传统山水绘画的最高审美体验。在后世蔚为壮观的渔隐图中,"寒江独钓图"境界荒寒冷寂,渔父形象孤傲峭拔,不同于悠游闲适或自得其乐的渔父形象,为中国文学提供了一个经典的艺术原型。渔父形象参与了后世对屈原的理解和接受,成为对屈原精神人格的一种独特接受视角。肖献军《论柳宗元对屈原辞赋的承传与创变》(《湖湘论坛》2017年第5期》)认为柳宗元在辞赋上取得的成就与其善于学习屈原,广泛借鉴屈原辞赋创作经验相关,更主要是在内容、风格、创作方法、形式等诸多方面的突破与创新。柳宗元的辞赋关注社会和自身,风格上偏向现实主义,采取了含蓄婉转的抒情方式,并且在体裁、句法上也有所创新,与屈赋有着明显不同的色彩。柳宗元在辞赋上创变既与辞赋自身发展因素相关,又与柳宗元家世、人生经历、性格气质相关。特别是柳宗元把政治革新精神带入到辞赋写作中来,给辞赋的发展带来了新气象。他的辞赋也因此成为辞赋发展史上的转折点,达到了后人难以企及的新高度。舒沂《柳宗元〈柳州城西北隅种甘树〉对屈原〈橘颂〉意象与情感的承续》(《蚌埠学院学报》2017年第5期》)认为,柳宗元被贬柳州时所作《柳州城西北隅种甘树》一诗,承继屈原《橘颂》而来,既有对"橘"之"深固难徙"秉性的颂扬,又有与橘为友、"愿岁并谢,与长友兮"的惺惺相惜。从《橘颂》和《柳州城西北隅种甘树》两篇诗作来看,柳宗元诗既有对《橘颂》中"橘"之意象的继承,又有对屈原以橘比德之情感的发扬。同时柳宗元诗中又糅合自身的贬谪经历,以《橘颂》为源,所发所感,深具骚人之意。

耿阳阳《柳宗元"宗陶"研究》(四川外国语大学2017年硕士学位论文)研究了陶渊明对柳宗元的影响。该文从柳宗元仕途历程及朋友风气的熏陶等方面论述了柳宗元"宗陶"思想的形成;分析了柳宗元追慕陶渊明的生活方式、和陶渊明思想观念的多重契合、追慕陶渊明的诗文创作等“宗陶”思想的具体体现。李广欣《中唐新春秋学与柳宗元散文思想》(《文学与文化》2017年第4期》)则研究了中唐新春秋学对柳宗元的影响。该文认为,柳宗元因与唐新春秋学发展中的关键人物陆淳的弟子吕温、韩晔、凌准等相交往,接触并钦服于新春秋学,直至最终拜入陆氏门下。柳宗元从学于陆淳的时间不长,但对新春秋学思想理路的领悟颇深。新春秋学对柳宗元文学思想与实践的“构建”产生了重要影响;在散文创作领域,这一点表现得较为明显。柳氏对“文以明道”“文德”等的独特认识,恰合于中唐新春秋学的基本立场与思维方式。

在柳宗元对后世影响方面,宋丽婷《论柳宗元在辨伪学史上的成就及影响》(《洛阳理工学院学报(社会科学版)》2017年第1期》)认为,虽然柳宗元的辨伪没有刘知几求证严密,但柳宗元的辨伪文章已是辨诸子专门之作,对唐代及以后的辨伪学有很大的推动作用,起到了承上启下的作用。柳宗元把以前零散的辨伪思想进行系统总结,形成了一套自己的辨伪方法体系,对后世辨伪学家宋濂、姚际恒等有很大的影响。柳宗元的辨伪成就可以说是中国辨伪学史上的一个里程碑。夏顺光《柳宗元教育思想对中学生价值观的影响》(《湖南科技学院学报》2017年第9期》)认为,柳宗元“顺天致性”的发展观和“交以为师”的师道观,强调了德育的重要作用,对建造新时期教育理念有借鉴作用;而其“无师无以明道”,“育人须明确方向,顺应人类的自身发展规律”以及“师生平等”“亦师亦友”等观点,对今天教育工作者亦有启迪。步童《论苏轼“弃柳归陶”的转变》(东北师范大学2017年硕士学位论文)以时间为线索,对苏轼接受柳诗的具体过程与细节做了细致的梳理,分析了柳诗对苏轼的影响。论文将苏轼对柳诗的接受分为神宗元丰二年之前、元丰二年至哲宗元祐二年、哲宗元祐三年至元祐八年、哲宗绍圣元年至苏轼去世等四个时期。其中第二个、第四个时期是苏轼柳诗接受的高潮期,第一个、第三个时期是低潮期。同时,第二个、第四个时期是苏轼仕途生涯的低潮期,第一个、第三个时期是高潮期。这种反差,体现出的是柳诗对饱经挫折的苏轼的重要作用。柳宗元支持变法的立场使得饱受新党迫害的苏轼对他有敌意，而且不能理解柳宗元。但是被贬后，苏轼能够对柳宗元抱有“理解的同情”，柳诗的抗争意识成为他的精神支柱之一，柳诗中的平淡也能抚慰苏轼的心灵。苏轼对陶柳诗的接受大体是同时进行的，但是以“和陶诗”为标志，苏轼最终选择了陶诗作为诗歌典范，选择了陶渊明为人生楷模，而非柳宗元。这是因为苏轼的入世之心不断消泯，柳宗元则始终高昂，陶渊明则是彻底避世；苏轼对人生价值的看法越来越接近陶渊明——委运任化，顺其自然，这与柳宗元大有不同。在此基础上，苏轼故意突出陶渊明人格中淡泊隐世的一面，忽略他的复杂性格，由此产生了苏轼“弃柳归陶”的转变。

沈文凡、李佳《论林纾的“韩柳”观》(《古籍整理研究学刊》2017年第2期》)研究了柳宗元对林纾的影响。文章认为，林纾精研韩柳古文几十年，他在诸多文论中给予韩愈和柳宗元的古文创作以极高的评价，称赞韩柳文的独特风格、分析其布局谋篇、激赏其用字造句、体会其本事题旨、重视其承启作用、总结其擅长体式，既对韩柳文个别篇章做细致分析，也对韩柳文的创作规律作整体观照。在韩柳文的影响之下，林纾本人的古文作品也洋溢着韩柳文的风格韵味。推崇韩柳与坚持古文创作，这在林纾所处的时代有着特殊的文化意义。

五、其他

在文献考证方面，(日)户崎哲彦《刘禹锡编〈唐柳先生文集〉三十卷本新探——由南宋永州刊三十三卷本窥探刘禹锡“编次”及其用意》(《文学遗产》2017年第5期)依据日本传藏残本，对刘禹锡原编三十卷本分类编次问题考察后认为，刘禹锡编《柳集》共三十一卷，其中《总目》一卷在卷首，目录后附以韩愈《墓志》《祭文》，未曾附《庙碑》《传》。正集三十卷，未曾附《非国语》《外集》，卷一非辞赋，亦非《古今诗》，乃《唐雅》《唐诗》《贞符》。吕国康《柳宗元〈湘源二妃庙碑〉考释》(《湖南科技学院学报》

2017年第9期》）认为，根据柳宗元《湘源二妃庙碑》的写作背景，以及永州的历史地理情况，湘源为永州属县，即古零陵，今全州，因此，汉初平元年建的湘源二妃庙应在广西全州。而唐开元年间修建的"潇湘二川庙"即潇湘庙，在零陵潇湘二水汇合处。两庙均祭祀舜之二妃，这是舜文化在湘桂地区的重要标志。碑文对二妃德行的歌颂，从一个侧面印证了舜帝的伟大。雷冠中《寻找仙人山——柳宗元诗所载仙人山地址考辨》（《广西民族大学学报（哲学社会科学版）》2017年第1期》）认为，柳宗元诗所载修行者贾山人所在的仙人山，原是古越人进行悬棺葬的地方，不在广西柳州，而在广西武宣县，武宣县因仙人山而得名。但它不是今武宣县大禄村的木搂山，也不是今武宣县居龙村的仙人山，而是今武宣县桐岭镇旺田村的仙岩山。

方丽萍《〈柳文指要〉的成就及文化品格》（《学术论坛》2017年第4期》）指出，在《柳文指要》中，章士钊始终将韩愈与柳宗元并置讨论，旗帜鲜明地扬柳抑韩，盛赞柳宗元的坦诚真实，处逆境而恬静安顺，有知识分子的担当，学问渊厚且能触类旁通。《柳文指要》对唐代文学批评史上的几个重要问题如"文以载道"、骈散发展、"陈言务去"等进行了新的阐释。章士钊认为，古人"文""笔"的区别之一是"文"有浓郁的情思而"笔"没有，韩愈并不是"以文为诗"而只是"以笔为诗"。韩愈所主张的"词必己出"与"无一字无来历"之间存在着不可调和的矛盾。"古文运动"一词也"去事实太远"。《柳文指要》是章士钊独立、理性、勇于担当的文化品格的婉曲反映，"逢迎主意"一说，有失公允。

何蕾《思想史进程下的"韦柳"之辩与拟古之别》（《新疆大学学报（哲学·人文社会科学版）》2017年第1期》）认为，争论柳在韦上抑或韦在柳上，评论的立场与论者所处时代的诗学思路和评论语境相关，将韦应物、柳宗元二人的拟古诗置于思想史发展进程的大视野之下进行观照，扬弃简单的高下对比观念，不以单一标准进行衡量和评价，可以看出，除了个性差别、人生遭遇的不同和评价语境有别等常规原因外，思想史发展进程中的微小环节及变化，也是造成创作风貌同中有异的不可忽略的原因。

刘秀丽《柳宗元〈钴鉧潭记〉中的声景观营造经验研究》(《建筑与文化》2017 年第 8 期》)从钴鉧潭周边及自身环境出发，分析自然景象中风雨、溪潭、奇石及鸟兽等所营造的声景观，探究自然景象的组合、尺度、地势转折、地理位置以及观赏时节的不同，进而营造不同的声音景观，对当代风景营造中对自然景象的运用及声景观的营造有所启迪。

白居易、元稹研究

□ 陈才智

纵观唐代乃至中国文学史，像元稹与白居易这样情同手足的金石之交，实不多见。因此，往年综述专设元白综论一项，并涵盖有关元白诗派及元白体、元和体、长庆体、新乐府等研究成果。不过，随着元白研究的细化、深化和多元化发展，通论元白者日鲜，故改变旧规，结合2017年元白研究的具体成果，按照五种不同的研究倾向来加以综述。

一、接受学视野下的元白研究

接受学视野下的元白研究，从现代学术意义上讲，始于异域日本，日语称为"受容"，东京勉诚社1994年出版的《白居易研究讲座》第三、四、五卷，即涉及日本对白居易的受容和围绕白诗受容的诸问题。若以借鉴西方接受学理论而言，则始于20世纪末，代表论著有《〈长恨歌〉接受史研究》《中唐元和诗歌传播接受史的文化学考察》《白居易与宋代重"意""理"的诗学发展：宋人对白居易〈长恨歌〉的接受与详论》等。近年来更涌现出一大批相关论文，而全面系统的梳理和研究尚付阙如。

陈才智《白居易接受史研究论略》（《苏州大学学报》2017年第1期）认为，白居易接受史研究，一方面生根自本土，一方面需要借镜于异域。其研究的范围，涉及以白集文献整理者为主体的白集编纂史，以历代白居易诗文选本与评点为主体的选本沉浮史，还有以普通读者为主体的接受效果史，以文学作品为主体的作品效仿史，以文学批评家为主体的作品评论史，以作家为主体的接受影响史，这六个方面，大致涵盖了白居易接受史研究的范围。与歌唱家不同，文学家的价值往往不能立刻得到体现。成功的歌唱家可以在剧场上第一时间享领观众的掌声，而大多数文学家则需要默默等待，等待超越空间的传播，等待超越时间的考验，等待超越偏见的评判，有时很久，或许是几百年以后，可能才会迎来共鸣，得到印可。正所谓"千秋万岁名，寂寞身后事"。白居易当然是幸运的，没有等那么久。更为难得的是，他拥有持续未断的众多异代知音，他们接受白居易文学遗产滋养、融会于自身创作的同时，也不断提升拓展了白居易的影响力。随着其接受史研究的深入开展，白居易在文学史上必将获得新的理解与认知。

白居易具有十分自觉的文学传播意识，作为国家社会科学基金后期资助项目"唐代文人文学传播意识研究"，黄俊杰《白居易的文学传播意识与其作品传播之关系》(《北京化工大学学报(社会科学版)》2017 年第 1 期)认为，从现代传播学的角度看，他的传播意识涉及受众、传播效果、传播方式、大众传播等范畴。这些均可在他的以《与元九书》为代表的诗文自述中得到印证。同时，白居易这种自觉的文学传播意识对于他作品的创作数量与存留数量均具有较为重要的主观性作用，并因此影响到他的文学史地位。魏娜《论白居易诗歌自注与诗歌传播间的关系》(《新疆教育学院学报》2017 年第 2 期)对白居易诗歌自注相关成果进行梳理，论述了白居易诗歌自注中传播意识的表现，探讨了以注传诗的原因，并剖析了白居易以注传诗的得失，认为白居易通过作注方式在很大程度上实现了对诗歌中情、事、理的有效传播，为诗歌文本中情感的激活构建了时空场景，保存了重要的历史事件和当时的民风民俗，对尚实务尽诗歌理念也是一种诠释，但削弱了诗歌的内在意蕴，也势必制约读者的创造性阅读。

作为洛阳市社会科学规划项目"白居易在宋代的影响与接受研究"成果，殷海卫《宋代白居易接受简论》(《渭南师范学院学报》2017 年第 3 期)认为，宋代文人出于不同的政治情怀、人生态度、生活方式等，对白居易忧国忧民的精神、放达乐观的人生态度、中隐自在的生活方式等都加以认可和接受，他们学习白居易不同的诗体与表现技法，学习其诗平易自然的语言，表现不同的生活题材等，并在思想情怀、审美表现等方面不断超越。在影响与接受中，彰显了两代文人的思想性格特征、生活状况、审美追求等。

王禹偁诗学白居易，是宋初白体的主要代表。张小明《论王禹偁对白居易诗风的变革》(《海南大学学报(人文社会科学版)》2017 年第 2 期)认为，宋初唱和诗风盛行，王禹偁亦受此影响，较多地学习元白唱和诗的作法，但他能变元白唱和诗重音韵技巧为重风雅兴寄；王禹偁注重学习白居易讽谕诗，其诗能直面现实，但能变白居易讽谕诗重就事论事为就事而能生发；王禹偁同时变白诗轻艳、浅切为“清其格态，幽其旨趣”。尽管王禹偁的变革是局部的，但在变革中起着引领北宋诗歌创作风气的作用，为真正意义的宋诗创作导夫先路。

以白居易为代表的白体，原指白诗自然、浅易之风格，薛瑾《北宋“白体”诗风演变关捩——以张耒“效白居易体”为中心的考察》(《吉首大学学报(社会科学版)》2017 年第 2 期)认为白体在北宋的演变历程，与时代心理、主体意识、人格力量密切相关。张耒用儒释精神重构了原以苦县之学为思想基础的白体诗风，其闲适的内涵，演变为党争下外王追求落空后转向内圣的精神补偿。自张耒拟作白体后，宋人学白，把儒学经世视域纳入白体之闲适范畴，宋代党祸频频，为贬谪失意下仍无所悔恨的士大夫提供了陶渊明以外另一个心灵栖息之所。查秀芳《浅析白居易与吴嘉纪诗歌之异同》(《语文教学通讯・学术刊》2017 年第 6 期)则从诗歌内容和艺术手法两方面，论述了清初东陶诗群代表、遗民群体中自成一家的诗人吴嘉纪与白居易在诗歌创作上同异共存的地方。相关论文还有陈才智《元代西域诗人对白居易的受容》(《走上丝绸之路的中国文学》，社会科学文献出版社 2017 年)等。

白居易创作诗歌注重写实、崇尚通俗，对后世通俗文学产生了重要影响。作为陕西省教育厅科研项目“白居易对元明清通俗文学的影响研究”和陕西省社会科学艺术项目“白居易对元明清戏曲创作的影响研究”成果，王有景《论白居易在元明清戏曲中的形象变迁——以〈琵琶行〉所改编的戏曲为中心》（《陕西教育（高教）》2017 年第 2 期）认为，《琵琶行》一诗广泛流传并在元明清时期被改编成多部戏曲，诗人自己也作为主人公走进戏曲，而其戏曲形象又随着时代的发展有着不同的面貌，经历了由痴情才子到落寞士子的形象演变。

最晚在公元 815 年前后，白居易诗已经传入日本。此后，据《日本文德天皇实录》，仁明天皇承和五年（公元 838 年），藤原岳守出为太宰少贰，因检校大唐人货物，得《元白诗笔》，开启了对日本古典文学最为深远的影响。从元白在日本平安时代的受容状况，可以了解其在域外的深远影响，对于认识元白在诗歌史上的成就与影响提供了更为广阔的学术视角。文艳蓉《“元白”在日本平安时代的受容》（《学术探索》2017 年第 10 期）指出，在日本平安时代，元白深受好评。二人诗文集进入日本后共同流传、共同受容，很快成为平安文人最为崇拜的诗人。平安朝文人常以元白来自诩或高度评价他人，甚至在梦中同时拜谒元稹与白居易。在创作上，他们利用元白来革新当时的诗风，学习元白的诗歌唱和方式与诗歌语句。元白在日本平安时代的流行，对于重新评价和审视元白有重要的参考作用。作为 2017 年度国家社会科学基金项目“唐诗在日本平安时代的传播与受容研究”阶段性研究成果，文艳蓉《日本和歌理论对白居易的受容——以〈古今和歌集序〉与〈文集百首〉为例》（《中国文化研究》2017 年第 4 期）又以纪淑望译纪贯之所作《古今和歌集序》和慈円《文集百首》为例，探讨和歌理论对白居易诗论的受容。认为《古今和歌集序》完全模拟白居易《与元九书》诗论部分的结构和语言，并化用其诗歌理论概念，虽未能完全融会贯通，却也是一次有益的尝试；平安末镰仓初的慈円在《文集百首》跋文中也吸收了白居易晚年以世俗文字结后世佛法缘的文学思想，在选录白居易诗歌时多关注其表达人生虚幻、生死无常以及通过佛教来拯救人生苦痛的诗歌，昭示着镰仓文学对白居易受容的新风向。

日本平安时代诞生了世界上最早的长篇小说《源氏物语》。作者紫式部自幼学习汉文学，十分喜爱白氏诗歌，而其中《长恨歌》对其影响最深。梁桂熟、杨乔君《白居易诗歌中道教思想对〈源氏物语〉的影响——以〈长恨歌〉为例》(《牡丹江大学学报》2017 年第 2 期)从白居易《长恨歌》出发,考察其中的道教思想对《源氏物语》的影响,有助于加深对《长恨歌》与《源氏物语》的理解和欣赏。作者认为,《源氏物语》的创作在一定程度上受到《长恨歌》的影响。《长恨歌》全诗遍布道教思想,贯穿着玄幻、浪漫的色彩。相关成果还有屠颖、丁晨蕾、刘辰昀《论菅原道真对白居易的受容》(《文教资料》2017 年第 9 期)、坚白《为什么白居易在日本备受推崇》(《文史博览》2017 年第 12 期)、黄华珍《白居易诗歌的魅力及其内在的道家思想——兼谈白诗在日本的影响》(收入《知性と創造:日中学者の思考》,日中人文社会科学学会,国際学術シンポジウム特集,2017 年 8 月)等。

二、地理学视野下的元白研究

元和十年(815)闰六月至十四年(819)正月,元稹在通州(今四川达州)做了三年半的司马。作为贬谪闲官,闲诞无事,遂专力于诗章,用诗文状写通州的地理环境、社会现状、虫蛇猛兽、食货物产和民俗风情。陈正平《司马元稹笔下的通州风土人情》(《四川文理学院学报》2017 年第 4 期)认为,这些描写染上了元稹个人的感情色彩,流露了他独特的通州情怀,留下一幅当年的通州印象。

白居易一生在宦海沉浮,出仕各地,足迹遍及大江南北,其诗歌创作,明显受地理环境的影响。白居易为母丁忧时长期在下邽居住,遭到贬谪时在江州地区游历,晚年在洛阳终老,他在上述三个地区创作的诗歌,与当地的环境有密切的关系。林雪《白居易诗歌文学地理解读》(《北方文学(下旬)》2017 年第 7 期)从文学地理学的角度,解读白居易在渭南时期、江州时期以及晚年隐居洛阳时期的诗歌创作,并进一步探讨了地理景观对白居易创作和思想的影响。相关论文还有霍宏伟《白居易的诗城》(《文史知识》2017 年第 10—12 期)等。

白居易建中三年随家移居徐州符离县,其居住地即在运河边的埇桥附近。滕汉洋《运河环境、寄户身份与白居易符离修业生活考论》(《南京师范大学文学院学报》2017年第2期)认为,符离是汴河上的交通枢纽,商业较为发达,生活条件较好,适合举族迁徙的白氏族人聚居。白家在符离属于寄户身份,家贫的生活压力,使得白居易寄居符离期间以苦节读书求进士为生活重心。运河边的生活环境对白居易思想和创作也产生很大影响,其《策林》《百道判》等早期与科考相关的作品对于运河漕运、商业、民俗等问题的关注,即融入了符离时期的见闻和感受。

刘建建《古徐州的生活经历与白居易的文学创作》(《安徽文学(下半月)》2017年第3期)分析说,在75年人生经历中,白居易曾多次往来古徐州,客居此地长达22年,与古徐州结下不解之缘。这里的人文风物为白居易的诗文创作提供了大量素材,白居易为此地倾注了无限深情,这在其诗作中得到了淋漓尽致地展现。此外,白居易与所谓"符离五子"等当地俊杰结下深厚情谊,他们在科举应试的道路上相互扶持,切磋激励,他们之间的友谊让人们津津乐道。同时,徐州兵家必争之地的历史也熔铸成白居易深切的悲悯情怀和经世济民的性情襟抱。

学者历来认为白居易迁谪江州,是其政治与文学生涯的重要分水岭。作为江西省社科规划项目"地理环境与江西古代客寓文人研究"的成果,廖文华、陈小芒《白居易江州诗文的多重地理空间建构》(《江西社会科学》2017年第5期)分析说,白居易江州诗文中的地理空间是多元且复杂的,自然地理空间侧重勾描山川地理环境;人文地理空间重视社会空间与人际关系的构建;心理地理空间则较多描摹现实地理空间影响下的作家心态或心境。白居易江州诗文中的地理空间具有重叠性和交叉性,其文学地理空间的建构也呈现出由近及远、先小后大的拓展深化的特征。

元和十年(815)的江州之贬,是白居易发现吏隐价值的契机,他在嗣后任职忠、杭、苏等州过程中,自觉地践行吏隐的生活方式。滕汉洋《制度夹缝中的自得与从容——白居易州郡任职时期的"吏隐"生活考论》(《盐城师范学院学报(人文社会科学版)》2017年第3期)认为,在白居易作为地方长官的日常生活中，严格的衙鼓制度使其成为躬亲庶务的循吏，宽松的旬假制度又为其享受私人生活提供了时间保证。在制度夹缝中平衡吏与隐的矛盾，追求自得与从容，是白居易在为官过程中寻绎到的生活智慧。这段吏隐生活实践，对于白居易正式提出中隐观具有先导意义。

李俊、滕峥《论白居易谪居忠州期间的人生心态》(《重庆三峡学院学报》2017 年第 5 期)认为，白居易在忠州刺史任上勤于政事，但对于一向"外服儒风"有更大政治抱负的诗人来说，仍有沦落天涯的弃掷感。白居易忠州期间种树栽花之举，可视为诗人在遭遇现实挤压之后对"内宗梵行"人生理念的践行；此间的饮酒、优游之举，其实也是诗人超越眼前苦难、避祸全身的人生策略。相关论文还有柳向阳《白居易西去三峡》(《中国三峡》2017 年第 2 期)等。

邓小军《白居易〈卖炭翁〉与陈寅恪课堂答问》(《安徽师范大学学报(人文社会科学版)》2017 年第 4 期)认为，白居易《卖炭翁》诗中的唐代长安地理背景具备真实性。宋敏求《长安志》、吕大防《长安图》、当代唐长安城考古发现，对于了解《卖炭翁》诗中东市—大明宫地理，具有决定性作用。《卖炭翁》具有突出的故事性，包括情节发展的铺垫与突变，同时通过生动传神的人物容貌、动作、心理描写，刻画出勤劳、朴实的卖炭翁形象，霸道、轻佻的宦官形象。

白居易以园林建筑为题材创作了一些诗歌作品，成为其精神世界的艺术书写。作为 2016 年山东行政学院院级科研课题"古典诗词与中国古代行政文化——以唐宋时代为中心"阶段性成果，崔晶、王金伟《园林建筑诗：白居易精神世界的一种艺术书写》(《山东广播电视大学学报》2017 年第 2 期)认为，白居易诗中的亭台楼阁堪称其身心的栖息地，从多方面反映出其精神世界，由此可见白居易崇尚闲适的人生态度、中隐的生活追求，内向性与柔弱性的人格品性，以及对园林的文化关注。

三、文艺学视野下的元白研究

白居易爱好音乐，精通乐律，不仅作有《琵琶行》等优秀的音乐诗，而且在诗文中阐发了不少音乐主张和理论，包括礼乐治国思想、通达开明的礼乐沿革思想、对新兴音乐（胡乐）以及传统音乐（古乐）的态度、对音乐表演中艺、法、情关系的认识等。贺威丽《论白居易的音乐主张和理论》（《临沂大学学报》2017 年第 5 期）认为，总体来看，白居易的音乐理论和主张具有积极性、保守性和矛盾性的特点。凭借自身深厚的艺术修养和极高的艺术造诣，以及通达开明的思想理念，白居易在音乐以及与音乐有关方面的见解和领悟是许多同时代人所不能比拟的。白居易提出了不少真知灼见，尤其是他的“太平由实非由声”以及“始知乐与时政通，岂听铿锵而已矣”的观点，具有积极意义。但诗人显然又不能完全突破自身认识的局限，在对待新乐的态度上又显得保守消极，甚至与自己的某些观点相矛盾。

李成秋《白居易的音乐实践》（《艺术科技》2017 年第 6 期）认为，白居易的音乐实践十分丰富，主要包括欣赏评论音乐舞蹈作品、弹奏琴筝、演唱歌曲、创作新的音乐舞蹈作品四种方式。通过白居易的诗歌来研究他在音乐方面的实践情况，有助于全面立体地理解诗人白居易，也是打通文学与音乐跨学科研究的一种尝试。李建栋《从琵琶乐到诗中乐：元稹声诗的转换》（《文艺研究》2017 年第 4 期）认为，元稹的乐学造诣精深，不仅与众多乐师、歌工私谊笃厚，而且熟知多种乐曲、乐器及旋宫转调等乐学理论。其笔下琵琶乐与诗中乐的衔接纽带是情感。基于吐蕃东渐、胡乐舞流行、元稹东台司宪后一再被贬的实际情况，他笔下的琵琶乐亦多表现出忧时伤己的悲情倾向。描写是元稹笔下琵琶乐到诗中乐转换的基本方式，可分为外在感观描写、内在情感刻画两种类型。听觉、视觉等感观描写，将不可触摸的琵琶乐音符变成可听、可见的具象，琵琶乐遂形象、生动。侧面烘托、情感接力、意境转换等情感的间接刻画，完成琵琶乐情感到诗中乐情感的微妙转换，乐情与诗情遂融会贯通、浑然一体。以情感为纽带、描写为转换方式，是唐声诗中诗乐转换的一种定式。

陈才智《生死·爱恨·天人——〈长恨歌〉的谜与魅》(《文史知识》2017年第3期)认为，不同于《琵琶行》咏写知音之叹，《长恨歌》咏写天人之恨——生死脱蒂于爱恨，爱恨长萦于天人，这是《长恨歌》的不朽魅力所在。《长恨歌》之魅，与《长恨歌》之谜，是一个问题的两个方面。《长恨歌》之谜在其主题，《长恨歌》之魅在其视角。《长恨歌》的作者，其视角偏于客观，叙述中蕴含抒情，相对知性，《琵琶行》的作者，其视角偏于主观，叙述乃为了抒情，相对感性。二者均有叙事成分，只是《琵琶行》的故事事出偶然，偶然遇到陌生的异性知音，是现实题材；《长恨歌》的故事事出必然，必然因重色而思倾国之恨，是历史题材。现实题材的《琵琶行》，在偶然中亦因主人公白居易之"多于情"而存在必然；历史题材《长恨歌》，在必然中亦因作者视角的别样而存在偶然。

图像化的传播途径，是接受史研究的一个途径。继《白居易诗歌的图像化传播——以明代〈琵琶行〉书迹著录与流传为中心》(《安徽大学学报》2015年第5期)之后，陈才智《清代〈琵琶行〉书迹著录与流传》(《吉林师范大学学报》2017年第5期)认为，形态与风格各异的《琵琶行》清代书迹，包括题跋等，是《琵琶行》接受史研究的重要领域。这些书迹和题跋等，丰富了《琵琶行》原作的内涵，扩大了其艺术表现，在各自不同的文化环境里，生发出新的魅力。在清代书法家笔下，《琵琶行》转化为与诗画并胜的艺术形式，呈现出与诗歌意境相互补充的美感。通过这些《琵琶行》书迹的探研，不仅可以比勘不同版本文字流传之异同，还可窥见不同地域的不同书家，如何处理相同的书写内容，这无疑可以加深对《琵琶行》经典化这一问题的认知。

白居易研究会编《白居易研究年报》第17号特集"书迹と绘画"(东京:勉诚社，2017年1月)收有后藤昭雄《尚齿会绘画》(尚歯会と書と絵)，查屏球著，渡部雄之译《从西域佛到东土隐士:宋代维摩诘图题诗的变迁》(西域の仏から東土の隠士へ—宋代維摩詰図題詩の変遷—)，小林宏光《鸟窠白乐天问答图与白居易像的行方》(鳥窠白楽天問答図と白居易像の行方)，衣若芬著，森岡ゆかり译《无学祖元赞〈白乐天像〉的文图学研究》(無

学祖元賛『白楽天像』の文図学的研究），泉纪子《白居易诗与伊势物语》（白居易詩と伊勢物語—詩と絵と和歌の交流・創造—），池泽一郎《田能村竹田与白居易》（田能村竹田と白居易—近世日本文人の詩書画三絶—），陈翀《尊圆亲王笔白氏诗卷的文献价值》（尊円親王筆白氏詩巻の文献価値について—その書写底本をめぐる諸問題及び逸詩「看碁贈人」に関する考釈—），文艳蓉著，錢心怡译《白乐天诗文书迹拓本的古记录》（白楽天詩文書蹟拓本の古記録をめぐって），张砚君《白乐天文殊化身说的生成与展开》（白楽天文殊化身説の生成と展開），泽崎久和《晁迥"法藏碎金录"所收白居易关系资料译注稿（一）》，下定雅弘、中木爱《战后日本白居易研究・白氏文集に関する研究2015年》及《日本文学与白居易的影响关系研究》等。

四、文献学视野下的元白研究

在元稹研究中，家族世系问题常常困扰着研究者，卞孝萱《元稹年谱》基本采录岑仲勉《唐集质疑・元稹世系》的观点，认为元稹是什翼犍（昭成皇帝）之十四世孙。吴伟斌《元稹世系考——元稹是后魏昭成皇帝十七世后裔》（《南京师范大学文学院学报》2017年第2期）意在辨明真相，作者认为，元稹是后魏昭成皇帝十七世后裔。吴伟斌《误认是他作之元稹诗文举例》（《杭州电子科技大学学报（社会科学版）》2017年第2期）认为，元稹的诗文被误解者甚多，包括本来是元稹作品被误认为是他人诗文的，如《一字至七字诗・茶》《春游》《正月十五夜呈幕中诸公》就是诸多被误读的例子。

宋代李昉等编《文苑英华》卷六二五《论裴延龄表》《又论裴延龄表》题为元稹作，后人或谓元稹代人作。吴伟斌《辨伪明误，清舛弃讹——论〈论裴延龄表〉〈又论裴延龄表〉的作者肯定不是元稹》（《宁夏师范学院学报》2017年第2期）认为，虽两文所载的事有历史根据，反映的是中唐时期宰相陆贽与唐德宗宠臣裴延龄之间斗争的真实的历史事件，但其既不是"元稹所作"，也不是"元稹代人作"，很可能就是阳城或王仲舒以及顾少连、崔邠所作，元稹亲手抄录可能误导了《文苑英华》的编撰者。

自从元稹的《莺莺传》问世之后，“张生即元稹自寓”的观点就已产生，信从者代有其人。吴伟斌是“张生即元稹自寓”观点的第一位否定者，1981年以来，先后发表《“张生即元稹自寓说”质疑》《再论张生非元稹自寓》《三论张生非元稹自寓》三文。其《四论张生决非元稹之自寓——赵令畤〈微之年谱〉谬误举证》（《宁夏社会科学》2017年第4期）则从“张生即元稹自寓”的最早源头——宋代赵令畤《微之年谱》的诸多错误着笔，四论张生决非元稹自寓的原观点，从另一个角度展开新的论证和新的讨论。

2015年三秦出版社出版的吴伟斌《新编元稹集》，洋洋16大册701.6万字，学界评价甚高，周相录《别集整理的失范之作——评〈新编元稹集〉》（《学术界》2017年第10期）则评价说，该书是别集整理的失范之作，因为其校勘并不“精细”，笺注并不“科学”，且笺注过度，辑佚“也往往是不靠谱的”，常常与存目混为一谈，引用可谓“广博”，但过于芜杂，正误丝毫也不“谨严”，编年“详”则有之，而“实”则未必。而且，违背基本学术规范之处，触目皆是。吴书“商榷鲁迅、陈寅恪、岑仲勉等名家的权威结论，提出了与传统观点截然不同的许多新观点”，但或理解错讹，或阐释有误，或证据不足，或逻辑混乱，所谓“破解”“谜团”，解开疑案，自我期许甚高，但是实际上恐怕还有待进一步落实。

元和八年(813)，元稹为杜甫作《唐故工部员外郎杜君墓系铭并序》，徐海容《元稹〈唐故工部员外郎杜君墓系铭并序〉考论》（《南京师范大学文学院学报》2017年第2期）认为，《墓系铭并序》不仅旁征博引，重在论诗，而且记载准确，资料详实，对杜甫的诗歌创作予以高度评价，是研究杜甫生平的重要文献。文中崇扬杜甫，有着强烈的历史和现实意义，为杜诗经典化奠定了基础。

关于白居易生卒年，学界一般信从宋人陈振孙《白氏文公年谱》的观点，认为白居易生于大历七年，卒于会昌六年。陈翀《新校〈白居易传〉及〈白氏文集〉佚文汇考》（《文学遗产》2010年第6期）曾据其新校日本令宗允亮所编《政事要略》（大致成书于日本长保四年，公元1009年）收录的《白居易传》所载白居易“（大历六年）岁次辛亥春二月十七日，生于新昌坊舍；会昌五年，岁次乙丑冬十月十五日卒”，对白居易生卒年提出了新观点，即白居易生于大历六年（771），卒于会昌五年（845），并利用《醉吟先生墓志铭并序》及宋人陈振孙所见北宋苏、杭诸本白氏《文集》及令宗允亮文末按语（提及平安贵族所用慧萼抄南禅院本《白氏文集》以及单行《讽喻诗卷》均在卷头附有此传）等材料，进一步论证《政事要略》这条材料之可信。而武秀成《新材料的发现与批判——白居易生卒年新材料辨析》（《历史文献研究》第38辑，华东师范大学出版社2017年）认为，陈翀该文尚缺乏力证，难以推翻陈振孙的大历七年这一旧说。日本平安古文献《白居易传》，神话荒诞气息挥之不去，不宜采信，白居易诗文中有许多可以确认其与崔、刘同岁以及白居易生于大历七年壬子岁的材料。而关于白居易卒年，最可靠的还是李商隐受白居易子景受之托撰写的《白公墓碑铭》，其中载：“公以致仕刑部尚书，年七十五，会昌六年八月薨东都，赠右仆射。十一月，遂葬龙门。”《墓碑铭》碑刻北宋时尚存，赵明诚《金石录》有著录。碑既受白居易家人所托而撰，史料必本之于家传，经过其子核查认可，又有赵明诚目验碑刻，无传写之误，则白居易75岁卒于会昌六年，可为定说。据白居易诗文与李商隐《墓碑铭》所考白居易生卒年既确定不移，则其他文献所载异词，若非传闻之非，则当为传写之误。即使白居易诗文自述年月岁数有异，也可据此而进行校订。

五、多元化角度下的元白研究

除了以上视角，2017年的元白研究成果还呈现出其他一些倾向，姑且称之为多元化角度。例如陈恒新《白居易的文化人格与文学品格》（《现代语文（学术综合版）》2017年第1期）认为，白居易的文化人格具有二重性：兼济天下的人生理想与独善其身的人格追求交织在一起。白居易由早年积极进取的精神逐渐遁入个人生活，其思想由儒家转向佛老。故其文学品格既有意激刚健的一面又有闲适淡泊的一面。其文化人格继承了中国传统知识人关怀天下与追求独立人格的文化传统。中唐时期传统社会形态的转型，士人审美情趣与社会意趣的转型是其文化人格二重性的原因所在。

东宫属官在唐代后期多为闲官，唐代后期东都洛阳政治地位下降，其行政机构谓之分司，分司中太子宾客等职位多用于安置罢黜、远黜、量移及疏退的官员。白居易有十多年任职东宫属官的经历，杜学霞《白居易"中隐"思想探析》(《河南社会科学》2017 年第 12 期)认为，白居易以太子宾客分司东都时创作的一批著名诗作体现了他出处思想的变化，促使了他中隐思想的形成。由于唐代太子宾客一职的设置与商山四皓有关，所以他经常用四皓的典故来形容自己在东都时期的中隐生活。

李俊《试论白居易的"身心观"与闲适思想》(《中国青年社会科学》2017 年第 2 期)认为，白居易对闲适主题的哲学思考，是以理顺内心和身外的关系为关键展开的。他提出"身心分离，以心为本"的观点，认为在"人身"被卷入现实矛盾的时候应该"顺化"，以保证"心体"的"澹然"，进而以"心体"来调适"人身"的感受，疏解"人身"对外物的紧张关系，达到身心的彻底放松和安乐。从现实性说，白居易的闲适之道，是思考如何缓解士大夫精神自由和社会力量之间的矛盾关系时提出的。目标是通过一番合理的思想调整，在世俗名利、社会变迁和仕途浮沉中，保持士大夫人格精神的稳定和心境的平和，维护士大夫的精神格调和尊严。在思考和应对这一问题的过程中，白居易形成自己特殊的闲适哲学，对唐宋以后思考士大夫精神文化的学术思潮产生了一定影响。

校书郎是白居易登第释褐后所任的第一个官职，任命为校书郎是仕途上很重要的一步。白居易任校书郎期间的诗文创作体现了他积极进取的政治心态，也表现出白居易内心向往的闲适心态。此时期的思想和心态为他后来的政治实践和新乐府运动做了思想和精神上的准备。继黎文丽《白居易任校书郎期间的创作与心态》(《西北大学学报》2010 年第 6 期)之后，郭伟玲《白居易校书郎任职考略》(《兰台世界》2017 年第 4 期)结合唐朝秘书省校书郎的名望、职责，分析了白居易任职履职情况，梳理了其任官心态变化，总结出校书郎一职对其创作、仕途的后续影响。

郭自虎《论白居易诗歌"吟咏"之趣》(《中国韵文学刊》2017年第1期)认为，白居易对诗歌吟咏极为看重，吟咏是其诗歌中用得极为频繁的词语，他自称"醉吟先生""吟诗客"。在白居易笔下，吟咏显得多姿多彩、生动有趣，或作为篇名出现，或作为诗歌创作，或作为诗歌鉴赏，甚至作为构建友谊的桥梁。从吟咏这一角度可以窥探白居易丰富多彩的创作活动、鉴赏活动以及对诗歌动态美的追求。

陈才智《杜甫对白居易的影响——以咏物诗为中心》(《杜甫研究学刊》2017年第2期)认为，白居易是杜诗当之无愧的"第一读者"。对于杜诗的创作态度，杜诗的写实精神，杜诗的种种艺术手法，如造语遣辞、音律节奏、篇章结构等，白居易也是有意识的追慕乃至崇拜者，学习因而继承其衣钵者。就咏物诗而言，杜甫对白居易的影响，最突出的一点是托物寓意，托物兴寄。其次是即物抒怀，托物寓怀。杜甫咏物诗熔状物、写景、叙事、抒情、议论于一炉的特点，对白居易亦有深广之影响。此外，影响还表现组诗咏物、诸体皆备、题材广阔等方面，以及许多具体的描写之中，可谓袭其面貌而得神味者。

作为歌行研究的力作，薛天纬《唐代歌行论》认为元稹对歌行的理解是"新题乐府"，而白居易所理解的歌行是"新题乐府"和"歌辞性诗题"的"非乐府歌行"。宋振锟《元、白歌行观再认识——以〈唐代歌行论〉为中心》(《名作欣赏》2017年第3期)在薛教授结论的基础上对于元、白歌行观给予新的认识。李爽、魏学宝《白居易半格诗规制考》(《中国石油大学学报(社会科学版)》2017年第6期)认为，白居易作为元白诗派的代表人物，创造了半格诗这一新的诗体，融合古体诗和近体诗的格律规范于一体。就字数而言，半格诗不受字数限制，多用12句、16句、20句等句数类型；就平仄而言，合律诗句和不合律诗句同时存在且比重大致持平，多用粘对律和拗救；就用韵而言，其韵式分为一韵到底、邻韵互押和中途换韵三种，平声韵部使用频率较高；就对仗而言，主要分为律诗的工对、古体诗的对仗和无对仗等三种类型。其规制介于古体诗和近体诗之间，别具一格，“似古非古，似律非律”，为古典诗歌的发展注入了新的活力。

白居易和贾岛都是中唐时期受佛禅影响极深的诗人。蔡星灿《禅风熏染下白居易、贾岛诗歌创作的不同及原因》(《九江学院学报(社会科学版)》2017 年第 1 期)认为，二者诗歌创作的区别主要体现在两方面：一为意境，包括意境的形态、构成意境的物象、创作主体与意境的关系；二为情感，包括情感特点和表现方式。导致不同的原因主要有三：人生历程及个性不同；诗歌艺术源流不同；佛禅对二者的影响不同。

历来文学史对刘禹锡的定位，都是视为中唐元白与韩孟两大诗派之外的优秀诗人，自具风格，别有个性。但刘禹锡晚年的诗歌创作，因为与白居易交往唱和而有所变化，也同样是不争的事实，只是没有受到充分的重视而已。二人诗风因交互影响而不免有趋同倾向，历史上也屡有刘冠白戴的误判，其中还包括方虚谷、王渔洋和袁随园等赫赫有名的诗评家。陈才智《刘禹锡与元白诗派的离合》(《岭南学报》复刊第七辑，上海古籍出版社，2017 年 5 月)在详细排比刘禹锡与白居易交游唱和诗基础上，论述他们诗歌创作上的交互影响之迹，以求辨析刘禹锡与元白诗派的离合。

作为中唐一代文宗，元稹“制”体政论文为人所熟知。祝丽君《元稹政治诗文浅释》(《宁夏社会科学》2017 年第 4 期)选取其较少被讨论的政论文《对才识兼茂明于体用策》进行研究，认为元稹政论文出于干预现实政治之目的，具有强烈的现实针对性。其政治诗常以动物喻人，颇多象征意味和私人情怀。宋立英《论元、白的交游与政见的分合》(《重庆师范大学学报(社会科学版)》2017 年第 6 期)认为，尽管白居易与元稹是知交好友，二人在政治上有一致之处，但也有分歧，通过梳理他们的交游可反映出二者之异同。从元、白与刘禹锡的交游可以看出二人对永贞革新持同情态度；从他们与牛僧孺、李德裕的交游可以看出元稹更接近李党，而白居易则超然于党争之外；从他们与裴度的交游可以看出白居易反对宦官专权，行事洁身自爱，而元稹后来则对宦官有所倚重。

白居易研究史中，陈寅恪占有重要地位。陈才智《陈寅恪先生的白居易研究》(《扬州大学学报》2017 年第 2 期）认为，这不仅源于其历史学家的独特角度，比较分析方法的发覆与娴熟运用，更源自其诗史互证的文化史研究范式，影响深远，沾溉至今。其《元白诗笺证稿》形式是传统的——继承并发扬清代乾嘉学者治史重证据、重事实的精神，但思路是现代的——汲取欧洲近代研究梵文、佛典的传统，及西方的历史演进法。在繁复征引和绵密演绎的深处，还有着诗的才情的潜流，有着超越于史事证述的对人生、对社会的深刻思考，体现出一种古典文学研究中文化史批评的倾向。尽管在个别细节、个别结论上，或有时而可商，或后出乃转精，但其态度之谨严，用思之绵密，学识之博深，考据之精深，见解之独到，堪称超拔，罕有其匹。日本汉学家内藤湖南认为中唐是中国古今社会的分水岭，中唐是一个社会大变革时期，唐代历史文化的研究具有重要的学术价值，而且认为唐宋变革最主要的标志就在于文化的庶民化。赵耀锋《陈寅恪“元白”诗研究以及内藤湖南的影响》(《浙江师范大学学报（社会科学版）》2017 年第 4 期）认为，在《元白诗笺证稿》中，陈寅恪从作为研究对象的元白的选取，到对新乐府运动和古文运动研究的具体学术观点的提出，都受到内藤湖南上述汉学思想的影响。内藤湖南对陈寅恪学术思想影响的具体线索的考证，对陈寅恪学术思想形成的研究具有重要价值，同时也对民国时期日本汉学对我国学术影响的研究具有重要价值。

概而言之，2017 年发表的元白研究论文总计 100 余篇，涉及哲学思想、文学思想、音乐思想、结集传播、诗迹研究等诸多领域，及《长恨歌》《琵琶行》《新乐府》五十首等诗文作品。其中接受与影响研究，仍然占据各类选题的主要方面。另外，2017 年出版面世的书籍有下定雅弘著《白乐天的世界》(李寅生译，凤凰出版社 2017 年 4 月），原名《白乐天的愉悦：闪光的人生睿智》(白楽天の愉悦：生きる叡智の輝き，东京：勉诚社，2006 年 4 月），分别从“青年时代的白居易及其诗歌”“人生观确立的年代”“赴任杭州、苏州刺史”以及“白乐天的愉悦”“女性・友情・衣食住・动植物・雅趣・养生”等多个视点，对白居易进行了全方位的研究。此外有鲍鹏山著《白居易与〈庄子〉》(复旦大学出版社,2017 年 1 月)、汪国林著《宋初白体诗研究》(上海古籍出版社,2017 年 2 月)、焦尤杰著《醉折花枝当酒筹——白居易与花草树木》(郑州大学出版社,2017 年 3 月)、陈才智著《白居易》(五洲传播出版社,2017 年 4 月),白坤堂、白谦益编著《白居易的心路历程》(郑州大学出版社,2017 年 8 月),《宋本白氏文集》(北京图书馆出版社,2017 年 12 月,全十册,收入"国学基本典籍丛刊")等。

2017 年元白研究学位论文至少有 8 篇,皆为硕士学位论文。包括徐翠翠《南宋时期的白居易批评》(内蒙古师范大学 2017 年硕士学位论文),刘瑶《白居易的诗歌与佛寺之关系研究》(山西大学 2017 年硕士学位论文),杜怡萱《白居易诗作中的乐史资料研究》(云南艺术学院 2017 年硕士学位论文),张亚杰《白居易诗歌名物词研究》(四川师范大学 2017 年硕士学位论文),何伟伟《白居易洛诗的文创产品设计及开发研究》(四川师范大学 2017 年硕士学位论文),高建军《比较白居易文学和〈源氏物语〉中的琵琶》(山东大学 2017 年硕士学位论文),张一唯《从许渊冲〈白居易诗选〉英译探讨其翻译美学观》(成都理工大学 2017 年硕士学位论文),许洁《论日本学者的白居易闲适诗研究》(华东师范大学 2017 年硕士学位论文),也从一个侧面体现出元白研究的以上路数或倾向。

李商隐、杜牧研究

□ 吴振华 叶宏娟 王彬

2017年度李商隐和杜牧研究总体发展平稳，相较而言，杜牧研究成果较少。现将研究概况综述如下。

一、李商隐研究

2017年各类学术期刊发表李商隐研究论文近70篇，主要集中在如下几个问题上：

（一）生平与思想情感研究

李商隐的生平事迹一直备受关注。景红录《李商隐的幕府生涯及其影响研究》（《河南工业大学学报》2017年第2期）指出，幕府生涯在李商隐的人生体验中占据重要而关键的地位，对他的心理和创作影响极大。文章从李商隐的幕府生活经历及其对李商隐文学创作的影响两方面展开论述。认为李商隐一生辗转于令狐楚、崔戎、王茂元等人的幕府，长期的幕府生活成为他人生体验的主体内容；他的心灵也经历了从得意到失意、从希望到绝望的变化；幕府生涯对李商隐心理结构以及文学创作的影响，促进了李商隐早年生活中已有的矛盾纠结、悲情感慨心理的发展，进而影响他诗歌的情思内涵，对他的骈文写作也有深刻的影响。李商隐的文学思想成为今年研究的重点。刘青海《李商隐"元气自然论"及其尚真、任情的诗歌思想》（《文学评论》2017年第6期）指出，传统对于李商隐诗歌抒情性的思想根源或者说美学思想的解释，多从"诗言志""诗缘情"等思想出发来认识，但李商隐在抒情美学上有自己的独特建树，学界对于李商隐以"元气自然论"为思想基础的整个抒情美学体系还缺乏完整的把握。作者认为，"元气自然论"是李商隐诗歌本源论的核心表述，其哲学本源可以一直追溯到先秦物质起源说。中唐刘禹锡、柳宗元对天人关系的讨论是李商隐此论的重要思想背景，刘禹锡、白居易等人有关"气"的文学思想也予李以直接的启发。作为一种受道家影响明显的美学思想，"元气自然论"是对传统儒家以政教为基本功能的文学思想的一个重要补充，李商隐借此提出不同于韩愈一派古文家的文学起源论和文道论，其所包含的尚真、任情的审美思想，是造就李诗在题材与风格上的独特性的重要原因，也由此形成李诗整体上的"缘情"特征。总之，李商隐将中晚唐之际流行的崇尚自然、提倡元气的思想，提炼为一种文学本源论，从而使自己的创作得到归位。易秀萍《李商隐文学思想略论》（深圳大学 2017 年硕士学位论文）指出，李商隐虽然不是文学理论家，也没有完整、系统的诗文理论著作，但是，其诗文中蕴含着非常丰富的文学思想与文学观念。主要是三个方面：其一，倡导"言志为最"，在对传统儒家"言志"思想继承的基础上，有一定的突破与创新，要求抒发真情，提倡解放个性，主张"直挥笔为文"，从容率性歌咏情志；其二，提出诗歌应吟咏"性灵"，包含着直觉体验的特征，对清代袁枚的"性灵说"有一定的启发，在诗歌创作上注重个性化的自由表达，这就是性情之真，这种性情之真往往任情越"礼"，溢出儒家"诗教"的樊篱；其三，倡导诗歌意境的朦胧美，从相关言论与诗歌创作中可以看到，他十分注重婉曲幽微的情感表达，其无题诗营造出了一种"无色""无状"的意境，情感深微幽转，不可捉摸，这种藏而不露、扑朔迷离的意境追求，使得作品内涵也更加丰富、多义，也给读者以多彩的艺术享受。

李商隐诗歌的情感也是学界关注的热点。曹渊《激愤与感伤：李商隐诗歌的两大情感线索》（《绍兴文理学院学报》2017 年第 1 期）指出，在李商隐的诗歌中，大致存在着两条情感线索，第一条可以"激愤"概括，代表作有他的具有现实主义精神的时事诗以及以咏史为名的政治讽刺诗等；第二条可以"感伤"名之，代表作有《锦瑟》和与之相类似的许多无题诗，以及不少的咏物诗等。这两条情感线索，一刚一柔，一显一隐，又相辅相成，相交相融，共同构成了李商隐诗歌在情感上的基本特征。解素静《从咏物诗看李商隐的悲情》(《理论研究》2017 年第 5 期)则以咏物诗为切入点，分析李商隐诗歌呈现"深情绵邈"风格的原因。从物象的选择看，他钟情柔弱、细小、纤柔的物象；从表达内容看，表达自己的人生慨叹和身世情怀，熔铸他的悲剧意识；从艺术手法看，从虚处着笔，以悲情体物写物，描写物的神韵，而并不注重物的形态的精描细刻。正是这种茫然、低落、无奈的悲情使得他的咏物诗发生了向内转、心灵化、个人化的趋势，染上了浓烈的悲剧色彩，富有艺术的独创性。

(二)诗歌艺术研究

从宏观角度考察李商隐诗歌整体艺术风格是学界研究热点。禹亚丽《李商隐诗歌的"虚静"之美》(《南都学坛(人文社会科学学报)》2017 年第 4 期)认为，李商隐诗歌中的"虚静"之美很独特："虚"主要体现在意象意境的虚无缥缈、情感的虚泛朦胧之美、虚中有实的创作手法，"静"主要体现在诗歌中静的审美趋向、诗歌呈现的静美意象、静中有动的创作心理。李商隐不仅在创作心理和文学意境上受到"虚静"的影响，更有着超越了具体物象而与"虚静"本质相契合的精神。马绒绒《李商隐诗歌容器隐喻认知研究》(《开封教育学院学报》2017 年第 7 期)则运用认知语言学的基本原理，以语言的体验认知观和概念隐喻理论为指导，结合李商隐认知语言学心智体验观，探究李商隐诗歌中本体隐喻的一类特殊隐喻——容器隐喻的使用和语言特色。李商隐在自然景物、包括爱情在内的情感体验和政治题材的诗歌中个性化地使用容器隐喻，展现了意象丰富而多元的表现力。曹渊《论李商隐诗歌的用事与叙事》(《贵州文史丛刊》2017 年第 1 期)指出，李商隐诗歌一个重要的特点是用典。这些典故不仅高度意象化，还成为叙事的一个重要环节，因此成了普遍意义上的用事。这不仅体现在典故的改造与加工上、典故的情节虚拟上，更主要的是体现在视典故为事件的叙述上。用典、用事与叙事，三者皆与事有关，用典与用事使叙事有了基本的元素，而叙事则使前者不再是一个个孤立的事件，因此，"事"的角度可以作为理解李商隐诗歌的故事性、情节性，乃至艺术性的一个重要的切入点。作者认为，这是一种典型的小说笔法。把小说的笔法运用到诗的创作中去，使义山诗产生了别样的风采。

李商隐诗意象独特、意境幽深，颇富艺术魅力。邓丽娟《论李商隐诗歌的意境美》(《齐齐哈尔师范高等专科学校学报》2017年第3期)重点论述李商隐诗歌意境美的主要特征和创作手法。虚实结合与比兴寄托、典故等手法的运用，使义山诗的意境美呈现出明显的特征：其一，朦胧含蓄，具体表现为内涵的朦胧性和意象的跳跃性；其二，忧郁伤感，忧郁的性格与心态投射到诗歌中，使义山诗笼罩了一层挥之不去的感伤情绪；其三，曲折迷离，表现为内容的层次化和思绪的曲折化。杨帆《李商隐诗歌意象分析》(《焦作师范高等专科学校学报》2017年第2期)则从李商隐诗歌中常见的雨、月亮、灯烛等阴柔惆怅的意象中，捕捉其诗歌的清冷感，并结合诗人生活的时代与个人遭际、性格心态，分析这种清冷感产生的原因，认为这是诗人内心对于所处环境的真实反映。钟健星《李商隐诗歌中意象的认知诗学研究》(《兰州教育学院学报》2017年第7期)在认知诗学的框架下，运用认知语言学中的概念隐喻理论、图形—背景理论以及概念整合理论，分析了李商隐诗歌中的意象。作者认为，从认知诗学的角度来解读诗歌，不仅可以理解诗歌意义生成的认知机制，也可以解释读者审美体验产生的认知动因。

李商隐无题诗很受研究者的追捧。首先，对无题诗意旨和情感内涵，学界一直在尝试做出更圆融的阐释。唐小华《宴饮博戏之风与李商隐无题诗"昨夜星辰"新解》(《烟台大学学报》2017年第2期)提出，对于李商隐《无题二首》(其一)颔联"身无彩凤双飞翼，心有灵犀一点通"，此前的研究者在释读和字词的注释上，似都存在着瑕疵及一定程度上的误释、误读。作者认为此联实为描述宴饮中博戏"凤翼"的场景，是赋兼比、兴。"灵犀"一词应释为"用犀牛角做的骰子"。因此，在注释上应正确注释关键文辞的含义，在释读上应着重兼顾诗句中所描述博戏"凤翼"的本义，这样更能体现义山诗结构上的绵密和情感上的坚实，提高此联的审美价值，这无疑为步入李商隐无题诗迷离恍惚的诗歌意境、破解这一千古谜题提供了一条可行思路。虽然颇有新意，但还需进一步考证。李锋军《东风无力爱亦残——李商隐〈无题·相见时难别亦难〉再解读》(《青海师范大学民族师范学院学报》2017年第2期)指出，李商隐的名诗《无题·相见时难别亦难》一向被认为是表达了诗人对爱人的绵邈深情、对爱情的缠绵执着。结合作品的写作背景、倾诉对象，作者认为这首"无题"诗，与其说是一首情真意切的爱情诗，倒毋宁说是一首面对压力、斩断情丝的诀别诗。诗的首联强调诗人面临的压力和困境，颔联、颈联表达了诗人与恋人离别后的痛苦与痴情，尾联则劝恋人放手，飘然出世，求仙问道，一步一步铺垫，为的是顺利为这段艰难的恋情画上句点。刘学伦《李商隐〈无题〉诗新论》(《哈尔滨学院学报》2017年第9期)对《无题》诗，在界定、内容、指称的对象三方面提出己见。认为诗名题作无题，内容皆与李商隐的爱情有关。宋友昕《赏家与作者的合成成果——浅析李商隐〈锦瑟〉中的多层理解》(《贵州广播电视大学学报》2017年第2期)则通过悼亡说、恋情说和自伤说三个方面对《锦瑟》进行分析，并且指出，品读一首好诗，应当更加注重挖掘它背后蕴含的广阔的天地境界，体味诗人隐藏在其中的喜怒哀乐。潘虹妃《论"形式离散"与"神韵统一"在李商隐无题诗中的体现》(《鸡西大学学报》2017年第2期)从结构入手，对李商隐的无题诗进行分析研究，认为李商隐的无题诗虽然在表面上呈现出意境丰富、用典繁密、诗联跳跃性大以及可重组性强等"形式离散"等特点，但其主旨仍是和谐统一的，无论是词汇、意境还是典故都向着"愁绪"的方向靠拢。"形式离散"的原因是诗人的个人经历和创作技巧，"神韵统一"也来源于诗人特殊的人生经历造就的忧郁愁情。樊超杰《李商隐无题诗的抒情结构及其教学策略探索》(华中师范大学2017年硕士学位论文)首先从外部形式解读李商隐无题诗的艺术特色，探讨了李商隐无题诗的时空结构(情事地点不具体；情事地点转换不明显)和意象组合结构(不相关的意象相连缀；华美意象和幻灭意象相连缀；用虚词来连缀意象)；其次，具体论说李商隐无题诗呈现此种时空结构和意象组合结构的深层原因——情感态势，通过考证无题诗的系年和诗人生平经历来推究他可能有的情感态势和创作心理；最后，从理论性研究走向实践性教学，对无题诗的教学策略进行探索。代军诗《李商隐无题诗歌感伤情怀的缘由及独特的艺术手法》(《开封教育学院学报》2017 年第 5 期)提出，身世命运坎坷、应举仕途不顺、情感历程凄苦、佛老思想的影响、悲天悯人的忧患意识是李商隐无题诗感伤主题形成的缘由，灵活巧妙地借用典故、语言形式绮丽华美而不奢靡等表现手法是李商隐无题诗的魅力所在。

无题诗外，其他题材的诗歌也受到不同程度的关注。赵秀楠《论李商隐女冠诗的用典及其文化内涵》(《商丘师范学院学报》2017 年第 10 期)认为，李商隐在女冠诗中用典取材广泛，尤以道教典籍中的典故居多。李商隐对这些典故的巧妙运用使其女冠诗别具一格：一典多解，使之耐人寻味；一典多用，使之词约义丰；化用自然，使之不显堆砌；对仗工整，使之浑然天成。其女冠诗用典既是对前辈文人用典的继承和发展，也受到道教文化的感染和启示，从中更能管窥李商隐较为平等开通的女性观。赵长杰《诗家总爱西昆好，独恨无人作郑笺——李商隐〈马嵬〉之多元观照》(《名作欣赏》2017 年第 33 期)从《马嵬》的文学生态、主题阐释、作者身世以及艺术技巧等四个方面进行解读，力图对这一经典作品做出多元观照。作者指出，面对李杨之恋这一经典素材，李商隐匠心独运不落窠臼，建构新的观点，为后世咏叹李杨之恋提供了新的视角和启发。罗桢婷《显与隐：训诂不难，难在情思——李商隐〈有感二首〉与〈重有感〉品读》(《古典文学知识》2017 年第 3 期)指出李商隐诗歌“难解”之处，主要不是因典故生僻、意象密集而造成的阅读障碍，而是其复杂、跳跃的情思，诗人致力于将更为复杂的感情融入诗歌，比如矛盾、猜疑、纠结与犹豫，在纷乱的情绪线索之间，读者很难去提炼出简洁的态度，只能随其迷惘。

(三)比较和译介研究

李商隐与同时代诗人的比较。曹渊《晚唐三家研究——文学变革与时代变迁中的杜牧、李商隐和温庭筠》(上海大学 2017 年博士学位论文)将杜牧、李商隐和温庭筠作为一个互相关联的整体，置于中晚唐文化、文学的大势之下加以考察。首先通过分述杜牧、李商隐、温庭筠的生平与交游，阐述他们人生的时代悲剧性，进而指出他们的悲剧所具有的完整意义。其次，重点论述杜、李、温在中晚唐文化、文学大势下的特殊地位与意义。接着着力探讨杜、李、温的文学“新变”及其时代贡献。最后，从杜、李、温的家庭出身、人生遭际、个性思想，以及他们各自的才能、文学理想、艺术追求等等方面探讨他们文学成就的差异及其成因，并以温李新声中的女性题材为核心，着重论述杜、李、温时代的感伤传统在中国文学史与人性史上的转折性意义。

李商隐与外国文学家的比较。孙谨《约翰·邓恩与李商隐非韵文比较——以〈紧急时刻的祷告〉与〈樊南文集〉文体特点为例》(《山东农业工程学院学报》2017 年第 1 期)以《紧急时刻的祷告》与《樊南文集》为范本，探究它们之间的共性：他们的文如诗，有诗一般的韵律，用诗性的手法，大量运用典故和隐喻，甚至是两者的叠加；他们的文如戏，充满了戏剧中的对话性。因此，作者指出，邓恩与李商隐在非韵文的创作中诸多的可比性，再次证明了文学是有其自身规律和共性的，只有异质的文化，没有异质的文学。

译介方面，邱育虹《李商隐诗中婚恋双关的关联论透视》(华侨大学 2017 年硕士学位论文)从翻译学的角度，利用双关语用翻译量化模型，通过研究李商隐爱情诗中双关的使用来解读“婚恋双关”对李商隐爱情诗写作风格的塑造。作者指出，译者在处理李商隐诗中婚恋双关所采取的 5 种翻译方法分别为双关译为零、保留字面义、保留深层义、保留两层意义、双关译为同类型的相同双关，而数据统计则显示，大部分译者更倾向于在他们的译文中保留原文的字面义。喻晶晶《诗歌中的“意象”及其英译——以李商隐〈无题诗〉的英译为例》(《桂林师范高等专科学校学报》2017 年第 9 期)以李商隐的《无题诗》为例，将许渊冲先生的英译注和张廷琛及 Bruce M. Wilson 的英译注进行对比探讨，认为许先生译作的高明之处就在于其不仅再现了原作的字面意义，更重要的是点明了原诗的深层含义。作者指出，在翻译诗歌的意象时，应以意译治事，作阐释性的翻译，以补偿文化空缺。

（四）艺术传承与接受史研究

郭彦君《论〈无题〉诗风在宋代的新变》（《兰州教育学院学报》2017 年第 6 期）指出，无题诗在宋代发生了诸多变化，不论是意象的选择、表达的方式，还是语言的风格，都与晚唐李商隐的《无题》大有不同：在视镜与表现上，融入了作者强烈的主观色彩，体现了创作主题的演绎性和叙述性；在意象的选择上，更倾向于使用普通的眼前所见的能触发人情感的事物；情感意蕴单纯，多直抒胸臆之作；语言风格平淡自然，运用散文化、议论的方法，具有理性色彩。作者进一步指出，崇文抑武的政治环境、崇道尚理的文化理想、平淡沉稳的诗美追求是促成这些新变的原因。这些变化反映了中国古典诗歌风格的发展性、多样性、时代性。宋代无题诗的风格，是宋诗以文为诗、以才学入诗、以理写诗、自然平淡诗风的缩影。陈晓婉《虞山诗派对义山诗兴寄的批评》（《艺术评鉴》2017 年第 16 期）通过对明末清初虞山诗派代表人物对李商隐诗歌的批评的具体文本的分析，指出虞山派于明清诗人中较早指出李商隐“婉栾托寄”风格。虞山派认为李商隐兴寄的风格源于《诗》《骚》，其诗艺术可与杜甫比肩。段启明《大观园里玉溪生——兼及“枯荷”与“残荷”》（《曹雪芹研究》2017 年第 3 期）借林黛玉之口，探讨曹雪芹对义山诗的接受。认为黛玉之不喜义山，并不是对义山的简单的贬低、否定，而是一种个人风格的追求使然。邢渊渊《论新媒体环境中义山诗的流行性》（《内蒙古大学学报（哲学社会科学版）》2017 年第 7 期）提出，从接受美学角度研究读者，不应忽视处在新媒体包围之中的今人。以新媒体为桥梁，本属精英文化的义山诗和大众文化实现了对接，义山诗亦呈现出流行性，即意义较直观、便于理解的写情诗句流传最为广泛。其原因，一方面是受到了“标签时代”读者的阅读能力及动机的影响；另一方面是写情作品呈现的画面感。

（五）作品考辨

1.写作背景考辨

对李商隐作于唐大中三年（849）的《刑部尚书致仕赠尚书右仆射太原白公墓碑铭》，徐海容《李商隐〈太原白公墓碑铭并序〉

考论》(《学术论坛》2017 年第 4 期)首先通过文本细读及文献考证的方法,探究碑文的成文经过,认为此铭乃白居易从弟白敏中请托李商隐所作,原因则在于白居易晚年与李商隐交情颇深,李的政治立场亦与白氏兄弟合拍。其次,探讨碑文中简笔带过的关于白居易诗文评价的问题,认为李商隐之所以隐而不发,一则因为当时文坛出现反对尚实、尚俗、务尽的创作倾向,士人多轻元白而崇杜韩,李商隐也不例外,二则是考虑到杜牧对白居易的批评。最后,此文以散体写就,记述白居易一生的经历贡献,行文精当凝练、准确生动,语言质朴平易、古雅醇厚,对白居易一生的才行政绩,特别是端行大节作了铺叙,繁简有度,具有相当高的文学和史学价值。

2.写作地点考辨

邵磊《巴山·巴江·夜雨寺——〈夜雨寄北〉写作地点考》(《绵阳师范学院学报》2017 年第 9 期)从文献和实地考察相结合的角度,对《夜雨寄北》的写作地点做出了初步考证:在认同度较高的四个地点(即大巴山脉米仓山南麓的川北地区、重庆北碚缙云山、重庆佛图关夜雨寺、重庆合川云顶山夜雨寺)中,分别考证了巴山、夜雨寺和巴江,并结合李商隐在桂州、梓州二幕府的经历,认为无论是季节还是地点方面,李商隐都不可能在重庆缙云山、佛图关夜雨寺、云顶山夜雨寺写出《夜雨寄北》诗。文章指出该诗写作于李商隐任职梓州幕府时期,写作地点为唐代东川节度使辖区,即今天四川省三台县及其附近的嘉陵江、涪江流域地区。妻子王氏病亡后,他独自一人,远离长安的亲友。在此期间,他写下了很多描写巴山、巴水的诗歌,里面包含着对北方家乡的思念和自己身世的哀叹。

3.字音异读考辨

刘璐亚、魏刚《简论李商隐格律诗中"思"字的平仄异读现象》(《红河学院学报》2017 年第 2 期)通过检索李商隐的格律诗,得出"思"字于李商隐诗中共见四十次,其读音可分为三类:一、读作仄声,该现象在李诗中达十一处;二、平仄均可,皆处在非音节点上,达十二处;三、读为平声,符合近体诗功令要求,较为常见。"思"字的平仄两读现象并非偶然,作者推测造成"思"

字在李诗中平仄异读的原因大致有两个:一是受到格律诗规则的限制,即避免出现“失对”“失黏”“三平调”及“孤平”现象;二是根据上下文语境,判定“思”字应取“似”字之语义,因而读为仄声。

4.文本流传考辨

查屏球《石勘亦有磨变时——李商隐〈剑州重阳亭铭〉文本的递变》(《古典文学知识》2017年第6期)结合纸质文献、亲访文物所得观之原碑与拓片,梳理了李商隐《剑州重阳亭铭》一文的文本递变情况,认为,李商隐此文在宋时保留尚完整,到了明代时已有残缺,杨慎录文时,碑铭已非唐人旧刻,不避唐讳,并已有多处残缺,杨氏改动不多,基本保留了阙处,以至有些地方不能成文。百年后,曹学佺做了一次节略,所据是与杨慎所见有所不同的拓片,删除了不成文处,补入了一些残缺的字,但也有杨录有文而曹录有阙的事,这说明碑石在杨氏之后虽经人补刻,但又出现了新的脱落。现传的拓片文字相对较齐全,但是,无论从文意、韵法,还是从书法特点看,多有不合原文处,应是在曹氏之后又有了补刻。据此,作者认为,石刻文献的拓片也未必能保持金石贞固的特点,尤其像碑铭这类公开的石刻文字,不像墓志长年埋于天下,难免有后人补刻臆改之事。在作家文集已佚的情况下,这篇不为各类总集所收的文章,石刻成为它唯一的保存与传承的方式,但是自然的风化与人为的补修,也易造成它的失真,在使用这类材料时,必须要考虑到这些因素,对有些拓片不可不信,也不可全信,可依据其文意与体式进行适当训诂以达到读解的目的。

综观本年度李商隐研究,可以发现两个现象:一、尽管李商隐研究的论文数量与往年基本持平,但是“重诗轻文”的局面仍没有明显改善,本年度关于樊南文研究的论文寥寥无几;二,李商隐研究仍集中于其诗歌的艺术研究上,多学科交叉式地综合研究李商隐的学术文章仍比较缺乏。

二、杜牧研究

2017年度只有十几篇研究杜牧的论文，其中有两篇硕士论文。现将研究情况综述如下：

（一）生平与文学思想研究

1.生平研究

结合生平研究作品，是古代文学研究领域的重要方法，杜牧研究在这方面仍有可挖掘的空间。王永波《杜牧的郎官经历与其诗文创作》（《齐鲁学刊》2017年第5期）指出杜牧曾五次担任郎官，在时间跨度上达十余年之久，在唐代诗坛绝无仅有，他的心态也由最初任膳部员外郎时的意气风发，期待建功立业有所作为，到在郎官与刺史职官角色的多次转化中逐渐衍生出来的怀才不遇情绪，对朝居的愤懑，以及消极隐退的思想。这对其诗文创作也产生了影响，内容上，十年郎官时期作品题材没有早年幕府僚佐时期宽广，关怀民生与时事的诗文明显减少，指陈时弊的态度也变得委婉，这是杜牧经历多年宦海沉浮后的必然选择，晚唐政局发展也是重要因素。其郎官生涯也影响到诗文的艺术风格和表现手法，最为明显的影响表现在诗歌的体裁和题材方面。在诗歌体裁上，杜牧后期的创作很少再用五古，而改用在表达上更为含蓄委婉的五七言绝句。在诗歌题材上，杜牧前期的作品主要反映现实政治性内容，很多是通过咏史来表达自己的观点和思想，到了郎官时期，诗歌题材发生显著变化，着力表现伤春伤别的情绪。在散文题材方面，郎官时期创作主要有两方面内容，即干谒和制诰，与前期多政论文有明显不同，与此相应，郎官时期散文中歌功颂德的内容也多了起来。

2.文学思想研究

郭彦君《谈谈杜牧诗歌对先秦儒家诗教文化的传承》（《名作欣赏》2017年第21期）认为先秦儒家诗教的构成主要包括孔子的“言语”诗教和从周代延续而来的“礼乐”诗教。杜牧的继承主要体现在其文学主张与诗歌题材方面。在杜牧的文学主张中重视诗“意”，就是以儒家文化为主导的中国文化中的人文精神。

杜牧的诗歌题材体现着“诗言志”的诗教核心观念和“兴观群怨”的诗教功用。杜牧的诗歌风格受先秦诗教传统的影响，杜牧的诗歌语言体现出对“比兴”手法的继承和改造，含蓄隽永。在表达情感时也继承了诗经“乐而不淫，哀而不伤”的写法，如刺怨诗也写得含蓄隽永。即便艳情诗也写得简括含蓄，没有亵慢直露的成分，而且言词中流露出对女性的尊重和同情。杜牧诗可以读出纯纯的赤子之心，浓浓的人文关怀，这也是继承了先秦儒家诗教“温柔敦厚”的特征和“中和”的审美追求。可以说，先秦儒家诗教文化传统在杜牧诗歌中得到全面的继承和发展。

（二）诗文艺术研究

1.诗歌艺术研究及作品赏析

采用多种方法研究杜牧诗歌，有三篇论文，角度都很新颖，是在以往研究基础上继续深化拓展的结果。贾文霞《杜牧诗歌中的植物词和动物词研究》（《名作欣赏》2017 年第 6 期）以杜牧诗歌中表示植物和动物的词为研究对象，将植物词分为总括性植物词与具体类植物词。在总括性植物词中，花的形象出现最多，其次为树，再次为草。杜诗中“花”多数以凋零败落的形象出现，草也用来比喻美德或是感伤时事。在动物词及其组合研究中，将动物词分为禽鸟类动物词、畜兽类动物词、昆虫类动物词和水族类动物词。从聚合和组合的双重角度对杜牧诗歌动植物词进行穷尽性分析，从而揭示杜牧诗歌在意象选取方面的特色。吕永晶《论杜牧诗歌中的数字运用》（《课程教育研究》2017 年第 4 期）认为杜牧诗善于运用数字，将数字与文字巧妙结合，使得其诗歌取得很高的艺术成就。如将数字“一”入诗，使“一”在杜牧的诗中，不但没有突兀之感，反而更显诗歌的简洁与隽永。不同的数字，如实数、具体时间数、特指数和数字典故在诗中有不同的作用。数字的运用使杜牧的诗歌取得独特的艺术效果，可造成强烈的反差，使用大量的数字来增加抒情密度，以数字入诗虽不是杜牧首创，但杜牧达到了中国古代以数字入诗的高峰。彭笑远《杜牧律诗变体及其诗学意义》（《贵州工程应用技术学院学报》2017 年第 4 期）认为律诗兴起于齐梁，成型于唐代，盛唐律诗多高华流丽、绝尘脱俗之作。杜甫开始改造盛唐律诗，杜牧在继承杜甫的基础上又有新的进展,杜牧突破盛唐律诗的工稳典丽,故意打破常规,在律诗中以己意为主,大量运用虚词、单句、拗句,并融入大量议论,使得其律诗创作更加灵动自然,议论横生,在艺术表现的形式和内容上均有极大的拓展,对宋诗有深远影响。黎俐《杜牧寄赠诗研究》(《鸡西大学学报》2017 年第 1 期)梳理出杜牧寄赠诗八十余首,寄赠对象主要为同僚友人、歌妓、亲人、僧侣处士(寄赠给同僚友人的述怀之作,寄赠给歌妓的同情之作,寄赠给僧侣处士的倾慕之作,寄赠给亲人的劝勉之作)。杜牧寄赠诗还寓意于内,寄予了他的部分政治态度和人生想法,在寄赠诗中表达自己的私人恩怨。

作品赏析方面,江梅玲《杜牧〈赤壁〉再赏》(《名作欣赏》2017 年第 27 期)对名篇《赤壁》进行赏析,认为“自”有三重意味,而“认”字也有“认识”“识别”两重意味。“东风不与周郎便”是写战争胜利的偶然性,而这偶然性也是存在于必然性因素中。而最后一句“春深”也是极具形象感,是唐人诗歌重形象,讲情志的体现,也可看出杜诗的风流韵致。

2.散文研究

郭彦君《杜牧散文中的历史意识》(《哈尔滨师范大学社会科学学报》2017 年第 1 期)指出杜牧受其家学影响,形成对历史的敏锐的感悟力和判断力,加之残酷的社会现实和坎坷的个人经历,使他产生浓厚的历史意识和社会责任感。这些在他的散文中表现为他对历史的鲜明态度和独到见解,如在《阿房宫赋》中借古讽今,在诏令中化用典故,引用古人事迹,分析前人功过等。还有对现实的全面了解和深刻剖析,具体表现为,天才的军事思想和深重的责任意识。这种历史意识的融入也使其文章带有宏阔的历史跨度,形成磅礴大气的审美效果。

(三)比较与艺术传承研究

1.比较研究

比较研究依然是杜牧研究热点。周雪《王维与杜牧长安诗比较研究》(四川外国语大学 2017 年硕士学位论文)将唐代文人宦游干谒和诗酒唱和的重要舞台——长安,作为重要的自然景观和人文景观加以展现,在此基础上分析王维和杜牧的长安情结，其共同性表现为在长安建功立业的强烈愿望，这是基于对长安文化认同和情感体认基础上的价值判断，也是唐代诗人长安情结的核心内涵。同时，二者长安感情是有所区别的，王维代表奔赴长安、进京赶考的外来者，以一种游客的视角去欣赏长安；而杜牧作为在长安城中长大的世家子弟，比王维多了几分与生俱来的亲切感与归属感，杜牧对长安的感受，更多停留在那些细腻微妙的东西上，他对长安的亲近感，也通过他笔下平常小物流露出来。姜晓娟《论杜牧与姜夔艺术创作的相似性及成因》（《辽宁工业大学学报（社会科学版）》2017 年第 3 期）指出杜牧与姜夔是处于不同时空的末代文人，二人诗词创作具有一定相似性。他们的诗词创作在表现手法上的相似性，主要表现为：评论时事之际浓郁的家国情怀与创新意识的结合，对作品中言、意的处理，“以虚带实”手法的运用。还有情感的相似性，主要体现为：对当权者面对政治危局不作为的愤慨，报国之心不受重视与羁旅生涯中的飘零愁苦之心，看透官场沉浮后与世无争的心态。造成这种相似性的深层原因，从主观上来说，是二者颇为丰厚的家学渊源，经历与性格的相似；从客观来看，动乱的社会环境为各自感伤时事的创作提供了取之不尽的资源。

2.艺术传承研究

谢天开《“影响的焦虑”诗学视域中的杜牧“强梁”模式》（《云南师范大学学报（哲学社会科学版）》2017 年第 4 期）以布鲁姆“影响的焦虑”为借鉴，结合“知人论世”路向，并引证清代诗话，对杜牧诗学主张与诗歌实践进行对比解析，来揭示杜牧如何面对“影响的焦虑”而修正突破，最终成为晚唐的强者诗人。杜牧创作对“影响的焦虑”的纠结与破除既存在时间上的历时性，也存在空间上的共时性。杜牧对前驱的“影响”正是在时间与空间两个路向进行修正突破的。文章指出杜牧的主张虽与布鲁姆西方现代诗学提出的六种修正比有重合的类同性，却又存在着诸多方面的异质性与互补性。卢琦《宋词化用杜牧诗研究》（安徽师范大学 2017 年硕士学位论文）列举出宋词化用杜牧诗的具体表现，在宋代词人心目中，杜牧是以“风流才子”形象著称的，两宋词人对其政治色彩较浓的诗歌化用极少，主要以化用其写景抒情、咏史、临别题赠、寄寓感怀等题材的诗为主。且化用具有集中性和以"句点""事点"为主的特征。化用杜牧诗也对宋词的发展有一定的影响,如杜牧的风流形象,常被宋代词人引入词中;杜牧咏史、议论的手法也对宋词产生了影响,宋词在化用时,也将咏史议论的方法引入到宋词之中。

(四)译介研究

陈实《从象似性角度对杜牧诗歌译文的分析》(《海外英语》2017 年第 21 期)指出象似性的发展为诗歌的可译性提供了新的研究视角。象似性普遍存在于语言的形式与内容之间,诗歌这一特殊文学体裁更能展示象似性的存在。具体到语言象似性在杜牧诗英译文中的应用,如顺序象似性,在杜牧诗《山行》中体现为以空间顺序来翻译。对称象似性,以杜牧诗《秋夕》为例,在语言形式上采用这种对称象似性,让译文在形式上对称而"形美",在听觉上有"音美",在传递内容上体现为"意美"。隐喻象似性,隐喻往往是诗人力求让读者更清楚地了解诗歌所传达内容的方式,杜牧诗《泊秦淮》的英译文中以 veiled in mist 与 shores 将原诗中的两个"笼"的隐喻巧妙地加以阐释,《山行》的英译文中以 wind up 来体现原诗中的"上"字,达到了原文中隐喻诗人内在情绪的效果,翻译的形神兼具。王玉静《杜牧〈清明〉英译本用词与表达方式对比》(《语文建设》2017 年第 17 期)以杜牧《清明》一诗的英译为例,分析不同翻译传达原诗意境的区别。分别以"清明""借问""雨纷纷"的翻译,说明翻译时努力保留古诗词的意境的重要性。

纵观本年度的杜牧研究,在相对沉寂中缓慢开拓,有几篇角度新颖的论文,但以宏观的学术视野,多学科交叉式的研究仍然很少见。希望杜牧研究在未来能有更好发展,多涌现出有创新性和开阔视野的文章。

新书选评

《全唐诗词语通释》

□ 郭丽

（全唐诗词语通释编纂组著　安徽大学出版社　2017 年 1 月）

1982 年，安徽师范大学语言研究所朱茂汉、李敏、陈冠明、夏松凉、曹宝麟、潘竟翰（按姓氏笔画排列）等学者发起编纂《全唐诗》专书辞典五卷本《全唐诗大辞典》，所长张涤华教授任主编。1992 年，第一卷由山西人民出版社出版。《全唐诗大辞典》即是 2017 年由安徽大学出版社出版的六卷本《全唐诗词语通释》的前身。而编纂《全唐诗大辞典》全班人马，其时又参与了《汉语大词典》编纂，张涤华先生为副主编，李敏、陈冠明、夏松凉、潘竟翰为“主要编纂人员”，朱茂汉、曹宝麟为“编纂人员”。《汉语大词典》是语文词典，《全唐诗词语通释》（《全唐诗大辞典》）则是古籍专书辞典，属于不同类别，但两书又有很多相同之处。本文拟通过对两书所收“洛”字头及其复合词之比较，来揭示两书之异同。

一

首先，两部词典都规模空前。

《汉语大词典》是周恩来总理指示编纂的，属于国家重点科研项目，始于 1975 年。上海、山东、江苏、安徽、浙江、福建五省一市以高校为主体的 1 000 多名专家学者参与编纂。从看书收词开始，积累资料卡片 1 000 万张。字头及所带复合词条按 200 个部首编排，以繁体字立目，简化字括注于后。1986 年 11 月，《汉语大词典》第一卷出版，至 1993 年 11 月第十二卷出版，正文 12 卷出齐，前后历时 19 个年头。全书收列字头 2.27 万个，复合词 37.5 万条，约 5 000 万字，并配有插图 2 000 余帧。这是到目前为止的一部最大的汉语语文词典。

据当年制定《全唐诗大辞典》一系列编纂文件并担任《全唐诗词语通释》审稿、定稿工作的陈冠明教授介绍，《全唐诗词语通释》（《全唐诗大辞典》）是《全唐诗》的“专书辞典”。编纂历时 36 个年头，历尽艰辛，仅手工制作卡片就有 65 万张。字头与复合词词条总计约 17 万条；正文 5 310 页，1 200 万字（原稿 1 300 万字，因为典故等出处的书证输入讹误较多而被整体删略 100 万字）。这是到目前为止最大的一部专书辞典。

二

由于《全唐诗词语通释》（《全唐诗大辞典》）与《汉语大词典》的类别、性质不同，两部词典的词语或条目构成存在很大的差异。从这一点来说，在这两部词典条目数量悬殊的情况下，是无法在反映的内容方面或者说在收列的词目方面，做一比较的。作为专书词典，特别是狭义的专书词典，《全唐诗词语通释》（《全唐诗大辞典》）原则上说，应该是逢词必收的。除了语词，还有大量人名、地名、书名、宫室车马、动植花鸟、典章制度等等各种名物的专科词语，而这正是《全唐诗词语通释》（《全唐诗大辞典》）的语言价值、学术价值所在，是《汉语大词典》无法比拟的。而《汉语大词典》“只收汉语的一般语词”，为的是“与其他专科辞书相区别”。由于《汉语大词典》第五卷《水部》由安徽师范大学语言研究所编写组编纂，下面就选取进入文学作品较多的地名“洛”字头所带的词条，与《全唐诗词语通释》（《全唐诗大辞典》）做一比较。

《全唐诗词语通释》（《全唐诗大辞典》，以下简称《唐》）与《汉语大词典》（以下简称《汉》）共有的“洛”字头所带词条有 22 条

(二书均以繁体字立目):

洛下、洛口仓(洛口)、洛川、洛水、洛生咏、洛妃、洛汭、洛社、洛苑、洛京、洛神、洛都、洛浦、洛书、洛阳、洛阳才、洛阳才子、洛阳花、洛阳社、洛阳苑、洛阳纸贵、洛宾笙。

需要特别注意的是,由于二书的性质完全不同,其所确定的"收词原则"亦大相径庭。如:

【洛口仓】古粮仓名。又名兴洛仓。隋大业二年(公元606年)筑。故址在今河南省巩县东南。因地处旧洛水入黄河处而得名。周围二十余里,穿窖三千,每窖可容粮食八千石。大业十三年(公元617年),瓦岗农民起义军攻克此仓,并增筑洛口城,周围四十里。唐开元二十一年(公元733年),复置洛口仓于此。《通鉴考异·隋炀帝大业十二年》引《革命记》:"密说让曰:'洛口仓米逾巨亿,请公发一札之令,使密奉之,告诸道英雄,就仓吃米,必当云合响应,受命于公,然后称帝号以定中原。'"(《汉》5-1175)

【洛口】地名。洛水注入黄河之处。在今河南巩县东北。隋大业二年(606)在此筑粮仓,名兴洛仓。十三年,瓦冈军攻克此仓,并增筑洛口城。高适《自淇涉黄河途中作十三首》之十二:"传檄举敖仓,拥兵屯洛口。"(《唐》3-2558)

【洛阳】牡丹的别称。因唐宋时洛阳盛产牡丹,故称。明徐渭《牡丹赋》:"何名花之盛美,称洛阳为无双,东青州而南越,曾不足以颉颃。"清黄宗羲《小园记》:"因买瓦盆百余,以植草花。水仙、艾人、芳洲、洛阳、茉莉、真珠、烟蒲、石竹。"参见"洛阳花①"。(《汉》5-1176)

【洛阳】古都名。太宗《赋得樱桃》:"华林满芳景,洛阳遍阳春。"刘长卿《送严侍御充东畿观察判官》:"洛阳征战后,君去问凋残。"崔玄亮《和白乐天》:"病余归到洛阳头,拭目开眉见白侯。"于邺《路旁草》:"应随尘与土,吹满洛阳城。"(《唐》3-2559)

按,《汉》不收地名,而以"古粮仓名""牡丹的别称"收录。

同样收列"洛阳苑",《汉》有"参阅清顾祖禹《读史方舆纪要·河南三·禁苑》、清徐松《唐两京城坊考·东京·神都苑》"。(《汉》5-1177)此类文字不可省。

三

《唐》独有的词目 23 条：

洛下女郎、洛川仙女、洛川神、洛中、洛中举子、洛水妃、洛州、洛邑、洛河、洛城、洛南、洛宫、洛神赋、洛阳人、洛阳子、洛阳少年、洛阳宫、洛阳陌、洛阳道、洛阳狱、洛源、洛范、洛滨。

按，《汉》出版之后，有关此书疏误、漏失的商榷、订补类的著作大量出现，如：汉语大词典编纂处编《〈汉语大词典〉订补》、王宣武《〈汉语大词典〉拾补》、陈增杰《〈汉语大词典〉论集》、刘敬林《〈汉语大词典〉释义论稿》、王锳《〈汉语大词典〉商补》《〈汉语大词典〉商补续编》、周掌胜《〈汉语大词典〉论稿》、曲文军《〈汉语大词典〉疏误与修订研究》《〈汉语大词典〉词目订补》，等等。此外，如吴金华《古文献整理与古汉语研究》、王云路《六朝诗歌语词研究》、毛远明《语文辞书补正》、崔山佳《近代汉语词汇论稿》等，都有相当的篇幅论及《汉语大词典》疏误、漏失。此类著作中，只要涉及辞典疏误、漏失内容的，针对《汉语大词典》，已经成为必然指向。魏耕原《全唐诗词语通释》（中国社会科学出版社 2001 年），与《唐》同名，是一部以诠释《全唐诗》虚词为主的广义专书词典，专攻《汉》之疏误，仅"《汉语大词典》未收此词，当补"之类文字，多达 240 处。学者论文之中，只要涉及某一种书、某一类书的词语研究的，明确针对《汉语大词典》，亦是必然指向。如：《〈汉语大词典〉疏漏拾零》《尹湾汉简遣册名物词札记——兼谈〈汉语大字典〉〈汉语大词典〉之不足》《〈史记〉所见辞书未收词语考释》《〈汉语大词典〉漏收〈型世言〉词目研究》《〈汉语大词典〉漏收〈青楼梦〉词目研究》之类，数量巨大。《唐》独有的词目 23 条，其中洛下女郎、洛川仙女、洛中、洛中举子、洛州、洛邑、洛河、洛城、洛南、洛宫、洛神赋、洛阳宫、洛阳陌、洛阳道、洛源、洛范等属于人名、地名、篇名，不予收列。但诸如洛川神、洛水妃及洛滨即"洛妃""洛神"（《汉》又收列"洛女""洛灵"，均指洛神），洛阳人、洛阳子、洛阳少年即"洛阳才子"（《汉》又收列"洛阳生"，均指汉贾谊），均可援例补入《汉》；洛阳狱则是用典，亦可以补入《汉》：

【洛阳狱】为冤狱典故。见《后汉书·蔡邕传》。杜甫《八哀诗·赠秘书监江夏李公邕》:"终悲洛阳狱,事近小臣敝。"(《唐》3—2560)

又按,《汉》收列洛水、洛涧,均为水名。洛水虽有四个义项,但均为水名,没有一般语词义项。如此,则洛河亦可援例补入《汉》:

【洛河】即洛水。孟郊《寿安西渡奉别郑相公》:"洛河向西道,石波横磷磷。"白居易《卧疾》:"闲官卧疾绝经过,居处萧条近洛河。"裴夷直有《同乐天中秋夜洛河玩月二首》。贾岛《再投李益常侍》:"人家嵩岳色,公府洛河声。"(《唐》3—2559)

此外,"洛阳宫"条释文错误:

【洛阳宫】即洛阳。《新唐书·地理志二》:"东都,隋置。武德四年(621)废。贞观六年(632)号洛阳宫。"高适《酬裴吴外以诗代书》:"留司洛阳宫,詹府唯蒿莱。"钱起《送王谏议任东都居守》:"车徒风掖东,去去洛阳宫。"卢真《七老会诗》:"三春已尽洛阳宫,天气初晴景象中。"(《唐》3—2560)

按,洛阳宫是洛阳宫城、皇城,而洛阳是指东都都城。二者不是一个概念。《资治通鉴·唐太宗贞观十一年》:"秋,七月,癸未,大雨,谷、洛溢入洛阳宫。"胡三省注:"按《唐六典》:'洛阳都城,隋大业二年诏杨素、宇文恺移故都创造。南直伊阙之口,北倚邙山之塞,东出瀍水之东,西踰涧水之西,洛水贯都,有河汉之象焉。东去故都十八里。都城西连禁苑,谷、洛二水会于禁苑之间。至玄宗开元二十四年,以谷、洛二水或泛溢,疲费人功,遂出内库和雇,修三陂以御之,一曰积翠,二曰月陂,三曰上阳。'"又《唐高宗显庆二年》:十月,"丁卯,以洛阳宫为东都。"胡三省注:"《唐六典》:'洛阳宫在东都皇城之北,东西四里一百八十步,南北二里八十五步,周回十三里二百四十一步。'"胡三省注所引,见《唐六典·卷七·工部尚书》,"大业二年"当作"大业元年"。参阅清顾炎武《历代宅京记》卷九《雒阳下》、清徐松《唐两京城坊考》卷五《东京》。

四

《汉》独有的词目 33 条：

洛女、洛叉、洛成、洛如花、洛花、洛伯、洛尾、洛英、洛荒、洛食、洛派、洛洛、洛神珠、洛师、洛涘、洛宴、洛桥、洛阳生、洛阳田、洛阳桥、洛阳耆英会、洛阳铲、洛蜀、洛禊、洛闽、洛涧、洛薄、洛桥、洛学、洛泽、洛龟、洛党、洛灵。

按，以上 33 条词目中，书证引用唐诗者，有 3 条，此则意味着《唐》存在漏收：

【洛叉】梵语。数词。十万。一说为万。唐唐求《赠楚公》诗："般若恒添持戒力，洛叉谁算念经功。"洛，一本作"落"。《翻译名义集·数量》："洛叉，或落沙，此云十万。"明胡应麟《少室山房笔丛·双树幻钞中》："今《华严经·阿僧祇品》，用中上数法，初数便云一百洛叉，洛叉此云万。"(《汉》5—1175)

【洛师】洛京。师，京师。《书·洛诰》："予惟乙卯，朝至于洛师。"汉阮瑀《吊伯夷文》："余以王事，遵彼洛师。"唐玄宗《轩游宫十五夜》诗："行迈离秦国，巡方赴洛师。"(《汉》5—1176)

【洛桥】指洛阳市天津桥。桥在洛水上，故亦称"洛桥"。唐祖咏《江南旅情》诗："为报空潭橘，无媒寄洛桥。"(《汉》5—11786)

《汉》《唐》均收列"洛阳桥"。"洛桥"同《汉》义项①：

【洛阳桥】①指洛阳市天津桥。唐李益《上洛桥》诗："何堪好风景，独上洛阳桥。"宋岑象求《吉凶影响录》："韦丹未第时，洛阳桥见渔者得一鼋甚大，丹异之，买投于河。"明张昱《感事》诗："洛阳桥上闻鹃处，谁识当时独倚阑。"(《汉》5—1178)

据此，"洛桥"与"洛阳桥"属于"相关条目"，应该有互相"参见"或"见"的处理与标示。

此外，字头"洛"下，《唐》所列义项仅有 3 个：①水名；②指洛阳；③通"络"。见"洛诵"。《汉》有 11 个义项，其中⑤《洛书》的省称。南朝梁刘勰《文心雕龙·原道》："取象乎《河》《洛》、问数乎蓍龟。"参见"洛书"。(《汉》5—1175)《唐》收列"洛书"，则此义项属于遗漏。

又按，据上所列，《汉》收列洛京、洛都、洛师三词：

【洛京】即洛阳。因其是著名古都，故称。《晋书·王浚传》："使者未及发，会洛京倾覆，浚大树威令。"《新五代史·职方考》："洛阳、梁、唐、晋、汉、周常以为都。唐故为东都，梁为西都，后唐为洛京，晋为西京，汉周因之。"（《汉》5—1175）

【洛都】（—dū）即洛阳。因是著名的古都，故称。宋张元幹《满庭芳·寿富枢密》词："韩国殊勋，洛都西内，名园甲第相连。"明胡应麟《少室山房笔丛·经籍会通一》："永嘉之乱，洛都覆没。"（《汉》5—1176）

【洛师】（例见上）

则《唐》收列的洛中、洛邑、洛城、洛宫、洛阳宫等词目，援例可以补入《汉》。

"字典""辞典"之"典"，一般都理解为"典范"，这没有错。只是人们很少注意到，任何"典范"都有"错"，甚至"大错"。第一次出现"字典"二字的《康熙字典》，在人们的心目中是何等的权威。然而清道光年间，高邮王引之作《字典考证》十二册，纠正错误多达 2 588 条。再看看上文所列的有关批评《汉语大词典》的论著，就会了解，1994 年获第一届"国家图书奖"的《汉语大词典》有这么多人、这么多年的巨大付出，其实是实至名归的。我们应该知道，以"电脑时代"去苛求"人脑时代"，拿"云计算"的"大数据"时代去苛求手工制作资料卡片的时代，是何等的不公平。如果利用电子文献各种检索软件，二书可补者，不啻万千。正如陈尚君教授在《试论〈全唐诗〉〈全唐文〉校补的成就与缺失》中说："就学术批评来说，指出前人工作中存在的问题并不太难，但从事文献建设而要达到力臻妥善，确实极其艰难。"诚哉斯言！

《六朝声律与唐诗体格》

□ 钟志辉

（杜晓勤著　北京大学出版社　2017 年 3 月）

齐梁声律是近三十年来学术研究成果斐然的一个领域，一批优秀学者前后相续投入其中，产生了诸多质量上乘的论著。杜晓勤先生结集近二十年研究六朝声律的论文，出版《六朝声律与唐诗体格》（下称《六朝声律》），则是该领域最新的代表作。这不是一部体系完整的诗律史著作，作者也无意于全面讨论所有相关问题，而收集在书中的论文，所探讨的却都是该领域非常关键的议题。该书新见颇多，不少可视做定论，对此葛晓音先生在本书的序中已经有全面而精彩的介绍，本文将另从声律研究史的角度，论述本书何以能推陈出新。

一、材料与视野

六朝史料的不足，对学者而言是一个很大的束缚，如何突破这个限制，也是学者推进学术研究必经的关隘。《六朝声律》一书，为我们提供了良多启示。

在处理常见史料时，以开阔的视野，综合多学科的学识，全面透视史料意义与价值，从而得出令人信服的创见，是作者能推进声律研究的重要手段。声律论的核心之一是四声，而四声的首倡者，却一直众说纷纭，至少有王融、周颙以及沈约三种说法。刘跃进先生《门阀士族与永明文学》在考辨相关史料之后，推断创始之功应该归于周颙。较长时期以来，学术界都默认这个观点，原因在于即使能据现有史料否定周颙或者沈约首提四声目，但也只是能破而不能立。近来高华平将史实考证与理论考察结合，指出前人混淆了文字音韵上发明四声和文学创作中应用四声的不同，进而提出王斌首创四声说。他考证南朝有两个王斌，且都著有《四声论》。其一为齐梁时人，另一则是《文镜秘府论》所引刘善经《四声指归》所言的王斌，著有《五格四声论》，年长于周、沈，高氏认为此人即是首创四声者。其关键证据是刘善经引述众家四声论说时，将王斌置于生平可考的甄琛之前，推断王斌与甄琛年龄相差近二十岁，再根据《续高僧传·释僧若传》王斌任吴郡太守时"赖得若公言谑，大忘衰老"之语推测出王斌应生于宋文帝元嘉七年(430)前后，从而将提出四声之目的时间提前到宋齐之际。高氏据王斌、甄琛在《四声指归》出现的先后顺序推断王年长于甄，是考证古人生平的常用方式。但这种考证必须建立在古人著述严格按照时间先后排列材料的体例的基础上。卢盛江先生指出《四声指归》并不如此，对高文关键论据进行商榷，认为所谓的两个王斌，应是同一人，为齐梁间人。卢文比高文论述更加合理，但限于所用史料，未能进一步论实。杜先生敏锐地发现南朝正史中记载两个王斌，迄今未被学界注意。其一，《梁书》记作"王彬"，大概比沈约小 20 岁。另一个王斌，史料更丰富，但《梁书》《南史》记作"王份"，其生平履历与高文所据《续高僧传》的"王斌"合若符契，可以推定为同一人，其年龄比沈约小 5 岁。以上两人，即便提出过四声理论，也肯定不可能早于周颙、沈约。杜文的精彩巧妙之处是从文字学角度证明"份""斌""彬"为古今字、异体字，为看似毫无关联的史料找到内在的联系，论据确凿，令人信服。这一巧妙而可信的考证对于我们如何突破史料的限制是有启发意义的，学者如能打破学科壁垒，融通多学科知识，那么相同的史料就会展现出不一样的意义。对永明体的二五异声到梁大同年间刘滔提出的二四异声的转变，郭绍虞是从吟诵的角度出发，认为对声调的考究，很自然地就会促使诗人从五字之中分出"二二一"音节，何伟棠《永明体到近体》认为是人们将第四字节点化。杜先生结合大量语言学界的研究成果，分析单句内语法结构与韵律结构之间的关系，在统计的基础上，勾勒单句韵律结构的发展形态，从创作背景方面进一步论证何以第四字成为新的节奏点。此外，量化分析以及计算机技术的运用，也是作者综合利用各个学科，灵活运用的表现，由此而产生的成果也充分证明了这是拓宽文史研究方法与思路的成功典范。

新材料的利用是突破史料不足的重要途径。杜先生所利用的材料以传世文献为主，同时也重视域外汉籍，后者在处理一些悬而未决的问题时，发挥了重要作用。中晚唐时期，有不少文人效仿"齐梁体"。白居易创作有"齐梁格"诗，其文集有"格诗"一类，对此，陈寅恪认为从广义言之，格诗是古体诗，律诗是近体诗，狭义言之，"格"乃格力骨格之谓。今人谢思炜先生认可这个观点。王利器《文镜秘府论校注·前言》则认为齐梁调律诗又叫作"格诗"。邝健行《吴体与齐梁体》也认为齐梁格诗或可简称"格诗"。以上都是从诗体以及词义角度论证这个问题的。杜先生则另辟蹊径，从文献角度入手，通过比勘白居易集的南宋本与日藏手抄本的分卷、分体、分类的异同，指出"格"不存在广狭之分，格与律都是指诗歌的体格、格式，在白集中是指古体诗。同时，结合史料记载，他从白氏文集编订过程体例变化、作品分类标准和卷首标注方式等角度切入，分析了白居易集各卷大类标注"格诗"而小类却出现差异的原因，指出白居易所创作的齐梁体是刻意模仿齐梁诗且有意犯声病的五言诗，属于"格诗"(古体诗)的一部分，两者不能完全画等号。论证翔实，论点可信，纠正了学界长期流传的观点，是白居易诗学研究史上的一大贡献。域外文献的利用在《六朝声律》中是一个重要的特点，在本书下编讨论唐集诗体分类时，表现得更为明显，因与声律无关，故从略。

二、方法与观点

在很长一段时间内，学者研究六朝声律的方式，基本都是选若干诗人若干诗篇标记平仄，从而概括声律形态发展的大致趋势。1980年代中后期，吴小平开始对丁福保辑《全汉三国晋南北朝诗》的全部南北朝五言八句诗进行统计，分析其对偶情况，刘跃进《门阀士族与永明文学》把量化分析法的运用扩展到六朝诗人的句式、平仄、押韵等方面，对此多有深刻独到的见解。随后，这种方法在声律研究领域的使用便蔚为大观。在相当长时间内，学者都是手工标注四声，在样本选择以及诗韵标准方面有较大的随机性和偏差率，杜先生为了解决这个问题，1998年开始与人合作开发"中国古典诗歌声律分析系统"，借助计算机对声律问题进行科学全面的分析，从而大大推动了该领域的进展。新技术的使用以及研究方法的创新，可以巧妙轻松地处理传统方法不易解决的问题，发前人所未发之论。

例如，永明声病说的形成原因一直是声律领域的重要议题，有学者指出永明体的产生与音乐有关系。刘跃进先生认为吴声西曲在晋宋之际盛行，进入上层社会，同时帝王的提倡也加速了吴声西曲的流行，文人在模拟创作中可能会注意到四声并用的现象，对于擅长音律的诗人而言，吴歌西曲对促进四声的发现有不可低估的作用。杜先生发挥了量化分析法的优势，通过统计发现，晋宋齐吴声西曲歌辞的句、联与永明声律存在一定程度的相合，然而，同时期文人所作五言诗合于永明律的程度远高于前者，并且，文人诗的合律性在晋宋齐三代呈飞跃增长的态势，而吴歌西曲的合律性却是缓慢递增的，这就从历时性与共时性两个层面，证明在沈约提出永明诗律说前，无论是吴声西曲还是文人五言四句诗，都未体现出明确的永明诗律意识，但文人诗的诗律意识比民间歌辞要强，因而永明诗律不可能是受吴声西曲启发。如果仅仅考辨史料，即便能提出其他意见，也不能否定刘、吴等人的观点。杜先生将史料论证转化为数据论证，巧妙地指出永明声律受吴歌西曲影响这一观点论证的欠缺与论点的偏误。

数据与表格提供直观可视的结果，有助于廓清因文献不足产生的模糊性，揭示隐藏在文字之下声律发展的趋势与规律。然而，以统计法衡量现象与现象之间的相关程度时，往往需要判断的标准。在很长一段时间内，学术界研究声律问题时，都是离开这个标准只谈数据的。何伟棠先生根据《文镜秘府论》提出永明体单句内部的调声法是二五异声，他统计了沈约、王融、谢朓的全部诗作（以逯钦立《先秦汉魏晋南北朝诗》为准），其中有85.62%的句子是遵循这个调声术的，他进而认为二五异声（永明句）是永明体的重要调声术，至于与近体相同的二四异声（近体句）则在永明声律学中并没有提及，因而不是当时的调声法则。卢盛江先生《文镜秘府论研究》统计沈约三人的四句到十二句的五言诗，发现永明句占比是 82.6%，二四异声的占比是80.69%，两者比例差近，因此他反对何氏的观点，认为二四异声也是永明诗的重要调声法则。如果纯粹看占比，卢盛江先生的反驳是非常有力的。杜先生根据永明体四声分用的规则，推算出单句出现二四异声、二五异声的概率各自都是75%(12/16)，他认为只有当某个诗人的永明句或者近体句的占比较大幅度地超过这个标准时，才能判断他是有意遵循某个调声法则的。这是该书的首创，有了这个标准，才有可能进一步讨论数据所反映的人为调声的主观意识。杜先生统计王、谢、沈的全部五言诗，各人合永明律与合近体律的比例分别是：86.78%，76.90%；86.05%，79.72%；86.01%，77.49%。三人的永明句占比都超过标准的 11 个百分点，这与所有萧齐诗的永明句占比（85.09%）非常接近，可以说明萧齐诗人是有意遵循二五异声的调声规则，至于近体句的占比虽然都在标准之上，但相差不大，不能充分说明永明诗人是以二四异声为调声规则的。杜先生还推算出在所有可能的五言诗中，二五字异四声的联以及二四字异平仄的句、联概率，为今后研究齐梁到唐代之间诗律演变趋势提供重要的参考。

三、观念与思路

古诗到近体诗的演进过程中，永明体是关键一环，如何看待永明体与近体的关系，学术界大概有两派对立观念。一种是以执今（近体）论古（永明），认为永明体是讲求二四异平仄的。这一观念的形成与学者不够重视《文镜秘府论》有关，也与国内长期没有出版完整的《文镜秘府论》有关。刘大白《旧诗新话·八病正误》否定《文镜秘府论》所论蜂腰病，认为蜂腰病是讲一联中第三和第八字同声的病。郭绍虞《中国文学批评史》虽然指出刘氏“泥于律体的规则以解‘永明体’之声律”，但他采用《蔡宽夫诗话》“五字首尾皆浊音，而中一字清，即为蜂腰”之说，而所谓的清浊就是平仄，因此蜂腰病就是指“仄仄平仄仄”。启功《诗文声律论稿》认为空海对四病的解释不近情理，与近体律句有相抵触的地方。此后，徐青《古典诗律史》与吴小平《中古五言诗研究》都是沿用郭绍虞先生的观点。徐青以近体的平仄搭配论永明体的蜂腰说，认为二五同声句也是律句，他从东汉以来的诗中找出符合近体的律句，据此认为近体律的产生与五言律的产生是同步的。吴小平《中古五言诗研究》根据他对平头、上尾、蜂腰、鹤膝四病的理解推导出五言诗十六种单句，其中包含了近体五言单句的四种形式，由此他推断这四种基本节奏型是从永明声律说中产生的。值得注意的是刘跃进先生《门阀士族与永明文学》虽然是以近体律论永明体，但他敏锐地注意到永明诗有大量不符合近体律的“非律句”，以三仄、三平式为多。这些大都是标准的永明律句，但囿于上述观念，刘氏只是肯定永明诗人实践“一句之内，轻重悉异”主张的努力，而忽略这些现象所体现的诗律史意义。

另一种对立观点，以郭绍虞、何伟棠为代表。郭氏《永明声病说》明确指出永明体与近体不同：永明的声律是重在四声……律体的音律则全重在平仄。重在平仄，则不必定严四声。非常具有远见卓识。20世纪九十年代初，其《声律说续考》认为以后人习惯的平仄之分去解释永明声律论是走入歧途。他对蜂腰病的理解虽然不符合史实，但他明确区分永明体与近体的观念却是非常先进的。何氏《永明体到近体》充分认识到《文镜秘府论》的价值，他强调“避免执近体的观念以绳永明体”，首次提出永明体是强调二五异声，四声分用，与二四异声，平仄分用的近体是差别很大的。区分永明体与近体，注意到诗律发展的阶段性，这一点是何伟棠的重大贡献。杜先生在何伟棠的基础上，提出合永明律的句、联所占的概率应当超过75％、32.81％的标准才算是有意遵守永明调声法（近体律的句、联标准是50％、12.5％）。

四声分用在梁大同年间刘滔提出的二四异声的新声律说中，仍然是适用的。这就意味着分析齐梁声律就不能以平仄为指标，而应当严格地分为平上去入。杜先生与前人思路不同之处就在于他统计齐梁诗中合律的句联概率，是“以永明论永明”，关注四声的指标，这种观念是科学的，因此能纠正长期以来的误解，提出许多新的观点。

启功《诗文声律论稿》分析《宋书·谢灵运传》沈约所举四句诗(上半句)，虽然标注该四句及相应下半句的声调，却忽略符合永明律的上半句，单独注意未为沈约所举的下半句的声调都合近体律，进而认为沈约所谓“音律调韵”就是指这类律调而言(第114页)。徐青《古典诗律史》则认为这四句的平仄安排同于唐人的律联(第104页)。杜先生根据永明律的特点，对四诗的句、联的四声、平仄分析之后，核以相关标准，认为四诗中人为调谐声律的迹象不明显，倒是沈约用以代指诗篇的那四联，却与永明诗律甚为相合，从而揭示沈约称赏它们的原因。

盛唐以后，时人效仿与讨论齐梁体甚多。如何认识唐人所言“齐梁”，后人有两种观点：一是从作品风格内容上谈，清人姚范(《援鹑堂笔记》)，今人王瑶、黄坤尧等认为齐梁体是指纤丽绮艳，接近宫体；另一是从声律上谈，葛晓音、邝健行、卢盛江等先生是以近体律句平仄去分析这些诗的合律性。这能说明问题的一方面，但也不可避免地忽略另一方面，就是他们所仿、所论的是“齐梁体”。齐梁体与近体有别，以近体律衡量齐梁体不利于揭示复杂的面貌。杜先生抓住齐梁体的特点，同时分析四声与平仄，兼顾内容与形式。一方面，他纠正了前人说法，认为杜甫效仿的吴体与盛唐人效仿的齐梁诗明显不同。唐末陆龟蒙、皮日休效仿杜甫创作的吴体，与各自另作的齐梁体相比，在篇幅、韵式以及句律、联律等方面都有很大的差别。晚唐五代齐梁体题材多样，内容丰富风格不同，不能以“宫体”“轻艳”来概括。另一方面，又指出，“齐梁体”的内涵与外延在唐代有阶段性演变的特点。盛唐岑参效仿齐梁体，除了效仿齐梁闺怨诗的内容外，也效仿齐梁体通篇对仗，辞藻绮丽的章法和体式，通篇对仗恰恰是齐梁体的鲜明诗体特征。中唐白居易、刘禹锡所作所论“齐梁体”，不合近体诗律，更不合永明诗律，而是有意触犯永明声病。开成年间举子遵用“齐梁体格”所作省试诗，在句、联等声律方面，与白居易、刘禹锡所作所论“齐梁格”均极相近，但在刻意犯病的程度上较白居易、刘禹锡等人更加严重。晚唐五代的齐梁体作品用韵不限平仄，大多刻意出律、不避病犯，其诗律与近体相差甚远，与永明体较接近。葛晓音先生在本书序言中认为本书对齐梁体、齐梁调、齐梁格等概念论述是最全面透彻的。究其原因，笔者认为就是杜先生在分析声律时，思路开阔，观念科学，不拘泥于旧说，兼顾现象的复杂性，做到以古论古，以近论近，这对我们研究古体诗律向近体诗律的演变有重要的启发作用。

思路开阔全面而深入独到，对相关问题从多角度深入分析，是本书的一大特色。讨论永明诗律与吴歌西曲的关系时，杜先生把晋宋齐三朝的作品分为徒诗、汉魏旧题乐府及杂曲歌辞、吴声西曲三类，详细分析其句、联、篇，不仅横向考察各个朝代吴声西曲与同朝代的文人五言诗合律占比的大小，还进一步从纵向分别考察民间歌者所作吴歌西曲与文人五言诗合律性递增的趋势，最后从文人五言诗内部考察非拟吴歌西曲与拟吴歌西曲，以及所有五言诗中非吴声西曲（含文人徒诗、拟汉魏乐府旧题及杂曲歌词）与吴声西曲（含民间歌者与文人仿作）的合律性情况，对这个问题从多个层面层层透析，逻辑严密，论证周全，结论令人信服。作者在研究相关问题时，并不是从预设的立场出发，而是带着强烈的问题意识，从议题本身入手，敏锐地发现问题内部与问题之间的关联交结，从而自然地延伸研究领域。唐代“齐梁体”的创作与讨论情况，学界多是从声律、风格、内容入手，这也是杜先生的学术关注点，但他并不自缚于此，而是对齐梁体在唐代各个阶段的盛衰演变情况，从文化、政治、审美风尚、文人心态等各个方面全面剖析，大大深化了对该问题的认识。

目前对律诗演进的研究，无论是语言学界，还是文学界，基本都是采取描述的方式揭示相关情况。这与该课题的特殊性有关，仅仅通过对史料的分析不能完全展现其发展规律与趋势，统计工作则可看作是对文本的深度解读，在此基础上得出的结论，比建立在简单的文本解读基础上的结论更加具有说服力。当杜先生的声律分析系统研发出来以后，统计的难度就大大减弱。如何再推进课题研究，是学界所需要思考的问题。对此，他提出学者应该从知其然向知其所以然转变，深入探讨影响诗律、诗体演变的文学、社会、文化、政治因素。这一点，在该书的很多章节中都有所体现。梁大同声律是永明体向近体过渡的关键点，因此，永明到大同这一段声律史就显得特别重要。杜先生指出五言单句韵律结构的变化，与诗人所选用的句式（“二二一”或“二一二”）的偏好有内在的关联。文章最精彩的地方，就是深入论证了某些句式为什么会特别受诗人的欢迎，其原因是不同节奏型描写物象、表情达意的功能是不一样的。与二四异声紧密相关的句式，“二/二/一”式，在韵律结构上本来就从属于“二二一”音步，非常有利于描写物象、说明事情，而且前后两个小句所表现的事理、物象之间，多存在着平列、因果、转折或相互说明的关系，二者之间又形成一种艺术张力，更增加了诗句的表现能力。这就已经超越单纯的诗律节奏研究，是从诗歌艺术原理出发探讨声律的发展问题，是在融合多学科素养的基础上，以更新的高度和深度向文学本位回归。

总之，本书对各个议题的探究，无论是在方法、思路、视野还是在观点、材料、观念方面，都展现出新的特点，都有可资借鉴的地方。在此基础上，未来的声律研究，一方面可以充分利用杜先生开发的“中国古典诗歌声律系统”的学术功能，高效便捷地展开研究，另一方面就是对已有的研究做深度的挖掘，从知其然向知其所以然转变。至于本课题可完善与可推进的地方，杜先生在绪论中高瞻远瞩，已有独到的揭示，读者可参看。

《新出石刻与唐代文学家族研究》

□ 徐迈

（胡可先著　北京大学出版社　2017年3月）

唐代文学家族之盛，胡应麟已有揭示：“唐诗赋程士，故父子兄弟文学竞称者甚众，而不能如汉、魏之煊赫。至祖孙相望，则襄阳之杜，亦今古所无也。世所共知二贾、二苏、三王、五窦外，他或以爵位勋名掩之。”（《诗薮》外编卷三）胡应麟更胪列唐代以文学见知于世的父子二人48例、兄弟二人31例、祖孙16例，以及兄弟多人、父子祖孙、夫妇、兄妹、姊妹诸例，蔚为大观。唐代文学家族构成了唐代文学不可或缺的部分，亦是唐代文学繁荣的表征之一，虽然名家大族的势力在唐代受到皇权的大幅削弱，但是以家族为核心的士族社会仍然保持着家族重谱系、婚姻重阀阅的风习，在这一时期的政治、文学、学术领域发挥着深刻影响。近代以来，随着科学考古的持续推进，同一家族的唐人墓志批量出现，为唐代文学家族的研究带来新的研究对象和前所未有的文献材料，使得以家族为视角的文学研究有了向纵深方向展开的可能。《新出石刻与唐代文学家族研究》是胡可先教授继《出土文献与唐代诗学研究》《考古发现与唐代文学研究》之后，在出土文献研究领域的第三部著作，较之前两部考论扎实的著作，新著的特色也很鲜明，这是一部依托以墓志为代表的新见石刻文献，融合微观史学、谱牒学、文体学，更加深耕细作、从细微处考证发掘唐代文学家族丰富群像的学术专著。此书以文学家族的个案研究为切入点，以文学发展为指归，所论关涉地缘、党争、科举、婚姻等诸多方面，在家族、地域、文化、文学多重因素影响下考察家族及个体的家风、学风和文风，进而把握唐代文学生态环境的丰富性。此书的研究思路以及取得的研究成果体现出唐代文学家族研究的最近进展，并为唐代文学研究提供了诸多有益思考。

一、立足墓志文体的"家传"特征，融合新视角与新材料

《新出石刻与唐代文学家族研究》着重从唐代墓志的撰者身份、墓志内容、文体风格等角度指出唐代墓志的文体属性与家族属性联系紧密，揭示墓志的"家传"特征，以此为出土文献研究与家族文学研究的结合点，这也成为贯穿全书9个家族个案研究的基本思路。唐人有聚族而葬的习俗，并且盛行厚葬。出土墓志的分布特点和唐代文学家族的地域性呈现高度吻合的态势，这是墓志形态上的家族特征。内容上，墓志往往是志主家人提供行状或家传，由撰者在此基础上修改润饰而成，很多唐人墓志即由家人或族人撰写，而唐代碑志的内容多涉及世系、婚娶，体现出强烈的家族意识，这是墓志区别于一般传记文学的"家传"特征。该书还细致分析了自撰墓志与家撰墓志的文体形态、叙述方式，指出新出唐代墓志以原始的实物形态和文字形态反映了唐代文学家族文化的特点，从中可以发掘传世文献未曾记录的家族记忆；另一方面，以石刻为文献载体的唐代墓志，处在印刷术普及以前的写本时代，具有特殊的文献价值。

二、比照新出石刻史料与传世文献，梳理文学家族世系

《新出石刻与唐代文学家族研究》的第二至十章是9个家族个案的专章研究，依次研究京兆韦氏、河东薛氏、弘农杨氏、京兆杜氏、太原王氏、清河崔氏、范阳卢氏、陕郡姚氏、江夏李氏9个文学家族。著者在学界已有的唐代家族世系研究成果基础上，将其搜集的各家族成员墓志集合排比，以石刻史料与史传、《新唐书·宰相世系表》《元和姓纂》、诗文集、笔记等传世文献比照

互证，梳理出27个文人家族世系表。这些文学家族的成员中不乏王勃、王之涣、杜甫、韦应物、杜牧这样的文学史上的代表诗人，亦有相当数量在文学史上未曾受到关注或因传世文献所限而文名不显的文学家和文学创作者，如韦承庆、韦济、韦述、薛元超、薛贻矩、崔翘、崔备、崔安潜、卢士玫、卢载等，墓志述及其文学创作、交游等可补史阙，对其文学风格的评价也有重要参考价值。通过补阙、订正、梳理文学家族内部成员的基本信息以及成员之间的血脉关系，家族世系表大致勾勒出文学家族的整体面貌，为探讨家族成员的文学活动和文风传承奠定基础。文学家族世系的梳理，亦有助于发现家族世系之间的互动联系，比如该书借由新出土王之涣夫人墓志提供的线索，推测唐代山水诗名家王维、王缙兄弟与边塞诗名家王之涣可能具有家族渊源，为盛唐两大诗人的研究开辟了新的思路。

三、综合科举、婚姻、仕宦、交游，再现文学家族生态

唐代文学家族的社会影响在科举、婚姻、仕宦、交游诸多方面发挥作用，著者在文学家族研究中注意采用综合的视角，发掘新出墓志中与文学家族的文学活动相关联的多重社会因素，透过史实细节重现文学发展的生动场景。以科举视角考察文学家族，可见唐代科举重文之风对家族教育和文学创作产生的导向性影响，而文学家族中常见的"科举家族"现象也为研究中古士风转变提供了丰富案例。如弘农杨氏家族的墓志里，既有对父子五人同登科第的表彰，也有对子弟落拓科场的叹惋，重视科举进而重视诗赋、书判的写作已经融入文学家族传统成为一种家风。以婚姻视角考察文学家族，凸显出望族联姻以维护阶层优势的共性。从近年出土的韦应物家族墓志记载的婚姻情况，可以了解韦氏与裴氏、杨氏、元氏的大族联姻对其家族文化传承的积极影响。再如卢公亮族系墓志记载卢、崔、李、郑望族之间的联姻，十余代不断的盛况，血亲、姻亲一体的稳固社会形态对于家族文化的传承起到了保障作用。以仕宦视角考察文学家族，家族成员的仕宦沉浮直接关系着家族兴衰，该书探讨了位列秦

王“十八学士”的薛氏兄弟、盛唐名相姚崇等仕途上显耀的文学家对其家族的影响。个人也受到家族政治利益的牵制，在文学创作上有所表现，例如该书从党援特点分析白居易、柳宗元与杨氏家族的联姻，揭示出牛李党争激烈时期文人的身不由己，围绕杨氏家族党援牵涉的中晚唐文学家，其生存上的复杂心境投射在文学创作上隐晦幽微，著者由此延伸出对中晚唐文学发展进程的重新思考。以文人交游的视角考察文学家族，多侧面展现家族成员的文学活动和文人群像的丰富细节。如韦济墓志对文学交游有比较详细的记录，著者通过考索与其交游往来的文学人物，对韦济在当时文坛的地位和影响有了基本认识。又如杜甫诗中提到的郑虔、韦济、郑审、崔尚、魏启心等人的墓志，为解读具体诗歌提供了必要的背景信息。

四、发掘家族文化基因，探源家风传承

在梳理家族谱系基础上溯源文学家族世代相传的家风、学风、文风，探讨文学家族形成的文化内因，是该书最富创获也最为核心的内容。著者将新出墓志中大量关涉家风描述的内容集结归纳，参和史传记述，从家庭教育、学术倾向、文学风格、著述情况等多方面揭示出文学家族的家风传承，如崔氏家族重经学、礼学、辞科，太原王氏家族的隐逸传统和儒学传承，江夏李氏重著述和授徒讲学，等等。家风的积淀和传承对家族成员的文化修养发挥着积极且深刻的影响，该书由群体视角探讨了家族因素在个人成长和创作活动中所起的作用，发掘文学家族的家风传承也为勾勒唐代文学史的家族脉络提供了参照。

依据家族墓志进行文学家族研究当然也有其局限，墓志的发掘带有偶然性，通过考古发掘呈现出的家族墓志近乎抽样调查，新材料的分散和动态增长使得系统研究成为主要难点。即如该书著者认为目前值得着力研究的唐代重要文学家族已达20个以上，这是一项工作量巨大且耗时漫长的研究课题，故而著者并未急于在此书中给出有关唐代文学家族形态、特征的整体性评价，而是尽可能对文学家族作微观深入的考察。全书10

章涉及 9 个文学家族，各个家族考察的重点不同，叙述详略也不同，有些文学家族支系繁多，有些则比较简明，各个家族成员中的重要人物皆有专论，个别新出墓志还有笺证、专门考释。这些都体现出该书就材料说话而非就观点阐发的研究特色。

以新出石刻史料为对象的研究，对基于传世文献的文学史系统进行补充甚至是纠偏，既充满难度也富有挑战。《新出石刻与唐代文学家族研究》被列入"2016 年国家社科基金成果文库"出版项目，得到了评审专家的认可与肯定，也说明了出土文献研究作为一种研究方法在现阶段文史研究中的重要性。近两年先后出版的孟彦弘《出土文献与汉唐典制制度》、陈爽《出土墓志所见中古谱牒研究》、陈尚君《贞石诠唐》、孟宪实《出土文献与中古史研究》，以及本书都属于运用新材料的拓展研究。而在史学成果接连涌现的可喜局面下，以出土文献观照唐代文学则又显出格外可贵的一面，与墓志关系密切的唐代文学家族研究可谓前景广阔，正如著者在该书"引论"部分所言："唐代的文学家族研究，既与前代以门阀制度为背景的士族研究有所不同，也与宋代以后以官僚为特征而形成的家族研究存在差异。唐代家族的研究，是唐宋社会转型研究的一个重要方面，唐代文学家族的研究，更是对唐代文学演变的原生状态的一个回归。"

《唐诗风神及其他》

□ 徐晓峰

（袁行霈著　黄山书社　2017 年 4 月）

袁先生《唐诗风神及其他》一书，2005 年曾由香港城市大学出版社作为“中国文化中心讲座系列”之一予以出版，但港版如今颇难购置，所以黄山书社能在大陆再予印行，实慰学界贤达祈盼之情。

本书由 10 篇文章组成，结集缘起据本书自序交待，源于袁先生 2004 年 9 月至 11 月受邀至香港城市大学中国文化中心任客座教授，为该中心做了十次演讲。因演讲有时限，为弥补遗憾，城市大学特将演讲依据的原稿予以修订出版。可见，本书虽出自演讲所需，但仍旧是一部研究自选集，那么选者的眼光和期待，及背后所体现的学术主张和精神是值得我们思考的。

这些文章，是袁先生多年来的研究成果，时间跨度从 1980 年到 2004 年，内容大致可分成四部分：第一部分是唐诗研究（第 1—5 篇）；第二部分是中国诗歌理论（第 6、7 篇）；第三部分是陶渊明研究（第 8 篇）；第四部分关涉古典诗词的深味与妙悟（第 9、10 篇）。这样的分配和袁先生一贯的学术思路和内在理念是相契合的。下面即结合本书的具体阐述和袁先生的相关论学主张，略作申解。

一、民族诗学的园地

袁先生论学，曾主张文学史与批评史的结合，先生说这是“两块园地”，不可偏废。不过，他认为研究文学批评的未必深入研究诗歌史，而研究诗歌史的又未必对理论感兴趣。袁先生自己从 1977 年开始，有意在思考中兼顾诗歌创作与诗歌理论两面；1979 年后结合“中国诗歌艺术研究”课程的讲授，陆续撰写了关于“意象”“意境”等诗学范畴以及屈原以来 14 位诗人艺术分析的系列论文，后来结集为《中国诗歌艺术研究》出版（1987 年）。《唐诗风神及其他》第二部分关于“天趣”“寄托”两个中国诗学范畴的探讨，仍是对中国诗学这块园地的持续开垦。正是基于此，2009 年《中国诗歌艺术研究》修订三版，便将“天趣”“寄托”两篇收入其中。

1994 年袁先生与孟二冬、丁放两位教授合著的《中国诗学通论》出版，该书对中国历代关于诗的理论和品评做了一番梳理工作，通过总结中国诗学，一方面是助于理解中国的诗歌，另一方面是为了丰富中国文学理论，乃至世界的文学理论。可见，袁先生致力建立的是具有自身特点而又面向世界的民族诗学。关于这点，2010 年 5 月在香港中文大学举办的中国古代文学理论国际学术研讨会上，袁先生曾发表《中国诗学的特点与民族诗学的建立》的主旨报告，对民族诗学的重要性作了有力的重申：中国作为诗的国度，其相关诗学理论十分发达，且具有不同于西方的特点；中国诗学的研究应当放到世界文学的大格局中来研究。

对于民族诗学园地的建设，袁先生曾有一些具体设想，比如理解诗歌理论应该避免从概念到概念，不能脱离创作实践；又比如研究诗学理论，应具有哲学、宗教、艺术史的修养，很多中国诗学理论和艺术理论有相通之处，诗论有时应与书论、画论、乐论互相参照。就本书选入的“天趣”“寄托”两篇来说，正是这两种设想的具体呈现。在“天趣”一文中，袁先生就注意到“天趣”不仅存在于诗学中，也常见于书画评论中，它们最终指向的是“自然”，而“自然”是道家哲学的真谛，于是这一中国诗学追求体现出的其实是传统的道家美学精神。“寄托”一文中，袁先生也是从具体用例出发，考察“寄托”这一概念如何进入文艺创作；同时，结合《离骚》、汉乐府，以及陶渊明、苏轼等人的作品来说明“寄托”的种种复杂情况。这些都能看出袁先生对于中国民族诗学的建立，不仅有体大宏深的把握，更有具体而微的实践。

二、点面结合——陶渊明与唐诗

袁先生的学术思路还体现在他多次强调学术研究既要深入一个领域，有重点，也要纵通上下，尝试开拓一个面，这就是“点面结合”，袁先生平日谈话中常提及的“到十字路口开店铺”，体现的也正是这种研究视野。本书第一部分收入的五篇文章便是关于唐诗史“面”的描述，而第三部分的陶渊明研究属于“点”的深入。

选择陶渊明作为深入的“点”，据袁先生所说，既因为他的作品，也是被他的为人和事迹吸引。2010 年，袁先生曾私下感慨道：为了陶渊明，做了《陶渊明年谱汇考》，又有《陶渊明研究》中一系列的思考，后来做了《陶渊明集笺注》，后来又写了《和陶诗及其文化意蕴》；前几年又开始撰写《古代绘画中的陶渊明》，后来出版《陶渊明影像》（中华书局 2009 年），现在每天用小楷手抄陶集——我这一生应该对得起陶渊明了吧！可以看出，袁先生对陶渊明是倾注了极大情感的。这种将学术与人生情怀紧密结合的态度，体现在很多老一辈学者身上，令人尊重与向往。

关于陶渊明的研究，袁先生论述颇多，之所以选收“和陶诗”这篇，表面看来是时间的接近，因该文初刊于 2003 年，下一年即赴香港演讲。不过，如果深入来看，就像文中说的那样：“和陶的价值主要不在于作品本身的文学成就，而在于这种文学活动的文化意蕴：陶渊明已经成为中国文化中的一个符号。……和陶诗为我们提供了一个研究中国文化的切入口。”和陶所指向的中国文化，才是主旨所在。袁先生认为学术研究的那个“点”，不应该是绝缘的，最好能纵横交错，四通八达。很显然，陶渊明就是这样的点，他在和陶诗、古代绘画中的呈现，都反映的是中国文化的某些重要方面。在袁先生的学术领域中，中国文化、文明一直是其思考所在，因此袁先生的古代文学研究往往会延及中国文化方面，和陶诗的研究就是这样，又如本书讨论“寄托”的文章，提及男女之喻或与楚国文化有关，虽仅只言片语，背后却可见出一贯的思考。

至于唐诗研究，袁先生强调是获益于林庚先生的引导。袁先生认为唐诗研究应注意两个方面：一是唐诗的本体研究，即唐诗首先是作为“诗”，应力求揭示其艺术魅力和经验。二是唐诗的综合研究，其中又有横、纵之分。所谓纵，就是唐诗史的整体描述，摆脱作家的简单罗列，而是力图揭示唐诗风貌总体的演变轨迹；所谓横，就是将唐诗置于当时的文化大背景下，注意诗与其他学科之间的关系。这种横、纵的研究思路，应该追溯到袁先生 1978 年 9 月 19 日发表于《光明日报》的《横通与纵通》一文。该文总结文学史的研究应有纵通、横通两种方法：纵通着重研究文学的发展和衰落，承上和启下，来龙和去脉；横通关注文学与哲学等其他学科的相互影响和渗透。可以说，唐诗研究作为文学史研究的一个“点”，其本身的文体特点，需要深入到本体的艺术性研究；而唐诗本身的发展演变又体现出“面”的特性，因此从横、纵两面展开研究也是题中应有之义。

事实上，本书前五篇关于唐诗的研究，体现的是点与面、横与纵、本体与综合的交叉融合。在第 1 篇《唐诗风神》中，袁先生以“风神”概括“唐诗的艺术精髓”，并着重从意象到意境这个角度来分析唐诗如何确立自己的内在特质，这是偏重诗歌本体方面的研究。第 5 篇《在沉沦中演进》再次从意象和意境方面展现晚唐诗歌的演进轨迹。袁先生很善于从传统诗学中拈出一二关键概念，正如王国维拈出“境界”论词一样，在纵通中作探本之论。第 3 篇《诗国高峰》认为盛唐诗歌所体现出来的“气象”，是植根于盛唐时代的，它既是其他艺术繁荣的反映，也源于南北、中外文化融合所带来的滋养。这里体现出的正是横通的研究思路。

此外，袁先生本书关于唐诗史的宏观把握，还有两点值得注意。

一是一以贯之的整体性。如第2篇《百年徘徊》认为初唐诗歌的演化就是从御用转向个人抒情，其中陈子昂更是强化了个人的政治抒情。第4篇《走向高峰之后的探索》认为从盛唐到中唐，个人抒情一方面进一步融入时代，表现时政类的普遍主题；另一方面则沉入日常生活，开掘个人另一类的诗化人生的抒情，这种抒情上承陶渊明，下启晚唐，甚至宋诗。于是从抒情模式的沿革角度，袁先生大致勾勒出唐诗发展演进的轨迹，并确立了唐诗在诗歌史中的相应地位。

二是发凡起例的启迪性。袁先生关于四唐诗的把握，偏重宏观整体，因而在具体层面是比较简略的，如关于晚唐诗的演进，着笔不多，也就留有开拓的余地。再如对盛唐诗人的划分，提出从身份地位、生活经历，而不是传统的从山水田园和边塞、现实和浪漫来分类。2012年，袁先生和丁放教授合著的《盛唐诗坛研究》正式出版，便将这种分类落实了。又如《走向高峰之后的探索》对中唐诗起点的界定，认为要充分注意作为盛唐诗人的李白、杜甫在安史乱后的创作，这些创作中的兼济情怀和议政倾向在中唐得到进一步发扬，形成新的创作趋势。这种叙述便具有很好的启迪。我们可以进一步思考的是，考虑到杜甫对中唐诗的引领性，以及大历诗坛与元和诗坛的差异，那么杜甫和大历诗人能否独立分期，构成一个"盛中之渐"的过渡期呢？

三、学问·人格·人生——诗之陶冶

袁先生治学与育人，强调学问与人格并重，学问的气象有赖于人格的修养。对古典诗词的深味与妙悟，正能陶冶情趣，完善人格，提升修养。本书的最后两篇文章——《〈春江花月夜〉与〈琵琶行〉》《古典诗词与情趣的陶冶》，作为当时演讲的收结，应是对听众有所寄寓的。

在《古典诗词与情趣的陶冶》中，袁先生重申了中国是诗的国度。就本书而言，其实也是以诗为中心的，不过前八篇重在论诗，而后两篇重在赏诗。20世纪80年代，袁先生曾主编了《历代名篇赏析集成》，在台湾版的序言中，袁先生认为文学鉴赏是和人生实践交融在一起的，文学鉴赏的意义是“帮助人们培育高雅的性情，养成完美的人格，步入艺术化的人生”。袁先生平日也常作诗抒怀，有时还以诗评论（北京大学出版社 2011 年出版先生《论诗绝句一百首》），先生认为中国诗学具有实践性，至少先生自己是真正“实践”了，也许这样才能深入古代创作的三昧吧。

关于诗词如何陶冶情趣，袁先生归纳为：与古人沟通心灵，提升人格；具有诗的眼光，观察生活和自然；培养细腻的感受能力；体会人生的道理。其实都是归结到人生的处世。像袁先生说的，中国少有厌弃人生的诗歌，因而读诗并不必然使人沉沦，而应该是通向对理想的求索。

袁先生 2017 年曾出版一本书，叫《好诗不厌百回读》。我想，袁先生笔下所描绘出的“诗歌”，才是那最初使我感动并愿意投身其中的“好诗”吧！

《唐诗流变论要》

□ 李鹏飞

（葛晓音著　商务印书馆　2017年4月）

葛晓音教授属于北大中文系古代文学专业的第三代学者（林庚先生和陈贻焮先生分别是第一代和第二代），从事魏晋南北朝隋唐五代文学史的研究，至今已经整整38年了，其研究范围主要有八代诗、初盛唐诗、山水田园诗、先秦汉魏六朝诗歌体式、唐宋散文、隋唐乐舞与日本雅乐等几方面。出版代表作《八代诗史》《唐宋散文》《汉唐文学的嬗变》《山水田园诗派研究》《诗国高潮与盛唐文化》《唐诗宋词十五讲》与《先秦汉魏六朝诗歌体式研究》等，再加上古典文学研究方面的其他杂著，共计20种，发表学术论文约130篇。这本《唐诗流变论要》就是从她的论文中精选出14篇代表作编集而成的。

14篇，只是一个微小的数量，自然远不足以代表晓音教授的全部学术成就，笔者在这篇小文中也同样难以对晓音教授的所有成果进行全面的介绍，所幸笔者和刘宁女士已经在去年分别发表过有关的评述与访谈文章，对她的学术成就和治学方法有过比较全面的介绍，有兴趣的读者不妨去找来看一看。因此，这里就只拟简单谈一下笔者对晓音教授近些年所从事的中国古代诗歌体式研究的意义的认识。

在中国古代诗歌史上，先秦至汉魏六朝是各种诗歌体式发生和形成的时期，各种诗体与艺术表现特征的关系，是历代诗论关注的重点。但古人的评论大都是印象式的，今人的研究又大都停留在形式规则方面的阐述，都少见对原理的深入探讨。尤其是中华人民共和国成立以后的数十年间，由于特定意识形态对文学研究的干预，研究文学艺术的形式问题还很容易被扣上形式主义的大帽子，即使在没有意识形态影响的时代，人们在形式与内容二元对立的思维影响下，也还是更容易重视对文学艺术作品内容的研究而相对忽视了对形式的研究。还有，在形式与内容二者中，内容是显性的，更容易被注意到，而形式往往融化在内容之中，是隐性的，不太容易被注意到。此外，内容的研究也相对较为容易，而形式的研究则要困难得多。

在晓音教授之前，对于诗歌艺术形式的研究虽然很多，但只有林庚先生和松浦友久先生对中国古代诗歌的形式产生的原理进行过比较深入的探讨。林庚先生是中国现代文学史上著名的诗人，他之所以要关注并深入研究古诗的形式原理，一个重要的动机就是希望为现代白话诗寻找恰当的形式，这包括节奏和句法等一些具体的因素，林先生总结出半逗律、节奏音组、典型句式等中国古诗的一系列规律，并积极地将这些规律移诸新格律诗的写作实践。尽管关于他的这一实践学界尚存在争议，但他对古代诗歌形式规律的研究却开启了一个蕴含着巨大学术潜力的领域。日本的松浦友久先生则运用了十分细密的分析方法来研究中国古诗的节奏特点及其美学效果，他的主要研究成果都被收入《节奏的美学》与《中国诗歌原理》两本书，且都已被译成中文，为中国文学研究界所熟知，这里就不进行介绍了。

正是在林庚先生和松浦友久先生相关研究的启发下，晓音教授从 21 世纪初开始，集中精力展开对先秦至隋唐诗歌体式的研究，她从各体诗歌的源头做起，从语言变化、节奏提炼、诗行安排、篇体结构、表现方式等多种角度，来说明各种体式的生成途径、发展过程和创作原理，从而对古代诗话所论有关各体艺术规范和创作传统的形成原因做出解释。收集在其专题论文集《先秦汉魏六朝诗歌体式研究》中的 20 余篇论文着重研究了四言诗、骚体的体式形成、节奏结构、比兴与体式的关系；七言诗的生成原理及其与三言体、四言体的关系、中古七言诗体式的转型，先唐杂言诗的节奏特征和发展趋向；五言诗的生成途径，汉魏、西晋、晋宋、齐梁等不同阶段五言体的特征及其沿革，南朝五言诗体调的古近之变等问题。由于以所有的诗歌（包括其他韵文形式）传世文献为文本分析基础，而且切入角度新颖，这些论文提出了许多引人注目的全新的见解，也解决了诗歌史上长期悬而未决的一些疑难问题，堪称微观诗学史研究的成功典范。《先秦汉魏六朝诗歌体式研究》出版以后，晓音教授继续沿此道路研究唐诗的体式问题，对唐代各类代表性诗体以及诗人的艺术创新加以探析，试图从体式原理的角度来解释唐诗的美感之谜。这次商务印书馆出版的这本《唐诗流变论要》的"上编"所收录的论文数量虽然有限，但都是从属于体式研究这一专题之下的代表作，体现了她思考唐诗体式问题的一些不同角度。笔者在拜读这些论文的过程之中，一方面深感作者研究的深广、分析的精密与解释的透辟，一方面也在反复思考这一研究的重要意义。

在世界文学史上，从现存的文献来看，应该说，没有哪一个民族拥有中国这样深长而丰富的古典诗歌传统，而且，前人对这一诗歌传统的研究也同样源远流长。但进入现代之后，在运用现代学术研究的方法来研究本国的古典诗歌且提出重要诗学命题方面，中国学界却有些落伍了。尤其是在总结提炼出古典诗歌的有益经验并对现代汉语诗歌的创作起到有效指导作用方面，中国古代诗歌研究界是做得很不够的。中国现代诗人在创作与批评方面所依凭的艺术经验与理论手段大部分来自西方诗学，二十世纪西方"意象派"诗歌的产生及其对中国现当代诗坛的影响就是一个很典型的例子——庞德、洛威尔等人正是从对中国古典诗歌英译本的阅读中发现了中国古代诗人使用意象来抒情造境的技巧，从而提出了"意象派"诗学的一些重要理论与写作技巧，不仅影响到一大批欧美诗人，也反过来影响了中国的现当代诗人。

长期以来，中国古代诗歌理论批评史的研究主要集中在对古代诗话的研究上面，而很少有人从无比丰富的古代诗歌文本中提炼出原创性的理论来，林庚先生那样的尝试实可谓凤毛麟角。但晓音教授的诗歌体式研究成果的集群式问世在很大程度上改变了这一局面，她的研究固然也从古代诗话中汲取了很多有益的成分，但主要是从大量古代诗歌文本中以及诗歌史中概括提炼出来的真正具有原创性的理论成果。从她的《先秦汉魏六朝诗歌体式研究》一书后附的“名词索引”就可以看出，她提炼出了诸如句序、辩体观念、节奏结构、主导节奏、主导思路、主导喻象、生成途径、场景单一性、古题乐府近体化、典型句式、联想方式、逻辑相因、体式重构等重要理论术语。在相继的唐诗体式研究中，她又提出了表现感觉、表现原理、表现潜力、叙述节奏、铺陈节奏等理论术语。这些术语的着眼点都在于从原理上更深入地解释诗歌体式和节奏的形成，是从实证研究中自然产生的，而非生搬外来名词。在笔者看来，如此众多诗学理论概念的提出实际上已经足以构成一个完整的中国古代诗学的新的体系。这一理论体系比林庚先生和松浦友久先生当年提出的理论要远为全面、复杂和深入，更深刻地关联着中国古代诗歌的内部发展逻辑与艺术表现规律。我认为这一理论体系如果能被当代诗坛所理解、吸收和借鉴，必然可以为当代诗歌探索并完善自己的艺术形式提供十分有益的历史经验。

在面对晓音教授这一系列体式研究的论著时，笔者猜测有读者可能会觉得这种形式上如此细密深入的研究会有些令人感到枯燥，甚至怀疑这么做的必要性。但殊不知，中国古代的诗话恰恰十分关心这些具体的形式节律的问题，因为正是这些问题直接跟诗歌的创作密切相关——内容层面的因素因人而异，也因时代而异，但形式节律方面的很多原理则是超时空的，可以为不同时代的诗人所共同使用并加以发展。对于一个古代的诗人来说，他最需要掌握的不是写什么，而是如何写，以及这样写的道理是什么。看过《红楼梦》的读者一定都还记得第七十八回的“老学士闲征姽婳词”时，贾宝玉一边写他那首歌行体的诗，一边对众人解释他布局谋篇的理由吧？这些理由中其实正包含着中国古典诗歌写作的一些真正的奥秘，这些奥秘主要是关乎形式因素的，而且它们不仅适用于古典诗歌，同样也适用于现当代诗歌，因为这些奥秘已经抵达诗歌艺术基本原理的高度了。在晓音教授的诗歌体式研究中，一方面，关乎中国古代诗歌写作本身的真正奥秘被大量而系统地揭示出来了，古代诗歌的美感之谜从形式节律的层面得到了有力的阐发：比如，魏晋诗歌为何被视为浑然天成的典范，盛唐的绝句为什么会成为绝句这一形式的巅峰，杜甫的五律又为何能臻于“独造”之境？这些都从形式和表现的原理方面得到了十分透彻的解释。更为重要的是，晓音教授的体式研究第一次让我们如此真切地领会到诗歌艺术形式的无比重要性，让我们清楚地看到古代诗人是如何锲而不舍地追求着形式上的创新以及如何获得形式上的自由，并最终从形式的自由中创造出诗歌之美来。完全可以说，晓音教授从对具体诗歌问题的深入研究中所提出的不少理论见解，最终都是跟艺术哲学的基本原理若合符契的。

以上只是我从阅读中所获得的一点初步的认识，只能从一个侧面概括晓音教授诗歌体式研究的重要意义。我相信，随着时间的推移，随着她的研究被越来越多的人所关注、所理解，其学术意义也必然得到更深入、更丰富的阐发。

《诗映大唐春》

□ 谷维佳

（尚永亮著　北京大学出版社　2017 年 5 月）

唐朝之辉煌，是舞不尽的霓裳羽衣，歌不尽的红牙檀板，是四宾来服，万邦来贺；唐诗之繁盛，是“李白斗酒诗百篇”的豪情，是杜甫“读书破万卷，下笔如有神”的自信。不管是专业研究，还是个人兴趣，对于古典诗歌爱好者来说，唐代都是极富魅力的，诗人们纷至沓来，络绎不绝，如同璀璨夜空中的繁星，千载之下，仍熠熠生辉。“诗映千古，梦回大唐”，与唐代文人做一次“亲密接触”，去切身感受那充满了激情和壮思的诗心，感受那诗一般梦幻的国度，是多少唐诗爱好者的心愿！

2017 年 5 月，尚永亮先生新作《诗映大唐春：唐诗与唐人生活》由北京大学出版社出版，给众多唐诗爱好者打开了一个走近并熟悉唐代文人“诗歌创作”和“生活样态”的窗口。本书共 55 讲，根据不同内容搭配精美配图 144 幅，专业与通识并重，学理与趣味并举，既给广大唐诗爱好者奉献了一场精神上的饕餮盛宴，又给专业的研究领域，尤其是唐代文人“生活史”和“心灵史”层面增添了一块重量级的砝码。

一、唐代文人“生活”和“心灵”的立体还原

对唐人，尤其是唐代文人“生活史”和“心灵史”的立体式还原，可谓本书的一大亮点。

“夏雨春云秋月夜，唐诗晋字汉文章”，作为唐代文学领域最为瑰丽的一朵奇葩，唐诗能取得与汉赋、晋字相比肩的成就和地位，与唐代文人的生活状况、心灵变化息息相关，然目前学界对这方面进行专门探究的作品凤毛麟角，且各有缺憾，要么是学理性太强，不适合普通唐诗爱好者阅读；要么是趣味性太重，往往信口开河，出现常识性错误。因此，怎样在爬梳史料的过程中努力接近唐代文人生活“原貌”，对他们的“生活史”和“心灵史”作一立体式还原，从而更好地解读唐诗，是本书作者自始至终的一个重要关注点。

作者首先选取了与唐代文人生活最为紧密相关的“读书活动”作为切入点，在概述了家庭、学校读书的优劣得失之后，将视线聚焦于唐代文人在“山林”“寺院”的读书情形。唐代寺院、道观众多，在这里读书，既能师从得道高僧，答疑解难，又有免费的斋饭，可以白吃白住，于家境贫寒的士子而言，还是颇有吸引力的；同时，寺院、道观一般建在名山大川，环境清幽秀丽，有助于文人亲近自然，酝酿诗思；且不少寺院有着丰富的藏书，文人在这里既可以悠游自在地读书长学问，又能在闲暇之余练习书法丹青、谙熟音律乐器，提高综合技艺，为日后的科举考试打下良好基础；更为重要的是，他们整日畅游山林，与山水为伴，无拘无束，由此养成了热爱自然的心性和洒脱豪迈的自由品格。作者思路清晰，论述严密，中间穿插大量例证和史料，使我们对唐代文人的读书情况有了更加多维、全面而深刻的理解。

除了“读书”之外，作者又从“隐逸”“漫游”“边塞”“科举”“考试”“入幕”“党争”“贬谪”“宴游”“观舞”“听乐”“书法”“绘画”“诗酒”“围棋”“过节”“生财”“婚恋”等约 18 个与文人生活密切相关的领域，向我们全方位地展示了唐人生活的方方面面，涵盖广博，视角宏大，阐述幽微，例证丰富；同时，还充分利用了大量古代典籍中的记载，如《通典》《资治通鉴》《唐语林》《唐摭言》《太平广记》《文献通考》等，以及现当代研究者们的成果，如罗联添《论唐人上书与行卷》、吴宗国《唐代科举制度研究》、傅璇琮《唐代科举与文学》、陈寅恪《元白诗中俸料钱问题》等，辅以各类诗词字画图，文人行乐图，石刻碑志图，疆域行政图等等，对唐朝的经济、政治、人口、版图、疆域、文化、户籍等进行穿插讲解，绘制出了一幅幅生动立体的大唐王朝文人生活图景。

其中，最精彩的当属第十六讲至二十六讲，作者用了十讲的内容，细致呈现了文人科举考试的全部过程，种种悲欢离合、喜怒哀乐、辛酸苦痛、风餐露宿，宛如一帧帧画面徐徐铺开，由此我们也能更加深刻地体会“科举考试”这个在唐代文人一生中都占据重要地位，且产生巨大影响的字眼，不只是书中的一句话，诗中的一声叹，而是浸透了多少唐代文人的汗水和血泪。在这一过程中，有着多少鲜活的生命在里面沉沦翻涌，并由此产生了一大批与之相关的优秀诗作，动人心弦。

贬谪文学，是作者开拓的一个重要专业领域。本书第三十七讲至四十一讲，正是对唐代文人贬谪情况及贬谪过程的讲解，因为有《元和五大诗人与贬谪文学考论》(文津出版社 1993 年)、《贬谪文化与贬谪文学》(兰州大学出版社 2004 年)、《唐五代逐臣与贬谪文学研究》(武汉大学出版社 2007 年)等著作在前，较之其他部分，本书对文人贬谪情况的论述篇幅较少，然却是精华所在，通过对文人如何得咎，在贬谪途中所遭受的苦难，到了贬所后动辄数年、十数年囚笼般的生活对心灵的折磨，以及由此所带来的抛弃感、拘囚感、焦虑感，身体和心灵遭受的双重煎熬的细致描绘，使我们对“贬谪”二字，有了更加深刻的认识。

诗歌是心灵的艺术，是灵魂的震颤，只有真正了解诗人们的生活实际，才能真切地感知他们的喜怒哀乐，才能体味到唐诗之大美。作者以细腻的文笔，最大限度地接近唐代文人的生活和心灵，这种“立体式还原”，对唐诗爱好者可以说助益多多。

二、唐代文人创作情态的全面呈现

唐五代历时 342 年，在这么长的时间段内，唐代文人的诗歌创作整体上呈现什么样的状态和特征，可以说是一个大问题。

在开篇第一讲，作者就根据自己制作的唐诗数据库，给出了两个具体的数字：就目前所了解到的存世诗人和诗作来说，诗人 3228 人，诗作 50454 首。不同于“四唐说”等其他笼统的唐诗阶段划分，作者依据“诗人生活的年代”“诗人的创作量”“诗人被后人推许的程度”三个标准，将整个唐代诗人划分为七个代群，并通过更进一步深入观察，揭示了代群间的内部构成和前后更迭规律：首先，创作量与诗歌高潮间存在一种正比例关系；其次，从内部构成看，在每一个代群中，知名诗人的年龄间隔一般在20岁左右；其三，代群与代群间的间隔发展时间大体上都是四十到五十年，这个时间间隔基本反映了文学史上知名诗人的成长历程；其四，在七个代群中，以精英作者和创作量为标准，有两个强势代群，两个次强势代群，还有三个弱势代群，由此构成了唐诗发展史两头低、中间两度凸起的驼峰式格局。这一划分标准和规律总结，既让人耳目一新，又颇专业可信。

此外，在对唐人“生活”和“心灵”进行立体式还原的同时，作者还抓取每一种生活样态下的诗作精品，或细加分析，或以点代面，将诗人的思想感情乃至心理活动一一呈现出来。其中有读书山林时清幽闲雅的意趣，有假隐士对“终南捷径”的欣羡，有漫游、边塞时期的豪情壮思，有科举浮沉中的心酸苦痛、悲哀叹息，有行卷请托时的卑躬屈膝、忍气吞声，有入幕时的辗转流离，曲折辛苦，更有党争中的波谲云诡，相互倾轧，贬谪途中的万死投荒，穷途恸哭。他如宴饮游乐、观画赏乐、喝酒饮茶、下棋赏花、过节婚恋，都有诗歌作依托，都有精到的分析供人品味。

唐人对边塞的向往和边塞诗的成就可以说是一个老生常谈的话题。然而在第十三至十五讲中，作者以其广博的视野，对大量史料信手拈来，条分缕析，又给了我们新的启发。首先从唐代文人对边塞的态度谈起，到读书人面对有着巨大诱惑的边功所产生的价值观变化，再到初唐四杰、陈子昂、王维、王昌龄、王翰、李益等人边塞诗的创作情形和特点，娓娓道来，别具新意。接着分别重点讲解了高适和岑参两大颇有代表性的边塞诗人，对二人的人生行迹、边塞经历和代表作品、掌故逸事，如数家珍。通过这样的讲解，二人的形象逐渐立体饱满起来。当读到岑参获悉故府主封常清被冤杀的消息，满怀悲痛地写下“相送泪沾衣，天涯独未归。将军初得罪，门客复何依”的诗句，我们的眼眶也湿润了，对岑参后期的从军生涯随之有了更深切的了解。

三、"亲密接触"后的唐诗重读

我们对于许多唐诗名篇,因为自幼记诵,太过熟悉而囫囵吞枣,往往不能深解其意。当深入了解唐代文人的生活情境,及其作为一个鲜活的生命个体,在漫漫人生路上所经历的喜怒哀乐、悲欢离合之后,再重读早已烂熟的唐诗,往往会有不一样的更深刻细微的全新体会。

在第二十六讲"放榜后的悲欢"中,人生的大起大落,几家欢喜几家愁,让人唏嘘!如果我们不了解士子们登第前背井离乡、辗转路途、甚至乞食权贵所忍受的屈辱和磨难,不了解放榜后及第者参与杏园宴会的荣耀,以至整个长安城为之轰动、名园楼宇为之敞开的热烈疯狂,我们就不会懂得46岁登进士第的孟郊何以会写下"春风得意马蹄疾,一日看尽长安花"的诗句。那是一种由内而外汹涌喷发的狂喜,是一种压抑数十年终于扬眉吐气的激动!有人狂喜,就有人恸哭。晚唐诗人赵嘏作《下第后上李中丞》:"落第逢人恸哭初,平生志业欲何如。鬓毛洒尽一枝桂,泪血滴来千里书。"无疑是极沉痛的。但当了解了有人因屡次落第,连妻子都感到羞耻,写家书嘱咐丈夫"良人的的有奇才,何事年年被放回。如今妾面羞君面,君若来时夜半来"的背景,再来读"泪血滴来千里书"的诗句,则其中所蕴涵的苦涩、悲辛,便有了加倍的分量。这千里而来的家书,带来的不论是亲人的宽慰,还是指责,于落第之人饱受折磨摧残的心灵而言,都是又一次刺痛甚至伤害。

与落第者相比,贬谪是唐人遭遇到的更大的伤害。诗人因何被贬?被贬几次?历时几年?行程多少?贬于何地?贬所生活如何?这一系列问题,在书中都有详细的解答。了解了蓝武驿道的艰难险阻,我们才能真正细微地体察韩愈在"云横秦岭家何在,雪拥蓝关马不前"诗句中所饱含的苦难和绝望;了解了刘禹锡于永贞革新失败后先贬朗州、后徙连州、继转夔州与和州,至文宗大和元年才脱离谪籍的曲折经历,我们才能读懂"巴山楚水凄凉地,二十三年弃置身"的诗句,体会到他在光阴虚掷后的无限心酸悲苦；如果我们不了解永州贬所毒虫遍布、瘴气蒸腾的情状，以及柳宗元被贬后极度孤独、苦闷的心境，也许会误以为《永州八记》中描写的生活是如此的优游自得；倘若不了解他刚直的心性和对信念的执着态度，可能会将其名作《江雪》视为纯粹的写景之作，而忽视了"孤舟蓑笠翁，独钓寒江雪"背后所展示的那颗饱经风霜后依然孤傲坚定的心灵。

唐诗之动人处，正在于翔实记录了唐代文人"生活"和"心灵"的交流沟通，而读唐诗之要诀，则在于"了解"后的"同情"，"体验"后的"悟入"。对于唐诗来说，记诵只是最初的功夫，如何深透地触摸诗人生命的脉动，感受那"向死而生"的浪漫和苦痛，感受那沉静无言的大美，才是我们真正要努力的方向。于此而言，本书作者以宏大的视野，渊博的学识，细腻的解读，给我们提供了一把努力向上的梯子。

四、梦回大唐，涵养诗心

唐代是充满了诗意的国度，唐人的人生也是一种诗化的人生。于今而言，"梦回大唐"也许只是一个遥不可及的美丽愿望，但"诗心不死"却是每个人都可尽情追逐的一份浪漫情怀。某种程度上，本书可以帮我们体验千年以前的真切情境和灵动诗心。一方面，它知识面广博，运用大量历史典故和文献史料，使得言而有据，无征不信；另一方面，其行文娓娓道来，如话家常，往往能涉笔成趣。比之一些枯燥乏味的高头讲章，显得亲切生动，读书如含饴，读书养诗心，也算是一大幸事了。

对于唐诗研究鉴赏来说，近年来作品汗牛充栋，叠床架屋。然本书的出版，不仅以鲜活生动的事例、娓娓道来的讲解使人耳目一新，倍感亲切，同时也意味着在唐诗研究领域，对于作品的理解，除了传统的"实证型"和"鉴赏型"之外，另开辟了"悟入"型这一可行之法门。"实证型"的解读方法容易陷于资料考据，胶柱鼓瑟，不知变通；"鉴赏型"则容易流于内容赏析，生吞活剥，不求甚解；而"悟入"是一个过程，基于"了解"后之体悟，"悲悯"后之同情，更加细腻而深刻。"悟入"的基础是了解，不仅要努力去接近历史上唐人原始的生活样态，在现实生活中也要尽力追求美好，涵养灵动的“诗心”，一颗拥有“诗意”的灵心，是对解读唐诗最大的助益。

用了半个月时间，细细读完此书，掩卷的那一刻，丰盈收获中夹杂着丝丝感动。当下，我们除了快节奏的生活，越来越大的压力，碎片化的阅读，以及海量的互联网信息，我们的生命中还需要有“诗”，海德格尔曾引用德国诗人荷尔德林的名句：人应该“诗意地栖居”在大地上，诗歌，是有灵性的，能给浮躁的心灵带来一份难得的宁静和谐。无论人生多苦，无论荆棘遍布，每个人都需要美，需要在自我的生命中注入一丝诗意，像清冽而甘甜的泉水，让坚硬的心灵柔软下来，使冷峭的人生多一处温暖的所在。

梦回大唐，涵养诗心。涤净尘埃，方得圆满吧！

《李白诗解》

□　海滨

（薛天纬著　中国社会科学出版社　2017年6月）

薛天纬先生致力于李白研究三十余年，成就斐然，曾任中国李白研究会会长，是当今最具影响力的李白研究专家之一。2017年6月，他的新著《李白诗解》由中国社会科学出版社出版。这部著作是他所承担的2007年度国家社科基金一般课题“李白诗歌解读”的研究成果，该成果于2014年结项，鉴定等级为“优秀”。

书的封套有“内容简介”如下：“本书对20世纪及21世纪前10年，重点是1978年以来诸家著述中涉及李白诗歌实证性研究（包括诗篇所涉史实的考订、诗人事迹的考订、诗歌文本的校订、诗中语词的训释等）以及立足于实证性研究的诗旨阐释的成果作了尽可能全面的检视，广泛汲取各家原创性成果，并融汇自己的研究所得，对所涉及的李白诗歌做出了不同程度的新解读。全书选入李白诗歌298题484首，约为李白诗歌总数的一半。”狭义的学术性研究，即指实证性研究，本书既是对各家实证性研究成果的广泛汲取，因而说它是“一部具有学术史意义的李白研究著作”，是符合事实的。

本书予以解读的诗歌，涉及了李白诗歌研究数百乃至上千个或大或小的各类实证性问题，比较典型的如《古风》一题之下，或做“题解”，或做“句笺”，或做“义释”，就有不少于59处需要解读的问题。本书每卷之后，附有“本卷讨论的主要问题”，根据作者自己的归纳，本书所讨论的李白研究学术史上最主要的问题有27个。其中，围绕李白人生经历展开的讨论有以下10端：李白婚于许氏的事实，李白"一入长安"之经历，李白在东鲁的寓家之地"沙丘"所在，李白奉诏入京之地"南陵"所在，李白在朝的身份及称其为"翰林学士"之所指，李白的幽州之行，李白之"三入长安"，李白被流放是否到了夜郎，李白从李光弼军事，李白的卒年；围绕李白诗歌解读展开的讨论有以下17端：《别匡山》等故里诗作的真伪，《上李邕》的写作年代，《峨眉山月歌》的解读，《蜀道难》《行路难》等诗篇的解读，《清平调词》是否李白所作，《梦游天姥吟留别》诗题、诗旨之辨，《戏赠杜甫》解读，《宣州谢朓楼饯别校书叔云》诗题之辨，组诗《秋浦歌》的解读，《永王东巡歌》的解读，李白陷浔阳狱时诗作的解读，《上皇西巡南京歌》的解读，《古风五十九首》的编集，《古风》"其一"（大雅久不作）的解读，宋蜀本"感遇"类诸诗与《古风》的共同性，《静夜思》文本演变及"床"之解读，《菩萨蛮》《忆秦娥》词的真伪。当下关于李白其人其诗之实证性研究的焦点及重要争议，基本囊括在了这些问题之中。

本书对于各家原创性研究成果的汲取，细大不捐，唯善是从。其"细"者，如《古风》其四十六"五凤楼"之训释，征引了詹福瑞《李白〈古风〉其四十六试解》之"五凤楼在洛阳"的说法；《宴陶家亭子》"破颜花"之注释，征引了李浩《李白诗中"破颜花"正诂》不取《五灯会元》而解为"林花盛开的景象"的说法。其"巨"者，可以李白"两入长安"问题为例：

本书第二卷"酒隐安陆及初入长安之什"中，围绕《酬坊州王司马与阎正字对雪见赠》《玉真公主别馆苦雨赠卫尉张卿二首》等作品，征引的诸家独创性成果，计有：瞿蜕园、朱金城在《李白集校注》中推测李白可能有天宝初年之前的另一次入关进京之行而"漫游以事干谒"；1962年，稗山发表《李白两入长安辨》，认为《酬坊州王司马与阎正字对雪见赠》等作品"在思想感情方面""表现为穷愁潦倒、渴望遇合，显示出进身无门、彷徨苦闷"，"这和他那些待诏金门、春风得意的作品，固然迥不相同，就是和那些受谗被放以后之作，也有严格的区别"，再加以逻辑推理，比较系统地提出了李白两度入长安的说法；郭沫若在《李白与杜甫》一书中勾画了李白"第一次赴长安"的经历，并将这次长安之行的时间定为开元十八年；郁贤皓于1978年、1980年先后撰写《李白两入长安及有关交游考辨》《李白与张垍交游新证》等系列论文，根据张说墓志将"卫尉张卿"确定为张垍，从而解决了"两入长安"的关键性问题，使"两入长安"说的确立取得突破性进展。安旗在《李白纵横探》一书中揭示了张垍与李白之间的主、客关系，并考出了玉真别馆遗址所在位置。

与此同时，薛天纬先生将个人研究所得融入其中，指出李白自安陆将入长安之际所作《上安州裴长史书》中曰"何王公大人之门，不可以弹长剑乎"，在《玉真公主别馆苦雨赠卫尉张卿》诗中曰"弹剑谢公子，无鱼良可哀"，在将出长安时作《行路难》(其二)曰"弹剑作歌奏苦声，曳裾王门不称情"，先后三用冯谖客孟尝君弹剑作歌的典故，"李白之'一入长安'由充满希望到产生怨望，直至最终失望的过程，乃从三次用典中清晰地呈现出来"。以上追述实即展现了李白"两入长安"说由提出到证成的学术史。

薛天纬先生前些年针对李白《静夜思》一诗的热议，曾在《文史知识》2011年第12期发表《〈静夜思〉的讨论该划句号了》一文，就诗歌文本演变及诗中"床"的解释做了总结性的论述，诚如先生所言，为这首经典小诗的讨论画上了句号。而"划句号"之说，正体现了薛天纬先生之李白研究的诸多原创性成果。如针对《行路难》(其一)中的"歧路"一词，作者曾在《古典文学知识》1996年第2期发表《"歧路"解》一文，从大量诗歌文献实例出发，比勘追索，探究其义，提出了"歧路"即道路的明确解释，又指出"歧路""又常常喻指求仕或仕宦之路"，而《行路难》诗中之"歧路"即"指仕进之路"。这一训诂成果解决了李白名篇阅读中一个重要障碍，为"歧路"之解画上了句号。又如薛天纬先生先后于1991年在《中国李白研究》发表《〈梦游天姥吟留别〉诗题诗旨辨》、2013年在《文学评论》发表《〈梦游天姥吟留别〉诗题辨误》两篇文章，指出了宋本《李太白文集》所载诗题之误，又以明胡震亨《李诗通》为版本依据，将诗题正为《梦游天姥吟留别东鲁诸公》。在《李白诗解》中又吸收了施蛰存《唐诗百话》的相关说法，为《梦游天姥吟留别》诗题的辨误找到了一个“友军”。关于李白这篇重要代表作的诗题，薛天纬先生的研究成果也具有“画句号”的学术贡献。

限于篇幅，本文不可能举出更多例证详论《李白诗解》的学术成果，读者诸君在使用本书的过程中当有自己的体验。本书《前言》写道：“本书旨在为李白研究者提供新鲜的学术信息，同时表达作者对于李白诗歌解读的观点。李白诗歌解读是一个尚未完成的过程，本书只是对这一过程的阶段性回顾和总结。本书的完成，同时也是对李白诗歌研究新成果的期待。如果这里所提供的学术信息能够对新成果的出现有所助益，那将是本书的价值在更高层面上的实现。”我相信先生的期待不会落空。

薛天纬先生于2011年至2016年曾为中国人民大学国学院特聘教授，所以，本书列入中国人民大学国学院“大国学研究文库”，并受到中国人民大学“中央高校建设世界一流大学（学科）和特色发展引导专项资金”支持。

《韩偓论稿》

□ 王永波

（吴在庆著　中华书局　2017年9月）

继《韩偓集系年校注》(中华书局2015年)之后，吴在庆先生又推出专著《韩偓论稿》(中华书局2017年)，对晚唐诗人韩偓及其诗歌进行了整体观照与解读，新意迭出，堪称晚唐诗研究的新创获。《韩偓论稿》由二十二篇论文组成，是作者三十余年研究韩偓的文章结集，代表了他对韩偓的新看法，与时下学界的观点颇不一样。这些论文从内容上看主要分为三组：综论、具体作品解读、诗歌系年与考辨，重点落在诗歌的探隐发覆与诗旨考论方面。其中对部分韩诗的解读别出新意，饶有兴味而能自成一说，体现了作者卓越的文献材料辨读能力和史识，具有较高的学术水准。

开篇《略谈韩偓与韩偓集之整理》长达三万余字，为《韩偓集系年校注》之《前言》，对韩偓的生平事迹、诗歌内容与特色，以及韩偓集的版本予以了详细考论，重点分析韩偓的思想品质及其对诗歌创作的影响。作者开宗明义地说："我之所以如此不遗余力地为韩偓整理这一部集子，其中一个重要原因在于钦佩韩偓的气节与人品。"唐昭宗光化三年(900)末，宦官刘季述等发动政变，囚禁昭宗，韩偓协助宰相崔胤平定叛乱，迎昭宗复位，成为功臣之一，任中书舍人，深得昭宗器重。次年十一月，昭宗为宦官韩全诲勾结李茂贞挟持到凤翔，韩偓闻讯星夜赶往凤翔行在，见昭宗时恸哭失声。后朱全忠兵到，败李茂贞，杀韩全诲，韩偓随同昭宗回长安。朱全忠和崔胤把持朝政，唐昭宗处于被胁迫的处境，韩偓依然一身正气，与朱全忠之流进行抗争，乃至遭到迫害被贬出长安。基于这样的史实依据，作者认为韩偓"是一位想为国为民有所作为的士人，他绝不是贪图富贵，眷恋权位之徒"。这就为韩偓研究定下了基调，全书以此为主题展开广泛而深入的论述，高度评价了韩偓忠贞不渝的信念与情操。

韩偓《香奁集》收诗一百余首，为诗人晚年寓居南安时所整理，历来评论褒贬不一。作者首先回顾了从宋至清代对《香奁集》的各家论说，指出这些评价迥然不同，但都不是平允客观之语。"《香奁集》中除个别诗篇稍涉浮艳，难免色情之讥外，绝大多数诗篇尽管有的也情辞绮丽，乃至香艳，但其用语却绝非浮艳淫靡之诲淫之言。"进而认为《香奁集》中的大部分诗作多是表现男女恋情的诗歌，其中的一部分很可能与诗人早年的一段刻骨铭心的未果爱情经历有关。文中具引徐学夷、陆时雍、屈复、王闿运等人论述加以佐证，使得对《香奁集》的评价愈趋完善。

对韩偓人品的评判及《香奁集》的价值评价，是韩偓研究中的重点，这两个问题合理解决，其他问题则迎刃而解，尤其是对《香奁集》以外韩偓诗的解读与辨析。《全唐诗》所收三卷二百二十余首韩偓诗，绝大多数是韩偓登第入仕后直至寓居福建南安时的作品，"尤能展现诗人嫉恨谗邪、抵御强暴，忠于唐室的高风亮节，同时也记录了唐末动乱乃至唐亡的历史，具有珍贵的历史文献价值"。此外，这些诗作也为了解韩偓贬官前后的生活、思想心态变化、诗歌艺术表现手法与风格的前后变异提供了原始材料。作者总结为四点，分别为对朝廷和往昔朝中生活的深情怀念；对误国篡权的权奸的痛恨蔑视以及坚贞抗暴的不屈挠心态；远祸避害，宁肯隐居的心态；伤悼故国，欲报国而不能的怅恨。这些内容是韩偓诗歌题材创作的主体，也是他坚贞品行的真实写照。作者提炼出这几点，有力地烘托出韩偓坚贞不渝的忠臣形象，使读者能更好地把握韩偓诗歌主旨。

对韩偓贬官前后心态思想的研究，也是作者着力用功之处，这主要表现在《韩偓贬谪途中的遭遇与心态》《韩偓贬官前后的心态及其对诗歌创作的影响》《韩偓咏梅诗解读》《韩偓梅花诗句意诗旨考论》《韩偓的两首禽鸟诗探究》等文中。吴在庆先生对中晚唐诗人心态研究颇有心得，曾出版过《唐代文士的生活心态与文学》（黄山书社 2006 年）、《唐代文士与唐诗考论》（厦门大学出版社 2006 年）。这两部专著对唐代诗人的生活心态与文学创作进行了较为集中的考论，出版后得到好评。韩偓于龙纪元年（889）登第后，先后在朝中任左拾遗、司勋郎中、翰林学士、中书舍人、兵部侍郎等职。天复三年（903）因不阿附朱全忠，遭到贬谪，先贬濮州司马，再贬荣懿尉，徙邓州司马，后流寓福建南安。贬谪前后的两种心态对他的诗歌创作产生了种种影响，正是本书详细论述的内容。例如贬官后的心态对创作的影响，作者从诗歌立意、表现手法、诗歌风格三个方面展开论述，力图展现出韩偓贬官后的心态变化，并涉及他的诗歌创作在内容、情感上与其心态的呼应情况。通过这种细心的对比，揭示出韩偓贬官后细微的心理变化及其对创作的影响，对准确理解后期韩偓诗歌的艺术特征，具有拨云见日的效果。

在这种心态梳理中，作者尤其注意韩偓思想脉络的变化，将韩偓的贬谪与其他文士的贬谪相对比，挖掘其创作的独特性。例如他的贬谪与宋之问、韩愈、李德裕等人的情况不同。韩偓是为昭宗所倚重，因宦官强藩把持朝政，不得已被排挤出朝廷，在贬谪途中所写的诗歌，隐含着对昭宗被挟持的深切同情与爱莫能助，表达对权奸篡权误国的痛恨。甚至当他获得朝廷的征召，恢复旧职时也不为所动，这些都是与一般被贬文士不同的，正是在这些对比中，作者将韩偓贬谪途中诗歌的内涵与主旨揭出，探寻诗人内心深处的心态变化。即便是常见的咏梅诗，也饱含着诗人深刻的寓意，如天祐元年冬所做《早玩雪梅有怀亲属》《梅花》《湖南梅花一冬再发偶题于花援》，作者经过抉幽发覆，联系史实，互为笺释考论，揭示出三首梅花诗的主旨，认为“这些诗并不是一般写物咏物之作，而是渗透着诗人的身世遭遇与家国兴亡政治情结的寄托遥深的作品”。同样，对韩偓的两首禽鸟诗《玩水禽》《翠碧鸟》，作者也进行了深入研究，认为这两首诗表面上写水中禽鸟，实际上是有所托讽的咏物诗，“其中均有明显的讥刺与警戒之意，显然诗人是要借咏翠碧鸟传达一种警世之言”。

本书中大部分的文章在于对韩偓诗具体作品的考索与解读，可以视为作者笺注韩偓集的进一步发挥。从论文目录来看，主要涉及韩偓的《隰州新驿》《感事三十四韵》《失鹤》《鹊》《火蛾》《露》《六言三首》《过茂陵》《故都》《宫词》《踏青》《懒卸头》等诗，所占篇幅较大，是吴在庆先生笺注韩偓诗的部分重要成果。这组文章的特点在于通过探索细究相关文史典籍资料，对诗歌逐句笺释，试图对诗歌的作年与主旨进行探讨，以便读者能阐明诗意，探寻出诗人创作时的心态。例如《隰州新驿》一诗的作年与主旨，诸家因对诗中事件人物理解不同而异说纷纭，多数认为此诗应作于天复三年(903)凤翔解围之后。作者对《隰州新驿》逐一笺释后，从而论证此诗所咏事件、人物事迹均发生于龙纪元年(889)春末之前，“乃作于龙纪元年韩偓进士及第后出佐河中时”，因感怀前河中节度使王重荣的丰功伟绩，故而抚今思昔有所感慨。这种结论较之他说更令人信服。

再如对《感事三十四韵》的解读。此诗为韩偓现存诗篇中最长之作，也是晚唐诗坛中罕见的叙事之作，但所感何事，历来有所争议，涉及作年问题。作者据明代胡震亨《唐音统签》卷七百九该诗下的注释，结合《资治通鉴》卷二六六所载史实，考证出“此诗当作于是年唐亡，朱全忠称帝后，即开平元年(907)四月后”，“其所感之事，必是上述唐亡梁立之时事，并由此追抚自己所亲经历之唐昭宗朝以来政局之种种情事，以抒发沧海桑田之痛”。由于韩偓在诗中运用了大量典故，他用旧典婉曲地写当时时事，还用了不少比喻，导致该诗难于理解。作者从诗中的诗句语词加以具体笺释，并采用以史释诗证诗，乃至以诗释诗，多管并进，加以考论评鉴，力求准确疏通诗意，以期较明确地呈现出当时的时势和诗人的真实意蕴。《韩偓〈感事三十四韵〉诗笺释考论》一文长达四万余字，通过抉幽发微，将诗中蕴含的意图逐一揭出，堪称近年来唐诗研究的经典之作。

韩偓是近年来晚唐诗研究的热点，出现了《韩偓诗集笺注》《韩偓诗注》《韩偓事迹考略》《晚唐诗人韩偓》等多部著作，取得了一定的成绩，也存在一些问题，吴在庆先生本着学术争鸣的态度进行了商榷。《韩偓诗解读及相关问题辨释》《韩偓若干诗歌解读系年辨释》二文针对陈继龙《韩偓诗注》《韩偓事迹考略》二书中的若干具体问题进行辨析。重点对《感旧》《中秋禁直》《乙丑岁九月》《寄湖南从事》《访同年虞部李郎中》《和王舍人抚州饮席赠韦司空》《中秋寄杨学士》等诗，与陈著相关说法展开讨论。商榷有理有据，在某种程度上纠正了陈著的缺失。《韩偓诗解读献疑》则对《寄恨》《袅娜》《金陵》《懒卸头》《拥鼻》等五首诗的笺释，提出了自己的看法。针对韩偓研究中出现的错误，作者又撰写了长文《谈误解韩偓诗歌的几种原因》，分上篇《不明典故而致误》、中篇《误解语词之义而致误》、下篇《因误解题面作年背景主旨等而致误》，分门别类以实例加以归纳总结，不惟对注释韩偓诗歌有帮助，而且对笺注唐人别集都具有示范意义。

比较重要的文章还有《韩偓若干诗歌系年考》《韩偓疑伪诗文考辨》《韩偓生平诗文系年汇纂》《唐才子传韩偓传笺证》等文，限于篇幅不再一一叙说，其中精彩的考辨读者自可领会。

从整部书的编排上来看，对韩偓诗文的系年考证，语词笺注，诗意解读占据了较大篇幅，发挥了吴在庆先生擅长考据的治学特点。傅璇琮先生在《杜牧论稿序》中曾说："构成本书基础的，也是构成在庆同志中晚唐文学研究基础的，是他对作家事迹的考证，他对作品的系年及真伪的辨析。"这个特点同样也反映在《韩偓论稿》一书中。宏观研究是建立在微观研究基础之上的，以本书而言，如果没有弄清楚韩偓贬谪途中大量诗歌蕴含的内容与情感，就无法探索出韩偓贬谪的动因与变化，也就很难分析韩偓贬谪期间的心态，更难于将他与其他贬谪诗人区分开来，容易陷于笼统谈论贬谪及其对创作的影响，无法区分韩偓贬谪及其创作的独特性。这也是解读韩偓诗歌容易出现偏差的主要原因，吴在庆先生通过大量的笺释，文史并重考论结合，理清了韩偓后期诗歌的主导风貌，捕捉到跳跃在诗歌中的情感脉络，对韩诗做出了较为接近原貌的解读，因而这种研究具有较高的学术价值。

问题研究综述

唐代生活的维度与唐诗研究空间的拓展

□　曾智安

任何文学作品都来源于人类社会生活，也是对一定人类社会生活的直接或间接反映。在很大程度上，正是唐代生活的丰富多彩才造就了唐代诗歌的辉煌灿烂。作为一代文学之胜的唐诗，无论是其创作的背景还是表现的主题，乃至其体式的形成、作品的传播等等，都离不开唐代生活的丰疆沃土。从这个意义上说，对唐诗的研究，必须返回到对唐代生活的全面观照之中。只有将唐诗放到整个唐代生活的原生状态之中进行考量，才可以更好地读懂唐诗、理解唐诗，进而从总体上把握唐诗的流变和演进规律，为当代的唐诗研究提供参考。

从唐诗研究的角度对唐代生活的原生状态进行全面观照，首先应该注意的就是唐代生活呈现出来的不同维度。唐诗总是被创作于特定的生活环境之中。这种生活环境，从创作主体的角度来说，大致可以分为公共生活领域和私人生活领域两个不同维度。近百年来关于唐诗与唐代生活之间的关系研究，大体呈现出以公共生活领域为主、以私人生活领域为辅的整体格局。

一

关于唐诗与公共生活之间的关系研究历来是学界的关注重点。但即使是在这一研究领域，也呈现出了关注重心的不同。大致来说，唐代公共生活领域可以分为政治生活、文化（艺术）生活以及物质生活三个层面。前两个层面大体属于社会的政治上层建筑和思想上层建筑，物质生活层面则属于社会的经济基础。文学本身就是社会上层建筑的一部分。故而历来关于唐诗与公共生活领域的关系研究，大多集中在政治生活、文化（艺术）生活两个层面。传统的唐诗研究更是以政治生活层面为主要研究对象。但从 20 世纪 30 年代起，唐诗研究学界开始较多关注唐诗与文化（艺术）生活之间的密切关系。闻一多的研究在这方面最引人注目。傅璇琮认为他采取了“特有的历史文化的综合研究”。其《类书与诗》一文探讨初唐学术风气与诗风形成之间的关系，开拓创新，洞见深刻，历来为人称道。其《少陵先生年谱会笺》在编排资料时注意辑入音乐、绘画、文献典籍等资料，傅璇琮（《闻一多与唐诗研究》，《清华大学学报》1986 年第 2 期）认为：“宋代以来，为杜甫作年谱者不下几十家，但都没有像闻先生那样，把眼光注射于当时的多种文化形态。”这显示出唐诗研究的关注重心逐渐开始了从政治生活层面向文化（艺术）生活层面的转移。

唐诗研究这种关注重心的转移至 20 世纪 80—90 年代到达高潮。这一时期，关于唐诗与文化（艺术）生活的关系研究取得了丰硕成果。程千帆《唐代进士行卷与文学》（上海古籍出版社 1980 年）、任半塘《唐声诗》（上海古籍出版社 1982 年）、孙昌武《唐代佛教与文学》（陕西人民出版社 1985 年）、傅璇琮《唐代科举与文学》（陕西人民出版社 1986 年）等论著关注唐人科举考试、娱乐生活、宗教信仰与唐诗之间的关系，在学界产生了重要影响。随后孙昌武《佛教与中国文学》（上海人民出版社 1988 年），葛兆光《想象力的世界——道教与唐代文学》（现代出版社 1990 年），戴伟华《唐代幕府与文学》（现代出版社 1990 年），苏者聪《闺阁的探视——唐代女诗人》（湖南文艺出版社 1991 年），陈华昌《唐代诗与画的相关性研究》（陕西人民出版社 1993 年），尚永亮《元和五大诗人与贬谪文学考论》（文津出版社 1993 年），王昆吾《唐代酒令艺术》（东方出版中心 1995 年），程蔷、董乃斌《唐帝国的精神文明——民俗与文学》（中国社会科学出版社 1996 年）等论著也都各以专题的形式探讨唐诗与特定文化（艺术）生活内容之间的密切关系。1996 年，梁超然主编的“唐诗与中国文化丛书”由漓江出版社出版。该套丛书包括林继中《唐诗与庄园文化》、朱易安《唐诗与音乐》、陶文鹏《唐诗与绘画》、张明非《唐诗与舞蹈》、陈飞《唐诗与科举》、毛水清《唐诗与佛教》、黄世中《唐诗与道教》和梁超然的《唐诗与儒教》，较为全面地覆盖了文化（艺术）生活的不同层面，标志着对文化（艺术）生活的关注已经成为唐诗研究学界的自觉意识。傅璇琮曾多次对唐诗研究的这一新趋势表示肯定和展望。他在《闻一多与唐诗研究》一文中概括20世纪80年代唐代文学研究的突出进展时，特别强调了“拓展研究领域”这一方面，并且认为“不少研究者注意到文学与音乐、舞蹈、绘画等艺术门类的比较研究，有些论著以文学为中心而扩展到对佛学、考古学、历史地理学、科举制度以及社会风尚的研究，扩大了学术领地，也深化了对文学特征的认识，为传统研究提供了新的思路，也反映了当前社会科学日趋综合化的新动向”。在《文学编年史的设想》（《江海学刊》1997年第3期）中，他说：“我觉得研究文学应从文学艺术的整体出发……如以唐代文学为例，我们如果分段进行唐代文学的编年，把唐代朝廷的文化政策，作家的活动……以及与文学邻近的艺术样式如音乐、舞蹈、绘画、建筑等的发展，扩而大之如宗教活动、社会风尚等等，择取有代表性的材料，一年一年编排，就会看到文学上‘立体交叉’的生动情景，而且也可能会引出现在还想不到的新的研究课题。”在《唐代文学研究：社会—文化—文学》（《华南师范大学学报》2005年第2期）一文中，他又指出：“应将文学的研究拓展到政治制度、传统思想、社会思潮、社会群体（家族、流派、作家群、社团等）、科举、幕府、音乐、绘画、民俗、交通等文化层面，注意在文史哲相关学科和其他交叉学科的联系中探索知识分子的生活道路、思维方式、心灵状态和社会处境。”傅璇琮再三强调要拓展唐代文学研究的领域，其展望的方向实际上都集中于文化（艺术）生活层面。傅先生是近40年来唐代文学研究的领军人物，他在学界的影响不言而喻。此后，相关的研究变得更加丰富、专门而且深入，如吴相洲《唐代诗歌与歌诗》（北京大学出版社2000年，后修订、扩充为《唐诗创作与歌诗传唱关系研究》，北京大学出版社2004年），贾晋华《唐代集会总集与诗人群研究》(北京大学出版社 2001 年)、刘航《中唐诗歌嬗变的民俗观照》(学苑出版社 2004 年)、徐有富《唐代妇女生活与诗》(中华书局 2005 年)等等,其涉及的范围之广,其取得的成果之多,几乎成为唐诗研究的主流。从一定程度上说,对文化(艺术)生活层面的关注,已经成为近三十年来唐诗研究新的重心所在。

与唐诗研究这一关注重心的转移相应,关于唐代物质生活与唐诗的关系研究也取得了一定发展。作为社会的经济基础层面,物质生活与文学艺术的关系看起来较为遥远,相对来说也较少进入文学研究的视野。对于唐诗研究来说,学者们对物质生活层面的关注更是远远不如政治和文化(艺术)生活层面。但物质生活层面与文化(艺术)生活层面之间的界限并非截然分明。一些处于二者中间地带的领域,往往也会得到学界的较多关注。这方面最有代表性的就是关于唐诗与园林生活之间的关系研究。园林既是人们的物质生活基础,同时也包含了人们的文化审美追求,可以视作物质生活层面向文化(艺术)生活层面的延伸,故而较早引起了学界的注意。如侯乃慧《诗情与幽境:唐代文人的园林生活》(台湾东大图书有限公司 1991 年)、李浩《唐代园林别业考论》(西北大学出版社 1996 年)及其《唐代园林别业考录》(上海古籍出版社 2005 年)等,都从文学的角度对唐代园林别业与诗歌之间的关系进行了专门探讨。其中,李浩在《微型自然、私人天地与唐代文学诠释的空间》(《文学评论》2007 年第 6 期)及其与王书艳合撰的《被遮蔽的幽境:唐代园林诗初探》(《陕西师范大学学报》2010 年第 1 期)等论文中,一再呼吁唐代文学研究应该引入“园林诗”这一概念。他指出,“园林诗”是一种独立于山水诗、田园诗又与二者有交叉关系的诗歌类型,不仅拓宽了诗歌的创作题材,促进了唐诗的繁荣,而且有助于深入了解文人的生活与心态。这一观点对于传统的山水诗、田园诗研究来说颇有参考意义。相关研究还有徐志华《唐代园林诗述略》(中国社会出版社 2011 年)以及王书艳《唐人构园与诗歌的互动研究》(上海师范大学 2013 年博士学位论文)等。除了园林,交通也是唐诗研究在物质生活层面的关注重点。较之园林,交通属于更为基础的物质生活层面,与文学艺术的关系看似更为遥远。但正如严羽《沧浪诗话·诗评》中所说:“唐人好诗,多是征戍、迁谪、行旅、离别之作,往往能感动激发人意。”唐诗研究对交通层面的关注,恰恰足以回应唐诗研究传统中的经典命题。在这方面,李德辉《唐代交通与文学》(湖南人民出版社 2003 年)、《唐宋时期馆驿制度及其与文学之关系研究》(人民文学出版社 2008 年)以及吴淑玲《唐诗传播与唐诗发展之关系》(中华书局 2013 年)、《唐代驿传与唐诗发展之关系》(人民出版社 2014 年)等论著较为全面地探讨了唐代水陆交通与边塞诗、江行诗、馆驿题诗、馆驿送别诗之间的关系,并就唐代交通与文学母题的拓展、创作方式的新变、传播媒介及方式的特点以及诗歌团体的形成、文学风格的变化等问题进行了深入研究。此外,李兵《唐人行旅中的“早发”“晚发”现象及诗歌研究》(暨南大学 2005 年硕士学位论文)对唐人崇尚“早发”“晚发”的行旅出发规律及其原因、所导致的问题进行了深入探讨,并指出这些问题导致了唐人相关诗歌中某些情感母题的比重失衡,甚至影响到了某些唐诗艺术特质的生成。类似的探讨显然可以为唐诗研究带来新的启发和思考。

除了园林、交通之外,唐诗研究对物质生活层面的关注,还涉及学习、休假、娱乐、消费、商业以及动物、植物、水果、饮食、医药等日常生活的不同层面。如严耕望《唐人习业山林寺院之风尚》(《严耕望史学论文选集》上册,中华书局 2006 年)对于理解唐代诗人对自然山水的亲近之情颇有启发。查正贤《论初唐休沐宴赏诗以隐逸为雅言的现象》(《文学遗产》2004 年第 6 期)指出了初唐文人在节假日的生活状态及其与诗歌隐逸主题之间的关系。(日)石田干之助《长安之春》(清华大学出版社 2015 年)是其在 20 世纪 40 至 70 年代发表的系列作品结集,该书以长安为焦点,广泛涉及唐代社会生活的各个层面,其中就多有涉及唐诗的内容,如《当垆的胡姬》《唐代风俗史抄》《唐代宴饮小景》《唐代的妇人》《唐代盛夏小景》等,较为全面、生动地展现了唐代休闲、娱乐、消费生活与唐诗之间的关系。王永平《游戏、竞技与娱乐——中古社会生活透视》(中华书局 2010 年)也涉及唐诗对相关生活的表现。理绥《诗歌所见唐代商业及商人》(《内蒙古大学学报》1989 年第 2 期）以及姜革文《商人·商业·唐诗》（复旦大学出版社 2007 年）则对唐诗与商人及商业的关系进行了较为辩证的思考。根据日本学者下定雅弘《白乐天的世界》（凤凰出版社 2017 年）中所述，日本学者较为关注唐诗中的动物和植物，如河田聪美《犬的风景——唐诗中描写的犬儿们》、丸山茂《乐天的马——唐代文学的文化史之研究》、中西文纪子《白乐天的“竹”印象考》等。另外，日本学者市川桃子撰、蒋寅译的《中唐诗在唐诗之流中的位置——由樱桃描写的方式来分析》（《东方丛刊》1995 年第 2 辑）从初盛中晚唐诗对樱桃的表现变化入手，最终探讨了唐诗艺术特质变化的外在原因，令人耳目一新。杨嘉《从饮食描写看杜诗对俗文化题材的开拓》（《南昌大学学报》2004 年第 6 期）认为杜甫诗歌中关于饮食的表现加快了文学平民化的进程，对中唐至宋的诗风俗化影响深远。尚永亮、萧波《唐人的“后院”——从唐诗中的“药”看唐人生活与创作》（《华中师范大学学报》2004 年第 5 期）、左鹏《药草诚多喻：论唐诗的药意象》（《南开学报》2008 年第 2 期）对“药”与唐诗的关系及“药”的诗学内涵进行了深入探讨。郭树芹《唐代涉医文学与医药文化》（人民出版社 2012 年）等则对唐代涉医诗进行了多方面考察。另外，黄正建《走进日常：唐代社会生活考论》（中华书局 2016 年）从衣食住行等层面考察唐人的社会生活，并对唐代诗人韩愈、张说、元稹等人的日常生活进行了个案勾绘和比较，生动地展现了唐代诗人的日常生活面貌，可以为相关的唐诗研究提供新的参考。尚永亮《诗映大唐春：唐诗与唐人生活》（北京大学出版社 2017 年）则对唐代诗人的读书于山林、寺院以及隐逸、漫游、考试、行卷、入幕、党争、贬谪、宴集、娱乐、书法、绘画、个人爱好及婚恋等各个生活层面进行了非常全面的考察。所有这些研究成果表明，唐代的物质生活，尤其是唐人的日常生活层面，也成为唐诗研究学界关注的一个重要方面。

尽管如此，还是必须看到，近百年来唐诗研究对于公共生活领域的关注，其重心仍然是在政治生活和社会（艺术）生活层面。无论是从研究者的规模、研究成果的数量还是研究模式的成熟度来说，关于唐诗与唐代物质生活层面的研究仍然处于相对较为薄弱的地位。学者们对唐代物质生活层面的切入相对较为随机和零散,主要集中于人类的衣食住行层面,还没有形成对研究对象或范围的体系化和规模化建构,有些研究成果甚至还停留在泛泛之论的层次。从这个意义上说,关于唐诗与唐代物质生活的关系研究还有较大的开拓空间。

二

相对于在公共生活领域的自觉开拓,唐诗研究对私人生活领域的关注则要薄弱得多。所谓私人生活领域,主要是指仅仅跟个体自身生活空间、需求、情感、欲望等相关的领域,带有封闭性和隐私性色彩,基本上不包括个体的社会公共生活层面,甚至也不包括个体对公共生活的情感表达。每个人的生活都离不开公共生活和私人生活两个维度。但不是所有诗人都会将自己的私人生活表现到诗歌创作之中。唐代诗人中,白居易将自己的公共生活领域与私人生活领域区分得最为清楚,也在诗歌中表达得最为充分。他在《秋日与张宾客舒著作同游龙门醉中狂歌凡二百三十八字》中说:“丈夫一生有二志,兼济独善难得并。”其所谓“兼济”即救济广大民众之意,属于其个人在社会公共生活层面的精神追求;其所谓“独善”,即是寻求个人一身的舒适,属于其个人在私人生活领域中的情感追求。按照下定雅弘的说法,白居易在“兼济”方面不断追求自己志向的同时,更加注重丰富自己的“独善”方面。这是他个人生涯中最为重要的内容,也是他诗歌表现的重要内容。“对白居易而言,用语言表达的、用诗歌吟咏的内容,全是他日常的思想和感情,他常常把生活写进了诗中。”(《白乐天的世界·篇首语》)这意味着,对白居易私人生活领域的关注,会更加贴近白居易诗歌创作的实际情况。这同时也说明,对私人生活领域的关注,是唐诗研究中应该注意的重要内容。

但唐诗研究学界对于私人生活领域的关注相对较少。现有的研究成果,有一些集中于唐代实体性的私人生活领域,主要是唐代的私家园林。从中唐时期到北宋时期,城市私家园林的出现使得中国士人拥有一个独立的私人空间成为可能。他们对这些园林生活的文学表现，在很大程度上成为对诗人私人生活的表现。美国学者宇文所安《中国"中世纪"的终结：中唐文学文化论集》（三联书店 2006 年）中专门设有《机智与私人生活》一节，指出中唐诗人通常关注与家庭生活中的小小乐趣相关联的内容，表现出对私人空间的创造和经营兴趣，比如白居易的食笋以及韩愈、白居易等人在诗歌中对园林的表现及占有心理，并认为这些方面标志着诗歌从中古的"隐逸"主题转向对私人空间的创造，也就是从纯粹拒斥公共生活的负面转向将私人空间共存、封闭于公共生活之中。（美）杨晓山《私人领域的变形：唐宋诗歌中的园林与玩好》（江苏人民出版社 2008 年）对于园林的私人领域属性讨论得更为全面和深刻。该书第一章《其道两全：白居易诗歌中的园林与生活方式》指出，白居易对城市私家园林的表现采用了讽喻诗与闲适诗两种形式。讽喻诗中对私家园林的批评和闲适诗中对拥有一座私家园林的自得适为矛盾，背后一以贯之的其实是对园林占有感的感受与思考。另外，私家园林也为白居易提供了一种"中隐"的活动空间。其第二章《空间的诗学：呈现与调和》则对私家园林的开放与封闭方式及其诗学内涵进行了探讨，并指出"北方的园林展现了南方的景致，这是诗歌唱和中频繁的主题"。整体上说，对唐代私家园林与唐诗关系的探讨，可以使我们更好地进入唐代诗人的私人生活领域，并对他们的思想、人格、个性及心理形成更为深入的认识。

唐诗研究对于私人生活领域的关注，主要表现为对一些著名诗人的身体、疾病、心理等及其与诗歌创作之间的相互关系。如陈允吉《李贺：诗歌天才与病态畸零儿的结合》（《复旦学报》1988 年第 6 期）和孟修祥《李贺的变态心理与诗歌创作》（《湖北大学学报》1990 年第 3 期）都强调了李贺生理缺陷、变态心理对其创作的积极与消极影响。余厚洪《试论杜甫疾病与杜诗风格形成之关系》（《丽水师范专科学校学报》2001 年第 6 期）认为杜甫多病早衰与杜诗悲慨风格的形成有着密切关系。魏景波《致君尧舜与百年多病：杜甫诗中的疾病书写》（《杜甫研究论集——中国杜甫研究会第六届年会论文集》2012 年）指出，杜甫困守长安时壮年染疾，至晚年而百病丛生，夔州时期是诗人身体极度衰弱之时，也是诗境登峰造极之期。程荣《谈卢照邻病中创作》(安徽大学 2006 年硕士学位论文)认为，卢照邻的患病使其病中创作呈现出情感的迷狂、悲愤与宣泄，进而形成了自身的独特风格。下定雅弘指出“白居易格外注意自己的身体素质，对于个人的健康也极为细心和关注”，其《白诗是如何吸收杜诗口语的？——围绕着“春”与“老”表现而进行的研究》(《白乐天的世界》，凤凰出版社 2017 年)对杜甫、白居易在面对春天时的“老去”心理进行了比较，进而对他们的不同诗风形成了新的解释。另外，根据下定雅弘所述，日本学者中木爱撰有《白诗中吟咏的生理满足感——以“伸首”“搔头”为表现中心》。可惜未见到中文译本。这些研究成果主要是从唐代诗人的身体、心理状况切入，更加贴近诗歌创作的具体背景，有助于我们对唐代诗歌、诗人形成更为深刻的认识。可惜的是类似研究并不多见。

唐诗研究学界对于私人生活领域的关注，还体现在诗人个体化的衣食住行及癖好等各个方面。下定雅弘在《白乐天的世界》上编中大致涉及了白居易晚年在洛阳的闲居以及其诗酒琴与“雪月花”的私人生活。在下编“白乐天的愉悦”中，他用专章讨论了白居易日常的“衣食住”，还有白居易喜爱的动物、植物以及钓鱼、音乐、斋戒、养生等各种人生雅趣。在“研究编”中，又专门讨论白居易的私人服饰问题，《从白诗咏衣服的表现看其兼济与独善的思想(上)——青衫、绯袍、紫袍·白衣》和《从白诗咏衣服的表现看其兼济与独善的思想(下)——裘、“衣食”中的衣·葛衣等》两文共同指出“白居易的衣服表现构成了他自己人生二大要素‘兼济’和‘独善’的两面”。下定雅弘还列举了日本学者中木爱《白居易的幸福意识——以〈新制布裘〉〈醉后狂言〉〈新作绫袄成〉三首为中心》、田口畅穗《白居易的单衣》等相关论文。美国学者杨晓山还关注到了诗人们的玩好之物。其《私人领域的变形：唐宋诗歌中的园林与玩好》中有《物恋及其焦虑：怪石的诗传》和《言辞与实物：诗歌的交换和描写交换的诗歌》两篇，涉及中唐诗人及其诗歌中对各种玩好之物的表现，给人颇多启发。另外，王书艳《诗石联姻：唐代园石的诗学阐释》(《船山学刊》

2012年第2期)探讨了唐代诗人的赏石行为与诗歌创作、吟咏之间的互动影响。然而类似的研究也并不多见。

从整体上说,对私人生活领域的关注为唐诗研究带来了新颖的、更贴近诗人创作实际的考察视角,一些研究结论别具新意,也有助于我们对唐诗本身及其作者形成更为全面、深入的认识。但毋庸讳言,关于这一领域的研究还没有形成系统的研究理念和成熟的研究模式,也还没有得到学界的普遍认同。

三

纵观近百年来唐代生活与唐诗的关系研究,主要集中于公共生活领域的政治生活和文化(艺术)生活层面,并发生了从关注政治生活向关注文化(艺术)生活的重心转移。关于唐诗与私人生活领域的关系研究、与物质生活层面的关系研究,则处于相对比较薄弱的地位。这种状况的存在,势必促使我们对唐诗研究的空间拓展进行一些相关思考。

首先应该指出的是,唐诗研究应该加大对私人生活领域的关注力度。诚如上文所述,每个人的生活都包括公共生活领域与私人生活领域两个维度。相对来说,私人生活领域是一个人更为隐秘但同时也是更为真实的存在状态,是全面了解、把握其人的不二途径。而我们以往对于唐代诗人的把握,主要集中于其在公共生活领域的表现,如其公开的社交活动、志向抱负等,较少涉及其私密的生活、情感空间。可以想象得到,这些诗人在公共生活领域的表现必然受到社会主流意识形态的规训,不仅不足以呈现,甚至有可能背离他们的真实状态。极端点说,我们对于大多数唐代诗人的了解,除了他们美好、光明的正面形象,其他几乎一无所知,似乎他们每时每刻都保持着这种正面的形象,从来不曾有过灰色乃至负面的情绪或念头。这中间的主要原因,可能并不在于他们的纯粹,而是在于我们对其私人生活领域的表现缺乏了解。只有全面考察诗人在公共生活领域与私人生活领域的综合表现,才能对其形成真实的把握。而要加大对私人生活领域的关注力度，就必须格外留意其私人化的生活空间和情感空间，尤其是其居住环境、身体状况、生理或心理问题、隐蔽的爱好或怪癖、怪异的行为、灰色乃至负面的情感流露等等。只有对唐代诗人形成了更为全面、准确的真实认识，才能真正推动唐诗研究的发展。

其次应该指出的是，唐诗研究对公共生活领域的关注，还应该向更为基础的物质生活层面拓展。尽管唐诗研究已经发生了从关注政治生活向关注文化（艺术）生活的重心转移，对物质生活层面的关注也取得了较为丰硕的成果，但这些还远远不够。从根本上说，经济基础决定上层建筑。对唐诗影响最直接的可能是政治和文化（艺术）生活层面，但对唐诗影响最大的，一定是属于经济基础的物质生活层面。唐诗研究向物质生活层面的拓展，首先是向日常生活的全面拓展。日常生活是唐诗得以生成的直接背景。这些年来，越来越多的学者注意到了日常生活对于唐诗及其特色生成的重要意义。如刘明华《亲切的唐诗——唐代诗歌的日常生活功能》（《光明日报》2016 年 5 月 14 日）认为，唐诗作为中国古典诗歌的代表，其标志就是在日常生活中发挥的功能达到极致。在日常生活的映照下，唐诗呈现出了更为瑰丽的色彩。但即便如此，还是应该意识到，物质生活层面并不仅仅包括人类的日常生活。人类的日常生活必然受到更为基础的自然生活层面的制约。自然气候、时令节气、地理环境、植被、动物种群等在最大尺度上决定了人们的生产和生活方式，也就在最大尺度上决定了唐诗及其艺术特色的生成。举例来说，唐代诗歌中“骑驴”意象的生成并不仅仅只跟交通工具的选择有关，它还与动物种群的分布、迁徙以及驯化过程有关。只有持续推进到日常生活、自然生活层面，物质生活对于唐诗的影响才可以得到更为深刻的揭示。

最后应该指出的是，不论是加大对私人生活领域的关注力度还是向物质生活层面的拓展力度，唐诗研究都应该自觉加强对研究对象、研究范围的理论和体系建构。毋庸讳言，目前关于唐代生活与唐诗之间的关系研究，最主要的问题就是缺乏对“唐代生活”自觉的理论与体系建构，以致绝大多数相关研究都处于随机和散漫状态之中，不能形成专精的合力，难以实现研究的整体突破。当然，对“唐代生活”的理论及体系建构并非易事，还有待学界的共同努力。

港台及海外研究动态

香港唐代文学研究概况(2016—2017)

□ 刘燕萍

能撰写香港地区唐代文学研究概况,真要感谢吴相洲教授的鼓励和推动。在 2016 至 2017 两年内,香港对唐代文学的研究,在质量上仍有可观之处。

一、诗赋

唐诗的研究有陈伟强教授的两篇具分量之论文:《从寒梧栖凤到江曲孤凫——王勃入蜀前后的赋体创作》(《清华学报》2016 年第 3 期)。陈教授此文深具创见,于王勃诗歌研究上是篇重要之作。初唐文人王勃(650—675?)在其短暂的生命中,为中国学术和文学作了重要的贡献。此文从历史视角探讨王勃的赋体文学创作,论述其入蜀前后作品的差异。王勃入蜀前的文风绮靡,用典繁密,语言雕琢;但入蜀赋作风格清新脱俗,语言平易晓畅。对于这个转变,过去的研究并没有具体钻研,是文则以此为探讨重点,考究其中因由并对相关作品作剖析,从而论证并重新确立其在赋史上的地位。

王勃入蜀前后的个人遭遇是其赋作变化的重要因素。王勃少年得志却旋又失意,早年赋作题材以宴集奉承为主;总章二年(669)被逐出王府,入蜀淹留三年,在心境与景物的触碰下,以及交游唱和的场景中,作品风格发生了质变。是文以王勃的禽鸟赋为主要分析对象,考察早年的《寒梧栖凤赋》与入蜀期间所做的《驯鸢赋》和《江曲孤凫赋》在体裁和题材上的异同。此外,又论证卢照邻(约634—约686)和王勃的《驯鸢赋》等作品反映了此时期四韵抒情小赋的定型和流行。王勃入蜀前后赋作展现了初唐赋坛在律赋形成初期的不同面貌,为唐代赋体文学写下了重要的一章。

关于王勃《春思赋》,陈伟强教授另撰一文:《从王勃春思赋看初唐诗赋互动的文体创新》(《古典文学的内部研究》北京出版社2016年)。王勃(650—675?)的《春思赋》在初唐文学史上做了十分重要的贡献。此赋尤其突出的创新之功,在于诗赋二体的完美糅合,在两种文体中取长补短,达到了上乘的艺术效果。然而由于历来对于赋研究并不深入,其地位并未受到应有的重视。近年,学界较集中地探讨赋体文学传统在初唐七古中的作用,甚有成就。是文试图从不同角度切入,探究诗体文学在《春思赋》中的作用。

是文尝试从诗赋互动在初唐时期的发展考察《春思赋》中相关张力的形成因素及其特点。赋中所体现的张力可归纳为三个方面:其一属文体裁上的张力,即五七言诗体在赋体中的抒情功能和需求;其二是题材内容上的张力,即初唐艳情与都城题材的汇合趋势;其三为写作动机上的张力,即献呈作品中自荐与自抒情怀的结合。这三方面的张力,大致各由两个元素结合而形成,为《春思赋》展现出文学新元素,"春思"文学乃在诗赋互动中达到了新的艺术高度,开拓了赋体文学的新景象。然而这个新景象并非王勃一人的独力开拓之功。本文从《春思赋》分析出发,把视野放大至初唐时期的文学总趋势,讨论时风、士风与诗风对于王勃及其同代作家如卢照邻(约634—约686)、骆宾王(626或627—684)等的创作概况,审视新体歌行与赋体的交互作用所呈现的新气象的内在成因。

除王勃的研究外,有关唐诗的研究,有伍钧钧教授的两篇作品,一篇为:《高适李白杜甫同游梁宋探析》(《中国文化研究》2017年秋卷)。大历年间,杜甫有诗《昔游》及《遣怀》,缅怀天宝时与李白和高适同游梁宋之兴,足见同游梁宋是三位诗人增进感情的重要线索,它给予杜甫非常深刻的印象,使他晚年依然反复回味,无限怀念。此二诗与《寄李十二白二十韵》、李白《秋猎孟诸夜归，置酒单父东楼观妓》、高适《宋中十首》《登子贱琴堂赋诗三首》，均为三位诗人于天宝三载曾同游梁宋提供有力证据。内容方面的互补，使读者对旅程的路线、行程、活动、诗人的互动等各方面，有更为明确而清晰的概念。是文旨在分析三人游历梁宋前的经历及心境，并参考现存诗篇及唐代的地理志，探索他们的游踪，以期日后继续探究他们参与这次漫游的真正目的与抱负。

天宝年间，高适、李白和杜甫同游梁宋，各有赋诗。这次的游历，牵涉三位唐代极具代表性的著名诗人，这使关于三人同游梁宋的研究，历来受到学者的高度重视。然而，对于他们游历的具体时间及游历路线，至今仍众说纷纭；他们的交情及游历之因，与诗作的关系，尚有研究空间；这次漫游对于三位诗人而言各有不同的意义，这使他们所创作的，跟梁宋相关的诗篇，展现出截然不同的思想内涵，此现象尚有深入探讨的需要。是文针对与上述问题相关的数据，进行梳理整合与分析。

伍钧钧教授的另一篇名为：《郑虔郑潜曜与杜甫的关系浅析——兼谈郑氏叔侄对杜甫旅食京华所起的作用》（《国学研究》2016 年第 37 卷）。郑氏叔侄与杜甫的交游一向为研究杜甫诗文者所关注。从杜甫早期至安史之乱前的诗作中，可以看到杜甫旅食京华期间常与郑虔把酒论文，并共同前往何将军山林畅游玩乐。郑潜曜邀杜甫至莲花洞并设宴款待，杜甫曾为郑驸马的岳母撰写《唐故德仪赠淑妃皇甫氏神道碑》碑文。由此可见，杜甫与郑氏叔侄的关系远超知己良朋。是文旨在通过考证郑虔、郑潜曜与杜甫的交游，分析郑氏叔侄为杜甫提供了哪些生活及仕途上的帮助。

二、神话与文学

在 2016 年 9 月 9 日至 11 日于四川成都举行的中国唐代文学学会第十八届年会暨唐代文学国际学术研讨会中，刘燕萍教授宣读她以跨学科方法，从神话与文学角度研究的雷州雷神文章：《卵生、猪首神与斗雷——论唐人小说〈陈鸾凤〉与〈陈义〉中的雷神》。

《太平广记》中有五篇写雷州之雷:《陈鸾凤》出自《传奇》(《太平广记》卷三百九十四);《陈义》出自《投荒杂录》(《太平广记》卷三百九十四);《雷公庙》出自《岭表录异》(《太平广记》卷三百九十四);《雷斗》出自《广异记》(《太平广记》卷三百九十三);《欧阳忽雷》出自《广异记》(《太平广记》卷三百九十三)。其中,以《陈鸾凤》和《陈义》两篇,写雷州的雷神崇拜和禁忌较诸篇详细和完备。

雷州地处中国最南之地,为雷之乡;雷神话甚具特色。卵生雷祖叙雷神诞生:《陈义》一篇记述了两种同为卵生雷种的诞生,一为雷民拾得十二"大卵","卵破而遗甲存焉"。鳞甲显示雷种非人类,较为原始。第二为陈氏得"大卵",卵破,"有婴儿出焉";此婴为陈义。至(宋)《英山雷庙记》,陈义演变为陈文玉。《海康县续志》载:陈文玉在贞观五年(631),就任雷州刺史。至《明一统志》,陈文玉成为雷州之雷王;由刺史成神,完成雷神人格化的过程。卵生雷祖中,还有十二耳"畋犬"之助,以发现"大卵";此亦涉神犬崇拜。此外,《陈鸾凤》和《陈义》都描写了雷神类猪的外形:"类熊猪"(《陈鸾凤》)和"豕首鳞身"(《陈义》)。类猪的外貌,相当特殊,与《山海经·海内东经》所载"龙身人头"的雷神相异。此亦可能与图腾崇拜有关。雷州在隋唐和以前,以古越族为主。合壮、黎、苗、瑶等少数民族。(参考《隋书·地理志下》)至唐中叶则有较多的移民由闽入雷。(《海康县续志》)由于雷神"豕首鳞身",半猪半鱼,《陈鸾凤》和《陈义》,便记载了不可同吃"彘肉杂鱼食"的禁忌(taboo)。犯此禁者,会触怒雷神,"霹雳辄至"(《陈义》)。虽然雷神可畏,《陈鸾凤》一文,却出现一位与雷相斗的勇士:陈鸾凤。为解救雷民于天旱,与雷打斗,胜出:"云雨。自午及酉。涸苗皆立。"每有干旱,陈鸾凤"持刀如前",能迫令雷神,"皆有云雨滂沱"。陈鸾凤成为抗旱,敢于与神相抗,代表对抗大自然的英雄,被奉为雨师。

三、宗教与文学

跨学科的研究,对唐代文学的研究提供另一个角度,往往具有创见,尤具深意。这方面的研究,有贾晋华教授的五篇文章。两篇英文论文:"Unsold Peony:Life and Poetry of the Daoist Priestess-Poet Yu Xuanji in Tang China(618—907)." Tulsa Studies in Women's Literature 35.1(spring 2016):25—57;"Study on Two Daoist Treatises of 'Sitting in Oblivion'." Studies in Chinese Religions 2.3(2016),265—80.另有三篇中文论文:《唐代女道士诗人李季兰、元淳、崔仲容研究》(《孙昌武教授八十华诞纪念文集》百花文艺出版社 2016 年);《唐代幽济禅院的创建及其在禅宗史上的意义》(《第二届中华佛教宗风论坛论文集》宗教文化出版社 2016 年);《重读鱼玄机》(《华文文学研究》2016 年第 1 期)。

四、硕博论文

硕博论文方面,李雄溪教授指导的学生胡家晋《李商隐诗歌的语言风格研究:以咏物诗为重心》(岭南大学 2015 年硕士学位论文)以李商隐咏物诗作研究对象,探讨诗中的语言风格。从声母、声调、词汇三方面,论述其咏物诗之语言特色如何形成义山诗的风格。语言是人类沟通的工具。年代愈远,愈难分辨不同文学作品的差异。文艺上的感受还比较容易理出头绪,但语言运用上,如果没有深入研究,读者难以仅凭阅读便确知古典作家的语用习惯。是文分析诗中音韵特色时,借鉴语言风格学的方法,统计李商隐的语用习惯。

根据是文的分析,可以确知有以下几项结果:在音韵上,李商隐咏物诗偏好用牙音与喉音字,与他徘徊低吟,缠绵绮艳的诗风有一定的关系。李商隐有刻意使用头韵的效果来加强诗歌的韵律美感。总体而言,头韵效果都可以加深读者对诗句的印象,而部分头韵用例亦有其他不同的文学功能,可分四类:(一)衬托,(二)借声拟情,(三)使诗的语音结构与语义结构不同,(四)突显题旨。声调上,义山咏物诗喜在五言对句第三字作入声,形成"顿挫"的音韵风格。词汇上,义山咏物诗的季节词汇可以创造出具体化的抒情空间,帮助李商隐抒发情感。当他在诗歌上点明时节,其情感一般是限定在某一类特殊的情感上,如:伤别、归思。最后,李商隐咏物诗的季节词汇多为偏正词组,形成其诗设色秾丽的风格特点。

除有关李商隐的研究外,另有贾晋华教授指导的两位博士生,所撰有关唐代文学研究:白照杰《整合及制度化:唐前期道教研究》(2016 年澳门大学博士学位论文);余春丽《陈子昂研究》(2016 年澳门大学博士学位论文)。

香港有关唐代文学的研究,虽然不算丰硕,却甚备质量,如两篇对王勃所做的研究,便独具创见,兼征引详实,甚具价值。研究诗人交往和交游与诗歌之关系,从交友、经历和心境,探讨唐诗,具备深意。至于跨学科研究,有从神话与文学和宗教与文学角度做出分析,亦甚具创见和深意。可喜的是硕博论文,以唐诗、宗教为题做深入探讨,得出具备素质的研究,在薪火相传方面,便尤具意义了。

台湾唐代文学研究概况(2017)

□ 杨明璋

2017年台湾中文学界对唐代文学的关注与研究，一仍过去几年展现小而美的样态。部分学者、研究生致力于宋以后唐诗选、唐诗学的研究，卓有成果，与本文所概述的台湾中文学界于2017年针对有唐一代文学之研究成果关系密切，但就学术发展史来看，它们展现的分属宋、元、明、清等朝代的文学观、诗学体系，为避免与中文学界概论上述诸朝代文学之研究重复，故本文对此部分只能割爱。再者，笔者在搜罗2017年台湾学界有关唐代文学之研究成果时，遇到一困难，即本年度学者、研究生于会议发表之相关论文不少，只是此类会议论文之取得十分不易，至脱稿前，大部分论文仍未见全文，基于撰述体例的一致与尽可能提供学界最大的信息量，此部分本文采取的处理方式为罗列撰者、篇名、主办单位及会议名称，内容则不做介绍。

本文一如往年，按各论著的研究对象之文类或主题类型，分为诗歌、辞赋、散文、小说、敦煌文学及其他等项目，而各大项再就发表之媒介——专书、学报期刊、学术研讨会及硕博士学位论文等等，依序介绍，其中，诗歌之研究成果仍是本年度最多的，故再将之分为唐诗综论与专家诗研究两部分，以清眉目。

一、唐代诗歌研究

2017年度台湾唐代诗歌研究主要集中在以下两个方面：

(一)唐诗综论

本年度唐诗综论之专书有欧丽娟《惊艳唐诗:字行间的人生密码》(台北远流出版公司 2017 年 6 月)、《唐诗的多维视野》(台北五南图书出版公司 2017 年 7 月)二部,前者聚焦于初唐到晚唐的陈子昂、王维、李白、杜甫、白居易、李商隐等六大诗人的《登幽州台歌》《杂诗》《清平调词三首》《月夜》《琵琶行》《锦瑟》等六大诗歌,除征引参照 220 余首诗词,并援引中外文学理论,探讨诗作反映的宇宙意识、孤独、爱、妻子形象、自我潜意识、悲剧性格等内涵;后者则为作者从 1993 年至 2010 年这段时间所发表的六篇唐诗研究论文之集结与统整、修改后之成果,论述的对象包括王勃、王维、李白、杜甫、李贺、李商隐等诗人的作品,另有跨时代的唐诗中日、月意象的宏观考察,透过此一系列论述,作者发现就时代精神变迁而言,唐诗有着从深厚到微细、偏歧,从博大、均衡到逸离正轨的内在消息,而就诗歌艺术而言,则有益发走向幽胜之趋势。另有钟晓峰《诗意的对话与影响:元和诗人交往诗论》(台北秀威信息公司 2017 年 8 月)一部,作者在参酌西方社会学关于"交往""对话""关系"等界说之基础上,以唐代元和诗人之作品为分析、诠释对象,同时与历史情境、文学语境相互参照下展开论述,以为元和诗人交往诗可分为显性、隐性两种模式,显性交往指的是具体可考的唱和集编纂,而隐性交往则是指诗人之间透过精神意识的互为影响、生命情境的对话等,而就其诗歌交往行为,则可进一步归纳成互为主体诠释、目的规范、自我实现等三种诠释范型。

学报期刊论文方面,许铭全《〈河岳英灵集〉的版本流传与编纂动机重探》(《汉学研究》2017 年第 1 期)指出《河岳英灵集》目前至少有三种不同的二卷本,殷璠应是任都督府文学一职时编纂,且其编纂动机非仅是藉以发抒不遇之情,应有客观、非个人色彩之存史心态。张溶玲《在言与未言之间——息夫人文史形象的转折》(《问学集》2017 年第 22 期)在考察息夫人之文史形象时,论及唐代凡有 13 首诗歌以息夫人为咏歌对象,是咏息夫人诗的开端,且与唐诗延续六朝以来咏史、怀古诗之流行发展文学现象相符。而会议论文则有翁淑芳《探悉唐代省试诗缺乏佳构无真性情之因》(2017年香港珠海学院“第二届中华文化人文发展国际学术研讨会”)。

至于学位论文,刘月卿《盛唐诗用〈诗〉研究》(高雄师范大学2017年博士学位论文)取盛唐张说等八位诗人之诗作,进行量化研究,探究其用《诗》情形,发现诸位诗人用《诗》之比例为张说诗15%、张九龄诗47%、王昌龄诗19%、王维诗23%、孟浩然诗27%、李白诗21%、高适诗0%、岑参诗7%、杜甫诗30%。李文琪《唐室贵胄及文人用香文化研究——以〈全唐诗〉为探讨范围》(逢甲大学2017年博士学位论文)则以《全唐诗》探究香在唐代皇室及贵族阶层的使用方式,藉以一窥唐人的用香文化,发现初盛唐是炫耀式的用香,香是国力与经济能力的展现,到安史之乱后,香则为理想的幻灭、生命的寄托,成为文人品味的一部分。李尧涓《文学、身世与政治——中唐寒士及其诗文研究》(逢甲大学2017年博士学位论文)指出引领中唐文坛者多出身寒门,故以之为主轴,探析“文学”“身世”与“政治”三者的关系,分就其京城书写浮现的寒士身影,诗文映现的生活困境、奋起与自我观照,诗文映现的仕宦空间、议题论述与交际网络等面向,探讨寒士超越困境、展现之使命感,并指出其成为中唐文学开拓与新变的重要因子。杨蕙明《唐代今体诗双声叠韵修辞法研究——以〈全唐诗〉为例》(辅仁大学2017年硕士学位论文)以《全唐诗》为对象,检视唐代今体诗所展现的双声叠韵修辞技法,指出唐代今体诗中符合“对仗”与“双声或叠韵”者有1689例,其中五言1273个,约占75.4%,七言411个,约占24.3%,展现出来的特质——双声是婉转和谐,叠韵则是铿锵有力,再加以诗句的对仗,形成跌宕回环、惬意流畅之风格,具有美听之效果。另有陈兴《唐诗安西北庭书写研究》(成功大学2017年硕士学位论文)。

(二)专家诗研究

本年度专家诗研究之学报期刊论文中,姜龙翔《从文化地景探孟浩然〈耶溪泛舟〉之书写笔法》(《中国学术年刊》2017年第39期)采用文化地理学观点,推测《耶溪泛舟》中提到钓翁、浣女,乃凭吊葛仙翁钓石及西施浣纱石之时,刻意将历史人物转化为虚拟之溪畔人物,而诗的前半部充分展现诗人悠闲自适的泛舟之乐,后半部则是歌咏游览所见的文化地景,藉以表现时空对立下的伤悼之情。王家琪《论王维画风于唐至五代之接受阐释——兼论诗歌用色字辞》(《台北海洋技术学院学报》2017 年第 2 期)指出王维山水诗中大量出现"白""青"等颜色字,且多与悠闲之情连结,就色彩学来看,应与王维"晚年惟好静,万事不关心"之心境有关;又许东海有《仙游·贵游·梦游——李白供奉翰林的谪仙身影及其遇合困境》(《人文中国学报》2017 年第 23 期)。钟羽翡《杜甫〈咏柏诗〉意象内涵与崇高美探析》(《美和学报》2017 年第 1 期)指出杜甫的二十首咏柏诗,多为安史之乱起后所写,成功继承《诗经》贞德隐喻与寿命想望的传统,并用以塑造诸葛亮不凡之艺术形象。何骐竹《白居易咏病诗中呈现的自我疗愈》(《成大中文学报》2017 年第 57 期)指出白居易咏病诗可分为早年微恙、中年初病、数病齐发、临终病笃等四个时期——早年微恙时期着重建构自我愈病体系,中年初病时期则以解开形躯表象之执为要,数病齐发时期是倾听身体之困倦,择禅道、澄净心灵为先,入于安之疗愈进程,临终病笃时期则是融合南、北宗禅法,开启无机心、无分别之大自在境界;侯乃慧《身体意识、存在焦虑与转为道用——白居易诗的疾病书写与治疗意义》(《台北大学中文学报》2017 年第 22 期)则透过存在心理治疗学、知觉现象学与佛学"转一切为道用"的理论,探究白居易诗的疾病书写,发现白居易诗流露强烈的身体意识,对各种病征与身体变化有精微的描述,隐现深沉的存在焦虑与觉察,并进一步以"转患病为道用",促进究竟修持契道的目标。陈立新《李商隐〈无题二首〉("昨夜星辰")新证笺》(《有凤初鸣年刊》2017 年第 13 期)融入现代心理学知识,推论《无题》其一应为形容宴会游戏的场合与情景,并用以表达对李德裕领导之新政的理解,其二则进一步表达认同李德裕的政治立场。

而会议论文则有郭基泰《王梵志通俗诗研究》(2017 年香港珠海学院"第二届中华文化人文发展国际学术研讨会"),施筱云《李白论书题画诗的美学倾向》(2017 年世新大学"第十届两岸韵文学学术研讨会——古典与现代的承传"),陈茂仁《李白〈送孟浩然之广陵〉声韵美之探论》(2017 年台中科技大学"语言、文学暨文化国际学术研讨会”)，杨文惠《李白诗中的“绝域”书写：想象的遗世绝境》(2017年台北市立大学“儒学与语文学术研讨会”)，林淑贞《独挺于流俗：元结对雅正诗风的追求》(2017年淡江大学“第十五届文学与美学国际学术研讨会：文学研究的当代新视域”)，罗建佑《〈唐人选唐诗〉中刘长卿诗作探析》(2017年香港珠海学院“第二届中华文化人文发展国际学术研讨会”)，陈家煌《论刘禹锡与白居易相识后诗艺及从政心态的转变》(2017年世新大学“第十届两岸韵文学学术研讨会——古典与现代的承传”)，胡玉兰《论晚唐诗僧贯休的涉佛诗及其意义》(2017年台南大学“第十一届思维与创作学术研讨会”)。

本年度专家诗研究之学位论文中，李白研究有四篇，李依霖《道家疗愈诗学——道家、当代新道家与李白诗歌之视域融合》(彰化师范大学2017年博士学位论文)以直觉疗法、存在心理治疗、意义治疗与阅读疗法等视域，观照道家疗愈诗学，并以李白诗为例，以为李白诗体现道与诗结合，开显生命的深度，在诗、道中安顿生命与调适情志；刘倩君《李白诗歌的女性书写》(台北市立大学2017年硕士学位论文)指出李白诗歌的女性书写寄托个人情志，继承比兴言志的风骚传统，并非如王安石所言仅仅是“言妇人”而已；李易臻《李白宣州诗研究》(高雄师范大学2017年硕士学位论文)指出李白宣州诗一方面展现其一贯豪壮、浪漫之风，另一方面也可见其对于宣州山水之喜爱，以及人生路上之挣扎与矛盾；何家祺《李白诗歌中花意象研究》(台湾南华大学2017年硕士学位论文)指出李白以众花之物象寄托诸种精神，同时也是对《诗经》《楚辞》传统的继承，进而开创个人独特之花语。此外，付继倩《自然诗的构型与构象——王维与华兹华斯自然诗的语言比较》(台湾中山大学2017年硕士学位论文)取中国山水诗代表诗人王维与英国湖畔诗人威廉·华兹华斯(William Wordsworth)二人表现自然的诗句，比较探讨他们语言构型与构象之方式。王小珊《韦应物郡斋诗研究》(台湾清华大学2017年硕士学位论文)先爬梳郡斋诗之发展脉络，进而探究郡斋诗于韦应物之时定型的原因，并藉以观察韦应物吏隐观念的形成，以及吏隐生活于郡斋中的实践。张琼文《柳宗元永州与柳州诗文研究》(华梵大学2017年硕士学位论文)指出永州、柳州创作之诗文大抵以“兴尧舜孔子之道,利安元元”为务。唐美惠《孟郊乐府诗之美学研究》(台北市立大学2017年硕士学位论文)藉孟郊乐府诗讨论其诗学审美观,以及诗作呈现的美学意义。又有余昕嫔《唐五代女冠诗词中的阴性书写》(中央大学2017年硕士学位论文)尝试比较女性与男性诗人笔下的女冠之差异,藉以了解书写者的性别对于作品之影响。

二、唐代辞赋研究

唐代辞赋之研究并不多,廖美玉《正时与赋物——唐代时令赋的物候感知与国家论述》(《汉学研究》2017年第1期)从正时、赋物二种视角,探讨时令赋中体现的君臣相互制约与敬天授时之治国理念,并藉贵游到科举,中央到地方,经世到抒情,建立国富人安之国家观念,于感时伤逝的汉赋与抒情传统之外,别树一帜。许东海《辞赋·谱录·言路:张九龄〈荔枝赋〉、蔡襄〈荔枝谱〉的书写系谱及其谪迁地图》(《文学论衡》2017年第31期)及《倾城·谏诤·长恨——吕向〈美人赋〉的玄宗谏诤及其与白居易诗、陈鸿传奇的对读》(《中国文学研究》2017年第29辑),前者以为蔡襄《荔枝谱》一方面是对张九龄《荔枝赋》香草美人隐喻之承传,另一方面是士臣谪迁地图的乡愁论述;后者则指出吕向、白居易、陈鸿之辞赋、诗歌、传奇的多元文类,是唐代展开玄宗情色论述的三部重要情曲,其中又以吕向《美人赋》为代表,可用以观看唐赋对于白居易、陈鸿等人的诗歌与传奇书写之文化召唤内涵。另有一篇唐五代词的研究,罗贤淑《论唐五代词中男性爱情意识的体现》(《中国语文》2017年第720期)指出唐五代男性作家于时代支持及词体配合下,利用词大肆吐露对女性的爱意,一方面摆脱传统之束缚,另一方面也明示创作主体之情志。

三、唐代散文研究

唐代散文之研究中,周永蕙《唐代文士的历史写作——以韩愈为中心的考察》(《史原》2017 年第 29 期)指出唐代文士尝试将传统经、史、子之元素,与时俗短篇应用散文结合,创造面貌一新的古文,作品形式似异于当时史学盛行之编年体,但仍继承《春秋》之传统,下开宋代的史学新体。会议论文则有陈弘学《规范竞合或规范冲突?——从现代法学观点论柳宗元〈驳复雠议〉中的礼法辩证及其思想内涵》(2017 年成功大学"第五届台大成大东华三校论坛学术研讨会")。

而学位论文则中,周永蕙《唐代古文运动与史学之交涉》(台湾大学 2017 年硕士学位论文)以八至九世纪古文运动参与者的学术论述与文学作品为核心,探究唐代古文运动与史学发展之间的关联,认为唐代古文家寓褒贬于叙事,穷究圣人之心、点缀情感与文采之撰作手法,看似仅是文士之笔意,却是响应唐人修史之问题,并下启宋代史学新变之端绪。陈柏言《知识、疆界与想象:中晚唐"南方"地记研究》(台湾大学 2017 年硕士学位论文)以段公路《北户录》、樊绰《蛮书》与莫休符《桂林风土记》等三部"南方"地记为研究对象,审视并辨证其中心内涵,以为《北户录》是岭南奇花异草、怪禽异兽被收纳进文献和历史记忆的编码,而樊绰《蛮书》则不只是山川城邑的纪录,更是一部带有战争阴影和悼念意味的劫余书,《桂林风土记》则是通过桂林诗迹、史迹与神迹的铭刻,一方面铺排桂林山水胜景,另一方面勾勒文人视野下的园林图像,展现唐人们对于南方的观看角度与认知框架。何明峰《刘禹锡论说文研究》(中兴大学 2017 年硕士学位论文)取刘禹锡三十二篇论说文为对象,就其正体与变体、思想性与政治性主张、诗与文之见解,讨论刘禹锡的思想内容,并就其对偶、形象、问答等三面向,观察其形式特色。而陈俐伶《韩愈文学思想研究》(辅仁大学 2017 年硕士学位论文)则详述韩愈文学创作之特色,进而寻绎其诗、文主张与创作之结合、取舍及贡献。

四、唐代小说研究

发表于学报期刊的论文中,蔡佳颖《从白面书生到黑脸神君——试论小说人物柳毅形象的转变》(《问学集》2017 年第 22 期)指出柳毅之形象,从李朝威《柳毅传》的白面书生到蒲松龄《织成》的黑脸神君,此一转变应与自然崇拜中的水神信仰、傩戏之搬演密切关联。邓郁生《蚍蜉之喻与历史殷鉴:〈纂异记·徐玄之〉讽喻书写试析》(《东吴中文学报》2017 年第 33 期)指出《纂异记·徐玄之》是作者于甘露事变后所撰写,表达全身远祸之思,并勾画末世思想,藉以抒发忧国情志。蔡宗宪《唐代霍山的神话与祭祀——兼论霍山中镇地位的确立》(《政治大学历史学报》2017 年第 47 期)指出作为唐人开国神话的霍山神现身指路,佛、道教也各自以本身的神祇加以附会,而霍山受重视,最主要应是它是冀州的镇山,而五镇的观念至迟在德宗朝已出现,唐代末期更有以霍山为中镇的说法。赵修霈《〈云仙散录〉之撰作时代:由书中所录之唐人诗文才华故实析论》(《东吴中文学报》2017 年第 34 期)透过《云仙散录》所叙述的唐人诗文才华故实,以及其叙述模式与前代故实之间的差异,指出《云仙散录》应不是五代之作,而是成书于北宋仁宗至徽宗之间。而会议论文则有林明昌《唐代侠客文学之武艺研究》(2017 年日本京都女子大学"文学与文化国际研讨会")。

学位论文中,张宇荃《唐代传奇神女书写研究——以人神遇/合为考察中心》(台湾大学 2017 年硕士学位论文)指出神女书写着重于女性的性别角色功能,包括生殖与社会功能,而唐代士人透过塑造"神女"来实现自己现实人生中无法达致的渴望,最明显的元素是神仙、富贵、美色三种人之大欲,同时也是文人炼字为工、逞材炫技意图的展现。张僖文《凡人历奇——李公佐传奇小说研究》(中兴大学 2017 年硕士学位论文)取李公佐《南柯太守传》《谢小娥传》《庐江冯媪传》及《古岳渎经》等四篇传奇,指出李公佐传奇小说的共通创作模式为凡人从历奇到回归,从平静到激越再恢复平静,藉此表达其以人为本之价值理念与安定社会人心之关怀。李丽萍《唐传奇霍小玉与步飞烟人物形象研究》(元智大学 2017 年硕士学位论文)主要探讨唐传奇中的代表人物——霍小玉与步飞烟所展现的唐代社会中女性扮演之角色。

五、敦煌文学研究及其他

敦煌文学研究的期刊论文有:郑阿财《敦煌写本〈隋净影寺沙门惠远和尚因缘记〉研究》(《敦煌研究》2017 年第 1 期)先根据敦煌写本 P.2680、P.3570、P.3727 校录《隋净影寺沙门惠远和尚因缘记》,后与《续高僧传·慧远传》对照,说明其叙事异同的用意与文体属性,指出因缘记应是当时僧人于各种法会间为备宣讲,选择《高僧传》中适当的高僧神异事迹所撰就的参考之用文本。杨明璋则有《泗州僧伽和尚神异传说研究——以敦煌文献为中心的讨论》(《中国学术年刊》2017 年第 39 期)、《唐五代诗歌的通俗化与商品化——以敦煌诗歌与长沙窑瓷器题诗为中心》(《中文学术沿革》2017 年第 12 辑),前者先校录抄录有僧伽和尚事迹的 S.1624 僧传摘抄、P.3727《圣者泗州僧伽和尚元念因缘》及 P.2217、S.2556、S.2754 等的《僧伽和尚经》,三种文书对僧伽和尚的叙述是围绕着神异事迹,并为后来的《景德传灯录》所继承,又 S.1624、P.3727 将万回、宝志与僧伽合述,当是中唐至北宋三圣僧信仰的反映,且敦煌文献记述僧伽时,还强调邈僧伽真、观僧伽像及称僧伽名可获致福报,显示僧伽和尚已被视为圣僧,地位同于佛菩萨;后者指出敦煌讲唱文学在援引文人诗歌时,会因应讲唱的需要进行调整,而长沙窑瓷器题诗与文人诗歌有 13 首重出互见,其中以离愁之内容为多,并常涉及饮酒,此一内容主题的倾向,应与题诗瓷器多为酒壶有关,又不见于一般传世典籍的敦煌诗歌与长沙窑瓷器题诗之间则有十五首是近同的,编创者应以程序化套语为基础,进行加工,其中不少是与佛教关系密切的劝世诗。林桂如《唐判文集中之孝与犯罪》(《出土文献研究视野与方法》2017 年第 6 辑)则取张文成《龙筋凤髓判》、白居易《百道判》、敦煌本 P.3813《文明判集残卷》及宋官修

《文苑英华》所集唐拟判等四种文书中与孝有关的判文,探究当时对孝与不孝之论断,以及孝与礼法、忠之间的关系、连结。朱凤玉《论讲唱活动在敦煌佛教寺院的传播——以莫高窟三界寺为例》(《敦煌学》2017 年第 33 辑)透过对敦煌文献中近三百个与变文相关的卷号,考察讲唱活动在敦煌佛教寺院的传播情形,特别又借重存有三界寺道真名衔的七十件写本,具体叙说三界寺、道真参与的讲唱活动情形。张家豪《首都博物馆藏〈佛说如来八相成道讲经文〉(拟)探析》(《敦煌学》2017 年第 33 辑)指出首都博物馆藏编号 32.536 卷背之《佛说如来八相成道讲经文》当为对《方广大庄严经》《佛本行集经》之敷演,且与《八相变(一)》《八相变(二)》之题材内容相似,彼此应有因袭之关系。另有简彦姈《敦煌曲中的女子形象》(《人文社会与医疗学刊》2017 年第 4 期)。

会议论文则有杨明璋《义净三藏法师と赞》(2017 年日本广岛大学"东西を旅した圣人とその声迹(こえ)学术研讨会")、《敦煌文献中的高僧赞抄》(2017 年日本京都大学"中国中世写本研究夏季大会プログラム")、《敦煌文献中的无着、世亲菩萨神异传说与神圣崇拜》(2017 年敦煌研究院"敦煌论坛:传承与创新——纪念段文杰先生 100 周年诞辰敦煌与丝绸之路国际学术研讨会")、《敦煌神话叙事与佛教:以〈天地开辟已来帝王纪〉为中心的讨论》(2017 年台湾师范大学"第五届叙事学与文化国际学术研讨会")等四篇论文。

另外,黄忆晴《唐代文人对君臣伦理的省思与书写》(台湾大学 2017 年硕士学位论文)从初、盛、中、晚唐四个阶段的文人书写,观察唐代文人对于君臣职分、君臣互动的规范与要求,发现大抵仍是儒家对君臣伦理重视互动与和合精神之延续与重建,而非清人赵翼谓唐人君臣大义不明。

日本唐代文学研究概况(2017)

□ 佐藤浩一

日本唐代文学 2017 年的主要研究成果可分为初唐研究、盛唐研究、中唐研究、晚唐研究、日本汉学、其他成果六个部分。

一、初唐研究

种村由季子《宋之问〈明河篇〉和初唐公主们》(《中国文学论集》第 46 期),论述说明了《明河篇》不是描写权力的志向,也不是在抱怨自己的命运,其宗旨是赞美武则天的太平公主。

好川聪《初唐的岭南描写——以沈佺期、宋之问为中心》(《岐阜大学国语文学》第 42 期),论述说明了岭南的古典诗基本上反映的是对当地特有的风土表示嫌恶,不过初唐的沈佺期、宋之问的岭南诗里能窥见对其风土的好奇心。好川先生《唐代的异文化认识和左迁文学》,这篇文章是对初唐考察的一部分。

二、盛唐研究

2017 年,日本创办了杜甫学会。会长是下定雅弘先生,副会长是松原朗先生,我担当事务局的工作。杜甫诞辰 1300 周年之后,萧涤非的《杜甫全集校注》(2014)、谢思炜的《杜甫集校注》(2015)、宇文所安的《The Poetry of Du Fu》(2016),已经先后刊行了。2016 年下定雅弘、松原朗主编的《杜甫全诗译注》也相继出版了。下定先生为了进一步开展对杜甫的研究,提议创办日本杜甫学会,2017年秋天正式成立了。2018年3月《杜甫研究年报》创刊号首次刊行,第二号也已经开始编辑了,并且委托刘宁教授撰写《中国的杜甫研究动向》。作为日方,我们十分希望和中国的学者进行更多的学术交流。

后藤秋正《春望的系谱》(研文出版)是由三部分构成的。第一部分是对杜甫《春望》相关文章的考察;第二部分是在读杜甫诗时特别注意到的引人注目的诗语,还收入了有关杜甫动植物的诗的研究文章;第三是有关杜甫的“逸诗”和“逸句”。这本书是《东西南北的人——杜甫的诗和诗语》(2011)、《杜甫诗话——何日是归年》(2012)、《花欲燃——续杜甫诗话》(2014)的续刊。

后藤秋正先生的论文对杜甫关联语汇的考察比较多,《杜甫什么时候起成为“诗圣”》(《札幌国语研究》第22期)是其中之一。他认为“圣于诗者”这个说法是从南宋开始的,说杜甫诗“圣于诗者”的第一个人不是叶燮、杨万里,而是元代的任士林。后藤先生还认为提到“诗圣”这一名称的人不是王嗣奭,而是明代的费宏。

宇佐美文理《杜甫诗的视觉问题》(《日本中国学会报》第69期),是一篇深奥而有重要意义的哲学论文。我们看见的世界不一定是捕捉到的真实世界——宇佐美先生用这种视点来考察杜甫眼中的世界。

长谷部刚《关于堀辰雄的杜甫译诗(承前)》(《关西大学东西学术研究所纪要》第50期),这篇文章可以了解近代日本文学作家们是如何接受杜甫的。

志野好伸《常建诗的垂直性和水平性表现》(《明治大学教养论集》第526期)值得一读。虽然常建在《河岳英灵集》中名列第一,同时又是作品收入很多的诗人,但是后世言及太少。这篇文章通过确认常建诗作的特色,从而考察当时崇尚常建的原因。

三、中唐研究

黑田真美子先生《韦应物诗论——以“悼亡诗”为中心》(汲古书院),是她即将退休时出版的大作。以往对韦应物自然诗的研究，基本上是考察“景”，得出“情景交融”的结论。但是，黑田先生则以咏“情”的悼亡诗来考察，阐明“情景交融”。

尚永亮先生《唐五代逐臣与贬谪文学研究》由爱甲弘志、中木爱、谷口高志先生翻译出版，日译名为《貶謫文化と貶謫文学——中唐元和期の五大詩人の貶謫とその創作を中心に》（勉诚出版社）。尚先生的高名在日本的研究者中已被知晓，这次翻译本的刊行，尚永亮诗学将会越来越深入到一般的日本读者中。

自2000年起每年发行一期《白居易研究年报》（勉诚出版社），每期都有一个主题，一个主编。2017年的主题是“饮酒与沏茶”，主编是埋田重夫先生。专集论文如下：埋田重夫《一瓯茶与七盌茶——关于中国茶文化之中的白居易》，高桥忠彦《再读醉吟先生传》，诸田龙美《源氏物语须磨卷的白诗和道真诗受容——〈琴诗酒〉与〈雪月花〉》，新间一美《白居易饮酒诗与平安朝汉诗》，本间洋一《关于白居易的沏茶诗》，北山円正《白居易与平安时代的茶诗》，山田和大《关于韦应物的茶——茶的表现和吏隐意识》，太田亨《日本中世禅林文学的茶关联典故表现》。随笔如下：石冢修《白乐天与茶挂》，下定雅弘《浦上玉堂的向白居易的敬慕——关于琴与酒》，金文京《白居易的酒与茶的诗——从山人文学的视点》。研究介绍如下：下定雅弘《白氏文集中的“茶”与“酒”的研究》，中木爱《战后日本的白居易研究（关于白居易、白氏文集的研究）2016年》，下定雅弘《对影响日本文学的白居易的研究2016年》。书评如下：大渕贵之《文艳蓉〈白居易生平与创作实证研究〉（上海古籍出版社2016年11月）——中日两国的新资料与研究手法的活用》。

中唐论文还有谷口高志先生《元稹诗歌的淫祀——向民间祭祀的眼神》（《佐贺大国语教育》），白石尚史先生《从张承吉文集卷一〈题山水障子三首〉到题咏诗——作为王维画的印象》（《研究纪要》第12期）。

四、晚唐研究

大山岩根先生《关于司空图诗作的“狂”——以〈狂题十八

首〉为中心》(《集刊东洋学》第118期),针对“狂”题诗考察了司空图的创作意图,并得出结论,司空图以“狂”作为自己倾注了全部心血的诗作中的一个重要概念。

冢本嘉寿先生《李商隐与温庭筠(一)——性格类型学的研究》(《埼玉大学纪要》52-2),是一篇很有特色的论文。他对晚唐的李商隐与温庭筠进行对比考察,考察了前者继承唐代完成的诗型七言律诗;后者在维持旧诗型的同时还涉足词这一新形式的过程。冢本先生不是用文艺学的观点来考察,而是用异常心理学的观点来考察的。

五、日本汉学

对于日本人来说,读中国古典诗歌在教养中占很重要的地位,室町时代爱读《三体诗》,江户时代爱读《唐诗选》。赤井益久先生《阅读汉诗——日本人爱好的诗世界唐诗选编》《三体诗编》(NHK出版),都是广播讲座的课本,用平易的语言来说明其魅力。

胡正怡《唐诗选的俗谣译——子夜春歌的翻译与臼挽歌》(《国语国文》86-5),反映了日本人如何接受唐诗的一个侧面。《臼挽歌》是江户中期文人中岛鱼坊将唐诗用七言句的格式7语7语的节奏翻译成俗谣日语。

顾春芳《重新考订李攀龙〈唐诗选〉的意义》(《人文学论集》第35期),也是对江户时代学派及其接受唐诗的考察。

后藤昭雄先生《平安朝汉诗文的文体与语汇》(勉诚出版社)是日本汉文学研究的代表。唐代文学的相关论述,还有《菅原道真的祭文与白居易的祭文》等。

三木雅博《平安朝汉文学钩沈》(和泉书院)是一部研究《和汉朗咏集》的著作。日本平安朝汉文学,吸收了中国的中晚唐文学,并形成了日本特有的假名文学。三木先生一方面在解读当时的作品,一方面还考究其风趣所在。

加藤彻先生《汉诗赏玩与中国传来音乐——日本人如何唱汉诗》(《明治大学教养论集》第525期),对了解日本人如何爱唱中国古典诗来说，是一篇很值得参考的论文。

谷口孝介先生《日本的汉诗注释、翻译——训读的能力，以白居易李夫人为题材》（《日本语与日本文学》第61、62期），论述了中国和日本的注释有哪些区别，训读这种读解方式有何效果等。

山本嘉孝先生《室鸠巢的边塞诗——盛唐诗的模仿与忠臣像的造形》（《语言》第108期），对室鸠巢的边塞诗做了考察，认为在这些诗里可以窥见边境效忠的兵士与忠臣藏的元禄赤穗事件的影子。室鸠巢是江户中期的儒学者，他拥护赤穗浪士。

诸田龙美《从茶席展开的汉诗世界》（淡交社）与佐藤浩一《语言之扉课本里出现的古文、汉文100》（新潮文库）等，都属于一般书籍。

六、其他成果

2017年凤凰出版社刊行了林宗正、蒋寅编辑的《川合康三教授荣休纪念文集》。川合先生在大陆的知名度很高，在日本，2017年他的名字更是屡次出现。川合先生撰写了如下著作（一般认为川合先生著书不是一个人，有如法国的尼古拉·布尔巴基 Nicolas Bourbaki 一样，而是有着他的创作团体的）。

《生与死之语言——读中国名言》（岩波新书），虽然不是研究书籍，属于一般读物，但是岩波新书在日本享有盛誉。川合先生还著有岩波新书《白乐天》（2010年）和《杜甫》（2012年）。对一般的日本读者来说，还有川合先生的中国古典解说本。

《韩愈诗译注》第2册（与绿川英树、好川聪主编，研文出版社）是2015年出版的第1册的续刊。在日本，韩愈的译注已有久保天随的《韩退之诗集》（1928）、原田宪雄的《韩愈》（1965）、清水茂的《韩愈》（1986）。该书可以算作韩愈全译的集大成。

《文选——诗篇1》（岩波文库，与富永一登、釜谷武志、和田英信、浅见洋二、绿川英树共译）是《文选》卷19—31的译注本。卷末有川合先生的解说，值得参阅。

川合先生还主编了《新释汉文大系——诗人篇》（明治书

院)。这部丛书是《新释汉文大系》的续编。《新释汉文大系》共有 120 卷,以 2018 年 5 月刊行的《白氏文集》为完结。全卷的价格为一百万日元(约六万人民币),是一部规模巨大的丛书。川合先生主持的续编从 2019 年 5 月起顺次刊行:《陶渊明》(釜谷武志)、《谢灵运、谢朓》(斋藤希史)、《王维、孟浩然》(二宫美奈子、好川聪)、《李白》(和田英信)、《杜甫》(川合康三)、《柳宗元、韩愈》(赤井益久)、《杜牧》(斋藤茂)、《苏轼》(内山精也)、《黄庭坚》(绿川英树)、《陆游》(浅见洋二)。

岩波文库的《文选》开始刊行,富永一登是其主编者之一。他以前出版过《文选李善注的研究》(研文出版 1999),2017 年出版了另一本《文选李善注的活用——文学语言的创作和继承》(研文出版)。众所周知,富永先生 2013 年刊行了《中国古小说之展开》,他作为研究小说的专家很有名。富永先生是广岛大学的名誉教授,他继承了广岛大学中文系斯波六郎教授《文选》精读的学风。

长谷部刚、山寺三知共同编译的《林谦三隋唐燕乐调研究与其周边》(关西大学出版部)是林谦三《隋唐燕乐调研究》的重译本。燕乐与雅乐正好相反,是提供娱乐欣赏的歌舞音乐。《隋唐燕乐调研究》日语原稿已经失传了,汉语译本是林谦三的好友郭沫若翻译的。林谦三是研究东洋音乐的专家,也是雕刻家。为了酬劳郭沫若,林谦三为其制作了胸像。长谷部刚、山寺两位将郭沫若翻译的《隋唐燕乐调研究》又翻译成日语,还收录了林谦三未发表的论文等。长谷部刚先生与酷爱莫扎特音乐的恩本师松浦友久一样,对音乐很感兴趣,他毕业的高中音乐家辈出,小泽征尔就是其中之一。

山寺三知的《关于唐代南诏奉圣乐》(国学院大学北海道短期大学部纪要 34),也是这项研究成果的一部分。

户崎哲彦先生《石本为什么不可靠——唐代墓志的等级与尺寸与唐令式》(岛大言语文化——岛根大学法文学部纪要.言语文化学科编),是一篇非常重要的论文。朱熹校勘《韩愈集》时说:有所未安,则虽官本、古本、石本,不敢信(《昌黎先生集考异》卷 1)。我们知道虽然是同一文章,但集本与石本的文字记载有时候是不一样的。欧阳修认为石本最可靠，朱熹则认为石本也并是绝对的可信存在。详见户崎哲彦先生《日本钞本绍定六年临江军刊王伯大〈昌黎先生集音释〉与方崧卿佚书韩诗编年笺校》（《中国诗学》22）。

户崎先生说，唐代是按照官位决定墓志的寸尺，官位较低、没有经济地位的丧家只有面积较小的墓志，写不下整篇文章，只好在集本刊载撰文者的全文，因此集本与石本的文字记载常有不同。

气贺泽保规先生主编的《新编唐代墓志所在总合目录》（明治大学东亚石刻文物研究所），是从 1997 年初版起计数的第四版。收入的墓志数量增加到 12 523 篇，比第三版增加了3 776篇。

此外，纵览唐代的论文，还有如下两篇：矢岛美都子《唐诗中的六朝诗受容——以王昌龄〈芙蓉楼送辛渐〉诗的"委托旅人传言的构想"》（《亚细亚法学》51－2），中纯子《唐诗中的日常之音——从定式解放》（《天理大学学报》69－1）。中先生以"渔歌""鸡犬""樵唱"的声音为例，来确认唐诗如何表现人们的日常生活，并考察定式化的日常声音是如何演变的。

韩国唐代文学研究概况(2016—2017)

□ 金昌庆

唐代文学及相关领域的研究,历来是韩国学界的研究重点。2016—2017年间,学人们在原有研究基础上,进行了继承和延续,成果较丰,种类颇多,研究视域较广,立论视角较新。

除了持续关注的热点问题的研究外,出现了研究领域的扩展,如对中国唐代女性诗人诗作及女性形象等问题的研究,对之前较少关注的晚唐时期诗人诗作的研究,对唐代重要文学文献的校译和比较研究,对唐代乐舞、禅诗思想、长安曲江文化等唐文学文化现象的研究等,出现了一些新动向,取得了一定成绩,展现了韩国学界作为中国域外唐代文学研究重要学术阵地的研究特性。现将相关成果综述如下:

(一)诗歌类

这一类成果,主要分为三方面:一是对唐诗中的诗歌体裁、诗歌结构、媒介属性等某一专题或主题的研究,二是集中对《唐诗三百首》的文本研究,三是聚焦于唐代文人诗会和诗会文化,对其中的重要作用、举办场所、历时变化等情况做了分析和讨论。此外,还有一些其他主题性的研究。

第一,对唐诗中诗歌体裁、诗歌结构、媒介属性等某一专题或主题的研究。

首先,诗歌体裁方面的研究,如悼亡诗、唐诗集句、论书诗等。

李修祯《中唐悼亡诗研究》(韩国梨花女子大学2016年硕士学位论文)从时代、文化角度来分析中唐悼亡诗的发展流变状况，探讨了这一类诗歌体裁的写作特征及文学史意义。该文认为，虽然中唐时期发生的安史之乱带来了巨大的打击，但也成为悼亡诗的转折点。在此之后，悼亡诗不仅在诗作数量上，在表现手法上也显示出了长足的发展。

李京炫《牡丹亭集唐诗的意义：以此集唐诗与明代唐诗的关系为中心》（《中国文学》2016 年第 86 卷）指出汤显祖创作了长篇戏曲《牡丹亭》，每一出结束时都以下场诗为后面的剧情提供了暗示。下场诗形式为唐诗的联句诗形式，这与当时尊唐风气有很大的关系：汤显祖受到了当时文坛的尊唐风气影响；以前后七子为中心的复古派时事评论形成了尊崇唐诗的核心文化；汤显祖参加诗坛集会时以唐诗集句的形式为主。文章进一步指出，汤显祖尊崇唐风的同时也注重自己独有的创作方式，反映在《牡丹亭》中即汤显祖组织全新的语言秩序，与同时代高度崇拜唐诗的复古派相比多了一份阔达。

论书诗方面，李基范《中国论书诗概观》（《东洋艺术》2016 年第 33 号）研究唐代论书诗的形成和盛行，李白和杜甫促成了近体诗的盛行。论书诗与先辈们的题跋文化共同在宋代得到了良好的大发展。到元明时期继续保留了前代风格，并未发生样式的变化。清代随着碑学和考证学的繁荣发展，在诗的领域里前代与其他论书绝句也流行起来。论书绝句在诗的领域里留下了巨大影响，因此统称前代关于书艺的全部诗为“论书诗”。李基范《唐代论书诗中的批评样相》（《书艺学研究》2016 年第 28 卷）指出通过诗对书艺进行评论的文化在唐代非常盛行，这与诗在唐代作为重要的文学表现形式有关。在唐代，诗不仅是文人墨客的叙事手段之一，还是科举制度的重要环节。通过作诗与书写，以及对此的批评成为当时文人们的日常。唐代论书诗中出现的批评观可以分为形势论、骨气论、通神论和资质论。批评的特征有：个人情感的传达为重点；对对方字体进行批评的同时隐约表达自己的书艺观；隐喻的批评比较多，通过对多种事物的比喻来表达深层含义；与草书相关的论书诗约占全体的 60%，这与盛唐时期狂草文化和佛教禅宗有关。

其次，在诗歌及诗歌结构方面的研究。

何雅雯《解古构今:谈洛夫〈唐诗解构〉》(《中国学报》2016年第78卷)认为洛夫《唐诗解构》对唐诗的诠解与重构,可以视为中国古典诗歌拟古传统的延续,分析了洛夫针对唐诗加以译写、扩写、定写、改写的四种不同方式,指出洛夫运用四种拟古手法,着意于诗中的当事者,透过改作重新观看,展现原作中的个人经验、历史兴亡、写作过程、诗人传承,使模拟成为拥有,文章指出洛夫对唐诗的模拟与重构,意在指引后进诗人技艺的锻炼、情境想象与情感投射、共同体的想象等。金智英《赵翼〈瓯北诗话〉中对唐诗的评价》(《中国语文学论集》2016年第100期)对中国清代诗人赵翼《瓯北诗话》中关于唐诗的评价进行研究,说明作者论诗强调革新与独创,注重内容和形式的统一,书中对历史考评尤为着力,涉及诗人及其环境、生平遭遇,书中史料的考订,对进一步研究历代诗人诗作有非常重要的帮助。文章体现了其对唐诗及诗评的独到个人观点。

再次,在唐诗的媒介属性方面的专题研究。

郑镇杰《对于唐诗之媒介体属性深化的研究》(《中国文学》2016年第88卷)认为自古以来,中国诗皆有短题,但超过二十字之诗题少而有也。长题之所以用者,其效果于媒介属性之发现也,所谓媒介属性者,有传达于人间之目的,可以连接人与人也。认为"长题之发展为证据于文人连接网之成立,其长题亦有点、中心、连结。而其创作之中于中唐也"。金俊渊《唐代诗人的社交网分析》(《中国学报》2017年第82卷)对《全唐诗》中15000余首社交诗歌进行研究,利用数据分析推算出当时诗人之间的社交网络。首先以诗歌题目对全唐诗进行筛选,再对诗人的创作时期、诗人生平等进行详细确认,研究范围以初唐和盛唐287位诗人为主。比较初唐和盛唐的社会网后发现,初唐时期以君臣之间的唱和诗为多,盛唐时期诗人间的连结与往来急剧增多。分析盛唐诗人交友网时,首先关注的是山水诗与边塞诗。山水诗派的代表"王孟诗派",边塞诗派的代表"高岑诗派",各自构筑了自己的交友网,其中王昌龄、李白、杜甫、祖咏等诗人作为两诗派的媒介,增进了两派之间的交流。其中,安史之乱前的连结网核心以王维为主,安史之乱后核心以杜甫为主。

第二，集中于《唐诗三百首》的文本研究。

朴惠敬《唐诗三百首诗选倾向与诗论背景》(《中国文学研究》2017年第69卷)对唐诗三百首的选诗倾向及与之相关的特征和影响进行分析。以时期、诗人、体裁、题目为中心，对《唐诗三百首》进行比较分析，认为选诗倾向于与生活相关的主题，内容对社会有益。崔银贞《唐代登望诗在视野辽阔下的诗作形成：以〈唐诗三百首〉中收录"登高远望"诗为中心》(《中国学报》2016年第75卷)以《唐诗三百首》中的"登高望远"诗为中心，分析作者登上山顶，从视觉上产生"会当凌绝顶，一览众山小"时所产生的激情，并创作出诗歌的状况。《唐诗三百首》中关于登高望远的诗共有30首，这些诗可以分为四大类：展现男性的雄心壮志，表达自己内心的激烈情感，抒发内心由于战争引起的忧愁，脱离俗世的想象。

第三，聚焦于唐代文人诗会和诗会文化，对其中的重要作用、举办场所、历时变化等情况进行了相应研究。

姜必任《唐代诗会文化》(《中语中文学》2016年第63卷)指出，诗会文化对唐诗发展起到推动作用。从魏晋南北朝时期开始，在中国长安及洛阳等地就已开展了诗歌会，中唐时期文学的交流渐渐增多，影响渐渐扩大。唐代的科举制度引发的行卷文学，也对诗歌会起到了直接的影响。在诗歌会中，追求原创即时性，唱和诗、联句、和韵诗的形式得到了发展。诗歌会中诗人们对优秀作品的分享，追求创作上的愉悦，唐代诗会作为文人间的一种重要交流形式，对唐诗的创作及发展起到了非常大的推动作用。姜必任《中唐文人诗会》(《中语中文学》2017年第69卷)详细分析了诗会发展历程，认为诗歌会在南北朝时期以贵族为主，在初唐时期开始走向盛行，中唐时期元稹、白居易、刘禹锡对当时的文学及之后的诗歌会的盛行起到了重要的作用。论文对文宗皇帝治世期间文人之间的创造力、洛阳地域的诗歌会以及其重要性进行考察。并指出，安史之乱后，洛阳成为官员遭贬流放之地，很多官员在此建立了依山傍水的私宅，成为歌会举行地。诗歌会作为诗人交流的重要场所，创造出了唱和诗、和韵诗、联句等新文学形式。姜必任《唐代诗会通时的变化：以上巳日诗会为主》(《中国学报》2017 年第 81 卷)以唐代上巳日诗会为主对唐代诗会的历时变化进行考察。将《全唐诗》中使用“上巳”“三月三日”“三月三修禊”等诗句的作品筛选出来作为研究对象,酬唱诗、应制诗、奉和诗,内容更加注重修辞,诗的体裁随着时代发展,创造出了律诗、绝句等形式。上巳日宫庭诗会在初唐时期频繁地出现后,中唐时期开始慢慢减少。诗会中即兴创作最大地展示了诗人的创作能力,不仅以诗歌创作为目的,文人之间的交流疏通是其最终目的。

第四,其他一些专题性的研究。

朴惠敬《唐诗“茂陵”的象征:生与死的认知》(《中国文学研究》2016 年第 62 卷)以“茂陵”对唐代文人的生涯以及他们对死亡的态度为主进行考察,认为唐代诗人借着这个含义表达了对死亡的见解,抒发了对历史沉浮的感慨。在政治上失意,不得重用,无法实现内心理想,也成了唐代诗人影喻自身不得志的一种手法。郑惠映《活用唐诗进行中文教育的指导方案》(釜山大学 2017 年硕士学位论文)对唐诗教育的价值进行调查,对唐诗的地域适用性的教育法进行探索,对中国唐代的代表诗人与唐诗的体裁特征进行探讨,对唐诗对学习中文的影响进行研究,即在读写能力教育、语言教育、文化教育及评价教育四个方面进行了着重考察,分析其对教学时教师的职能及作品选择上标准设定问题。

(二)作家作品类

第一,以时间为序,依次考察韩国学者对王维、李白、杜甫、白居易四位诗人的研究情况。

首先,王维研究。崔世瑛《王维、裴迪“辋川诗”比较研究》(汉阳大学 2017 年硕士学位论文)对同属于唐代田园山水诗人的王维和裴迪进行了比较研究,将辋川诗以内容和形式区分来进行细致的探讨,考察了二位诗人的共通点及差异点:王维直接表现了自己的情感,而裴迪则更多地以描写自然的形式来表现情感。二位诗人隐居于辋川时互相交换和答诗,维持了非常特别和良好的友谊,王维在某方面起到了激励裴迪的作用。申懿先《唐代王维诗的异体字解读考》(《中国人文科学》2016 年第 62

卷)主要是考察《全唐诗》(石版本)和《文渊阁钦定四库全书》第1071册(影印本)里收集的清代赵殿成的《王右丞集笺注》里,有关异体字的误读与误记的例子。根据异体字的类型推定误读与误记的原因有两个:字形的相似性,可能是造成误读与误记的原因之一;也有可是因为偏旁的增减造成混淆从而导致误读与误记。到目前为止所积累的异体字相关研究成果表明,充分地解读诗文作品,对诗文作品的多种版本所出现的异体字现象研究是具有价值和意义的。

其次,李白研究。林道炫《浅析李白对历史人物的双层态度研究》(《文学研究论丛》2016年第36卷第1期)对李白关于历史人物的双层态度进行研究,选定姜子牙、谢安、陶渊明、扬雄四人,分析李白对其生活、文学作品及其处世态度的评论,通过比较,得出李白诗歌的基本特征。叶翠花《李白赋初探》(《中语中文学》2017年第68卷)指出,全面系统地研究李白,准确解读李白的赋,也十分重要。通过对王琦《李太白文集》卷一中收录的李白8篇赋,在形式和内容上,进行初步的研究,认为其受前代影响,但创作方面却又独具一格,不乏创新,以体现志向、追求名利、表达情绪,运用了夸张、情景交融、大量引用典故等手法,一定程度上还原了李白赋独特的艺术风貌。

再次,杜甫研究。这是近两年对唐代诗人诗作研究的重要领域,相关研究成果也较多。另有一些关于杜甫诗学的比较研究,将在下文中论及。金宜贞《杜甫诗的情绪表现分析:以饮酒诗为中心》(《中国语文学论集》2016年第100期)以杜甫的饮酒诗为中心,将其归类整理成以情为主的作品与运动性的作品,指出杜诗在情感表达方面,从细微的悲伤和快乐到强烈的情感表达所展现出来的千差万别的可视性特点。于逢春《论杜诗承古启今的桥梁意义》(《东亚人文学》2016年第34期)认为杜诗以其沟通古今的独特技巧和神来之笔,为"安史之乱"后的大唐王朝疏浚了贫与富、官与民、将与兵之间矛盾的管道。认为杜甫心系国家安危,民众疾苦,与国家民族共进退,与黎民百姓同呼吸,是其沟通古今,反映民情到位的集中体现。师古而不泥古,是杜甫诗歌创作的独门绝技,在波澜壮阔的历史巨变中善于捕捉最能反映历史的"一瞬间",是杜诗"即事名篇"秘籍之所在。

李旼贞《杜甫"秦州·同谷"时期诗作的认知学分析》(高丽大学2017年硕士学位论文)从认知诗学的角度,以各种方法论,特别是前景、背景、概念隐喻,运用混成空间的理论,对杜甫在秦州同谷时期诗歌的艺术性特征进行探讨。以前景背景所显现的空间,表达了对故乡的思念、对仕途的不甘、对现实的回避等。概念的隐喻,表现了对到达目的地之前的期待感、焦躁感及现实上的挫折感,这是他一生中最为艰难的时期,这一时期的作品充满了诗人的悲伤与彷徨。尹锡偶《杜甫诗里"愁"的原因与性格》(《中国学》2016年第55辑)以杜甫的"愁"与"复愁"十二首为中心,对杜甫作品中出现的"忧虑"进行考察。认为从正常到不正常和异常的状况,是杜甫的忧虑原因之一,杜甫主要忧愁的是战乱和国家不安等非正常状况。寄人篱下的生活,对于杜甫这种士人是一种脱离轨道的非正常状态。

崔晳元《杜甫日记构成及杜甫年谱制作的历史意义》(《中国文学》2017年第90期)以宋代制作的杜甫年谱为研究对象,以历代编纂状况,年谱的构成方式、年谱的文学意义等作为考察目的。认为杜甫年谱的构成方式可以分为三大类,并发现杜甫日记依然存在异议,年谱中反映出后代文人的认识。文章对辅助性文献的年谱认识进行再考察,着重对其文学性价值进行了解析。郑镐俊《杜甫秦州时期诗歌中生态意识研究》(《中国学研究》2016年第77期)认为杜甫由左拾遗贬为华州司功参军,结果弃官流浪,这个时期以后,他的世界观有一定的变化。从现实的探索到自然生物的探索,是从国家的安危与百姓的苦难开始,转变为对自然生物的探索,并以对生命意识的尊重和爱民意识体现出来,再现了跟自然和谐共存的诗人意识。

最后,白居易研究。金卿东《〈琵琶行〉难句索解》(《中国学报》2016年第78卷)认为,白居易的诗,或云"老妪能解",平易近人,但就后世读者而言,解读白诗有一定的难度,正如《琵琶行》,严密考察其内容,使后人感到大惑不解的难句不少。该研究挑选具有众多异说或难解的代表诗句,如"主人下马客在船""弟走从军阿姨死""去来江口守空船""梦啼妆泪红栏杆""却坐促弦弦转急”等进行研究，整理介绍国内外译本的异，进而对于有争议的诗语与诗句，判断是非，从各种角度探索其原义。金卿东《白居易文集的成书过程及诸版本》(《中国学报》2016 年第 77 卷)较为详细地考察了白居易对文集的重视、保存及成书过程，对白居易文集各时期各地版本做了比较研究，并指出，除通行版本外，日本那波道圆刊行的《白氏文集》，亦不可忽视，另有朝鲜时期版本。该研究起到了为韩国后学确立了研究基础和巩固文献资料的探讨性作用。

金月惠《田园诗的捕捉和表现样相：以白居易诗为中心》(《东西人文》2016 年第 5 期)从古代中国诗歌中选取以田园为要素的题材作品进行分析，考察古代中国文人捕捉田园诗的机制与结果，揭示其表现的样相。该研究从文字学的角度去分析“廷”“庭”“院”“园”“苑”“囿”“场”“墀”等田园相关的语汇概念，进而对白居易田园诗的捕捉和表现样相进行分析，从白诗的空间意识、现实理解、田园空间的“对话性”等方面，论证白居易田园诗的特质。

第二，除以上四位诗人外，对唐代其他诗人诗作的研究，依然是韩国学界研究的重要领域。

宋之问研究。安炳国《宋之问士人园林诗研究》(《国语文学论集》2016 年第 7 辑)指出，宋之问打破当时园林诗奉和应制形式，开启注重自我真情实意和生活情趣的士人园林诗，可被称为初唐园林文化的开拓者；园林活动的多样化可以说是宋之问的主要业绩；盛唐后文人园林成为文学活动的主要舞台，宋之问的士人园林诗扮演了过渡期的角色。宋之问通过农村生活，实现了自我归园田居的生活，这一切成为盛唐后以王维为代表的山水田园诗创作的基石。

孟浩然研究。林素姬《孟浩然诗创作时期考察》(汉阳大学 2017 年硕士学位论文)通过对诗人的生平记录，研究诗人的行迹，考察诗人的 259 首诗作，表现为两个方面：第一，通过诗人所做的诗作和诗人游览的行迹和《中国历史地图集》上标注的唐代地名和诗人作品中所出现的地名进行对照，绘出诗人的游览行迹图；第二，通过他与同时期诗人之间的交友诗，考察了诗人的创作时期。张子容、王维、张九龄等诗人由于拥有官职，因此生平记录较为完整。通过以上方法，对以往研究中没有探明的 67 首诗的创作时期给出了答案。

韦应物研究。裴丹尼《以 MBTI 理论对唐代韦应物山水诗的解析》(《韩国心理类型学会志》2017 年第 18 卷第 2 期）将唐代韦应物的山水诗分为五个时期，从 MBTI 四个维度进行研究，发现韦应物在洛阳丞期和江淮旅行时期的山水诗对自然的描写景象壮阔，清新明朗，充分表现出了大自然的优美景致；在滁州刺史时期对南方山水如画的描写展现出了诗人的才能；在任苏州刺史时期，诗人的作品倾向平稳，内心趋于平静。

刘言史研究。裴丹尼《中唐刘言史诗歌里表现的自然描写特征》(《中语中文学》2016 年第 66 卷）考察了诗人的自然描写特征，认为其属于典型的中唐文人，虽然对现实生活感到愤怒，但是对自然的态度在一定程度上是积极的，刘言史游历南方观察自然的作品扩大了诗的题材，其个人的悲感和体验意识成为其诗的巨大特征。与中唐时期自然诗“萧散”和“沉郁”的特质风格相比，刘言史是在现实中憧憬隐居的文人。

贾岛研究。蔡心妍《贾岛诗歌中表现的求仕和求道意识研究》(《中国学研究》2016 年第 78 期）从求仕和求道意识的角度，对贾岛的作品进行了考察，以期分析贾岛诗歌中的风格特征。通过对其主要作品的分析，考察其还俗之后表达建功立业的意识；在考场上年年落榜，生活穷困潦倒，身体多病衰老等事件中，看其诗作中怀才不遇的意识。

温庭筠研究。任元彬《温庭筠的禅诗研究》(《中国语文学论集》2017 年第 106 期）将温庭筠的禅诗，分为表面上包含佛教元素的诗和不显露出佛教色彩却融入禅意的诗，从温庭筠与佛教的关联性来看，温庭筠的禅诗展现了佛教元素，分别从“清逸”“淡远”“闲婉”的禅诗来考究，指出温庭筠不是单纯地从形式上创作视觉性的禅诗，而是创作具有深远幽邃意义的禅诗。

李贺研究。姜昌洙《李贺〈马诗二十三首〉研究》(《中国文学研究》2017 年第 68 卷）指出，怀才不遇是李贺在这组诗中的第一层意思，择明主而事则是李贺马诗所寄寓的第二层意思。进而从三个方向着重分析咏马诗的内涵，托物寄怀，意在言外，物我融混，真正体现了“寄托遥深”，十分耐人寻味和深思。朴惠敬《李贺诗的音乐特性与乐府诗的关系融合》（《中国语文领域总刊》2016年第40期）认为李贺40%以上的作品都与音乐有直接关系，指出在中唐时期新乐府主流中，李贺用“歌曲”的形式创作的作品，既保持了古乐府的性能，又反映了现实，反映出李贺在音乐上的造诣和技能，他将乐府的歌曲本质融入作品当中。李贺将古乐府的题目、内容、情感、表达等都进行了风格个性上的再创，创作出符合当时的新歌曲。

第三，对晚唐诗人诗作进行了较多关注，出现了一些研究成果。除李商隐外，还有其他几位晚唐诗人诗作，成为韩国学界近两年研究的主要内容。

李商隐研究。金俊渊《李商隐在梓州幕府时期诗歌研究》（《中国文学》2016年第89卷）以晚唐诗人李商隐在任梓州剑南东川节度使时所创作的71首诗为中心进行了考察，指出李商隐一生经历九所幕府，其中梓州幕府是他晚年在任时间最长的一次，文章对李商隐在党争之中的处境以及丧妻之痛，在梓州幕府时期走向更加成熟的过程与结果做了分析和研判。苏柱永《论晚唐时期文学与政治关系：以李商隐“四六骈文”与晚唐三家“刺世小品文”为主》（《民族文化研究》2016年第73期）以在晚唐散文中占有重要地位的“骈文”与“小品文”为中心，探讨“晚唐文学与政治的关系”，认为骈文较多地体现了“文学与政治的交融”，表现了当时既得利益政治圈制度文化的一面；小品文更多体现了“文学与政治的冲突”，小品文的作者反对唯美主义，以锐利的社会洞察力，表达了对政治的思考。

罗隐研究。裴丹尼《晚唐罗隐的行旅诗分析》（《中国学研究》2017年第82期）通过罗隐的行旅诗，对诗人内心的悲哀和乡愁、仕途和隐居之间的矛盾心情等进行了研究。认为晚唐诗人罗隐的行旅诗对山水景色的描写豪放大气，隐约又有几丝哀愁，满含悲壮的风格。罗隐由于辗转各地，行旅诗和隐逸诗的风格与当时的隐逸诗人相比较，没有刻意性与偏向性。

罗邺研究。裴丹尼《考察晚唐罗邺的咏物诗》（《中国学研究》2017 年第 82 期)就晚唐时期罗邺的诗进行了考察,从晚唐社会现实与其个人的心理矛盾的视角上来看待罗邺的咏物诗,分析其关于社会现实的批判讽刺性作品和表现其生不逢时的作品,还有抒发个人情感的作品,指出罗邺的咏物诗在晚唐时期不仅具有代表性,而且艺术性极高,就其文学成就来说,罗邺的咏物诗值得关注。

刘沧研究。柳晟俊《晚唐刘沧诗研究》(《中国学研究》2016 年第 76 期)重点考察刘沧生平经历与其诗作之关系,认为刘沧生在唐朝没落的阶段,约有 20 首怀古诗留下来,内容多对指定的君王和人物进行批判或赞美的表达,成为倒映出晚唐君王生活的一面镜子。它们揭示了朝政灭亡的原因,表达出对国家兴亡盛衰的感慨。另外,刘沧思念家乡的诗歌非常多,很多吟唱出了个人的所处与情感,其诗文学性方面的意义有必要进一步分析和评价。

秦韬玉研究。柳晟俊《晚唐秦韬玉的诗研究》(《中国学研究》2016 年第 78 期)关注了晚唐诗人秦韬玉,分析其诗分别描写讽刺统治阶级的奢侈、吐露怀才不遇的不满、描写艳情与景物三大主题,认为秦韬玉的诗风,不仅在晚唐时期吸收集成了多种诗风,且还可以算是晚唐诗风的缩小版,由其诗风,可管窥晚唐诗特征。

(三)韩中比较类

1.与王维有关的比较研究。

金昌庆《陈澕对王维诗风的接受研究》(《东北亚文化研究》2017 年第 51 期)指出,作为高丽时期贵族文人的代表,陈澕的文学作品较之前文人表现出明显的变化,他的诗作,呈现出崇尚自然的“清”的整体意象,强调“诗中有画”的形神意境,并格外看重创作时对“意象之外”的“逸气”的运用,这些都是王维诗风的特征。陈澕对王维诗风的接受,一方面是对诗歌发展变化中的自我理解和融通之举,另一方面也欲借王维“清雅的山水禅诗”以抒自己胸志、以诉对理想社会革新的渴慕。

黄琼慧《郑芝溶与王维的山水诗比较研究》(忠北大学 2016 年硕士学位论文)以郑芝溶和王维的山水诗为中心进行比较研

究，指出郑芝溶和王维二位诗人的共同点是作品中展现出的美丽的东洋景色，以及对自然的敬畏与山水景色的认知。二位诗人的不同在于，除了老子的哲学思想，王维还受到佛教思想的影响。郑芝溶深受日本帝国主义的压迫，承受来自现实的剧痛。二位作者自身的独特个性、精神、时代的倾向和美学都可以从其作品中窥见。

2.与杜甫有关的比较研究。

吴雨容《杜甫与丁若镛的社会诗比较研究》(庆熙大学 2017 年硕士学位论文)对二位诗人在各自时代所产生的文学价值、生涯及时代性进行比较。杜甫和丁若镛同属于动乱社会中的被支配层，不得不直面的现实生活成为二位诗人的创作契机。杜甫以叙事的表现手法体现了自己的道德性与忠君爱民的社会态度。丁若镛作品所体现出的是他对朝鲜人民的感情及希望改变现实的社会态度。

孙基思《泰斋柳方善的组诗研究——以杜甫组诗的受容为中心》(延世大学 2017 年硕士学位论文)以泰斋柳方善(1388—1443)在组诗创作上所取得的成就为目的，以其组诗对杜甫组诗受容样相的考察为中心展开研究。泰斋是连接高丽和朝鲜前期诗坛发展的重要人物，引领了学唐风。受杜甫组诗的影响，泰斋柳方善受容样相分为"同一意象构成的手法""根据时间的变化构成的手法""按照同一感情线索构成的手法""即兴创作的手法""空间转换的手法"以及"调和对立与统一的手法"等六个方面。

金智英《通过李睟光〈芝峰类说〉和赵翼〈瓯北诗话〉考察唐诗评价——以杜甫诗歌为主》(《中国语文学论集》2016 年第 97 期)以杜甫的诗为中心通过两本著作进行对比研究，认为《芝峰类说》中包含对文学的审视与批评，含纳了诗文创作理论、鉴赏理论、批评理论，是一部百科事典；《瓯北诗话》是一部文学批评的著作，充分肯定了杜甫在律诗上取得的成就。

3.与白居易有关的比较研究。

陈慧《李奎报与白居易的嗜酒诗比较研究》(中央大学 2016 年硕士学位论文)主要对比二位诗人的嗜酒诗，通过二位诗人在嗜酒诗中表现出来的特色、思想性，探寻共通点及差异，认为二位诗人的诗歌风格、内容、创作手法等方面具有巨大的差异，世界东方文化史上，两位无法比拟的文学造诣给中国与朝鲜的文学发展史带来了巨大的影响。

4.关于女性主题的比较研究。

李靓《韩文化中的薛涛形象》（汉阳大学 2016 年硕士学位论文）指出，在韩国的古典文学作品中，关于薛涛生平记载的《薛涛传》及以薛涛坟为素材的诗作有很多，这些作品赞扬了薛涛作为诗人的高超才能，文化背景相似的韩中两国在对于古典女性文化的研究上也具有类似性。研究韩国汉文化中薛涛的影响不仅可以发现薛涛文学上的受容现象，还可以加深理解韩国文学史，甚至了解东亚文学史。

李杰《韩中传奇小说中的女性形象研究：以唐代和朝鲜时代的爱情传奇小说为主》（顺川大学 2016 年博士学位论文）比较中国唐代和韩国 17 世纪的爱情传奇小说，以爱情传奇小说的展开与关系形态，探索爱情传奇小说的概念与特征，并对爱情的纠葛和上层社会与底层社会的女性形象进行分析，最后考察了作者心目中的理想女性形象。

马淑云《爱情传奇小说和〈莺莺传〉比较研究》（嘉泉大学 2016 年硕士学位论文）根据中国唐代的传奇与韩国 17—18 世纪的传奇小说的关系，主要以中国小说《莺莺传》为中心与韩国爱情小说进行比较，比较的内容分为相遇、离别、结局三部分，认为在唐传奇小说中出现了自由恋爱的要素，作品中鬼神人格化和现实中与人类共同存在是传奇小说的特征之一。

5.以不同诗歌体裁为立论视角和研究对象的诗人诗作的比较研究。

“边塞诗”的韩中比较。郭铭《高适和李安纳的边塞诗比较研究》（东国大学 2016 年硕士学位论文）通过对唐代诗人高适和朝鲜时期李安纳的边塞作品分析，总结出高适边塞诗对李安纳边塞诗的影响以及二位诗人作品的意义。在诗体上，二位诗人的诗作形式大致相同，李安纳边塞诗不仅受宋代诗风的影响，还受唐诗的影响。李安纳的诗中有很多描述对外敌入侵时的悲愤之情，诗的叙事性较强，通过大量引用汉魏诗和唐诗，边塞作品中的拟古性倾向得以体现。黄晓卉《李安纳与王昌龄的边塞诗比较研究》（中央大学 2017 年硕士学位论文）对李、王二人边塞诗的共通点与差异性进行研究，对二位诗人的生涯及思想进行了论述，对诗中的内容、思想、手法等分别进行考察，指出诗歌内容可以分为异域风景、乡愁、思念、爱国忧民思想，采取借景抒情、托物言志、隐喻等三种表现技法，表达了对现实的失望与挫败感。还可以看出李安纳受先唐诗风影响，与王昌龄的表现形式比较相同，且李也创造出了自己独特的边塞诗风，对朝鲜后期诗文化发展做出了巨大的贡献。

汉诗绝句的韩中比较。李丹《白光勋与李商隐的汉诗比较》（中央大学 2016 年硕士学位论文）比较了朝鲜中期的诗人白光勋和晚唐诗人李商隐诗中的绝句诗，考察两位诗人诗作的差异。白光勋的咏史诗主要以王朝统治者为对象，而李商隐主要以朝代或者是与朝代相关联的人物为主题，两位诗人都通过引用典故批判了当时的社会并且通过诗表达了对朝政的忧虑。白光勋的咏史诗受到李商隐的影响。景物诗上，两位诗人都采取景与情的融合来抒发情感。描写景物的语言相对朴素，相较而言李商隐的诗更加华丽。咏物诗上，两位诗人以歌唱的方式表达了自己的境遇。隐逸诗中，白光勋对于田园生活富有乐趣，而李商隐诗中则表达了内心的不安。两位诗人的诗作既有自己的特征，又具有相似性，诗作都具有晚唐风，白受到了李的影响，但是又保持了自己的个性。

唐诗及其文化在东亚三国盛行因素的比较。赵仁熙《东亚唐诗意图比较研究：以 16—19 世纪创作背景和画家身份为主》（《东岳美术史学》2017 年第 21 期）对 16—19 世纪韩、中、日三个国家的唐诗意图的类型与特征进行比较研究，对各国不同时代、不同社会文化背景和画家生平与诗意图的特征进行深入考察。认为三国同属于汉字文化圈，艺术奉行诗画一律的风格，唐诗意图的主题有山水田园、借景抒情、归隐田园的生活与情怀等；唐诗意图的盛行与明代文人文化的流行和经济的发展有很大的关系。朝鲜后期政治稳定，经济开始发展，唐诗意图的制作更加广泛。日本江户时代，中国文化备受推崇，京都的画家之间盛行描绘中国的诗文画作。

(四)其他文体类

2016—2017年间，韩国学界对唐代诗歌及文学作品的研究，关注点较多，涉及的研究面较广，有文献研究、传奇小说、特有的唐文化现象等，体现了广度的同时，亦展现了一定深度。

首先，唐代文献研究。崔文姬《高丽大藏经寺刊版〈唐贤诗范〉文献学研究》(韩国东亚大学2016年硕士学位论文)从《唐贤诗范》版本、书志学和韩国国内接受模式等多个方面进行检讨，意在提高对本书的理解。通过序文，对诗选集的编撰意图和编者进行研究。以刊记法与刻手的活动时期为根据，认为编者意在向读者展示诗人的成长过程。书中所选以盛唐及中唐时期的作家为多数，收录范围从有名的作家到小作家，范围非常广泛。收录时期是从高丽后期到朝鲜朝。

金芝盈《〈封氏闻见记〉和校译研究》(延世大学2016年硕士学位论文)通过对《封氏闻见记》介绍和校译来对它进行基本的研究。包括研究动机、作者生平以及版本、创作背景等，并以校译的内容为根据，将书的内容具体划分为四个部分来考察，试论其价值。

其次，唐代传奇小说研究。郑真先《裴铏传奇的幻想性研究》(高丽大学文学院2016年硕士学位论文)对裴铏《传奇》中收录的31篇传奇小说故事展现的幻想性进行研究，认为从类别上有：以人间理想型的故乡与神仙所居的仙界为背景的作品；以山为背景的作品；以像母胎子宫一样安全的洞窟为背景的作品；以大海、河川等水下世界为背景的作品。通过对人物进行探讨指出，由于在现实与非现实中自由转换，故事内容不受人物与背景的制约，加上作者的幻想，使幻想性成为裴铏《传奇》的一大特征。

孟雪在《唐代传奇小说的空间叙事研究》(建国大学2016年硕士学位论文)从空间叙事的观点，来分析唐前期的传奇小说所具有的叙事小说的特性，着重对唐前期所描写的空间构成的表现形式进行详细的分析，对事件的场面化的空间叙事进行更深的探讨，进而指出，唐前期的空间叙事给后世文学带来了很大的影响，其创作方法与艺术形式不仅影响了《金瓶梅》和《红楼梦》等作品，还给后来的小说、戏曲、说唱艺术文化等提供了丰富而重要的素材。

再次，唐文化及文化现象研究。马海仑《云门文偃禅思想研究》（高丽大学 2016 年博士学位论文）认为，云门文偃（864—949）的禅在唐末五代的时空中得到了发展，创作形式多以语录和灯史的形态为主，这是云门文偃的形成背景。云门文偃禅形成的同时被无事思想理念化，丧失了本来的跃动性与生命力。重新构成与二者相对立的构造，这个方法是把对禅语的解释的传统作为道具进行活用和超越的意义范畴。云门禅的特征是以固定的意义解释祖师的禅语，为了克服对文字推究的弊端，活句被重新发掘并被重视。

郝子涵《中国唐代乐舞再现事例研究：以刘凤学、高金荣为主》（梨花女子大学 2016 年硕士学位论文）对中国唐乐舞的再现事例、唐乐舞及敦煌舞的发展脉络及内在的物质等进行分析，对刘凤学和高金荣的作品特性及成果进行研讨，认为刘凤学的舞蹈再现了唐乐舞的文化精神，日本的宫内厅书陵部保存的燕乐舞中记载的乐坊式舞谱，从中可以看到唐乐舞的痕迹；高金荣的敦煌舞蹈再现了唐乐舞的艺术形式，闪耀夺目的敦煌艺术文化所展示的优美的艺术形态得到了完美的再现。

金昌明《唐代巫术及巫蛊研究》（延世大学 2016 年硕士学位论文）指出萨满教是古代人通过超自然的存在与对自然的理解维持统治的一种产物，中国的大根巫文化中的巫师就类似萨满。巫师不仅具有与神相通的超自然能力，还通过巫术进行治病、占卜；另外还进行诅咒与巫蛊。巫术与巫蛊把相似事物以神秘的力量相联结。中国的大根文化以这种原理混合了政治、经济与社会，唐代的巫术与巫蛊一直影响到后世。

朴恩美《中国唐代发现的韩国女性墓志铭内容与特征》（高丽大学 2017 年硕士学位论文）研究在中国唐代发现的韩国女性墓志铭的内容特征，能够确认的有高氏夫人、高提昔、扶余太妃、清河县君金氏夫人、京兆金氏夫人、渤海的贞惠公主、贞孝公主。

文章对墓志铭的发现经纬、形态、墓志铭的简略内容进行考察，对墓志铭的外形及其内容进行比较，对其所具有的特征进行分析。通过研究，不仅可以了解古代韩国女性历史，还可以扩大到对整个历史的研究。

安仁《考察唐代曲江文化的文化潮流》(《中国语文学论集》2017年第105期)指出，曲江文化是长安人在曲江逢春时形成的文化，形成的新文化潮流是以科举为主线，是士人和新进士们通过庆祝设宴而形成的曲江宴。唐代诗人对于曲江所保有的特殊和多样的意义，促成了曲江和士人之间的紧密关系，这在曲江文化形成的新的文化潮流中扮演了重要的角色，作为唐代特色文化之一，在历史里产生了巨大的影响和意义。

(五)敦煌学专题类

敦煌学研究，一直是中国域外汉学研究的热点领域。近两年，韩国敦煌学的研究成果，以郑广薰的研究最具代表性。具体情况如下：

郑广薰《唐代通俗叙事中诙谐要素与其演出形式》(《外国文学研究》2016年第62期)以在中国敦煌发现的变文为对象，对唐代通俗叙事的幽默要素及其演出方式做出论述，认为唐代通俗叙事可以分为：喜剧设定、相互争吵引发的逗笑、通过绘画道具表现的诙谐演出、故意卖弄噱头等四类，研究了公演对唐代通俗叙事的幽默诙谐及其从小说及戏曲等领域对宋代的通俗叙事文学中的诙谐演出方式，以及对文化史的影响。

郑广薰《1930—1940年代早期韩国敦煌学研究：以金九经、韩乐然、李相佰为中心》(《中央亚洲研究》2016年第21卷)根据20世纪初韩国报纸上的新闻、专栏和专门序文等资料，初步探讨当时韩国学者的敦煌学研究以及与中国学者的研究交流。文章考察了禅宗学者金九经的敦煌学研究集中敦煌禅宗写本的校勘，他根据胡适所藏敦煌本《楞伽师资记》影印资料，对佛教禅宗研究起到一定的影响；中国吉林龙井出生的韩裔画家韩乐然1946年以独特的画风专心临摹敦煌壁画；首尔大学的李相佰教授1939—1941年住在北京时获得几件敦煌卷子，其中一本是岭南大学图书馆藏《大般涅盘经卷第三》,另一本是《大般若波罗蜜多经卷第五十》。

郑广薰《韩国的敦煌文学研究:回顾、整理和提案》(《中国研究》2017 年第 70 期)历数了韩国敦煌学的研究历程,指出 1900 年敦煌藏经洞中的众多史迹被发现之后,韩国在 1930 年代开始敦煌研究,1987 年韩国敦煌学会成立。文章对韩国敦煌学的研究成果进行整理,并对将来的研究课题做了提案。韩国敦煌文学研究,主要分为变文和讲唱文学的研究、敦煌民间史研究、敦煌文学和韩国文化的比较研究等;敦煌作品的研究和主要研究论文的翻译也已整理出来。20 世纪 90 年代,韩国出现了敦煌文化的集中研究,2005 年以后数量渐渐开始变少,作者还对当时的研究动向及理由进行了考察。

通过对 2016—2017 年间韩国唐代文学及敦煌学专题相关研究的分类、梳理、综述,可以看出:

韩国学界对唐代著名诗人诗作的研究,仍然是学术关注和研究的焦点领域。对唐代著名诗人诗作的普遍关注外,出现了更加多样化的特征,关注其他唐代诗人诗作及特征,成为普遍和常态化现象,如对晚唐诗人诗作较为集中的研究。研究立论的视角,更加多元多样,出现了对诗人诗作全方位、多维度的分析和解读。

对唐代文学文献、版本研究,日益成为部分学者深度研究唐代文学的主要切入点。在某些领域,出现了集中研究的专家学者,如对唐代敦煌学进行持续研究的郑广薰等人。

出现了新的研究焦点、态势、动向,主要以专题性研究为主,出现了研究领域的扩展,如对中国唐代女性诗人诗作及女性形象等问题的研究,对之前较少关注的晚唐时期几位诗人诗作特征的研究,对唐代重要文学文献的校译和比较研究,对唐代乐舞、禅思想、长安曲江文化等唐文学文化现象的研究等,展现了韩国学界唐代文学研究领域的开拓性、延展性、纵深度和韩国特色。

2016—2017 年间,韩国对唐代文学及相关领域的研究,表现出了学术热情，取得了较多研究成果，在广度、深度等方面，出现了新态势和可喜之处。希望来年韩国学界对这一领域的研究能够更上层楼！

盛德清风

霍松林:心慕先贤涵浩气　力传绝学树高标

□　霍有明

丁酉年正月初五,家父霍松林先生驾鹤西游,遽归道山。消息传出,举世震动,国务院副总理马凯、教育部部长陈宝生等亲献花圈,全国各地唁电、挽联、挽诗、挽幛络绎不绝。连日以来,我仍深深沉浸在对家父的无限思念当中。

1921年阴历8月28日,家父诞生于甘肃天水琥珀乡一个小山村的秀才之家。自记事起,他就接受了家中长辈对他进行的严格传统教育。还在少年时,他就熟读过北宋大儒张载的《西铭》,其中的"民胞物与"思想给他留下极深的印象。1945年8月,家父以兰州考区第一名的优异成绩考入中央大学中文系,自此迈入他心仪已久的中国古典文学研究圣殿。在中央大学中文系念书时,汪辟疆大师和胡小石大师教授中文系学生,激励该系学生"既入《文苑传》,又入《儒林传》"!能入《文苑传》,则不仅要有深厚的文学修养,而且要有高水平的诗、文、词、曲创作,乃至精湛的学术研究和高质量的学术著作。而入《儒林传》,则要求有高尚的品德,言行堪称师表。如此高的期许,成为家父此后大半个世纪矻矻努力的崇高目标。正如家父在其书怀诗中曾云:"浩气由来塞天地,高标那许混风尘?"1948年春,国民党元老于右任先生奉命参加"副总统"竞选,有人送金条,于老则手书大儒张载的名言遍赠"国大代表"。当时,家父侍案为于老拉纸,每一条幅都写的是"为天地立心,为生民立命,为往圣继绝学,为万世开太平"。于老的这种平生事业追求和人格写照,则成为家父这位西北后学的学习榜样和精神砥砺。

重庆柏溪一年，南京四牌楼三年，家父在中央大学中文系转益多师，徜徉学海，学业日益精进。大学四年期间，他连续在《中央日报·泱泱》上发表了《杜甫论诗》《论杜甫的创体诗》《论杜诗的诙诡之趣》等近十篇杜甫研究系列论文，从而引起学界瞩目。唐人以下，研读注释老杜诗歌者代不乏人。自南宋《黄氏补千家集注杜工部诗史》出，至称“千家注杜”。有清一代以下，更成为显学。而家父《杜甫论诗》一篇则新辟蹊径，倡导从杜甫诗学理论的角度去重新观照杜诗。其开篇有云：“文学创作家虽不必为文学批评家，然必自有其文学理论无疑也。故欲研究某文学家之作品，与其求诸他人之评论，固不如求诸其人自己之理论。杜甫之诗，雄伟宏丽，敻绝千古，历代论之者多矣。然而管窥蠡测，穿凿附会，于古人‘以意逆志’之义，鲜有当也。杜集论诗之语，散见各篇，往往自道心得，残膏剩馥，沾溉后学。兹撷其尤要者而条贯之，不惟杜公之诗学理论昭然若揭，持此焉以治杜公之诗，亦事半而功倍矣。”又如《论杜甫的创体诗》一篇，在剖析杜诗的创新求变时有云：“杜甫之诗，如汉魏之浑朴古雅，六朝之韶秀藻丽，无一不备，然亦无一句一篇蹈袭前人，纯然为杜甫之诗，知变故耳。变古不易，创新尤难，杜甫之创体诗，固自不多，然亦非他家可及也。”“自甫以后，在唐如韩愈李贺之奇险，刘禹锡杜牧之雄杰，刘长卿之流利，温庭筠李商隐之绮艳，以至宋金元明清诗家之称巨擘者，无虑数十百人，各自炫奇翻异，斗新竞巧，而少陵乃无一焉不开其端，岂非以其‘创’乎！”其所开创治杜诗之门径，迄今对中国古代文学研究仍具示范意义。

与此同时，家父还在《和平日报》上开辟《敏求斋随笔》专栏，先后用文言发表关于诗歌理论批评随笔七十余则。试观其随笔《钱牧斋其人其诗》一则，其内有云：“牧斋以明臣仕清之故，为世所诋，然观其‘千载汗青’云云，显有寄托。且遗老如黄梨洲、石道济等，皆与之投分。牧斋死，梨洲亲至其家，自为祭文，焚于灵床之下，外人莫晓其语，则其人如何，尚待论定也。”“牧斋天才学力，两皆敻绝。尝从憨大师德清游。辑有《内典文藏》一书，晚年又著《楞严蒙求》。故除镕经铸史外，长参佛语，是其特色……《昭昧詹言》称钱牧斋多用禅典，最俗而憎。然诸子百家，何者不可入诗，方氏之言，非笃论也。”又《好意翻新》一则有云：“好意多前人所有，但能翻而新之，即成好语。”“写景则如魏澹云：‘出帘飞小燕，映户落残花。’少陵云：‘杂花分户映，娇燕入帘回。’句法互换，而意趣更佳。放翁云：‘杨花穿户入，燕子避帘低。’本于杜句，而姿致不减。凡此皆取其意境，遗其形骸者也。”记得有人曾云，中国现代已无人再能以文言撰写诗话著作。而家父的这些随笔，倘裒辑为专集，则实为中国现代用文言所撰之诗话著作也。

就诗词曲创作而言，家父在当时文坛上已崭露头角，先后于《中央日报·泱泱》《和平日报·今代诗坛》上发表了大量诗词曲作品，受到时人赞誉。南京青溪诗社和白门雅集，均邀请他参加。国民党元老于右任先生主持“丁亥九日紫金山登高”，与会名流七十余人，家父在座中最年轻，却因一首五古长篇《丁亥九日于右任先生简召登紫金山天文台得六十韵》而才惊四座。该诗其后在《中央日报》上发表。著名诗人陈颂洛曾有诗推誉说：“二十解为韩杜体，美才今见霍松林。”他于此阶段所填诸词，亦同样在当时和后来受到方家的赞赏。如《莺啼序·寄友人》长调，陈匪石先生赞云：“参梦窗三首定四声，守律极严，而浑灏流转，舒卷自如。沉厚空灵，虚实兼到，已入梦窗佳境。”又如《瑞龙吟·豁蒙楼和清真》长调，施蛰存先生赞云：“得清真法乳。”钱仲联先生亦曾赞云：“至松林为词，出入清真、白石间，昳丽多姿，一扫犷悍之习，一如其诗之卓绝。”按家父大学毕业以前所作之诗词已编入《青春集》，由西安出版社出版。

1951 年初，家父入西北大学师范学院执教。后学院更名西安师范学院，即今陕西师范大学之前身，从此家父即开始他在陕西师范大学讲坛上 60 余年的教学生涯。在教学中，他始终坚持教研相长的原则。如 50 年代初上文艺课时，在一无教材、二无教学大纲、三无参考资料的情况下，筚路蓝缕，从而撰写出中华人民共和国成立后最早的一部新型文艺理论教科书《文艺学概论》，泽被后学。在教授古代文学课程时，即围绕教学撰写大量古代文学的学术论文。在具体讲授古代作家、作品时，即居高视远、抉微探幽，撰写出大量颇为精妙的鉴赏性文章。在讲授古文论课程时，则先后推出大量的古文论论文、古文论笺注和古文论教材。今择其大要而言之。

在古代文学研究领域，元曲方面，1955 年，家父为讲好元曲的代表作《西厢记》，先考查其各种版本和书中难解的方言俗语，写成《评新版〈西厢记〉的版本和注释》一文，其中关于“掐”“一弄儿”“撒和”等十几个词语的训释，纠正了以往的误解，为此后元曲注释者所采用。接着完成了《西厢记简说》一书，由作家出版社出版。小说方面，在 20 世纪 50 年代初还少有新的论著可资参考的情况下，他已就明清的四大名著发表了一系列论文，开时代风气之先。

在唐代文学方面，家父则先后发表相关文章数十篇，多在学术界产生重要反响。如 20 世纪 50 年代中期所撰《关于白居易的写作方法》一文，针对中华人民共和国成立初期认为“卒章显其志”是白居易诗歌创作的基本写作方法的流行观点提出质疑。这种流行观点认为：“卒章显其志”是《诗经》的写作方法；《诗经》以后的现实主义诗歌也多用“卒章显其志”的写作方法，所以“卒章显其志”这一写作方法是我国现实主义诗歌的优良传统；白居易继承《诗经》及其后的现实主义诗歌的优良传统，主要就是继承“卒章显其志”的写作方法。本文则通过对文本的缜密分析指出，“卒章显其志”和“首句标其目”一样，都说不上是《诗经》的写作方法。这是因为，“诗”的“志”是必须通过全篇才“显”出来的。“卒章”是全篇的“卒章”，“首句”是全篇的“首句”，它们必须是全篇诗的必不可少的有机组成部分。如不是全篇诗的必不可少的有机组成部分，而只是随意安上去的“头”、接上去的“尾”，那就是没有生命力的东西了。以白居易的诗歌创作而言，“卒章显其志”并非是白居易成功的“写作方法”，也并非是白居易所继承的《诗经》及其后的现实主义诗歌的优良传统，而恰恰是其部分“讽喻诗”的败笔。白居易的许多优秀诗作，都是寓思想倾向于完美的意境，而不是于结尾说明主题。此文一出，在当时文坛产生巨大反响。

中华人民共和国成立以来，杜甫研究仍是家父极关注的研究领域，多有文章发表。五十年代初，即撰有《尺幅万里——杜诗艺术漫谈》一文，从多方位观照杜诗咫尺万里的艺术特色。七十年代末，其时学术界存在这样一种趋向：在谈形象思维问题时，只谈“比、兴两法”，忽略了赋；与此相联系，认为诗只能“曲说”（即只能用比、兴），不能“直说”，从而否定了“以文为诗”（包括“以议论为诗”）的传统。有鉴于此，家父遂撰写《从杜甫的〈北征〉看“以文为诗”》一文。文中指出，对于“以文为诗”（包括“以议论为诗”）的争论，从北宋以来，多数人持全面否定的态度，少数人持全面肯定的态度，相持不下。争论的双方，往往涉及对韩诗及宋诗的评价问题，而忽略了或者是回避了杜甫。其实，“以文为诗”，“以议论为诗”，从《诗经》以来，就一直与“赋”并存，到了杜甫，更得到了突出的发展。《北征》这篇不朽之作，在“以文为诗”“以议论为诗”方面，是很有代表性的。同样“以文为诗”“以议论为诗”，既可以写出优秀诗篇，也可以写出毫无诗情画意的“语录讲义”“押韵之文”。这两种情况，在韩愈的诗歌特别是宋代的诗歌中，在不同程度上是并存的。而在杜甫的诗歌中，则只有前者，而无后者。从来否定“以文为诗”“以议论为诗”的人否定韩诗和宋诗，而回避了杜诗，大概是由于他们只着眼于韩诗和宋诗的消极方面，以偏概全的缘故！

《纪行诸赋的启迪，五言古风的开拓——杜诗杂论之一》则深入考察了汉大赋对杜甫五古大篇的影响。文章通过缜密探究指出，汉魏以来，直至杜甫困处长安期间，文人创作的五言古诗，篇幅都比较简短，内容也不够深广。《自京赴奉先县咏怀五百字》和《北征》两大长篇的出现，在五言诗史上具有划时代的意义。杜甫能将简短的五古拓展为波澜壮阔的鸿篇巨制，当然与其社会阅历的日益深广、创作经验的日益丰富和忧民忧国的激情日益炽烈息息相关；但在汉代刘歆《遂初赋》、班彪《北征赋》、班昭《东征赋》、蔡邕《述行赋》等纪行赋的启迪下取材谋篇，却亦起了决定性的作用！汉赋对唐诗的影响，也于此可见。笔者今按，早在中唐，元稹在《唐故工部员外郎杜君墓系铭并序》里就对老杜之诗做出了如此高度的评价：“至于子美，盖所谓上薄风骚，下该沈宋；言夺苏李，气吞曹刘；掩颜谢之孤高，杂徐庾之流丽；尽得古今之体势，而兼文人之所独专矣。”迄今已成盖棺之定论。

然而，元稹此说谓“得古今之体势”，“兼文人之所独专”，则俱是从诗歌角度着眼。家父此文，则又从对汉赋的接受角度阐释了老杜对前人的“转益多师”，益彰显出杜公的精深博大！

1997年发表于《文学遗产》的《论唐人小赋》一文，则扭转了历来不重唐赋的观念，力阐唐赋的成就。文中指出，唐赋被忽视的原因，主要有如下几点：一、从“一代有一代之所胜”的观点出发，于汉则取赋，于唐则取诗。二、不仅认为赋的代表作是汉赋，而且认为汉赋的正宗是枚乘、司马相如、扬雄、班固等铺写宫苑、田猎、都邑的大赋。以汉大赋作标尺，因而明人李梦阳说“唐无赋”（《李空同全集·潜虬山人记》）。三、以偏概全，将唐赋等同于律赋而痛加贬斥。上述种种看法，显然都有片面性。就汉代文学而论，除了赋，还有成就很高的史传文学、乐府诗和五言古诗等。赋也不止大赋，还有骚赋和四言诗体赋。就唐代文学而论，除了诗，还有很多文学品种争妍斗丽，包括唐赋。纵观唐赋（仅见于《文苑英华》《唐文粹》的，已有一千多篇），铺写宫苑、田猎、都邑等等的大赋所占的比例极小，而且成就不高。主要原因在于很难跳出汉大赋的窠臼，缺乏艺术独创性。真正能够体现唐赋特色的，则是包括骈赋、四言诗体赋、骚体赋、文赋、律赋、俗赋在内的各种各样的小赋。可以发现，在唐代文学的百花园里，尽有各体小赋出来与诗、文交融互补，共酿春色。如果对唐赋不屑一顾或视而不见，那就既不利于对唐代文学的全面把握，也白白丧失了许多审美享受。此文发表后，长期间成为引用率极高的“参考文献”。中国社科院文学研究所在座谈新版唐代文学史时，甚至特意指出，当初编写唐代文学史时未列专章论述唐赋，是一个失误！

又如《从〈山石〉看韩诗的本色》通过对韩愈代表作的考查，纠正了多年流行的韩诗一味“险怪”的论断，指出“文从字顺，雄厚博大”，乃是韩诗的本色。《论白居易的田园诗》针对历来论唐代的山水田园诗，只提王、孟、韦、柳而不提白居易的倾向，通过大量例证，指出白居易摆脱了“唱田园牧歌”的传统，写出了广大农民受剥削压迫的田园生活本质，为田园诗开拓了新领域。《唐诗与长安》则对作为唐王朝京城的长安在唐诗发展过程中所起的巨大作用做了全面论述，填补了唐诗研究中的空白，启当今“长安学”研究之先河。

在古代文论研究领域，家父的研究成果也颇为丰硕。20世纪60年代起，在讲授古文论课程时，他即对《滹南诗话》《瓯北诗话》《原诗》《说诗晬语》四种诗论专著进行重点研究，悉心校勘、标点、注释，由人民文学出版社收入《中国古典文学理论批评专著选辑丛书》，分别于1962年、1963年、1979年出版，对中国古代文论的研究起到了推动作用。有专家指出：“我国学术界对《原诗》等的研究，是从霍松林先生的校注本问世之后开始起步的。”此外，家父还撰写有大量古文论方面的论文，如《情动于中而形于言》《提倡题材、形式、风格的多样化是我国古代诗论的优良传统》《“诗述民志”——孔颖达诗歌理论初探》《白居易诗歌理论的再认识》等，对古典诗论的研究有所开拓。与此同时，又受国家教委委托，先后主编高等学校文科教材《古代文论名篇详注》和《中国近代文论名篇详注》，被全国多个高校文论课程所采用。为给古文论研究者提供方便，还精心主编有《中国历代诗词曲论专著提要》，并主编《万首唐人绝句校注集评》，皇皇三巨册。在古诗文鉴赏方面，家父亦为古诗文在全国的传播与接受做出了重要贡献。此处不再赘言。

还记得“文革”初，因主张形象思维，家父被其时尚存的西北局定性为“西北地区反党、反社会主义的资产阶级学术权威”，专门组织批判。当“文革”中各级机关瘫痪后，家父又被校内造反派组织轮番进行批斗、抄家、关牛棚、监督劳改、挂牌游街。在最困难的日子里，家父被关押一室，吃饭则由我从家中送去。每当送饭时，监改者还对我送去的饭菜要进行检查。后来，随着运动的深入，学校被“揪出”的“牛鬼蛇神”竟多达一百余人，家父的境况才略有改善。除每天须写“思想汇报”外，还被允许用毛笔在红纸上抄写《毛主席诗词》。当时，我对此并不理解。后来，当家父将抄好的《毛主席诗词》用针线缝制成册，交我们子女人手一册时，看着其中或楷或行、笔力刚劲的“独有英雄驱虎豹，更无豪杰怕熊罴”“北国风光”之句，我才隐然感到其中所凝结的浩然之气。我迄今仍珍藏着这本家父手抄的《毛主席诗词》，结尾落款为“1968年3月录于(教学)五楼玻窗葵心”,我一直未解其意。多年后,家父才向我解释起这一落款中“玻窗”的含义:所谓“玻窗”,实“铁窗”之喻也。当时不能明写,故以此暗寓他正受到批斗关押的险恶境况。家父是在用当时他唯一能采取的这样一种方式向黑暗势力进行抗争!而粉碎“四人帮”后,随着科学的春天到来,家父则争分夺秒地投入到教学和科研中去,在辛勤培养本科生、硕士生、博士生的同时,夜以继日地著书立说,全力以赴地夺回被“十年动乱”所耽误的时间。

鉴于家父半个多世纪来为学校发展和建设做出的重大贡献,2014年10月,陕西师范大学70周年校庆之际,师大校方决定授予家父“陕西师范大学杰出贡献奖”,奖励100万元人民币,这也是师大建校以来的唯一一例。当家父获悉校方的这一决定后,提出用其中的一半50万元设立“霍松林国学奖学金”,以奖掖后人,弘扬学术,充分显示出家父的高风亮节。现在,首届“霍松林国学奖学金”已评出,并已颁发。

作为陕西师范大学70周年校庆学术活动之一,“霍松林艺术馆”于2014年在师大正式开馆。开馆仪式上,时任教育部哲学社会科学委员会副主任的张岂之先生代表教育部致辞。张先生在致辞中说:陕西师范大学建立霍松林艺术馆是非常正确的决定,是众望所归。霍先生是我国著名的人文学者,其作品“以文传道,以文化人”,建树极高。霍松林艺术馆的建立,将有利于提高整个社会的人文素养,也将进一步推进陕西师大人文社科学术研究取得更大的成绩!中华传统文化的延续和发展,依赖一代代的传承和推进。张岂之先生的致词,恰是对家父60多年来为往圣继绝学的辉煌学术事业的概括。

“根基一脉蕴秦陇,学海百年彰宋唐。”此中华诗词学会会长郑欣淼先生电传我之为家父所作挽联也。今天,家父虽已返道山,但他的高尚学术风范和辉煌学术业绩必将激励一代代学人不断前进!

附：霍松林先生学术简历

霍松林先生1921年生于甘肃天水。1949年毕业于南京中央大学中文系。历任陕西师范大学古籍整理研究所所长，文学研究所所长，文学院名誉院长，陕西师范大学一级教授。兼任国务院学位委员会第二届学科评议组成员，全国哲学社会科学“七五”规划委员会委员，中国唐代文学学会副会长兼秘书长，中华诗词学会副会长、名誉会长，中国古文论学会名誉会长，世界汉诗学会名誉会长，中国杜甫研究会会长、名誉会长，日本明治大学客座教授，美国国际传记中心指导委员会副主席。自1979年起，霍先生先后培养出20名硕士和70名博士，指导过30名国内外访问学者。1985年被评为“陕西省优秀教师”，1989年被评为“全国教育系统劳动模范”，享受国务院政府特殊津贴。1995年入选中国作协“抗战时期老作家”名单，获“以笔为枪，投身抗战”奖牌。2008年获“改革开放三十年陕西高等教育突出贡献奖”和中华诗词学会“中华诗词终身成就奖”。2009年被评为陕西首届社科名家。2010年获陕西“十二五”科学发展思想驱动奖。主要论著有：《文艺学概论》《诗的形象及其他》《〈西厢记〉简说》《文艺散论》《唐宋诗文鉴赏举隅》《唐音阁文集》等30余种；出版《霍松林选集》（10卷本）计600余万字；主编《唐代文学研究年鉴》《中国古典小说六大名著鉴赏辞典》《中国历代诗词曲论专著提要》《万首唐人绝句校注集评》《中国古代文论名篇详注》《中国近代文论名篇详注》等50余种。其治学经历和学术成就，先后载入国内各种社会科学家传略、文学家辞典、《中国当代名人录》和英国剑桥国际传记中心《大洋洲及远东地区名人录》、美国国际传记中心《世界杰出领先人物名人录》。

（原载《西安晚报》2017年3月26日第10版，本次内容有增加）

深切怀念廖仲安先生

□ 朱宝清　王新霞　王军

著名学者、首都师范大学文学院教授廖仲安先生，因病于2017年4月19日在北京去世，享年92岁。

廖仲安，原名尹彦辉，1925年11月生。男，四川西昌人，中共党员。毕业于西南联大师范学院、北京大学中文系。1948年春参加中共地下组织。1949年后历任北京市教育局、中共北京市委宣传部及教育部干部，北京师范学院中文系讲师、教授，山东大学文史哲研究所兼职教授。唐代文学研究会第一届常务理事，北京高校《水浒》学会第一届会长，北京作家协会理事，《文学遗产》编委，《红楼梦学刊》编委。

早在1949年，廖仲安先生便在《文艺报》一卷七期发表了《关于接受中国旧文学遗产问题》的专题论文。在此后的数十年间，廖先生笔耕不辍，共发表学术论文近60篇。这些论文视野广阔，见解深刻，发覆标新，多有创见，受到了古代文学界的瞩目与重视。1986年廖先生将这些文章编成《反刍集》出版。2009年又将此后新撰写的数十篇学术论文结集为《反刍集续编》出版。2013年将前两部论文集重新整理，出版《反刍集合编》。1961年，廖仲安先生参加了游国恩教授主持的高校《中国文学史》教材的编写，协助萧涤非教授完成了魏晋南北朝和隋唐五代两卷的书稿，并参加了全书的定稿讨论。1963年出版专著《陶渊明》，1979年重印。此书出版后，不仅流传海峡两岸，在日本还出现了两种译本。拨乱反正后，国家计划出版15位古代大作家的全集，廖先生应主编萧涤非教授之邀，担任《杜甫全集校注》

第一副主编。1991 年萧先生逝世后，廖仲安先生独立承担了前半部的通稿工作。该全集已于 2014 年由人民文学出版社出版。并在 2017 年获得了首届宋云彬古籍整理的一等奖。

李华师曾说，廖先生是一位涵养深粹的学者，他在同辈学者中，应该说是一位饱学之士，他治学的领域是比较广阔的。他主要攻古代文学，不但熟悉、融通各个朝代诗歌发展的历史，而且对古代文艺理论、古代散文和小说也有深入的研究；古代文学之外，他对中国近代、现当代文学创作，对哲学、历史、文学、语言等方面的学术论著也多有涉猎，表现了多方面的兴趣。同时，先生又是一位执拗求实的正直之士。由于众所周知的原因，他在中华人民共和国成立后不少政治运动中都受到冲击。直到“文化大革命”结束，党的十一届三中全会以后，他精神获得了解放，学术上也焕发了青春。先生的学术成就是多方面的，见诸中国古代各时期文学的研究中，这源于他的勤奋与严谨。但是，首先应该提到的是，廖先生在杜诗研究上投入了最多的心血，而成就斐然。

廖先生特别尊重和喜爱杜甫，朝夕诵读杜诗，体会自然深刻。1951 年，他在《文艺报》三卷七期上发表了一篇《谈杜诗》的论文，这是学界公认的新中国建立以后第一篇评价杜甫的文章，被收入到杜甫研究论文集。其后，廖先生发表《杜诗学》（上、下）两篇论文，此文先上溯“杜诗学”之名乃古已有之；次论“杜诗学”之所以能够成立及其发展前景；三论唐五代至现当代各个时期杜诗研究的概况。对古往今来杜诗研究的主要著作与成就做了全面的梳理与精当的评述，深入论述了杜诗研究的历史和现状以及杜诗的现实意义和深远影响，可以说是在杜诗研究方面的全面回顾与总结。从某种意义上说，先生的《杜诗学》提升了杜诗研究的新格局，为日后的杜诗研究打下坚实的基础。这在当今人们熟知“选学”“红学”“龙学”的情况下，对于被人们忽略遗忘其久已存在的“杜诗学”给予适当的强调和提醒，是非常必要的。与此同时，先生所著《近百年中国文化艺术中杜甫的潜在影响》和《记抗战时期三位热爱杜诗的现代作家和学者》两篇文章，搜集了大量资料，论述了从康有为、梁启超、陈独秀、胡适、鲁迅到冯至、贺昌群、老舍、萧涤非等人对杜诗的热爱、对杜甫的评价，和他们研究杜诗的成果，从中窥见杜甫对不同时代人文化心理和文学创作的积极影响。而这正是“杜诗学”的重要课题。

二十世纪七十年代末，先生又欣然接受他的老师、著名的杜甫研究专家、山东大学萧涤非教授的邀约，两人共同主持《杜甫全集校注》的编纂工作。该项工作一开始，应萧涤非教授的要求，廖先生首先认真完成了《洗兵马》一诗的注释稿，提供给参加工作的同志作为示范。作为主编之一，廖先生要审读每一位编写者完成的初稿，他在逐字逐句的认真审读中，绝不放过一处疏漏。他多方查找资料，斟酌字句，一再修改，精益求精，力求完善。1991 年萧先生不幸逝世后，廖先生更加尽心尽责，为了一个词语的出处或正确注解，他不辞辛苦地查阅一部又一部古书；为了疏通一句诗意或是点明一篇诗的主旨，他不厌其烦地排比梳理数十种意见，予以取舍折中。这一切，需要的是时间和体力，更需要的是精神。先生是带着决不有愧于杜甫，也不有愧于将来的读者的精神在进行工作的。

在杜甫研究的同时，先生亦多致力于对汉魏六朝诗和唐诗的研究。如陶渊明研究，先生的《陶渊明》一书，成书于 1958—1960 年《光明日报 · 文学遗产》专栏组织的陶渊明大讨论之后，该书一面吸收前人和时人的研究成果，一面又提出不少个人的创见，以评传正面叙述的形式，对那次大讨论中提出的各种问题，力求做到比较圆满的解答。因为它以全新的面目出现，那么说它集中反映了继王瑶、逯钦立先生之后陶渊明研究的最高成果，并不过分。该书在 1963 年初版，1979 年再版，1984 年和 1987 年在日本又相继出版了两种译本。嗣后，台湾又将此书翻印。1982 年，先生又为“中国历代著名文学家评传”丛书撰写了《陶渊明评传》。1997 年他又写了《说陶二题》和不少赏析陶诗的文章，对陶诗的思考一直没有间断，先生在国内外陶诗研究方面的影响力与贡献有目共睹。

在唐诗研究方面，先生所写的《唐代文学繁荣的政治思想背景》和《谈唐诗的时代色彩》，都是从唐代政治思想背景的角度来探讨唐代文学繁荣的原因，前者是分析其时代背景，后者是论述这种背景下的诗歌创作。应该说，先生所论述的“唐诗无避讳”的文章至今仍有启发意义。九十年代，先生先后主编了《新选分类唐诗三百首》、“唐宋诗词流派丛书”、“中学生古诗词曲诵读丛书”。参加编写的大多是他的学生和再传弟子，他们都切实得到了先生的指导与帮助。廖先生更是精心思索，写成了三篇既精彩而又颇具学术价值的前言，提升了书籍的学术品位。同时，九十年代首都师范大学的古代文学学科被遴选为北京市高校的重点学科。所以能获此荣誉，并得到具体的投入与扶持，固然是学科全体成员共同努力的结果，但不必讳言的是，假如没有廖先生这位优秀的学科带头人，是决不会有此成就的。

唐诗而外，先生还研究清诗，还研究说部，他的《龚自珍与〈红楼梦〉》就是在这种情形下写成的。其中论及龚诗风格接近中晚唐，还指出龚诗中取材和借鉴《红楼梦》的故事，这些论断都被收入钱仲联先生主编的《清诗纪事》(道光朝卷)中。又如《金圣叹批选唐诗六百首序》，先生通过比较考证，指出金选的旨趣实承《唐诗鼓吹》，并对所选诗篇和批语的得失做了深刻切实的评论。《沉沦末世的天才诗人》是为《黄景仁诗词选》作的序言，该序抓住黄景仁、龚自珍都是五四以后尚为一些诗人学者瞩目的人物，把黄、龚两人诗做了比较，从而指出“在常州诗人中，龚定庵诗受黄景仁的影响，更在受赵瓯北的影响之上”，这是继钱钟书先生《谈艺录》中“定庵学瓯北”说法之后提出的新说。

廖仲安先生为人正直，待人诚恳，宽厚平和，一生光明磊落，从不谋求私利，他走的人生路，是忠诚文学和教育事业之路，是自觉克己奉献之路！廖先生的离去，是古代文学研究界和高等教育界的巨大损失。

廖仲安先生千古！

回忆我与杨承祖先生的交往点滴

□ 陈尚君

今天上午刚到办公室，就接到陈鸿森教授从台北打来的电话，告杨承祖先生今天凌晨走了。真感到很意外，震悼不已。虽然已经年近九十，但杨先生身体一直很好，八十以后还常作长泳，且常说唱戏为祛老延年之方。最近一次见到他，是2012年5月在逢甲大学开会，他做专场主持，单身一人从新北搭高铁南下，全无八五老人之衰容。本来台大同人已经确定近年11月4日为他举办寿开百龄的庆生会，我也收到邀请，何料遽尔如此！

杨先生是湖北武昌人，生于1929年。抗战间随父入川黔，后就读于湖北师范学院。渡台后，复就读于台湾师范学院，本科论文为《元结年谱》。复入台湾大学，师从郑骞教授，以《张九龄研究》获硕士学位。1960年起任台湾大学讲师，1966年任新加坡南洋大学副教授，1974年任台湾大学教授，直到1990年退休。此后又曾任教于东海大学和世新大学。主要著作有《张九龄年谱·附论五种》《元结研究》及论文数十篇。他之治学从秦汉经子到近代剧曲皆有涉及，要以唐代文学为中心。因尊崇张九龄、元结一派人物之为人、为文、为政，于诸家用力尤勤，大抵先穷尽文献为诸人编订年谱，复梳理作品以求其思想旨归与文学造诣，用力既深，发明亦多。

杨先生是台湾唐代学会的发起人之一，为台湾研究唐文学之典范人物。自1990年首度率团参加此间之唐代文学年会后，尤看重两岸之学术交流，我与许多同辈学者，都曾得到他的指点。虽年事渐高，不能渡海，仍吩咐门生后学多作交流。更为难能可贵的是，他首次论文结集，慨允首在华东师范大学出版社出版，希望有更多学人理解他的学术理念与追求。尚君不敏，受嘱为序，数月前黾勉草就，敬呈先生清览，幸获俯允。本望两月后到台北面贺嵩寿，不期先生遽归道山，聆教竟成绝响，隔海遥祭，伤恸何如。谨遥奉挽联，以寄悲悼："心存乡国从武昌到台北雾岭云山家万里，志兴正学治次山与曲江文章道德足千秋。"

谨以草成之序，不作改动，交付《文汇学人》首度发表，表达我与此间唐代文学学会同仁对先生之景仰与哀悼，也希望两岸有更多学者了解先生之志业与成就。

陈尚君谨识于2017年9月5日。

《杨承祖文录》序

岁庚午秋，初识承祖先生于金陵。时两岸初通，往来尚疏，适南京大学承办第五届唐文学年会，邀请台湾宿学耆儒近廿人与会。是年先生方自台湾大学引退，受聘东海大学，任中国文学研究所所长。因擅治事之能，群推先生为领队，事无巨细，一皆亲为；与大陆学人无分长幼，咸殷接以礼，绝无倨傲，谭艺论文，出言雅训。尚君方出道未久，位仅讲师，先生主动接谈，论学无倦，且示自作数文以为切磋之资。今犹记者，一为评本师朱东润先生《杜甫叙论》，以不同立场讲读，每有作者欲言而不能尽言者，先生淋漓道出，力透纸背，诚感有识。另一为《杜诗用事后人误为史实例》，所论凡四事，一为王季友"卖屩"事，因杜甫《可叹》诗有"贫穷老瘦家卖屩"句，后人遂以为王曾卖履市井，先生认为此乃用后汉刘勤卖屩典，赞美王守道食贫而不改其志，初未必实有其事；二论裴迪未任蜀州刺史，裴氏在蜀事迹，仅杜甫三诗可考，杜称裴为"游子"，以何逊比况，先生因考裴实佐幕于蜀，纠正《唐诗纪事》误读之失；三订杜甫"卖药都市"之讹传。卖药之辞既见于早岁《进三大礼赋表》，复见于晚年之《苏大侍御访江浦赋八韵记异》，冯至著《杜甫传》，屡以此为言。先生则认为此用东汉韩康伯"卖药洛阳市中"故事，初非写实；四则讨论"李邕求识面，王翰愿为邻"两句，先生排比二人与杜甫行迹，认定此非纪实事，而系用古今事相映而故作狂语，不可呆读。前此我也曾撰文讨论杜甫晚年行迹与生计，不免多犯此病，读此真如醍醐灌顶，醒人神智。此我识先生之始也。

其后来往渐多，晋谒亦频，因会议曾晤谈于北京、上海，造访则数度餐聚于台湾大学内外。先生开朗健谈，凡学人造述之得失，同人荣悴之往事，皆有述及；至感念时政，每忧形于色，任气慷慨，呜咽叱咤，时露英雄本色（先生业余习国剧，工老生，言谈间亦可体会）。尚君曾客座台中逢甲大学，先生时来电话讨论赐教，受惠实多，或刊新著，辄签名赐示。尚君执教香港时，得周览台港及南洋书刊，有见先生论著皆复制保留，因多悉先生之往事与性情学识，虽年隔二纪，地居两岸，绝无隔膜生分之感。

先生为湖北武昌人，生民国十八年己巳，少年即遇国难，倥偬西行读书；既冠，复侍父迁台，虽历经艰困险阻，向学之忱，始终未变。晋学于台湾师范大学及台湾大学，历参名师，受教于许世瑛、闵守恒、台静农、郑骞诸名家，开阔胸襟，积累学识，掌握方法，提升境界。始任教于二省中，后讲学上庠，先后任教于台湾大学、南洋大学及东海大学，治学则上起秦汉经史，晚至近代剧曲，尤以李唐一代为专诣，授课著述，多有可称。就我所知，尤应揭示者厥有二端。

一曰接续传统而具世界眼光。先生幼读诗书，长治国故，接续正学，温厚醇富。中年曾得缘参访美、加诸名校，历时三月，考察华文教学，周访西方汉学家及旅美华裔名宿，复经欧洲诸国，参观各博物馆、美术馆，感叹“访古观风，触目兴怀，于人类历史文化之兴衰演递，儆省之余，感慨系之”，即认识欧美文明之先进，由比较中加深对中华文明之体悟。本书收《课前示诸生》，仅数百字短文，就传记文学立说，肯定西学“配合文字与社会之变迁，适应文化之潮流”，更强调本国传记所见“作者之志趣精诣、笔法匠心”，认为“文章者无论新旧，美者斯传，学术何分中外，惟善是归，现代西方新传之法，固当择从，吾国传统史传文学，亦应重视”。此种精神先生坚持始终，故能持论平允，见解通达，精气贯畅，文识具美。

二曰心存家国，志兴正学，尤关注两岸学术之互动激励。先生受学始自大陆，成于祖国台湾，心萦两岸，未曾或忘。方 1955 年撰《元结年谱》初成，即闻南京孙望教授刊布《元次山年谱》，每以海阔天远无从阅读为憾。至 1964 年台北世界书局翻印，立即通读，彼此得失，渐次讨论，1966 年撰成《元结年谱辨正》，刊《淡江学报》五期，是两岸对峙年代罕见之学术讨论。至 1990 年秋，先生到南京，孙先生恰于是年归道山，此曲终成绝响。当时先生曾交我人民币百五十元，嘱代东海大学图书馆购买全套《复旦学报》，知其关切大陆学术之殷。既办妥，偶缺数期则以箧中私存以益之。无如其时两岸邮路初开，尚多阻阨，所寄杳如黄鹤，常觉愧对先生。先生为中国唐代学会创始人之一，更热切于与此间研治唐代文学者交流切磋，若我之晚出茫昧，曾得先生指点，受益为多。

本书收先生重要论著，凡分三编，曰《唐代文学与作家研究论著》，曰《其他经学文学研究论文》，曰《附录》，录专著、论文、杂文凡五十篇，遴选严格，精义纷呈。尚君略作披览，启发良多，不能自专，愿述所知。

先生专攻有唐，用力既勤，收获亦丰。于作家研究，则从系年、年谱入手，继而展知人论世之评。凡为杨炯、孟浩然、苏源明、李华、武元衡等系年，张九龄、元结两家年谱尤称誉学林。所考诸人，多服勤王事，体恤民瘼，倡复古道，秉志耿介，文学成就亦各造时极，有先生之人格寄意存焉，读者当不难体会。诸谱皆循古例，以文献为依凭，立言慎重，结论妥恰，纮纲大备，细节粗陈，皆足可传世者。继而分析人物，评骘得失，无不抉发幽隐，各中肯綮。如论杜甫东川行走之真相，前人仅见其辛苦周折，于诸诗则难得确解。先生从大处着眼，由安史乱后朝廷人事变化及关涉杜甫至深者房琯、严武二人切入，房琯既贬，严武谋进而求宰辅，退而据剑南，杜甫两入其幕，参佐实多。当严归朝时，杜则“替他留意旧属，随时掌握东川的情况”，“是房、严集团规图剑南的一种布置”，此似尚存猜测。然文中分析杜与章彝诸诗，《桃竹杖引赠章留后》儆其跋扈，《将适吴楚留别章使君留后兼幕府诸公》复言心境萧瑟，去住无聊，从“常恐性坦率，失身为杯酒；近辞痛饮徒，折节万夫后”诸句，更读出杜之遭猜忌忧疑，杜代王阆州论巴蜀安危表，对两川形势洞如观火. 使严武再镇蜀即杖杀章彝，邀杜甫入幕，皆可得合理解读。其《由天宝之乱论文人的运遇操持》亦有寄托存焉，对陷伪诸人之人生蹉跌及心理反省，分析尤入木三分。论张九龄，既知其出身卑寒，且来自岭南，身体羸弱，而刻意自强，更揭示其建立进取之不易，所倡尚文守礼、推贤慎爵，坚守儒家为政之道最为可贵。其论元结政治思想之迁变，逐次分层论列，既见其早年之无政府主义，复见其对小人窃弄国柄之殷忧寓讽与清君侧之激烈主张，既乱则对王政得失有别端反思，预见藩镇拥兵终成国之大患，且流露君主若"荒昏淫虐，不纳谏诤"，自应谴责，"稍露一夫如纣可诛的隐意"。此种揭示，确属深刻而敏锐，将元结提到唐思想史上之特殊地位，不仅一般所认知倡复古道、关心民瘼也。风檐展书，古道可鉴，表彰风烈，心追力仿，于此亦足知先生之理想人格与道德寄意焉。

其次则为经学、文学诸作，尚君不敏，不能尽得领悟，然有特殊欣会者。如论"风诗经学化对中国文学的影响"，则就风诗本有之民间意味，经汉儒解读，造成附会史事、颠倒美刺、破坏情诗、抹杀风趣等不良影响，举证皆极丰沛，又从裨益政教、端正倾侧、塞抑谐趣、造辟新境诸端加以讨论，明示其造成中国后世文学特殊面貌之别具作用。《柳永艳词突出北宋词坛的意义》一篇，则参据历代对耆卿艳词之贬斥，及近世因西学观念改变而表彰情色书写之偏颇，考察柳氏艳词实渊源有自，更揭柳词大量书写男女裸裎，欢情交会，侧艳冶荡，燕婉淫轶，不赞同道学家之谴责，也不附同今人之拔高，认为时风所趋，为北宋词坛之特殊风景，臻极而致雅人不满，世乱更引举世反省，立说通达如此，更见其学其识。其他不多举。就尚君所知，五十年代台湾有识者倡守护文化，故国学传统、经学立场得完整保存，后留学欧美者多归，更以西学之通达与科学沾溉学林，新旧交集，学派纷呈，旧学既得变化，新知更得孳乳，学有主见，人各不同，然根柢未移，故气象常新。读先生所论所述，更增感慨。

《附录》所收凡序三、学人传悼六，另《课前示诸生》及自传。此虽皆短文，然回忆业师旧友，追述往事鸿迹，无不弘明师道，记录交谊，文辞简峻，意味隽永，出语冷静，情感内热，知先生重情义而知礼序，善文辞而守大节，再三讽读，回味无尽。

五年前台中逢甲大学唐学会年会，尚君幸得躬预其盛，先生年届期颐，孤身南行，主持讨论，谈说风生，妙见迭呈，信邦国有光，仁者长寿。今承《文录》编者传先生雅意，嘱尚君为序以弁端。尚君虽曾受知于先生，然为学荒疏，未窥先生志业之十一，海天辽敻，更罕遇机缘叩门问候请教。幸承见委，乃勉力操管，穷搜所知，略述所感，谨此向先生求益，亦顺此遥贺先生嵩寿无涯！

丁酉仲夏，慈溪后学陈尚君谨识于沪寓

（原载《文汇报》2017年9月22日）

索引目录

2017年唐代文学研究专著索引

□ 李青杉

唐五代志怪传奇叙录(增订本)	李剑国著	中华书局	2017.1
唐诗诞生的地方	李振华、丁慧琴著	山东画报出版社	2017.1
白居易与《庄子》	鲍鹏山著	复旦大学出版社	2017.1
全唐诗词语通释	全唐诗词语通释编纂组编	安徽大学出版社	2017.1
杜甫韵文韩国汉诗接受文献缉考	沈文凡著	吉林大学出版社	2017.2
佛典流播与唐代文言小说	俞晓红著	人民出版社	2017.2
六朝声律与唐诗体格	杜晓勤著	北京大学出版社	2017.3
新出石刻与唐代文学家族研究	胡可先著	北京大学出版社	2017.4
唐两京与文学创作的文化学考察	洪迎华著	中国社会科学出版社	2017.4
唐代“三包”考辨	刘卓著	世界图书出版公司	2017.4
唐诗流变论要	葛晓音著	商务印书馆	2017.4
唐诗风神及其他	袁行霈著	黄山书社	2017.4
孟浩然新论	王辉斌著	武汉大学出版社	2017.4
敦煌文献与文学丛考	黄永武著	浙江大学出版社	2017.4
斯奈德寒山诗英译与诗歌创作的互文性研究	谭燕保著	武汉大学出版社	2017.5
诗映大唐春:唐诗与唐人生活	尚永亮著	北京大学出版社	2017.5
历史文化背景下的唐代文学创作研究	张丽、王雪梅著	中国水利水电出版社	2017.5
刘禹锡研究(第一辑)	戴伟华主编	暨南大学出版社	2017.5
刘禹锡公文书牍导读	程宏亮著	安徽师范大学出版社	2017.5
葛景春学术文集	葛景春著	大象出版社	2017.5
“张籍、王建体”研究	于展东著	中国社会科学出版社	2017.6

唐代文人禅诗研究　张锦辉著　中国社会科学出版社　2017.6
唐代小说在明清时期的传播研究　孔敏著　商务印书馆　2017.6
唐代关中生态与文学　李娜著　中国社会科学出版社　2017.6
唐代湖湘客籍文人年谱　肖献军著　中国社会科学出版社　2017.6
唐代诗文论集　王辉斌著　武汉大学出版社　2017.7
唐诗的兴起　熊明著　社会科学文献出版社　2017.7
李白诗歌英译历史　焦晓娟主编　巴蜀书社　2017.7
晚唐五代诗格研究　李江峰著　人民出版社　2017.7
常建诗歌校注　王锡九校注　中华书局　2017.8
盛唐三大家诗论　魏耕原著　北京大学出版社　2017.8
清人选唐诗研究　魏强著　苏州大学出版社　2017.8
陈氏注骆研究　贾军著　安徽大学出版社　2017.8
刘禹锡传　孙琴安著　上海社会科学出版社　2017.8
李贺哑谜诗歌新揭　陈苍麟著　上海书店出版社　2017.8
千首唐人绝句校注　罗仲鼎、俞浣萍校注　浙江古籍出版社　2017.9
韩偓论稿　吴在庆著　中华书局　2017.9
萧颖士集校笺　黄大宏、张晓芝校笺　中华书局　2017.11
唐代隐逸与文学　李红霞著　商务印书馆　2017.11
唐诗与科举　徐乐军著　暨南大学出版社　2017.11
唐诗与音乐　张之为著　暨南大学出版社　2017.11
唐韵的阐扬：姚贾的理论内涵及传承影响研究
张震英、白爱平著　人民出版社　2017.11
李白与中古宗教文学研究　柯睿著　齐鲁书社　2017.11
唐代中书舍人与文学　刘万川著　人民出版社　2017.12
先知与诗人：跨文本诠释《阿摩司书》与杜甫诗篇
姜宗强著　民族出版社　2017.12

2017年唐代文学研究论文索引

□ 李青杉

总　论

21世纪以来唐代西域文学研究述评　孙文杰　昌吉学院学报　2017.1
盛唐集贤学士之文学地位与影响
胡旭、李芸华　厦门大学学报:哲学社会科学版　2017.1
汉乐府古辞在唐代的传播　唐会霞、高春民　理论导刊　2017.1
论《诗经》范式对唐代别集义例的影响　李成晴　中州学刊　2017.1
地理交通视角下的五代巴蜀文学生态
孙振涛　重庆邮电大学学报:社会科学版　2017.2
唐代贬谪文学创作中的生命关怀:以中唐元和五大贬谪者的文学创作为例
王小艳　延安大学学报:社会科学版　2017.2
论唐人创作中的"冥搜"概念与"冥搜得境"的命题
查正贤　北京大学学报:哲学社会科学版　2017.3
论唐代女性书写的嬗变及其文化意蕴　应克荣　湖南社会科学　2017.3
山东士族复兴与中唐文坛复古主义思潮　李建华　社会科学战线　2017.3
初盛唐别集序文之文学价值三论　赵文婷　铜仁学院学报　2017.4
唐朝佛教行记文学的时代趋向
阳清　云南师范大学学报:哲学社会科学版　2017.4
历史记忆与文学想象:论唐人诗文中的嵇康形象
刘小兵　中南民族大学学报:人文社会科学版　2017.4
论唐人前后期女性审美习俗演变
左洪涛　中南民族大学学报:人文社会科学版　2017.4
唐宋杰出文学家的创造力成就及其影响因素:一项历史测量学研究
衣新发、谌鹏飞、赵为栋　北京师范大学学报:社会科学版　2017.4

唐代御史任职资格中的文学因素
霍志军　重庆邮电大学学报:社会科学版　2017.5
唐代射猎文化刍议　王赟馨　北方论丛　2017.5
论初唐四杰骈文的“当时体”　祝尚书　文学遗产:中文版　2017.5
初唐贞观君臣的文学观　阮忠　海南师范大学学报:社会科学版　2017.5
试论“初唐四杰”对建安风骨之承袭　胡慧聪　名作欣赏　2017.5下
重文轻术　附依以传:论《文选》骚类与唐代文人对楚辞的接受
蒋双　常州工学院学报:社科版　2017.6
唐末五代闽地文学生态述论　陈毓文　乐山师范学院学报　2017.6
酒文化在唐代文学中的传播特征及影响
白贵、杜浩　河北大学学报:哲学社会科学版　2017.6
唐代“音象”刍论　韩伟　文学评论　2017.6
唐景龙修文馆学士及文学活动考论　胡旭、胡倩　文史哲　2017.6
“议论”“诗笔”“史才”与元和士风之骏发　田恩铭　社会科学论坛　2017.7
作为流派的中唐古文作家史官身份和史官意识初探
李桃　学术交流　2017.7
唐代文化转型与关中文学演进　王伟　中国社会科学报　2017.7.3
唐宋时代巴蜀文学发展风貌　王永波　中国社会科学报　2017.7.17

诗　词

文学地理学视阈下的唐代河西边塞诗歌研究　刘梅兰　理论界　2017.1
身陷囹圄,心向自由:公治长典故的含义及其在唐诗中的运用
李沛　安康学院学报　2017.1
唐声诗和声渊源及对词体产生之影响:以《杨柳枝》为例
崔淼、姜剑云　晋阳学刊　2017.1
论唐代诗人对陶渊明的接受　韩达　中北大学学报:社会科学版　2017.1
晚唐诗风的微观考察　莫砺锋　北京大学学报:哲学社会科学版　2017.1
《删补唐诗选脉笺释会通评林》与明代唐诗学　丁放　文学评论　2017.1
从唐诗看古代诗歌的“无我”创作范式　姜玉琴　文艺理论研究　2017.1
重复、平行对照与中国古诗的俄译:以唐诗为例
毛志文　中国俄语教学　2017.1
唐人所述“艳诗”概念论析 熊啸　华北电力大学学报:社会科学版　2017.1
唐诗“梅柳并题”考　石润宏　阅江学刊　2017.1

从《文镜秘府论》试析诗歌对属的几点技法
唐颢宇 南京师范大学文学院学报 2017.1
唐代驿道、驿站植物景观的文学意义：以《全唐诗》为考察中心
石润宏 南京师范大学文学院学报 2017.1
惟在兴趣，尽得风流：盛唐诗的“兴趣”内涵 曹萌萌 名作欣赏 2017.1 中
论唐代中原乡愁诗的人文精神与当代价值
王运涛 河南教育学院学报：哲学社会科学版 2017.2
论唐代乐府诗的言志功能 王立增 东吴学术 2017.2
试论唐代的苦雨诗创作 张兵、赵建军 阴山学刊：社会科学版 2017.2
唐代吐蕃题材诗歌的文学史意义 王树森 民族文学研究 2017.2
先秦至唐五代悼亡诗简论 温瑜 延安大学学报：社会科学版 2017.2
“经”“像”“诗”的双向互动：观看之道与唐五代释家绘塑类诗歌的文本解读
李小荣 学术研究 2017.2
“访不遇”诗与盛唐气象和唐代诗人的精神风度
何家荣 池州学院学报 2017.2
中唐“夷夏”观念之转严与边塞诗创作的衰落
何蕾 内蒙古社会科学 2017.2
唐代边塞诗中文化交融所体现出的民族精神探析
王春蕾、朱晶晶 塔里木大学学报 2017.2
论青词与唐诗 丁放、韩文涛 江淮论坛 2017.2
清编《全唐诗》对《乐府诗集》的因袭与改编 方胜、李佳 江淮论坛 2017.2
论《初盛唐诗纪》的唐诗体观 韩震军 江淮论坛 2017.2
从汉赋到唐诗：京都书写的传承与新变
杨许波 福建师范大学学报：哲学社会科学版 2017.2
唐诗中的北方游牧民族乐器：以羯鼓和羌笛为研究对象
高建新 民族文学研究 2017.2
唐诗中的潼关生态书写 李娜 渭南师范学院学报 2017.3
唐诗中的洛阳文学景观 晁芳芳 洛阳师范学院学报 2017.3
唐代李广形象的典型化及其诗学意义 王福栋 社会科学战线 2017.3
论唐诗中的AA式叠字“悠悠”
冯广艺、何婷婷 湖北师范学院学报：哲学社会科学版 2017.3
媒介变化与唐宋诗歌的公众传播
徐红漫 南京师大学报：社会科学版 2017.3
唐代驿传与唐人诗艺的互相切磋 吴淑玲 阅江学刊 2017.3
汉唐诗学研究的几点思考
郭丽 河北师范大学学报：哲学社会科学版 2017.3

唐诗“凉州”意象及其嬗变　郝润华　阅江学刊　2017.3
论唐代的仄韵五律:兼论仄韵律诗的归属问题叶汝骏　武陵学刊　2017.3
唐代湖湘诗人与“三教调和”　李琳　中国文学研究　2017.3
从初盛唐边塞诗看东北民族关系
冯淑然　内蒙古民族大学学报:社会科学版　2017.3
为何独有唐诗流传最多最广　孙琴安　解放日报　2017.3.19
唐代诗歌中的广告研究　邱意之　名作欣赏　2017.3 下
唐代儒家诗论及其基本范畴:兼论儒家诗教观念对唐人诗论与创作的巨大影响　钱志熙　华南师范大学学报:社会科学版　2017.4
盛唐山水田园诗的悲剧蕴涵　雒海宁　青海社会科学　2017.4
“轻薄儿”形象与唐诗人的游侠观念
刘飞滨　重庆师范大学学报:哲学社会科学版　2017.4
吹芦与吹蠡:中古时代的民族音乐习俗与唐诗的艺术呈现
范子烨　晋阳学刊　2017.4
思想接受的多元与现实环境的变迁:论唐代战争诗的主题设置及文化意蕴
李振松　社会科学家　2017.4
论初唐四言诗唱和的成因及其文学史意义:以《翰林学士集》为例
严维哲、李定广　江淮论坛　2017.4
白法调狂象,玄言问老龙:唐诗动物骑乘意象与宗教信仰关系研究
余红芳　成都理工大学学报:社会科学版　2017.4
马意象在唐代诗歌中的流变探析
胡静　青海师范大学学报:哲学社会科学版　2017.4
唐帝国的丝路想象初探:以唐诗“胡”为个案
杨许波　广西师范学院学报:哲学社会科学版　2017.4
唐诗修辞史研究引论　段曹林　湖南科技大学学报:社会科学版　2017.4
唐诗中的烽火及其文化景观价值
高建新　内蒙古大学学报:哲学社会科学版　2017.4
唐诗中的阳关意象　石云涛　武汉科技大学学报:社会科学版　2017.4
唐宋时期民族语入诗现象论析　张振谦　民族文学研究　2017.4
唐诗中的丝绸之路与天府之国　苏宁　文学评论　2017.4
尚奇观与唐宋诗史的演变　黄立一　东南学术　2017.4
经典视野中的唐宋诗词莫砺锋　苏州科技大学学报:社会科学版　2017.4
论《才调集》凄怨怅惘的爱情世界:以《杂诗杂词》为例
牛志强　海南热带海洋学院学报　2017.4
论闻一多宫体诗的“自赎”说　潘吉英　宁夏师范学院学报　2017.4

回顾与思考:唐诗自注与唐诗研究境域的开拓
魏娜 宁夏师范学院学报 2017.4
“近代曲辞”中的边塞之歌 杨晓霭 杜甫研究学刊 2017.4
“唐人爱押险韵”例说 黄金灿 杜甫研究学刊 2017.4
近二十年唐代宫廷女性诗人研究综述
毕新伟、程文 安徽广播电视大学学报 2017.4
《唐诗鉴赏辞典》两首诗歌释义研究
冯雅颂 河南理工大学学报:社会科学版 2017.4
唐代“奉试诗”辨略 王娟 中州学刊 2017.5
《诗人主客图》儒、佛因素探源
孙武军 宝鸡文理学院学报:社会科学版 2017.5
论唐诗中的“灞桥”和“津桥”
洪迎华 厦门大学学报:哲学社会科学版 2017.5
唐代田园诗的语言特征分析 周秀荣 黄冈师范学院学报 2017.5
唐代诗歌品格与诗意之关系:以“诗格”材料为中心
高晓成 江苏师范大学学报:哲学社会科学版 2017.5
《文镜秘府论》中“二十九种对”辨析 史上玉 绵阳师范学院学报 2017.6
中唐贞元诗歌研究新论:基于唐宋诗风转变的角度
秦峰 淮北职业技术学院学报 2017.6
初唐沈约诗歌接受考论 李爽 河北北方学院学报:社会科学版 2017.6
论闻一多的“四杰”两派说 潘吉英 许昌学院学报 2017.6
三首描写音乐的唐诗精品:韩愈《听颖师弹琴》、李贺《李平箜篌引》、白居易《琵琶行》之比较 祝秀权、孙艳丽 三峡论坛 2017.6
唐人诗歌偶拾瑕(其二) 仓林忠、吕祥 渭南师范学院学报 2017.7
唐宪宗与中唐诗风 杨建敏 绵阳师范学院学报 2017.7
社会批评视域中的新审视:盛唐诗人群体的三个阶层
万伯江 社会科学论坛 2017.7
从唐诗看蜀与海上丝绸之路 侯水平 中华文化论坛 2017.7
唐末在敦煌的江南诗人 陈尚君 文史知识 2017.8
“意见领袖”之评与唐诗经典的发现和巩固
王世立 湖北社会科学 2017.8
从意象转型看“诗分唐宋” 姜瑜 中国社会科学报 2017.8.7
中晚唐诗歌中的战争滞归人 王树森 中国社会科学报 2017.8.14
唐诗“兴”的艺术思维现代阐释 王抒凡 理论月刊 2017.9
论唐代郎官与诗歌创作之关系 王永波 社会科学战线 2017.11

唐人选地方唐诗集《丹阳集》与《宜阳集》 陈尚君 文史知识 2017.11
唐代山水诗的兴盛与山水在绘画中的表现:兼及“游春图”中山水的“淡出”
戴一菲 学术研究 2017.12
创伤性记忆的自我隔离和审美表达:唐宋词战争灾难叙事的特殊模式
王晓骊 南京师大学报:社会科学版 2017.1
《花间词》中“巫山神女”意象的文化学意义
漆娟 四川文理学院学报 2017.1
中国古代“说唱词话”渊源考论:兼及“唐代说唱词话”新概念的提出
韩志强、于红 晋中学院学报:社会科学版 2017.1
论南唐词人对西蜀“花间词”的审美接受 孙振涛 中国韵文学刊 2017.1
唐宋步虚韵的词学观照
陶然、周密 浙江大学学报:人文社会科学版 2017.2
试论唐宋词坛词体观的演进:以《花间集叙》《词论》《乐府指迷》为中心
孙克强 文学遗产:中文版 2017.2
唐宋词的定体问题 谢桃坊 文学遗产:中文版 2017.3
论唐宋哲理词 张振谦 暨南学报:哲学社会科学版 2017.3
美国汉学家傅恩的《花间集》英译与传播 葛文峰 中州学刊 2017.3
论“花间范式”词作的空间特色及意义
罗燕萍 福州大学学报:哲学社会科学版 2017.4
唐五代词中的“屏山”意象考论
王卫星 中山大学学报:社会科学版 2017.4
花间词中女性妆容的文化研究 汪晓雪 忻州师范学院学报 2017.4
从追和词看唐宋词在清代前中期的传播和接受
陶友珍、钱锡生 古籍整理研究学刊 2017.5
隔帘观物:论晚唐五代词的空间意识
程贝贝 甘肃广播电视大学学报 2017.5
论唐代曲子词的创作者 尤红娟 西安文理学院学报:社会科学版 2017.5
论花间词的音乐性 罗小娟、许楚君 成都师范学院学报 2017.8

传奇小说

叙事视角的转变及其原因:在唐宋婚恋传奇的戏曲改编中探寻
杨玉 保定学院学报 2017.1
论唐人小说中的婢女形象 马凌霄 淮北职业技术学院学报 2017.1
论中唐单篇传奇的文体建构 李军均 文艺理论研究 2017.1

唐传奇社会称谓语初探:以《莺莺传》《霍小玉传》《李娃传》为例

智慧　邯郸职业技术学院学报　2017.1

从唐五代笔记小说中的医者形象看中医在唐代的发展

俞佳琪、曾鹤云　名作欣赏　2017.1 中

《柳毅传》对人神遇合叙事模式的创新　杨茂义　名作欣赏　2017.1 下

初唐传奇中的第一人称叙述视角作品探析

江中云　湖北民族学院学报:哲学社会科学版　2017.2

论晚唐前期文风对传奇集盛期尚怪特征的影响

陈际斌　甘肃社会科学　2017.2

落地记载与士人科举心态:以唐宋文言小说为例

林彬晖　陇东学院学报　2017.2

近七十年来唐传奇《虬髯客传》作者问题研究综述

廖超然　名作欣赏　2017.2 下

从唐代离魂小说看中国先民的灵魂观

陈睿　重庆科技学院学报:社会科学版　2017.3

论《广异记》中“胡人与宝”的文化蕴含　杜卓文　牡丹江大学学报　2017.4

论唐传奇“仙妓合一”女性形象的形成　戴滢瀛　宜春学院学报　2017.4

女人生死恋不及一顽石:论唐人小说《李章武传》思想价值

周承铭　江南大学学报:人文社会科学版　2017.4

唐传奇仙境营造的道教情怀　卢柯青　陇东学院学报　2017.4

《八朝穷怪录》佚文考述 徐胜男　西华大学学报:哲学社会科学版　2017.4

《云溪友议》唐诗引用的传奇色彩:以《玉箫化》《题红怨》和《闺妇歌》为例

任冬青　南京师范大学文学院学报　2017.4

论儒家对《玄怪录·续玄怪录》的影响

潘虹妃　淮南职业技术学院学报　2017.4

唐代小说作者的地理分布

马托弟　西安文理学院学报:社会科学版　2017.5

英语世界唐代小说翻译的非文学取向

何文静　三峡大学学报:人文社会科学版　2017.6

唐传奇的叙事艺术　林奥妮　哈尔滨学院学报　2017.8

宋传奇对唐传奇的传承与革新:以才子佳人传奇为例

钟凤　中华文化论坛　2017.8

《聂隐娘》婚恋小探　徐园清　名作欣赏　2017.8 中

《南柯太守传》叙事时间分析　张金梅、郭志梦　西部学刊　2017.9

《聂隐娘》的晚唐意蕴　李骄　美与时代:BEAUTY　2017.11 下

唐传奇衰落期女性形象分析　陈丽荣　名作欣赏　2017.12 中
唐传奇女性形象的审美审视　陈丽荣　名作欣赏　2017.12 中
唐传奇中女性的觉醒　陈丽荣　名作欣赏　2017.12 中
论荥阳生、李益形象塑造的价值和意义　曹雪　名作欣赏　2017.12 中

散文、赋

论唐代帝国图式中的赋学思想
许结　南京大学学报:哲学·人文科学·社会科学　2017.1
论盛唐碑志文创作的兴起及原因　徐海容　中华文化论坛　2017.1
"自然"与唐宋古文的内在法度
张甲子　西安建筑科技大学学报:社会科学版　2017.1
赋与唐代墓志　郑真先、戴伟华　浙江大学学报:人文社会科学版　2017.1
初盛唐丝路碑志文的文学成就
李慧、杨金钊　西安交通大学学报:社会科学版　2017.1
从叙事视角看唐赋与诗文的互渗　周兴泰　云南社会科学　2017.2
唐都赋中"长安事象"征实考 李慧琳　贵阳学院学报:社会科学版　2017.3
五代赋家赋作的时代性与地域性
刘伟生　长江大学学报:社会科学版　2017.3
辞不尚奇,切于理也:唐末五代小品杂著的内容特征与文学特色
李伟　中南民族大学学报:人文社会科学版　2017.3
骈体散化:初唐诏敕文体风貌研究
张超　重庆师范大学学报:哲学社会科学版　2017.3
中唐古文运动:社会转型背景下的文体之变 何蕾　青海社会科学　2017.3
西域文化视域下的初唐四杰辞赋
张兴田　安徽广播电视大学学报　2017.3
中唐古文家文道观研究之反思
刘宁　华南师范大学学报:社会科学版　2017.4
唐代古文家纪行赋探微　丁涵　中山大学学报:社会科学版　2017.4
唐代讽谕赋的指向及作意　赵成林　求索　2017.5
中晚唐五代江西古文的地域特征及其成因
李伟　陕西师范大学学报:哲学社会科学版　2017.5
文化视域中的唐代燕赵作家颂体文述论
张志勇　河北大学学报:哲学社会科学版　2017.5

伤悼与彻悟:晚唐文人碑志创作研究
徐海容　河北师范大学学报:哲学社会科学版　2017.5
唐代古文的艰涩文风及其影响　翟景运　东方论坛　2017.5
《牡丹赋》与“甘露之变”:李德裕、舒元舆《牡丹赋》新论
路成文　江海学刊　2017.6
道家文学思想在唐代试赋中的体现
任彦智　长春大学学报:社会科学版　2017.7
论唐传奇对碑志的文体渗透　徐海容　社会科学家　2017.7
唐代治道赋的阶段性特征考论　郑真先、陶汝崇　怀化学院学报　2017.8

书　评

唐代长安秘史的发掘与探究:读张同利《长安与唐五代小说研究》有感
李宜蓬　曲靖师范学院学报　2017.1
李贺内外的批评空间:对《历代诗评视野下的李贺批评》的批评
徐晓杰　哈尔滨师范大学社会科学学报　2017.1
元、白歌行观再认识:以《唐代歌行论》为中心
宋振锟　名作欣赏　2017.1 下
一部情理性、兼容性、诗质性并美之力作:王志清《王维诗传》特色论略
李金坤　辽东学院学报:社会科学版　2017.2
从社会良知到大同理想:刘明华先生《唐代文学与思想文化论集》述评
杨理论　杜甫研究学刊　2017.2
构建杜诗学研究的文献基础:评孙微《清代杜集序跋汇录》
左汉林　杜甫研究学刊　2017.2
礼词之盛,独美于兹:评田安《缔造选本:〈花间集〉的文化语境与诗学实践》
冯晓玉　中华文史论丛　2017.3
评《唐代诗人接受道家道教思想史论》　韩鹏飞　绥化学院学报　2017.3
唐代入蜀诗研究的深化与拓展:严正道《唐五代入蜀诗与巴蜀文化研究》的学术价值　李宜蓬　西华师范大学学报:哲学社会科学版　2017.3
《白居易诗选》:重构经典、别为新声　秦兆基　中华读书报　2017.3.29
《道教徒的诗人李白及其痛苦》中的多维对照及思想分析
史秀洋　贵州师范学院学报　2017.5
唐代文学家族研究的新体系与新建构:评胡可先著《新出石刻史料与唐代文学家族研究》　咸晓婷　中国社会科学报　2017.9.5
别集整理的失范之作:评《新编元稹集》　周相录　学术界　2017.10

当代敦煌文学研究的新成果(《五至十一世纪敦煌文学研究》书评)
刘跃进　中华读书报　2017.11.15
挖掘唐诗金矿(《唐诗现场》书评)　胡俊修　中华读书报　2017.11.29

作家作品

王　绩

诗人王绩的两种文集及其佚诗　陈尚君　文史知识　2017.12

李世民

启唐三百年风雅之盛:唐太宗李世民边塞诗研究
刘国利　解放军艺术学院学报　2017.1

武则天

武则天与初唐文学:以制举、铨选为中心
卢娇　阜阳师范学院学报:社会科学版　2017.6

上官仪

"上官体"生成原因探析　李巍　文艺评论　2017.8

张九龄

张九龄《感遇》诗研究　段晋阳、刘阳　名作欣赏　2017.2下
文化翻译视角下的《曲江集》的文化意象和意蕴的翻译:以张九龄的《感遇其一》的两个英译本的对比研究为例　梁淑英　疯狂英语:理论版　2017.5
读张九龄诗札记　王辉斌　宁夏师范学院学报　2017.5

杨　炯

杨炯的学术传习及诗学观念的形成　韩达　文艺研究　2017.4

王　勃

四杰冠冕王子安　李俊　文史知识　2017.8

杜审言

杜审言七律《大酺》《泛舟送郑卿入京》系年新考
赵建明　杜甫研究学刊　2017.4

陈子昂

《登幽州台歌》的宇宙生命意识透视　姜楠　焦作大学学报　2017.3

张若虚

英译《春江花月夜》的文化价值传递　张卿　名作欣赏　2017.11中

张　说

《送郭大夫元振再使吐蕃》考　黄学仕　成都大学学报:社会科学版　2017.2

张说、张九龄对屈原及其作品的接受　　赵建明　中华文化论坛　2017.5

吴少微

经典为本，雅厚雄迈：唐代文学家吴少微的文学成就与地位

吴兆民　合肥工业大学学报：社会科学版　2017.3

李　华

极思研推　委曲深痛：李华《吊古战场文》赏析

曹丽芳　名作欣赏　2017.11 下

萧颖士

论唐代文化共同体建设的必然性：以萧颖士"化理"说的思想与文化渊源为例　　雷恩海、苏利国　河南师范大学学报：哲学社会科学版　2017.2

孟浩然

孟浩然"平生重交结"论略：兼及其人格魅力的诸种表现

王辉斌　咸阳师范学院学报　2017.1

论孟浩然的"水行诗"

严纪华　吉林师范大学学报：人文社会科学版　2017.2

孟浩然《夜归鹿门歌》诗句顺序有误

郑同文、郑琦琛　南京理工大学学报：社会科学版　2017.2

轻舟恣来往，沿洄洲渚趣：孟浩然《万山潭作》赏析

孙翀　中共济南市委党校学报　2017.3

孟浩然山水田园诗元代接受研究　　朱君、刘伟　名作欣赏　2017.5 下

包　何

包何生平考述　　刘卓　华中学术　2017.1

王昌龄

论胡乐与王昌龄诗歌的衔接　　黄元媛　名作欣赏　2017.3 下

王昌龄以"意"为中心的创作论及其唯识学渊源

蔡宗齐　复旦学报：社会科学版　2017.4

王昌龄送别诗的结尾模式与独特情境探析

吴振华、张昕怡　淮北职业技术学院学报　2017.6

王昌龄七绝中月亮意象唯一性与特殊性解读

钟彦亮　名作欣赏　2017.10 中

寒　山

伪托闾丘胤撰《寒山子诗集序》的接受与演化：以寒山、拾得之形象演变为中心　　罗时进　复旦学报：社会科学版　2017.4

关于"中华文化走出去"的思考：以《寒山诗》在美国的译介为例

刘珊　中国宗教　2017.8

李　白

文学研究的创新仍应以文献及其解读为基础:以李白与科举相关问题为例的分析　戴伟华　文学评论　2017.1
中国古典文学批评方法的多维探讨:以李白的《将进酒》为例
艾禹衡、黄宇新　牡丹江师范学院学报:哲学社会科学版　2017.1
李白隐逸意趣探析　廖悰　西南科技大学学报:哲学社会科学版　2017.1
卧床说实属误读:李白《静夜思》误读辩证之一
蔺瑞生　河北师范大学学报:哲学社会科学版　2017.1
李白"诗与乐"研究:存在的问题及突破的路径　侯延爽　音乐探索　2017.1
李白与苏轼隐逸思想比较　张慧　文学教育　2017.1上
李白《临路歌》探骊　赵睿才　甘肃社会科学　2017.2
关于《静夜思》讹本和原文的接受与优劣问题:兼论诗歌接受中的"惟论兴会"心态　殷祝胜　海南大学学报:人文社会科学版　2017.2
李白"薄声律"本义与"将复古道"的诗学实践　罗时进　文学评论　2017.2
赋江南到吟天姥:从庾信与李白看朝代气度　吴奕欣　国学学刊　2017.2
论李白纵横诗风对杜甫的影响　关鹏飞　中国韵文学刊　2017.2
管窥李白与李贺诗歌异同　李超　信阳农林学院学报　2017.2
胆汁质诗人李白　张仲良　江汉论坛　2017.2
论李白诗歌中的新词新语
唐树梅　西华师范大学学报:哲学社会科学版　2017.2
李白诗中的豪气与逸气　房日晰　杜甫研究学刊　2017.2
人文视角下的李白与杜甫　施议对　西北师大学报:社会科学版　2017.3
李白诗歌在英语世界的译介与经典化历程
杨凯　南京师范大学文学院学报　2017.3
千"金"散尽为何来:李白诗歌意象的金钱观　刘萍　贵州文史丛刊　2017.3
《下终南山过斛斯山人宿置酒》的田园诗主题
周文娟　名作欣赏　2017.3中
李白诗中的"龙"　梁爽、仝乐　濮阳职业技术学院学报　2017.4
落笔惊风雨:视觉艺术中的李白
朱易安　西北师大学报:社会科学版　2017.4
李白的精神魅力:以《望天门山》及相关诗歌为讨论中心
吴怀东　安庆师范大学学报:社会科学版　2017.4
李白《古风》诗叙事艺术探析　周俊玲　名作欣赏　2017.4中
李白赠孟浩然诗发微　曾智安　福建论坛:人文社会科学版　2017.5
唐宋时期李白诗歌的经典化　詹福瑞　文学遗产:中文版　2017.5

试论李白骈文的美感特质
熊礼汇　广西师范大学学报：哲学社会科学版　2017.5
李白与丝路文化　李浩　光明日报　2017.5.21
论李白诗歌中的丝路文化色彩　葛景春　中州学刊　2017.6
李白的论诗篇章与论诗诗的形成　马丽娜　文艺评论　2017.6
清刻李白集述要　王永波　西华大学学报：哲学社会科学版　2017.6
论严羽的李白诗学批评
张艳辉　牡丹江师范学院学报：哲学社会科学版　2017.6
孙绰与李白的游仙文学比较：以《游天台山赋》与《梦游天姥吟留别》为例
梁雅阁　河北北方学院学报：社会科学版　2017.6
李白《明堂赋》系年新考　石艳霞　昭通学院学报　2017.6
论唐代怨刺诗学的发展历程：以李、杜及其接受为中心
刘青海　文艺研究　2017.8
李白诗歌中的鲸意象及其影响
景瑕东、刘云飞　福建论坛：人文社会科学版　2017.9
诗乐合一、双乐齐鸣：李白的笛箫诗与白居易的琵琶诗对比赏析
曾莹莹　名作欣赏　2017.10下
再论《菩萨蛮》非李白作　王辉斌　铜仁学院学报　2017.11

王　维

论王维禅诗的美感特质张锦辉　海南大学学报：人文社会科学版　2017.1
“大漠孤烟直，长河落日圆”新解
高建新　内蒙古大学学报：哲学社会科学版　2017.1
《终南别业》诗意重绎：兼论王维的轻狂及其内心悲苦的消解与郁结
孙尚勇　杜甫研究学刊　2017.1
王维禅画的文艺理论研究　方志宏　信阳农林学院学报　2017.1
空灵藏拙皆真性情：初探王维山水田园诗的自然意趣
钟学恒　华夏文化　2017.2
王维《为薛使君谢婺州刺史表》之“薛使君”考
曾涧　湖南人文科技学院学报　2017.2
论鸠摩罗什译经中的文学想象对王维诗文创作的影响
屈玉丽　新疆社会科学　2017.2
王维的《少年行》与其游侠诗创作　赵松元　名作欣赏　2017.2上
论王维诗文对鸠摩罗什译经“譬喻”的运用
屈玉丽　海南大学学报：人文社会科学版　2017.3
浅析王维山水诗中的禅意　薄晓婧　名作欣赏　2017.3中

浅论王维诗白描手法与禅境的塑造　王希萌　名作欣赏　2017.3中
诗与画的分离:从王维的"诗中有画"说起
顾漩　苏州大学学报:哲学社会科学版　2017.4
考证古代作家生平事迹易陷入的两个误区:以王维为例
陈铁民　文学遗产:中文版　2017.4
王维对人生价值和生存方式的独特追求　荣小措　河北学刊　2017.5
王维画孟浩然像真伪考述　王辉斌　南阳师范学院学报　2017.5
诗情·禅意·哲理:王维《辛夷坞》主旨探微
程朝晖　黄冈职业技术学院学报　2017.5
"美感"在瞬间生成:王维禅诗悟"空"的具身体验
安汝杰　河北师范大学学报:哲学社会科学版　2017.5
王维"一生几许伤心事"新解
高玮　湖北民族学院学报:哲学社会科学版　2017.6
论王维《相思》诗的两处"异文"　马敬　淮北职业技术学院学报　2017.6

高　适

论唐代文人入幕对其诗歌创作的影响:以高适入河西幕府为例
马海龙　兰州学刊　2017.9

殷　璠

从殷璠选诗中看储光羲 张璐瑶　河北北方学院学报:社会科学版　2017.4
殷璠"兴象说"辨析　李鹏飞　名作欣赏　2017.5中
论殷璠《河岳英灵集》的诗学观:以"评而未选"的诗什为中心的考察
顾一凡　社会科学论坛　2017.11

吴　筠

唐代道教诗人吴筠生年及其生平若干问题考辨
孙子颖　忻州师范学院学报　2017.6

杜　甫

一代才子与诗圣:论侯方域对杜甫的接受
闫莉莉　安阳工学院学报　2017.1
杜甫长篇七言"歌""行"诗的抒情节奏与辨体
葛晓音　文学遗产:中文版　2017.1
杜甫中原情结探讨　谢其泉　殷都学刊　2017.1
杜诗中的道教法术与杜甫的宗教观　张思齐　大连大学学报　2017.1
杜甫诗"足茧荒山转愁疾"辨疑　许松　中国韵文学刊　2017.1
论早期杜诗的浪漫飘逸风貌:兼论杜甫近古神圣化
倪晓明　天中学刊　2017.1

杜甫与韦氏家族交游考 孟祥娟 杜甫研究学刊 2017.1
论宋人研究李白、杜甫诗失衡的深层原因 张佩 杜甫研究学刊 2017.1
杜诗对屈赋艺术手法的继承与发展
王美玲、张茜 长安大学学报:社会科学版 2017.1
杜甫所受的侠风濡染及对侠文化接受
汪聚应 陕西师范大学学报:哲学社会科学版 2017.1
漂泊无助的远游:读《秦州杂诗》二十首及其他
刘跃进 中国文学研究 2017.1
论汉赋对杜甫创作的影响 彭燕 中国文学研究 2017.1
《杜集叙录》明代编作家传记补正
陈开林 宁夏大学学报:人文社会科学版 2017.1
从有“来历”到“没来历”:试析杜诗语言运用的创新
谢思炜 杜甫研究学刊 2017.1
杜甫华州诗论 魏耕原 杜甫研究学刊 2017.1
天宝六载:杜甫诗歌嬗变的关节点(下)
谷曙光、俞凡 杜甫研究学刊 2017.1
乾隆与杜甫:诗称杜圣李谪仙,吾于甫也无间然
蔡锦芳 杜甫研究学刊 2017.1
严武“三持节”考论 陈露露 杜甫研究学刊 2017.1
杜甫涉佛诗歧解辨正三题 陈道贵 杜甫研究学刊 2017.1
杜甫《两当县吴十侍御江上宅》创作时地考辨
孙微 杜甫研究学刊 2017.1
郭知达《九家集注杜诗》版本辨疑 李伟 杜甫研究学刊 2017.1
论杜甫诗歌“篇终接混茫”的艺术魅力:以《成都府》为例
朱琳 西安文理学院学报:社会科学版 2017.1
从几个关键词的解读再谈杜甫《登高》尾联的意蕴
高天霞 名作欣赏 2017.1下
彭端淑的杜甫情结 潘玥 中华文化论坛 2017.2
南羲采《龟磵诗话》对杜诗的评析
王红霞、冉驰 吉林师范大学学报:人文社会科学版 2017.2
杜甫的官阶变迁及其相关问题考辨
孙微 吉林师范大学学报:人文社会科学版 2017.2
杜甫七律体制研究之二 吴淑玲、韩成武 南都学坛 2017.2
从《佳人》诗看杜甫对屈赋女神形象的拓展
张思齐 吉林师范大学学报:人文社会科学版 2017.2

杜甫七律句式探考　谢思炜　澳门理工学报:人文社会科学版　2017.2
雕版印刷:宋代杜诗传播不容忽视的因素
张锦辉　澳门理工学报:人文社会科学版　2017.2
名岂文章著:论杜甫生前诗名为赋名所掩　孙微　文史哲　2017.2
盛唐文士与魏晋风度:以杜甫及其《饮中八仙歌》为中心
仲瑶　文史哲　2017.2
诗歌审美意蕴阐释中的概念整合:以杜甫《冬日洛城北谒玄元皇帝庙》解读为例　邓奇、王婷　上海文化　2017.2
杜诗"无一字无来处"说的注释学思辨　谢思炜　河北学刊　2017.2
中国现代学制文学教育中的杜甫形象　刘明华　文学遗产:中文版　2017.2
蒙元时代的杜甫记忆:以至元三年追谥杜甫为中心
翟墨　中华文史论丛　2017.2
试论清代杜诗未刊评点序跋的理论价值　曾绍皇　文史哲　2017.2
情境植入在翻译中的应用:以杜甫《兵车行》英译为例
李亚培、王义娜　西安外国语大学学报　2017.2
杜甫精神追求之现代启示　张志烈　杜甫研究学刊　2017.2
杜甫诗中的儒家情怀及其思想渊源　周裕锴　杜甫研究学刊　2017.2
此身游罢无归处,独立苍茫自咏诗:杜子美巴蜀寺观游历诗内容初探
黄慧娟　杜甫研究学刊　2017.2
杜甫《望月》新解　付春丽　杜甫研究学刊　2017.2
论汉大赋对杜甫诗歌创作之影响　赵海菱　杜甫研究学刊　2017.2
论杜甫五古行旅的以赋为诗　陆嘉琳　杜甫研究学刊　2017.2
杜甫对白居易的影响:以咏物诗为中心　陈才智　杜甫研究学刊　2017.2
民国诗话中的杜甫评论　孔令环　杜甫研究学刊　2017.2
宋代杜诗旧注整理与研究:以宋代蜀人三家杜诗注辑录为例
彭燕　杜甫研究学刊　2017.2
黄庭坚书杜诗考略　张宏　杜甫研究学刊　2017.2
骥子不是宗文,熊儿不是宗武:《杜甫二子考》摘误
李有林　杜甫研究学刊　2017.2
"老杜似孟子"阐微　赵永刚　贵州文史丛刊　2017.2
明代杜诗文献的传播概貌　张慧玲　图书馆研究　2017.3
从五七古短篇看杜诗"宪章汉魏"的创变
葛晓音　北京大学学报:哲学社会科学版　2017.3
变异的"诗圣"与"诗史":英语世界的杜甫研究
赵化　中国比较文学　2017.3

学杜在诗外:从陆游追蹑杜甫遗踪说起　董利伟　杜甫研究学刊　2017.3
论明代朱谏的李杜观　徐小洁　杜甫研究学刊　2017.3
论清代滇桂诗坛的"杜诗"接受及其意义　郑升　杜甫研究学刊　2017.3
杜诗对新文学发生时期巴蜀诗坛的影响　彭超　杜甫研究学刊　2017.3
以《八阵图》为个案的跨语境中国古典诗典故翻译探微
周睿、张望　杜甫研究学刊　2017.3
《秋兴八首》的英译策略:以柳无忌、葛瑞汉、宇文所安译本为例
陆颖瑶　杜甫研究学刊　2017.3
基于语料库的杜甫诗歌两英译本的译者风格研究
江姗　杜甫研究学刊　2017.3
朝鲜文人对杜诗"诗史"说的看法　苏岑　杜甫研究学刊　2017.3
元代书画中的杜甫及其诗歌:以赵孟頫为代表
刘晓凤　杜甫研究学刊　2017.3
贺昌群杜甫研究述评　付定裕　杜甫研究学刊　2017.3
汉唐诗文中"胡马"义的嬗变:兼论李白、杜甫诗"胡马"意象的特征
卢燕新　杜甫研究学刊　2017.3
论杜甫陇右诗的清人未刊评点　曾绍皇　文学评论　2017.4
清代杜诗未刊评点与相关诗话著作关系考　曾绍皇　文献　2017.4
新见方苞、姚范、张裕钊杜诗评点考略　童岳敏　文献　2017.4
杜诗"诗史"说检讨　罗晨　武汉理工大学学报:社会科学版　2017.4
论杜甫山水诗的创新特点
季小乔　海南大学学报:人文社会科学版　2017.4
明代杜诗学中的"大家"论争　张慧玲　江西社会科学　2017.4
杜甫"陷贼"辨　薛天纬　杜甫研究学刊　2017.4
诗与酒:《饮中八仙歌》与杜甫在长安的"快意"生活
孙少华　杜甫研究学刊　2017.4
疾病与杜甫创作　吴中胜、朱春红　杜甫研究学刊　2017.4
杜甫入川后关于去向的打算　范洪杰　杜甫研究学刊　2017.4
杜甫《滕王亭子》诗旨解读:兼评杨慎对"诗史"的非议及其它
张广成　杜甫研究学刊　2017.4
"诗圣"或曾咏牡丹:兼谈杜甫两首诗的编年问题
路成文　杜甫研究学刊　2017.4
杜甫诗歌的饥饿书写　韦昕楠　杜甫研究学刊　2017.4
谈杜甫巴蜀诗中的咏三国诗　李可欣　杜甫研究学刊　2017.4
"景纯过官舍":北宋戏改杜诗一事考略
曹学聪、孙宗英　杜甫研究学刊　2017.4

吕祖谦杜诗学考论　贾兵　杜甫研究学刊　2017.4
杨慎《杜诗选》考辨七则　白建忠　杜甫研究学刊　2017.4
试论刘凤诰《杜工部诗话》的评诗特色　吕帅栋　杜甫研究学刊　2017.4
《杜甫资料全编·唐宋卷》整理札记　刘明华　杜甫研究学刊　2017.4
杜甫研究的新趋势:中国杜甫研究会第八届年会暨杜甫研究国际学术讨论会学术总结　胡可先　杜甫研究学刊　2017.4
试论五言诗与七言诗的句式异同:以杜甫七律为例
谢思炜　江苏师范大学学报:哲学社会科学版　2017.4
从陇右诗看杜甫审视世界的目光　李宇林　社科纵横　2017.5
杜甫草堂诗中的自我形象及其精神世界
姚瑶　江苏第二师范学院学报　2017.5
陈仅《竹林答问》论杜探析
詹杭伦、沈时蓉　西华师范大学学报:哲学社会科学版　2017.5
乱离时代的历史画卷:《彭衙门行》与《赠卫八处士》的比较
魏耕原　语文学刊　2017.5
杜甫五律的创变与特征 魏耕原　福州大学学报:哲学社会科学版　2017.5
白云流水带不走的忧愁:细读杜甫《江亭》
沈春鹏、蒋翠　名作欣赏　2017.5下
因有画"肉"诮,遂以韩马"肥":试辨前人对杜甫论画诗的一个误解
黄金灿　阜阳师范学院学报:社会科学版　2017.6
律诗的有法,无法?:杜甫《登兖州城楼》解读
王世海　古典文学知识　2017.6
杜甫诗歌的制题方式　崔嫔嫔　海南热带海洋学院学报　2017.6
杜甫教子诗析略　胡朗　长治学院学报　2017.6
杜甫七绝的"别趣"和"异径"　葛晓音　文学评论　2017.6
试论杜甫《哀江头》温柔敦厚的艺术品格　徐赞芳　名作欣赏　2017.6下
永恒的守望:杜甫家园情结探讨　谢其泉　河南社会科学　2017.7
从李之芳生平看其与杜甫的交往　潘玥　中华文化论坛　2017.8
论《岁寒堂诗话》的多重杜甫形象　金华　中华文化论坛　2017.11
杜甫诗中的"山穷水尽"与"柳暗花明"　赵秋艳　名作欣赏　2017.11中
钱振锽诗学视野中的杜诗　刘勇　名作欣赏　2017.11下
杜甫诗歌引用《楚辞》研究　韩乙堂　名作欣赏　2017.11下
清代杜诗批评的新变:以翁方纲为中心 张东艳　江西社会科学　2017.12
"望"中的家国情怀:杜甫《春望》的文本细读 黄露　名作欣赏　2017.12下

岑　参

岑参人物诗论　魏耕原　吉林师范大学学报:人文社会科学版　2017.2

韦应物

韦应物的暮夜主题 高捷 名作欣赏 2017.8中

始见吴郡大，十里郁苍苍：从韦应物的苏州诗咏看唐代江南的自然生态 施伟萍 名作欣赏 2017.12下

张　继

张继《松江夜泊》相关问题考证 孙桂平、艾冰梅 集美大学学报：哲社版 2017.2

《枫桥夜泊》是一般的赋景诗吗 张立华 解放日报 2017.5.23

耿　湋

耿湋研究综述 万紫燕 西部学刊 2017.12

张志和

从语词到主题的话语分析：以张志和《渔歌子》中的西塞山为中心 殷学国 南京师范大学文学院学报 2017.1

张志和《渔歌子》考 李全修 湖北师范大学学报：哲学社会科学版 2017.5

李　益

李益文品与人品的分离 孟子月 黑龙江教育学院学报 2017.6

韦　绶

唐代中期两个韦绶考 孟祥娟 天中学刊 2017.1

权德舆

权德舆诗歌创作的地域文化阐释 辛馨、张安祖 北方论丛 2017.3

权德舆三篇唱和集序文的创作背景与诗学思想 杜光熙 名作欣赏 2017.3中

质疑经典，以学干政，重树儒学新风的治学态度：权德舆《春秋》策问研究 陈江英 宁夏师范学院学报 2017.4

窦　常

中唐"五窦"之窦常诗系年 田玉芳 兰州文理学院学报：社会科学版 2017.5

韩　愈

痛感的审美：韩愈诗歌的身体书写 周裕锴 北京大学学报：哲学社会科学版 2017.1

韩愈诗文之效体现象与"杜诗韩笔"再论 管琴 陕西师范大学学报：哲学社会科学版 2017.1

纷红骇绿：论韩愈诗歌的色彩世界 吴振华 杜甫研究学刊 2017.1

重论韩愈"以文为诗" 刘泰廷 东岳论丛 2017.2

论韩愈与李贺诗中的“石”意象　李胜　文学教育　2017.2上
《盆池》“圣得知”新解
刘思文　河北师范大学学报:哲学社会科学版　2017.4
“余事作诗人”的接受维度与误读原因探析　熊湘　文艺理论研究　2017.4
韩愈学行谱系　刘真伦　周口师范学院学报　2017.4
韩愈《左迁至蓝关示侄孙湘》探微　楼培　粤海风　2017.4
清代韩集文献刊刻述略　丁俊丽　图书与情报　2017.4
蜀刻《新刊经进详注昌黎先生文》考论　杨国安　河南大学学报　2017.6
元和政治与奇诡诗风之关系窥管:韩愈《陆浑山火一首和皇甫湜用其韵》新证　孙羽津　清华大学学报　2017.6
论韩愈儒学思想对皇甫湜的影响　刘新征　周口师范学院学报　2017.6
气雄语壮,超迈浑阔:论韩诗的雄健风格
王国瑞　周口师范学院学报　2017.6
足以引为自鉴的平凡人物传记:韩愈《圬者王承福传》
阮忠　文史知识　2017.9

柳宗元

永州柳学的历程　吕国康　湖南科技学院学报　2017.1
思想史进程下的“韦柳”之辩与拟古之别
何蕾　新疆大学学报:哲学人文社会科学版　2017.1
论柳宗元在辨伪学史上的成就及影响
宋丽婷　洛阳理工学院学报:社会科学版　2017.1
从柳宗元寓言诗论其对永贞革新的复杂心态
崔森　中北大学学报:社会科学版　2017.1
柳宗元“永州八记”新考　翟满桂、蔡自新　华中学术　2017.1
柳宗元记体散文研究　郭丽娟　中共山西省直机关党校学报　2017.2
渔父图像的诗意呈现及其文化动能:以柳宗元《江雪》诗意图为中心
袁晓薇　学术界　2017.3
柳宗元柳州时期诗文创作探析
景遐东、夏卉　湖北师范学院学报:哲学社会科学版　2017.4
中唐新春秋学与柳宗元散文思想　李广欣　文学与文化　2017.4
佛学影响与儒者情怀:柳宗元、刘禹锡贬后心态侧窥
尚永亮　铜仁学院学报　2017.5
论柳宗元对屈原辞赋的承传与创变　肖献军　湖湘论坛　2017.5
刘禹锡编《唐柳先生文集》三十卷本新探:由南宋永州刊三十三卷本窥探刘禹锡“编次”及其用意　户崎哲彦　文学遗产:中文版　2017.5

柳宗元的修辞观及在论说文中的实践
胡静　西安文理学院学报:社会科学版　2017.6
晋人文章雄天下:以唐柳宗元《晋问》为例 张家麟　名作欣赏　2017.12 中

刘禹锡

《陋室铭》作者问题释证　孙思旺　文史哲　2017.1
刘禹锡诗歌创作和诗歌理论成因
王玉彪、孙东明　辽宁工程技术大学学报:社会科学版　2017.1
刘禹锡与杜甫的诗学关系　范洪杰　南京师范大学文学院学报　2017.1
刘禹锡笔下的诗意瑶山及民族学价值　黄世康　岭南文史　2017.2
刘禹锡集纪文的文学史料价值
吴夏平　中山大学学报:社会科学版　2017.5
文学地理视域下的刘禹锡贬谪期散文探析　迟晓　名作欣赏　2017.8 中

孟　郊

浅析孟郊诗歌中的女性形象　张楠　名作欣赏　2017.8 中

李　贺

《昌谷集注》宋琬序作者新考　鲁慧　学术交流　2017.1
李贺学杜及其影响　张忠纲　杜甫研究学刊　2017.3
“笔补造化”:李贺诗歌创作特征的形成机制
任佩佩　濮阳职业技术学院学报　2017.4
诗与传:李贺形象神话侧面的建构轨迹
高恒、张丹　曲靖师范学院学报　2017.4
知音与陌路:从李贺诗歌到日本美学　张思桥、徐放鸣　闽江学刊　2017.5

刘　叉

刘叉诗歌特色研究　李寅生、胡艳菊　怀化学院学报　2017.12

元　稹

辨伪明误　清舛弃讹:论《论裴延龄表》《又论裴延龄表》的作者肯定不是元稹　吴伟斌　宁夏师范学院学报　2017.2
比较元、白、刘“琵琶诗”中文学演化之迹象　张彭　名作欣赏　2017.2 下
三论《莺莺传》的写作时间　吴伟斌　江苏第二师范学院学报　2017.3
司马元稹笔下的通州风土人情　陈正平　四川文理学院学报　2017.4
从琵琶乐到诗中乐:元稹声诗的转换　李建栋　文艺研究　2017.4
元稹与纳兰容若悼亡之作比较　李莎莎　名作欣赏　2017.8 中
“元白”在日本平安时代的受容　文艳蓉　学术探索　2017.10
元稹政治诗文浅释　祝丽君　名作欣赏　2017.10 下

白居易

白居易接受史研究论略 陈才智 苏州大学学报:哲学社会科学版 2017.1
论白居易诗歌"吟咏"之趣 郭自虎 中国韵文学刊 2017.1
白居易的文学传播意识与其作品传播之关系
黄俊杰 北京化工大学学报:社会科学版 2017.1
白居易昭君诗的文学审美价值及其启示意义
付兴林 西南大学学报:社会科学版 2017.2
试论白居易的"身心观"与闲适思想 李俊 中国青年社会科学 2017.2
白居易的美育思想探要
杨宝春 淮北师范大学学报:哲学社会科学版 2017.2
白居易诗作中性别意识的双重性
黄莎 天津大学学报:社会科学版 2017.2
白居易昭君诗的文学审美价值及其启示意义
付兴林 西南大学学报:社会科学版 2017.2
论白居易诗歌自注与诗歌传播间的关系
魏娜 新疆教育学院学报 2017.2
浅析白居易诗歌中的"莲"意象 杜红艳 淮北职业技术学院学报 2017.2
花草人生之白居易篇 李丽 名作欣赏 2017.2下
宋代白居易接受简论 殷海卫 渭南师范学院学报 2017.3
论中国古典诗词英译中的意境重构:以许渊冲的《琵琶行》英译本为例
许菊、郭懿 中南民族大学学报:人文社会科学版 2017.3
陈寅恪"元白"诗研究以及内藤湖南的影响
赵耀锋 浙江师范大学学报:社会科学版 2017.4
陈寅恪先生的白居易研究
陈才智 扬州大学学报:人文社会科学版 2017.4
白居易《卖炭翁》与陈寅恪课堂答问
邓小军 安徽师范大学学报:人文社会科学版 2017.4
论白居易五言诗中的对仗式比喻
冯广艺、吴然 湖南科技大学学报:社会科学版 2017.4
吾道自此孤,我情安可在?:谈白居易与崔玄亮的交游
李锋 齐鲁师范学院学报 2017.4
白居易"诗杀"关盼盼考辨 陈志伟、王婧徽 宁夏师范学院学报 2017.4
论白居易对《周易》"阴阳"思想的接受和演绎
谭立、胡遂 中国文学研究 2017.4
白居易在杨柳审美认识上的意义 石志鸟 阅江学刊 2017.5

论白居易谪居忠州期间的人生心态
李俊、滕峥　重庆三峡学院学报　2017.5
白居易江州诗文的多重地理空间建构
廖文华、陈小芒　江西社会科学　2017.5
论白居易郡斋诗中的“散吏”与“幽人”形象
常雪纯　西安文理学院学报：社会科学版　2017.5
对偶之外，意义可观：以白居易《性习相近远赋》为例
陈叙　古典文学知识　2017.6
白居易的诗城（上）　霍宏伟　文史知识　2017.10
白居易的诗城（中）　霍宏伟　文史知识　2017.11
《长恨歌》传唱经久不衰成因考　杨航琴　名作欣赏　2017.11 中
白居易的诗城（下）　霍宏伟　文史知识　2017.12

薛　涛

女性主义视阈下薛涛与许兰雪轩之比较研究
李宁宁　重庆第二师范学院学报　2017.4

白行简

结构主义诗学视野下的《李娃传》意旨新探
仲卫红、邓秋华　韶关学院学报　2017.1

李　绅

论李绅《古风》二首的接受与阐释
严正道　西华师范大学学报：哲学社会科学版　2017.5

姚　合

生活美学视域下的《极玄集》　刘则权　邯郸职业技术学院学报　2017.3
论姚合郡斋诗与武功体的突破　周衡　洛阳师范学院学报　2017.4
《姚合诗集校注》辨误　周衡　成都大学学报：社会科学版　2017.5

刘　蕡

刘蕡贬谪柳州的时间及缘由新探
殷祝胜　广西师范大学学报：哲学社会科学版　2017.1

杜　牧

杜牧散文中的历史意识　郭彦君　哈尔滨师范大学社会科学学报　2017.1
杜牧诗歌中的植物词和动物词研究　贾文霞　名作欣赏　2017.2 下
论杜牧与姜夔艺术创作的相似性及成因
姜晓娟　辽宁工业大学学报：社会科学版　2017.3
“影响的焦虑”诗学视域中的杜牧“强梁”模式
谢天开　云南师范大学学报：哲学社会科学版　2017.4

杜牧律诗变体及其诗学意义
彭笑远　贵州工程应用技术学院学报:综合版　2017.4
杜牧的郎官经历与其诗文创作　王永波　齐鲁学刊　2017.5
杜牧笔下的"妃子笑"与理想阅读　詹丹　文汇报　2017.6.20

李商隐

论李商隐诗歌的用事与叙事　曹渊　贵州文史丛刊　2017.1
宴饮博戏之风与李商隐无题诗"昨夜星辰"新解
唐小华　烟台大学学报:哲学社会科学版　2017.2
李商隐的幕府生涯及其影响研究
景红录　河南工业大学学报:社会科学版　2017.2
李商隐诗歌的"虚静"之美　禹亚丽　南都学坛　2017.4
论新媒体环境中义山诗的流行性
邢渊渊　内蒙古大学学报:哲学社会科学版　2017.4
李商隐《太原白公墓碑铭并序》考论　徐海容　学术论坛　2017.4
石勘亦有磨变时:李商隐《剑州重阳亭铭》文本的递变
查屏球　古典文学知识　2017.6
李商隐"元气自然论"及其尚真、任情的诗歌思想
刘青海　文学评论　2017.6
爱的生住异灭(上):李商隐《燕台》释读　张一南　文史知识　2017.10
诗家总爱西昆好,独恨无人作郑笺:李商隐《马嵬》之多元观照
赵长杰　名作欣赏　2017.11 下
爱的生住异灭(下):李商隐《燕台》释读　张一南　文史知识　2017.11

大梅法常

大梅法常二偈之流传轨迹　陈尚君　古典文学知识　2017.1

贾　岛

贾岛对杜甫诗歌艺术的接受与新变
蔡星灿　太原师范学院学报:社会科学版　2017.3

温庭筠

温庭筠儒释道思想探析　陈丽荣　名作欣赏　2017.1 中
深谙夺胎换骨之法:论温庭筠词对古代典籍融通之艺术手法
惠联芳　名作欣赏　2017.4 中
试论温庭筠诗歌的思想及其对"儒释道"三教合一的建构作用
张林　名作欣赏　2017.6 中
温庭筠"能逐弦吹之音,为侧艳之词"释证
胡秋妍、陶然　河南社会科学　2017.7

鱼玄机

论鱼玄机在儒、道思想撕扯下的畸变 吴尤 六盘水师范学院学报 2017.1

司空图

《二十四诗品》集句联 凌郁之 古典文学知识 2017.1

论司空图的佛教爱好及背景：从“储善之佑”说谈起 李珺平 青海社会科学 2017.1

品而不论：试论《二十四诗品》的论诗特色 李建中、熊均 湖北民族学院学报：哲学社会科学版 2017.1

取象与造境：《二十四诗品》景观意象的审美建构 丁利荣 湖北大学学报：哲学社会科学版 2017.3

浅论司空图的卒年：从《五代史阙文》谈起，兼及徐寅之赠诗等 李珺平 美与时代：BEAUTY 2017.3下

千古奇文：司空图《诗品》之秘再论 李贤臣 河南大学学报：社会科学版 2017.4

张 乔

晚唐张乔诗歌的语言艺术与美学风格 任冬青 阜阳师范学院学报：社会科学版 2017.4

方 干

方干诗歌清奇雅正的特色 马路路、单芳 南京师范大学文学院学报 2017.3

柳 玭

柳玭家训思想研究 汪晓雪 哈尔滨学院学报 2017.8

韦 庄

韦庄诗异文校释：以《唐诗品汇》为中心 郭殿忱 西华大学学报：哲学社会科学版 2017.6

花间词人韦庄晚年仕蜀心态发微 李博昊 名作欣赏 2017.10下

牛希济

花间词人牛希济政论文探论 李博昊 名作欣赏 2017.8下

魏承班

花间词人魏承班家世及创作考论 李博昊 名作欣赏 2017.9下

李 珣

花间之别调：李珣词审美风格略论 安建军 青海师范大学学报：哲学社会科学版 2017.3

论波斯后裔李珣的双重文化取向及其创作特色 郭艳华 民族文学研究 2017.6

欧阳炯

试论欧阳炯的山水词　　慎丽英　名作欣赏　2017.1

冯延巳

论冯延巳"欢乐之外"文本空间的建构　　宋学达　学术交流　2017.4

李　煜

同中之异:李煜、陈子龙词比较研究
刘雨佳　长沙理工大学学报:社会科学版　2017.3

李煜词的时空艺术　　岳佳　河北北方学院学报:社会科学版　2017.6

一个后主美学的标志:重读李煜词　　李冬君　经济观察报　2017.9.4

敦煌文学

敦煌变文的叙事时空　　程洁　保定学院学报　2017.1

近百年敦煌文学整理研究综述　　张广才　湖北社会科学　2017.1

论敦煌变文骈句的个性与功能　　许松、程兴丽　敦煌研究　2017.1

敦煌写本《隋净影寺沙门惠远和尚因缘记》研究
郑阿财　敦煌研究　2017.1

敦煌本《唐佚名诗集》作者再议　　李军　敦煌学辑刊　2017.1

我国传统论赞文体的源流及其与敦煌佛赞之异同
王志鹏　兰州学刊　2017.3

敦煌写本残卷《慧超往五天竺国传》中的五言诗:兼论中世佛教行记的情感抒写及其诗笔　　阳清　清华大学学报:哲学社会科学版　2017.4

写本学视阈下的敦煌文学生产与传播:以佛教歌辞《十二时　普劝四众依教修行》为例　　郑骥、瞿萍　云南师范大学学报:哲学社会科学版　2017.5

敦煌唐代诗歌写本研究述评
张利亚　西安石油大学学报:社会科学版　2017.5

敦煌文献四种疑似《佛本行集经》讲经文考辨
刘秋兰　绵阳师范学院学报　2017.6

S.5556《望江南》三首曲子词所涉人事及创作时间考订
李青青　陇东学院学报　2017.6

敦煌佚名诗研究刍议:以《张淮深碑》写本卷背诗为例
杨宝玉　西华师范大学学报:哲学社会科学版　2017.6